2011 제56회

現代文學賞 수상소설집

안규철, 「두 개의 빈 의자」, 드로잉

| 현대문학상 기념조각 |

안규철

책은 양면적인 요소들이 중첩되어 있는 물건이다.
책에는 왼쪽과 오른쪽 페이지가 있고, 보이는 앞면과 보이지 않는 뒷면이 있다.
안과 밖이 있고, 시작과 끝이 있다. 흰 종이와 검은 잉크가 있고,
드러난 것과 숨겨진 것이 있으며, 저자와 독자가 있다.
서로 상반되면서 동시에 상호의존적인 이런 요소들은 책이 닫혀져 있을 때는 드러나지 않는다.
책은 상자와 같아서, 책장이 펼쳐지기 전에 그것은 무뚝뚝한 한 덩이 종이뭉치에 불과하다.
책을 열면 이렇게 하나였던 것이 둘이 된다. 왼쪽과 오른쪽이, 안과 밖이, 저자와 독자가 거기서 생겨난다.
그리고 그 둘 사이에서, 낯선 한 세계의 지평선이 떠오른다.
마술사의 손바닥에서 피어나는 꽃처럼, 작은 책갈피 속에서 세계 하나가 온전한 윤곽을 드러낸다.
문학작품 앞에서 늘 그것이 경이롭다.

제56회 現代文學賞 수상소설집

전경린

강변마을 외

H
현대문학

| 차례 |

수상작

수상작가 자선작

수상후보작

역대 수상작가 최근작

심사평

수상소감

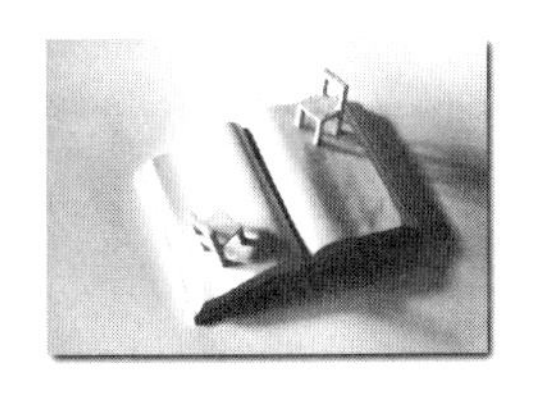

수상작

강변마을

전 경 린

수상작가 자선작

흰 깃털 하나 떠도네

전경린

강변마을

1963년 경남 함안 출생.
경남대 독문과 졸업. 1995년 『동아일보』 등단.
소설집 『염소를 모는 여자』 『바닷가 마지막 집』 『물의 정거장』.
장편소설 『아무 곳에도 없는 남자』 『내 생애 꼭 하루뿐일 특별한 날』
『황진이』 『엄마의 집』 『풀밭 위의 식사』 등.
〈한국일보문학상〉 〈문학동네소설상〉 〈21세기문학상〉 〈이상문학상〉 등 수상.
현재 경남대 국문과 교수.

강변마을

국숫집 뒷마당의 넓은 건조장 가득, 가지런히 빗긴 듯한 긴 국숫발들이 간지럼을 타듯 흔들리고 있었다. 국숫발은 빗줄기를 닮기도 했고, 늘어뜨린 무명실을 닮기도 했다. 무수히 많은 국숫발과 무수히 많은 빗줄기와 무수히 많은 무명실이 섞여서, 바람과 햇빛의 빗질에 소리 없이 웃는 것 같았다. 공기 속에는 포근한 밀가루 냄새가 떠다니고 내 속눈썹은 무거워져 저절로 눈꺼풀이 감겼다.

엄마는 바로 전날 말려서 잘라 얇은 종이로 묶은 새 국수를 사 오라고 시켰다. 전날 나온 국수는 국숫집 나무상자의 그늘 속에 얌전하게 쟁여져 있었다. 여름방학을 한 뒤로 우리는 일주일 내내 국수를 먹고 있었다. 비가 내린 날은 멸치를 우려 양파를 넣고 계란을 푼 국물에 부추와 호박나물을 잔뜩 올린 따뜻한 물국수를, 마른 날엔 잘게 썬 김치와 참기름을 섞어 올린 고추장 비빔국수를 먹었다.

우리 집은 중학교 앞에서 문방구를 했다. 학용품과 책, 과자류를 파는 가게였다. 방학 동안은 학교 운동장이 텅 비고 우리 가게도 문을 닫아 집 바깥은 조용했지만 대신 아무 데도 갈 곳이 없는 식구들로 집 안은 밤낮없이 아우성이었다. 말 대신 주먹질이나 발길질을 해대는 오빠와 설탕물을 젓가락에 찍어 먹거나 비눗방울을 날릴 때를 빼고는 잠시도 조용할 틈 없이 엉겨 붙어 울거나 웃는 세 명의 동생과 형제들을 피해 구석진 데를 숨어 다니는 나, 그리고 잔뜩 날이 서서 서로에게 퍼부을 욕을 우리에게 대신 쏟아내는 사이 나쁜 할머니와 엄마가 높은 담장 안에서 하루 종일 복작댔기 때문이었다. 아버지는 언제 들어왔다가 나가는지 보이지도 않았다. 겨우 열한 살이었지만 나는 벌써 인생에 지친 기분이었다. 차들이 지나갈 때마다 길 위에 떠오르는 커다란 뭉게구름 속의 침묵을 들이마시며 나는 아무도 없는 고요한 곳을 그리워했다. 다른 아이들처럼 먼 곳에 있는 외갓집에라도 가고 싶었다. 하지만 우리 집에는 없는 것이 있었는데, 그것은 외갓집이었다. 어느 집보다 빨리 컬러텔레비전이 들어왔고 전축과 연필깎이와 선글라스와 멋진 오토바이가 있었지만 외갓집은 없었다. 아버지는 작은 건축회사의 총무 부장이었지만 친척들은 뒤에서 수완가라고 수군거렸다. 아버지라면, 해결 못하는 일이 없다고 했다.

그날 긴 국숫발을 앞니로 똑똑 분질러 먹으며 터덜터덜 걸어 집으로 갔을 때, 나에게 갑자기 외갓집이 생겼다. 오빠와 나와 여동생이 외갓집에 가게 된 것이었다. 어떤 외갓집이냐고 물으니 엄마는 뜸을 들이더니 사촌 외갓집이라고 했다. 엄마는 화와 슬픔을 동시에 억누르며 의지가 깃든 초연한 표정을 지었다. 그즈음 엄마는 나를 쳐다볼 때 자주 그런 표정을 지었다.

버스에서 내렸을 때 굉장한 뜨거움이 훅 끼쳐 왔다. 당황하는 사이 버스는 먼지를 일으키며 떠나버리고 길은 텅 비었다.

"여기서부터 5리를 걸어가야 해."

우리를 데려간 아저씨가 들판 길로 접어들며 말했다. 발을 디딘 길 위에 타닥타닥 불꽃이 타듯 모래와 사금파리들이 반짝거렸다. 하늘과 해와 길이 모두 백광 속에서 타오르는 것 같았다. 나무 한 그루 없는 길이 벼가 자라는 들판 가운데로 죽 뻗어 있었다. 아저씨가 걷기 시작했기 때문에 오빠와 나와 동생도 따라 걸었다.

얼마 못 가 머리 위쪽 정수리가 잉걸불을 인 듯 뜨거워졌다. 햇볕이 짧은 칼날처럼 어깨에 파고들어 살을 가르는 듯했다. 5리에 대한 거리 인식도 사라지고 시간감각도 사라졌다. 신기루처럼 흰 불꽃이 일렁이는 백광 속을 부유하듯 걷고 또 걸어갔다. 마녀가 불을 때는 솥 안에 갇힌 기분이었다.

그 집은 마을의 첫 골목 안, 세 번째 집이었다. 대문으로 들어서자마자 나는 다리를 꼬며 화장실부터 찾았다. 오빠는 물을 마시기 위해 부엌을 찾아 뛰어들었고 동생은 마당 가운데 선 채 무서운 일이라도 겪은 듯 갑자기 울음을 터뜨렸다.

어디선가 매미가 엄청나게 큰 소리로 울고 있었다. 나 역시 울고 싶은 것은 마찬가지였다. 대문 곁에 나무처럼 크게 자란 까마중이 까만 열매를 매달고 있었는데 그 뒤에 거적을 쳐놓은 곳이 변소였다. 입구에서부터 푹 삭은 배설물 냄새와 소독약 냄새가 진동했다. 까마중을 지나 막아둔 거적을 들어 올리니 공기가 서늘하고 얼기설기 댄 판자 아래로 더 넓은 배설물의 바다가 파도라도 철썩 일으킬 기세로 펼쳐져 있었다.

엮어 올린 판자도 뗏목처럼 더 넓었다. 그 판자 가운데에 나 있는 직사각형의 머나먼 구멍 역시 만만치 않게 커서 양쪽 다리를 벌리고 앉을 엄두가 나지 않았다. 게다가 냄새 때문에 금세 정신을 잃을 것만 같았다.

돌아나가려고 할 때 누군가가 들어왔다. 할머니였다. 할머니는 햇볕에 익어 붉고 뜨거운 나의 뺨을 두 손으로 감싸 식혀준 뒤 내 손을 꼭 잡고 판자 위로 한 걸음씩 데리고 가 구멍 사이에 다리를 놓도록 도와주었다. 그리고 속옷을 내려준 뒤 두 손을 잡고 나와 마주 앉았다. 그리고 눈을 맞추고 온화하게 웃는 것이었다. 그 웃음을 보자 구토처럼 신음이 올라왔다. 헉……. 나는 흐느끼듯 긴 숨을 쉬었다.

그때까지 덜컥거리며 시달리던 마음이 조용히 뱃속으로 내려가는 것이 느껴졌다. 할머니는 일이 끝난 뒤에 준비해 온 휴지로 나의 뒤를 깨끗하게 닦아주었다. 소문으로만 들었던 외할머니였다. 나의 사촌 외할머니는 몸집이 크고 통통했다.

"은애, 이게 우리 공주님 이름이가?"

변소 앞에서 외할머니는 내 이름을 수줍게 부른 뒤 확인했다. 나는 고개를 끄덕거렸다. 나와 그렇게 길게 눈을 맞추어준 사람은 단연코 처음이었다. 선생님도, 엄마도 아버지도 할머니도 동생도, 어느 누구도 없었다. 뒤를 닦아준 사람도 기억하는 한 처음이었다. 그 뒤로 외할머니는 내가 화장실 갈 때마다 함께 가서 처음과 똑같이 해주었다.

외할머니가 처음 내준 음식은 붉은색 즙이었다. 수박화채를 해놓고 기다리다 얼음도 녹고 수박도 녹아 즙이 된 것이었다. 수박즙을 두 잔씩 마시고 나니 눈 속의 열기가 식는 것 같았다. 외할머니는 피부가 햇감자색이었고 얼굴 모양도 감자처럼 둥글고 표정도 감자 속처럼 환했다. 주름진 얼굴이지만 눈과 코와 입술은 늙지 않고 예뻤다. 집에는 외할머니 혼자뿐이었다. 우리는 찬 우물물로 등목을 하고 늦은 점심을 먹었다. 햇감자를 깐 고등어조림과 처음 먹어보는 중국 춘장과 연한 고구마 줄기에 멸치 몇 마리를 넣고 좀 맵게 볶은 나물, 깜짝 놀랄 만큼 맛있는 음식들이 꼭 안아주듯이 혀에 감긴 뒤 목을 타고 내려갔다.

점심을 먹은 뒤에는 외할머니가 마루 위에 홑이불을 펴주었다. 나와 오빠와 동생은 그 위에 나란히 누워 선풍기 바람을 쐬며 낮잠을 잤다. 얼마나 잤는지 모르지만 깨어났을 때는 가지런히 빗질 되어 햇살에 잘 마른 국수처럼 몸이 고요하고 보송보송했다. 몸 안에서 찔러대던 가시들이 모두 뽑혀 나간 것 같았다.

동생들과의 부대낌과 엄마의 악다구니와 계집애인 것 자체를 질타하는 할머니의 힐난과 언제 터질지 알 수 없는 아버지의 돌발적인 분노, 가게 문을 두드리고 들어서는 모르는 사람들의 눈빛에서 느꼈던 불안, 차가 지나갈 때마다 구름처럼 일어나 집 안 구석구석에 스며들던 입자 굵은 흙먼지 같은 것이 전부 가시가 되어 몸을 찔렀던 모양이었다.

저녁이 될 때까지 외할머니는 부엌 곁 텃밭에서 풀을 뽑고, 우리는 밭 가장자리의 사철나무에 매달려 놀았다. 허리가 굽은 늙은 사철나무들은 매달리기 좋게 옆으로 구불구불 가지들을 뻗었고 촘촘한 잎사귀 속에는 붉은 열매들이 조롱조롱 달려 있었다. 동화에 나오는 나무처럼, 그 나무에 오르기만 하면 아무리 오래 매달려 놀아도 힘들지 않았다. 그 곁에는 장대를 얼기설기 엮어 넝쿨을 올린 오이밭이었는데 끝에 노란빛이 도는 거대한 오이들이 주렁주렁 열려 있었다. 텃밭이 넓어서 고구마와 감자와 호박과 고추, 가지 같은 야채 들이 곳곳에 자라고 있었다. 집을 둘러싸고 있는 것은 무성한 가시나무 울타리였다. 자세히 보면 푸른 탱자 열매가 빼곡하게 매달려 있었는데 어떤 가시도 열매를 찌르지는 않았다.

울타리의 가시를 빼고는 그 집의 모든 것이 둥글둥글했다. 밭도 둥글고 야채 잎사귀들과 오이도 둥글고 지붕도 마당도, 마루와 방도, 외할머니의 눈과 뺨과 손과 배와 목소리와 미소도, 모든 것이 둥글고 얌전했다.

긴 저녁이 지나는 사이 가시나무 울타리 틈 사이로 어둠이 몰래몰래 숨어들어와 마당에 웅크렸고 밤하늘은 공연장 무대처럼 깊숙이 열렸다. 그리고 어둠을 먹은 별들이 하나둘 딸랑딸랑 소리를 내며 등장했다. 별들은 서로 모여 꽃다발처럼 뭉쳐서 웃기도 했고 띄엄띄엄 떨어져 망망대해를 지나는 조각배처럼 까딱까딱 외롭고 불안한 신호를 보내기도 했다. 할머니는 마당의 평상 아래에 모깃불을 피우고 수박을 내왔다. 달고 싱싱한 수박즙을 삼키니 한낮에 걸어온 불꽃 튀던 모랫길이 떠오르고 까닭 없이 서러운 생각이 들었다. 나는 무엇에 쫓기듯 씨도 뱉지 않고 수박을 허겁지겁 먹었다.

"수박을 참 잘 먹는구나. 조금만 더 빨리 오지. 엊그제까지만 해도 밭고랑에 수박이 지천으로 뒹굴었는데. 지금은 수박 수확이 끝났어. 그래도 이제 포도 수확철이란다. 대신 포도는 실컷 따 먹을 수 있어."

수박이 밭에 굴러다니고 포도를 밭에서 실컷 따 먹을 수 있는 곳이라니, 천국이나 다름없었다. 평상에 누워 별들을 보니 빛나는 별들이 넝쿨을 따라 주렁주렁 엉겨 붙은 포도송이로 보였다. 그날 밤 오빠와 나는 알고 있는 모든 노래를 다 불렀다. 내 몸은 뚜껑이 활짝 열린 노래상자 같았다.

잠이 깼을 때 낮은 채살문으로 가루우유 같은 아침빛이 배어들고 있었다. 오빠와 동생은 아직 잠들어 있었다. 나는 일어나 앉아 있다가 무엇에 끌려가듯이 거울 앞으로 가서 섰다. 그리고 거울 테에 빼곡히 붙은 조가비를 만져보았다. 우수수 떨어질 것 같았지만 모두 접착제로 단단히 붙여 있었다. 거울 옆에 흰색 똑따기 백과 갈색 천으로 만든 지퍼 가방이 걸려 있었다. 거울 아래 작은 상 위에는 손길이 많이 닿아 반들반들한 새 모양의 검은 돌이 놓여 있고 그 곁의 액자 속에는 예쁜 처녀가 정면을 향해 고개를 약간 튼 채 살며시 웃고 있었다. 일부러 사진관에 가서 얼굴만 크게 찍은 사진이었다. 옆 가르마를 탄 처녀는 긴 앞머리가 흘러내리지 않게 관자놀이께에 핀을 찔렀는데 자세히 보니 달팽이 모양이었다. 머리 위에 촉수까지 솟아 있었다. 흑백사진이어서 그 예쁜 핀이 어떤 색깔인지 알 수 없었다. 동그란 얼굴이 외할머니를 닮았지만 따스하고 포근한 감자 맛이 아니라 시원하고 달콤한 배 맛이 날 것 같은 처녀였다.

앉은뱅이책상과 소설책과 잡지책과 사전과 참고서 들이 꽂혀 있는 책꽂이도 있었다. 책상서랍이 두 개였다. 나는 서랍을 열어볼까 하다가 지그시 참고 돌아앉았다.

채살문 문고리를 풀고 밀어보니 대문 쪽 마당으로 난 높은 툇마루가 나왔다. 툇마루 아래에 희고 신선한 아침이 가득히 몰려와 있었다. 아침이 왕을 알현하는 사신처럼 그렇게도 낮게 이마를 낮추고 온다는 것을 나는 처음으로 알았다. 대문 곁 가시나무 울타리 앞으로 좁은 화단이 있는데 주황색 나리꽃들이 비좁게 피어 있었다. 나리꽃들을 보고 있으니 꽃들 속에 검정색 점이 너무 많아 어지러웠다. 고요하고 흰 아침빛 속에서 꽃들이 등 뒤에 속임수를 펼쳐놓고 뭔가를 야유하듯 숨넘어

가게 깔깔대고 웃는 것 같았다. 나는 서둘러 채살문을 닫고 쇠고리를 걸었다.

아침을 먹은 후 외할머니를 뒤따라 동네를 한 바퀴 돌았다. 골목들은 깊고 집들도 많았다. 한 사람이 지은 것처럼 비슷비슷한 집들이었다. 집집마다 탱자나무 울타리였고 길가에 키 큰 까마중이 자라고 변소가 대문 앞에 있었고 텃밭이 있었고 구릿빛 얼굴의 사람들도 분간하기 어려울 만큼 비슷했다. 어떤 집에서는 찐 햇감자를 내놓았고 어떤 집에서는 떡과 사탕을, 어떤 집은 사이다를 내놓았다. 어떤 집에서는 첫 수확한 포도를 내놓았는데, 우리에게 각자 한 송이씩을 주었다. 포도송이마다 크고 탱탱한 포도알들이 서로 밀듯이 비좁게 붙어 있어 떼어내기도 어려울 정도였다. 검은 보랏빛 포도껍질을 벗기면 탱탱하고 투명한 녹둣빛 속이 나왔다. 오빠는 즙이 흥건한 포도껍질을 그냥 버렸고 나는 껍질까지 씹다시피 먹었다. 달콤한 즙이 가득한 흑보랏빛 포도도 맛있지만, 끝에 붙은 아주 작은 풋포도도 통째 아삭 씹으면 그 시고 단맛에 정신이 아찔했다. 동생은 입안의 씨를 골라 뱉느라 얼마 먹지도 못하고 끙끙댔다.

외할머니는 마을 한가운데 마당에서 놀고 있던 아이들에게 우리의 이름을 가르쳐주었다. 그리고 모두 친척 사이니 같이 놀고 잘 돌봐주라고 당부했다. 여자애들은 보이지 않았고 남자애들뿐이었다. 까까머리에 몸이 가느다랗고 피부가 까맣게 그을린 아이들은 쑥스러워하며 고개를 숙인 채 옆눈으로 나를 보았다. 흰자위가 도화지처럼 희었다.

집에 돌아온 외할머니는 무척 힘든 일을 한 사람처럼 갑자기 지치고 늙어 보였다. 이 집 저 집에서 너무 많은 것을 먹어 배가 팽팽한 우리에게 또 미숫가루를 타주고는, 마루에 눕더니, 기운 없이 몇 번 부채를 부치다 말았다. 얼음이 든 미숫가루는 차갑고 몹시 달았다. 외할머니는 두 눈을 커다랗게 뜨고 화가 난 듯 위쪽을 응시하고 있었다. 외할머니의 눈길을 따라가니 방문 위에 걸린 커다란 액자 속에 든 사진들이 보였다. 아기 돌 사진도 있고 할아버지와 할머니가 나란히 앉아 찍은 사진도 있고 군인의 사진도 있고 아주머니들이 어깨를 잇대 붙이고 활짝 웃으며 찍은 사진도 있었다. 액자 한가운데에 작은 방 안의 액자 속에 있던 처녀와 외할머니가 꽃다발을 들고 웃고 있었다. 처녀는 머리를 양 갈래로 묶었고 교복을 입고 있었다. 눈이 둥글고 눈동자가 그 마을의 흑보랏빛 포도알처럼 컸다. 귀도 동그랗고 입술까지도 동그란 모양이었다.

"언니는 안 와요?"

내가 묻자 외할머니가 돌아보았다.

"은애가 언니를 아나?"

"아니요. 몰라요. 방 안에 있는 사진에서 봤어요."

"……그랬구나. 이모란다. 언니가 아니고, 이모. 이모는, 먼 데 가 있단다."

"먼 데 어디요?"

"그냥 먼 데."

"우리도 먼 데 왔는데……."

내가 중얼거리자 외할머니가 한숨을 내쉬었다. 나는 외할머니의 부채를 빼앗아 세게 부쳐주었다. 동생과 오빠도 부채를 빼앗으려고 했다. 나는 부채를 들고 도망쳤지만 이내 잡혔다. 하는 수 없이 차례로 외할머니를 부쳐주기로 했다. 외할머니가 하하 웃었다. 외할머니는 웃음을 그치자 갑자기 힘이 난 얼굴로 자리에서 벌떡 일어나 앉았다.

"우리 새끼들 점심 먹어야지……. 뭘 만들어줄까……. 혹시 먹고 싶은 거라도 있나?"

"라면요."

우리는 절실한 표정으로 일제히 소리쳤다. 국수가 아닌 라면이 정말 먹고 싶었다. 국숫발이나 밥알이라고는 섞이지 않고 김치조각도 들어가지 않고 꼬슬꼬슬한 면과 스프만 든 진짜 라면…….

"그래, 내 귀한 손님들, 조금만 기다리고 있거라."

할머니는 웃으면서 마을 공판장에 라면을 구하러 갔다. 그날 우리는 송송 썬 실파를 넣고 계란까지 살짝 푼 진짜 라면을 먹었다. 정말 귀한 손님이 된 기분이었다.

점심을 먹은 뒤 할머니는 마루에 홑이불을 펴주었다. 홑이불 위에서 뒹굴고 있는데 대문 앞이 왁자지껄하더니 마을 아이들이 들어섰다. 우리는 스프링 달린 오뚜기처럼 벌떡 일어나 앉았다. 아이들은 자기 몸만큼 큰 검정색 튜브들을 허리에 끼거나 팔에 걸고 있었다.

"강에 갈래?"

남자아이 하나가 우리에게 물었다.

"안 된다."

곁에 있던 외할머니가 냉큼 대답했다. 우리는 벌써 마루에서 내려서서 운동화를 꿰어 신고 있었다.

"강에 가고 싶어요."

"안 돼."

"왜요?"

"위험해."

"저 아이들은 가잖아요?"

"저 아이들은 강에서 자란 물고기들이지만 너희들은 안 돼."

우린 그때까지 강을 본 적 없었다.

"가, 너희들끼리 가서 놀아."

할머니 서슬에 아이들은 슬금슬금 나가버렸다. 우리는 마루에 걸터앉아 있었다. 실망스러워 다리를 흔들 힘조차 없었다.

"강은 어느 쪽에 있어요?"

"우리 집 골목을 나가 도로를 건너가서 넓은 포도밭과 넓은 수박밭과 넓은 땅콩밭을 다 지나면 둑이 나오고 그 둑을 넘어 모래밭을 지나면 거기가 강이야."

할머니가 누워서 대답했다.

"강은 커요?"

"굉장히 크고 길고 힘이 세."

"강이 그렇게 무서워요?"

"용처럼 무섭단다. 화가 나면 몸이 엄청나게 커져서 땅콩밭과 수박밭을 삼켜버리고 더 화가 나면 포도밭도 삼켜버리고 마을까지 삼켜버린단다. 그러니 낯선 아이들은 순식간에 꿀꺽 삼켜버리지."

나는 외할머니 곁으로 가서 누웠다. 눈을 감으니 외할머니 숨소리가 들렸다.

"강이 보고 싶어요. 정말 보고 싶어요……."

나는 외할머니 품에 얼굴을 대고 조그맣게 말했다. 뜻밖에 눈물이 나왔다. 나는 훌쩍훌쩍 울기 시작했다.

"너 사실은 엄마가 보고 싶어서 우는 거지?"

나는 고개를 저었다.

"엄만 하나도 안 보고 싶어요. 정말로 강이 보고 싶어요."

"강이 보고 싶다고 우는 애는 처음 본다."

외할머니는 내 등을 토닥였다.

"곧 보게 될 거야."

"정말요?"

"그래, 곧."

"곧 언제요?"

외할머니는 눈을 감은 채 대답하지 않았다. 어느새 잠이 든 것 같았다. 두 눈을 감으니 외할머니 숨소리가 들렸다. 먼 강물의 숨소리 같았다.

며칠이 지난 뒤였다. 저녁을 먹고 있는데 군인 아저씨가 들어왔다. 군인 아저씨는 어둑한 마당에 서서 외할머니에게 경례를 했다. 외할머니는 아이고 내 새끼, 하더니 숟가락을 던지고 맨발로 내려가 군인을 얼싸안았다. 모자를 벗으니 잘생긴 젊은이였다. 그는 밥을 두 그릇이나 먹은 뒤 기습적으로 물었다.

"누구냐?"

우리는 벙어리처럼 대답할 수가 없었다. 적어도 우리의 이름을 묻는 게 아니라는 것은 알 수 있었다. 처음으로 관계를 생각해본 순간이었다. 그에게 우리는 누구인가? 우리에게 그는 또 누구인가?

"외삼촌이란다."

외할머니가 오히려 우리에게 설명해주었다.

"은성, 은애, 은하다."

"누구냐니까?"

군인이 다시 물었다.

"나중에 이야기해주마."

외할머니가 사정하듯 달랬다.

다음 날 외삼촌은 늦게까지 잤다. 점심을 먹을 때, 외할머니가 말했다.

"아이들 강에 데리고 가서 좀 놀고 와."

외삼촌은 얼음이 든 오이냉국을 그릇째 들이마시고는 내려놓았다. 매미가 귀에 구멍이라도 파듯 극성스럽게 울었다. 귀를 틀어막고 싶을 지경이었다.

"약속 있어요."

"휴가 나온 군인에게 무슨 대수로운 약속이 있다고 그러냐? 저녁에 나가고 오늘 낮엔 아이들과 좀 놀아."

"싫어요."

"그럼 내일……."

외할머니의 말을 막고 외삼촌이 벌떡 일어섰다.

"싫어. 싫다고!"

외삼촌은 방으로 들어가 방문을 부서져라 탕 닫았다. 매미가 죽을 듯이 울어댔다. 잠시 뒤 그는 옷을 차려입고 나와 휑하니 나가버렸다. 동생이 울음을 터뜨렸다. 외할머니가 은하를 안고 달랬다.

"괜찮아. 외삼촌이 군대에서 힘든 일을 겪어서 저러는 거야. 너희들 싫어서 그러는 거 아니야. 은성야, 은애야, 은하야, 걱정 말고 밥 먹어.

외삼촌 좋은 사람이니까 곧 너희들 데리고 강에 갈 거야."

"매미 울음 좀, 그치게 해주세요."

나는 두 손으로 귀를 막고 말했다

"매미 울음소리 때문에 나도 화가 나요. 나도 외삼촌처럼 밖으로 마구 뛰쳐나가고 싶을 정도로 화가 나요."

내가 말하자 외할머니가 잔잔하게 퍼지는 물결처럼 웃었다.

"너는 참 예쁜 아이구나."

외할머니는 오래도록 내 머리를 쓰다듬었다. 눈에 잘 띄지도 않는 나를 예뻐한 사람은 외할머니가 처음이었다.

그렇게 뛰쳐나간 외삼촌은 사흘이나 지난 뒤 한밤중에 돌아왔다. 나흘째 아침에 깨니 외삼촌이 세수를 하고 있었다. 햇살이 안개를 한웅큼씩 걷어내는 이른 아침이었다. 나는 외삼촌이 세수하는 것을 보고 있다가 수건을 주었다. 외삼촌은 얼굴을 닦고 나서 말했다.

"너 강이 보고 싶다고 울었다며?"

외삼촌의 말에서 상큼한 치약 냄새와 비누 냄새와 안개 냄새가 났다.

"오늘 강에 가자."

외삼촌은 수건을 돌려주며 말했다. 나는 웃음이 나 수건으로 얼굴을 가리고 마당을 폴짝폴짝 뛰었다. 축축한 수건에서도 싱그러운 냄새가 났다. 냄새를 다 맡고 수건을 떼어내니 외삼촌이 마루에 앉아 깨끗하게 씻긴 얼굴로 나를 보고 있었다. 나는 쑥스러워 텃밭 가장자리까지 달아났다가 자칫했으면 가시나무의 긴 초록색 가시에 찔릴 뻔했다. 정신을 번쩍 차리고 보니 가시와 풀잎과 야채 잎사귀마다 이슬이 매달려 아침 햇빛에 수정처럼 반짝이는 것이 보였다. 내 무릎이 다 젖은 것은 이슬 때문이었다.

점심을 먹고 나갔던 외삼촌은 이불만큼 크고 평평한 튜브를 메고 우리를 데리러 왔다. 검정색에 굵은 골들이 나 있었는데, 그 골마다 바람이 팽팽하게 들어 있는 신기한 고무튜브였다. 외삼촌과 청년 셋과 동네 아이들과 우리, 모두 열 명도 넘었다. 외할머니는 삶은 고구마와 감자와 찐 옥수수를 싸주었다. 강으로 가는 길은, 초등학교와 포도밭 사이의, 틈처럼 좁은 풀밭길이 시작이었다. 포도밭가의 풀밭길을 지나니 모랫길이 나타나면서 골이 아득히 긴 수박밭이 펼쳐졌다. 수확이 끝났지만 밧줄처럼 굵고 푸른 수박넝쿨은 끝없이 뻗어 있었다. 넝쿨 끝에 푸른 아기 수박이 자라고 있고 밭 여기저기엔 버려진 수박들이 햇볕 속에 벌건 속을 드러내고 썩어가고 있었다. 꼭 깨진 짐승의 머리통 같기도 했다. 수박이 조금 무서워졌다. 길을 덮은 모래는 점점 더 깊어지더니 땅콩밭을 지날 때는 모래밭으로 변했다. 운동화 속으로 볶은 깨처럼 뜨거운 모래가 들어오기 시작했다. 다른 아이들은 슬리퍼를 신고 둥근 튜브를 팔에 걸고 발이 빠지는 뜨거운 모랫길을 잘도 걸어갔다. 외삼촌과 친구들은 이불 같은 튜브를 머리에 이고 일렬로 서서 걸었다. 푸른 강둑이 눈에 보였지만 걸어도 가까워지지 않았다. 계속해서 걷고는 있었지만 정신이 혼미해지고 눈앞이 혼란스러웠다. 백색 광선이 아른아른 물결치다가 소용돌이가 생기다가 산산이 끊어지며 눈앞의 풍경을 삼키곤 했다.

마침내 가파른 강둑을 타 넘고 올라섰을 때 물 비린내를 품은 길고 서늘한 바람이 불어왔다. 나는 잠시 혼란을 수습해야 했다. 거기에 용 같은 것은 없었다. 이쪽 강둑과 저쪽 강둑의 양쪽에 모래가, 엄청난 양의 모래가 부려져 있고, 그 가운데로 회청색 물이 흐르고 있었다. 양쪽 강둑은 더 넓었지만 강물의 폭은 그렇게 넓어 보이지 않았다. 강물의 위쪽과 아래쪽은 굽어지면서 시야에서 나타났다가 굽어지며 사라졌기 때문에 끝이 없다는 것을 알 뿐 그 길이를 가늠할 수도 없었다.

아이들은 소리를 지르며 둑을 타 넘어 내달았다. 외삼촌과 친구들은 머리에 튜브를 이고 묵묵히 강을 향해 다가갔다. 둑 아래엔 모래가 깊어 무릎까지 푹푹 빠졌다. 불에 달군듯 뜨거운 모래의 늪지였다. 곳곳에 커다란 모래구덩이가 패여 있어서 자칫하면 미끄러지며 빠질 수도 있었다. 나는 도무지 앞으로 가지지가 않아 비틀거리며 발을 옮겼다. 외삼촌과 친구들이 튜브를 놓고 우리를 하나씩 업어다 강가에 내려주었다. 마을 아이들은 이미 강물에 몸을 던져 헤엄치고 있었다.

가까이 다가가서 보니 둑 위에서 보던 것과는 달랐다. 두툼하고 끝없이 긴 물결이 빠른 속도로 꿈틀꿈틀 뒤치며 흘러와서 흘러갔다. 그 탁한 물결에 잘못 감기면 빠져나오지 못하고 지옥 끝까지 실려 가버릴 것만 같았다. 우리는 운동화와 옷을 벗고 팬티만 남긴 채 강물 가장자리에 들어가 몸을 적시고 엎드렸다. 강물의 표면은 햇볕에 달구어져 뜨거웠다. 그곳은 물이 고여 있을 뿐 물결은 들어오지 않았다.

"저쪽 아래로는 가면 안 돼. 거긴 물귀신이 발목을 당기는 곳이야."

헤엄치던 아이들 중 하나가 일어서서 우리를 향해 소리쳤다. 가장자리 강물은 서 있는 아이의 허리까지 왔다. 우리는 용기를 내어 몇 걸음 더 들어가 보았다. 아래의 강물은 서늘해서 발밑부터 으스스해졌다. 외삼촌은 어쩔 줄 몰라 하는 우리를 튜브 위에 올렸다. 정말 푹신푹신한 요 위에 앉은 듯했다. 외삼촌은 우리를 엎드려 눕게 하고 두 친구와 함께 튜브 모서리를 잡아끌며 강물 속으로 걸어 들어갔다. 나는 누워서 튜브를 꽉 쥐었다. 내 심장 소리가 얼굴까지 차고 올라와 귓속에서 울렸다. 외삼촌과 친구들의 몸이 점점 더 강물에 빠지고 있었다. 허리까지, 가슴까지, 어깨까지……. 목까지 잠겼을 때까지 물결의 저항을 버티며 걸어간 그들은 이윽고 몸을 맡기고 아래로 흘러내려 갔다. 표류였다.

강의 가운데서 물결은 더 가파르고 다급하고 높았다. 우리는 주먹을 꽉 쥐고 입을 커다랗게 벌려 소리를 내질렀다. 외삼촌이 잡아주어서 두렵지는 않았지만 물결이 갑자기 높아지거나 빨라질 때는 내 머릿속에서도 소용돌이가 일어났다. 강물 속에 정말 힘센 용이 숨어 있는 것 같았다. 큰 물살을 타 넘어 아래로 흘러내려 가니 튜브는 서서히 강 가장자리로 밀려 나갔다.

가장자리에서 좀 쉰 뒤 다시 위로 올라가 두 번째 표류놀이를 했다. 세 번째 네 번째……. 우리는 소리를 너무 내질러 목이 쉬었고 주먹을 너무 꽉 쥐어 손바닥에 피가 배였고 온몸이 기쁨으로 차올라 날고 있는 것 같았다. 외삼촌과 그들은 우리를 위해 작정한 듯 성가셔하거나 힘들어하지 않고 계속해서 강 가운데로 실어가 주었다.

외삼촌의 키는 중간 정도였지만 몸이 아주 날렵했고 피부는 짙은 구리색이었으며 이목구비는 뚜렷하면서도 부드럽게 생긴 청년이었다. 우리가 쉬는 동안 외삼촌과 친구들은 도강해 반대편 모래변에 앉아 있다가 왔다. 그들은 강 물결에 조금씩 밀리면서 대각선형으로 헤엄쳐 도강했다. 나는 그 대각선형에서 눈을 뗄 수 없었다.

"나도 강을 건너보고 싶어."

외삼촌에게 졸랐지만 외삼촌은 일언지하에 거절했다.
"위험해."

외할머니가 싸준 간식을 나누어 먹고 외삼촌과 친구들은 강변에 드러누워 수건으로 얼굴을 가리고 잠을 잤다. 나는 어깨와 등의 피부가 따가웠지만 아랑곳없이 물가에서 모래놀이를 했다. 동네 아이들도 지쳤는지 물 가장자리에 퍼질러 앉아 떠들어대며 놀았다. 누구네 소가 더 크고 누구네 개가 더 새끼를 많이 낳았고 누구네 닭이 더 힘이 세고 누구네 토끼가 풀을 더 많이 먹는다고 서로 우겨댔다. 개들이 팔려 가서 심심하다는 말도 했다. 개들이 팔려 가서 사는 곳은 악마들의 마을이라고 했다. 나로선 처음 듣는 이야기였다. 우리는 남쪽에 살고 악마들은 북쪽에 산다고 했다. 악마들은 얼굴이 붉고 머리에 뿔이 있고 사람도 먹고 개도 먹는다고 했다. 밭에서 썩어가던 벌건 수박들이 떠올랐다. 악마들의 얼굴도 그렇게 생겼을 것 같았다. 나는 무서워서 돌아앉아 모래성을 다지다가 외삼촌이 수건을 치우고 일어나자 달려가 팔에 매달렸다. 그리고 다시 졸랐다.
"외삼촌, 강을 건너보고 싶어."
외삼촌의 굵은 쌍꺼풀이 반쯤 풀려 커튼처럼 내려와 있었다.
"은성아, 너도 강 건너고 싶니?"
오빠가 고개를 끄덕였다. 외삼촌은 눈을 비비고 난 뒤 친구에게 턱짓을 했다. 은하를 동네 아이들에게 맡기고 오빠와 나는 그들을 따라 강물 안으로 들어갔다. 튜브는 없었다.
"조심해야 해."
외삼촌이 모두에게 주의를 주었다. 외삼촌은 나를 안고 그의 친구들은 오빠를 목마 태우고 걸어 들어갔다. 강물이 가슴까지 올라왔을 때 두려움이 몰려왔다. 외삼촌은 꽉 끌어안는 나를 뒤로 돌려 목마를 태웠다. 나는 외삼촌의 목을 두 팔로 고리처럼 걸어 안았다. 그곳에서 보는 강물은 끝없이 길고 막막하게 넓고 물결은 무겁고 흐름은 빨랐다. 물결이 어깨까지 올라왔을 때 외삼촌의 몸이 균형을 잃는 게 느껴졌다. 그와 동시에 외삼촌이 몸을 엎드리며 수영을 시작했다. 외삼촌은 온몸을 힘차게 저었지만 아래로 마구 떠내려가는 기분이었다. 머리 밑에 한기가 들며 등줄기를 따라 진저리가 지나갔다. 외삼촌은 아래로 흘러가며 헤엄을 쳐 강을 비스듬히 잘라 건넜다. 강을 건너 다른 편 강변에 앉았을 때 오빠도 나도 침묵에 빠졌다. 공포에 빠진 것인지 감동한 것인지 슬픈 것인지 알 수 없었다. 몸 안에 강물이 가득 밀려들어온 것만 같았고 뭔가 중요한 것을 까맣게 잊고 있는 것같이 허전하기도 했다.

다시 도강을 할 때는 몸을 미는 크고 높고 살찐 물살도 편안했다. 물살은 수없이 많은 부드러운 몸뚱이들처럼 나를 포옹하고는 팔을 풀고 흘러내려 갔다. 외삼촌은 팔로 내 엉덩이를 받치고 다른 손으로 내 허벅지의 부드러운 살을 안고 있었다. 강물은 외삼촌의 허리까지 닿았다가 가슴까지 닿았다. 나는 두 팔로 외삼촌의 목을 꼭 안았다. 외삼촌의 가슴에서 산이 땀 흘릴 때 날 것 같은 냄새가 났다. 외삼촌의 왼손이 허벅지를 지나 천천히 가운데로 다가왔다. 점점 더 가운데로……. 나는 얼굴을 들고 외삼촌의 눈을 바라보았다. 외삼촌은 표정의 변화 없이 내 눈을 마주 보았다. 짙은 눈썹 아래 흑보랏빛 동공이 물처럼 흔들렸다. 처음으로 동공이 액체일 거라는 생각을 들었다. 동공 속에 여름 아침의 이슬이 고여 있을 것만 같았다. 나는 계속 외삼촌의 동공을 들여다보았다. 팬티 아래까지 다가온 외삼촌의 손가락이 멈추었다. 그리고 나를 뒤로 돌려 등에 올렸다. 나는 몸을 펴고 엎드렸다. 우리는 물결을 따라 흘러내려 가기 시작했다. 정신을 잃을 것 같았지만 내 두 팔은 고리처럼 외삼촌의 목에 걸려 있었다.

수심이 깊은 가운데를 빠져나가 조금 기우뚱거리다가 몸을 세우고 걷기 시작했을 때, 물가의 아이들이 소리 지르며 어수선하게 뛰어오르는 것이 보였다. 누군가가 물에 빠진 것 같았다. 위로 솟았다가 쑥 가라앉은 아이는 다름 아닌 은하였다. 외삼촌과 친구들은 허둥지둥 몸을 움직여 강 가장자리에 오빠와 나를 내려놓고 젖은 모래를 높이 차올리며 마구 달려갔다.

은하가 빠진 곳은 갑자기 깊게 패인 모래웅덩이라고 했다. 은하는 물을 토하고 난 뒤에도 좀체로 울음을 그치지 않았다. 외삼촌은 우는 은하를 답삭 업었다. 외삼촌의 등은 높아 보였다. 해는 아직도 작열하고 돌아오는 길은 더욱 뜨거웠다. 은하는 울음을 그치는 듯하다가 얼굴이 빨갛게 상기되며 다시 울곤 했다. 땅콩밭을 지날 때 외삼촌이 우는 은하를 내려놓더니 땅콩 줄기를 잡고 당겨보라고 했다. 은하는 울면서도 땅콩 줄기를 당겼다. 그러자 모래밭에 묻혀 있던 줄기들이 주르르 올라왔는데 거기에는 콩깍지 같은 것이 조롱조롱 붙어 있었다. 벌레처럼 생겼는가, 하면 오뚝이처럼도 생겼는데 껍질을 까니 방마다 하나씩 분홍색깔 얇은 껍질에 덮인 땅콩이 들어 있었다. 은하는 재미있는지 그 옆의 줄기도 당겼다. 그리고는 큭큭대고 웃었다. 일행은 가버리고 땅콩밭에서 노느라 우리만 뒤처졌다. 돌아오는 길에 외삼촌이 내게 물었다.

"모래가 뜨거워서 걷기 힘들지?"

외삼촌은 아까부터 잠든 은하를 업고 땀을 비 오듯 흘리고 있었다. 나는 수건을 건네줄 기회를 엿보고 있다가 고개를 숙이고 조그맣게 말했다.

"외삼촌, 난 뜨거운 모래가 좋아."

외삼촌이 하하 웃었다. 나는 사람들이 웃는 소리가 좋았다. 사람들이 웃고 나면 더 예뻐지곤 했다.

"이렇게 뜨거운 모래가 좋다고?"

나는 고개를 끄덕이고 수건으로 얼굴을 가렸다. 사실은 외삼촌이 좋아, 라고 말하고 싶은 것을 모래가 좋다고 말해버린 것이었다.

외삼촌은 그날 저녁에 약속이 있다고 나가서는 일주일 동안이나 나타나지 않았다. 오빠와 나는 또 강에 가겠다고 졸라댔지만 은하가 물에 빠진 일을 들은 외할머니는 엄하게 금지했다. 그러나 나는 흙과 물고기와 수초 냄새가 아득하게 섞인 흐린 강물 냄새에 취해버렸다. 물의 따스함과 서늘함과 물결에 부딪쳐 반사하는 햇빛의 아룽거림과 물속의 어둡고 깊숙한 그늘이 내 몸 안에서 뒤챘다. 꿈속에서는 두툼하게 살이 오른 물결이 몸을 밀기도 하고 몸을 감기도 하고 혹은 몸을 짓누르기도 했다. 어느 때는 속수무책으로 떠내려가기도 하고 아래로 한도 끝도 없이 끌려 내려가기도 했다. 한낮에 마당에서 놀다가도 몸이 물결 속으로 곤두박질치듯 화들짝 놀랐다. 그럴 때면 강이 부르기라도 한 듯, 강에 가겠다고 울었다. 나는 땅의 밋밋한 바닥에 만족하지 못하는 사람이 되어버렸다.

어느 날 외할머니가 말했다.

"우리 은애가 강에 상사병이 걸렸구나……. 이 동네에도 어느 해 여름에 그런 병에 걸린 남정네가 있었단다. 그 남정네는 매일 강에 가서 이 강변에서 저 강변으로 건너다녔지. 매일매일 강에 들어가더니 태풍이 온 날도 갔단다. 물이 불어난 폭우 속에서도 도강을 했어. 그러다가 떠내려가버렸단다. 어디까지 떠내려갔는지 찾을 수가 없었어. 바다까지 가 물고기에게 눈이 파먹혔을 거야……. 그래도 가고 싶으냐?"

나는 고개를 끄덕였다.

"그래, 가자."

그날 외할머니를 앞세우고 뜨거운 길을 지루하게 걸어서 갔지만 강에는 아무것도 없었다. 튜브도 없고 아이들도 없고 외삼촌도, 그 친구들도 웃음소리도 없었다. 모래밭과 강만이 숨을 쉴 수 없을 지경으로 거대했다. 그 강을 건넜다는 사실조차도 믿어지지 않았다. 단지 그 텅 빈 거대함에 압도되어 벙어리처럼 말이 나오지 않았다. 강은 내 기억과 달랐고, 우리는 강에서 아무것도 할 수 없었다. 어째서 강이 전과 같지 않은지 도무지 이해할 수 없었다. 할머니 말대로 강은 용과 같았다. 용은 단 한 번 우리를 건너게 허용해준 것이었다. 우리는 돌아서서 둑 위로 올라가 삶은 감자를 먹고 참외를 깎아 먹었다. 나는 목이 막혀 손바닥으로 가슴을 몇 번 쳤다. 그리고 꾹꾹 눌러온 질문을 했다.

"외삼촌은 이제 안 와요?"

"정 없는 놈이 인사 한마디 없이 귀대했다는구나."

"귀대요?"

"군인이 휴가 끝나고 군대에 돌아가는 거야."

뭔지 모르면서도 나는, 단 한 번이라는 알 수 없는 슬픔과 외로움을 경기처럼 경험했다. 강물에 빠졌다가 건져진 은하처럼 울음을 터뜨리고 싶었지만 꾹꾹 참았다. 딸꾹질이 나기 시작했다.

이른 아침을 먹은 뒤 할머니는 장에 간다고 양은대야를 머리에 이고 떠났다. 우리가 처음 들어왔던 모랫길을 걸어 나가 버스를 타고 20분이나 간다고 했다. 강변마을은 모든 곳으로부터 아주 먼 곳 같았다. 우리 집에서도.

오빠와 나와 동생은 마을 아이들을 따라 단층 건물 두 동이 서 있는 학교에 가서 오전 내내 놀다가 왠지 시들하고 외로워져서 집으로 돌아가고 있었다. 우리들 곁에 검정색 자동차가 바짝 다가와 스르르 서더니 차문이 열리고 뜻밖에도 아버지가 내렸다. 운전석 옆자리에는 소매 없는 푸른 원피스를 입은 처녀가 앉아 있었다. 아버지는 이끼빛 선글라스를 벗고 놀란 눈으로 우리를 살펴보았다.

"까맣게 탔구나."

우리는 나란히 서서 꾸벅 인사를 했다.

"잘 지내고?"

우리는 너무 그을려 콧등과 어깨와 팔뚝에 껍질이 벗겨진 채 고개를 끄덕였다. 나는 운전석 옆자리의 처녀를 다시 보았다. 유리창에 햇빛이 반사되어 동그란 얼굴이 새하얗고 머리카락이 길고 검다는 것밖에 다른 것은 알 수 없었다. 고개를 숙였다가 다시 쳐다보니 처녀는 얼굴을 옆으로 돌렸다. 관자놀이께에 꽂은 핀이 반짝 빛났다.

"뭐 필요한 것은 없어?"

나는 속으로 이 사람을 미워할까, 말까 고민하며 아버지를 멀뚱하게 쳐다보았다.

"엄마가 보고 싶어요."

나는 입을 내민 채 불쑥 말했다. 왠지 집에 엄마가 없을 것만 같았다.

"엄마가 보고 싶다고?"

아버지는 믿기지 않는다는 듯 되물었다. 사실 엄마가 보고 싶은 것은 아니었다. 그릇을 내던지는 것 같은 엄마의 악다구니도 결코 듣고 싶지 않았다. 사촌 외갓집에서 나는 설거지도 하지 않고 마루도 닦지 않고 심부름도 하지 않고 잔소리도 듣지 않고 그저 놀기만 하며 지낼 수 있었다. 계집애라고 구박하는 할머니도 없었다. 나는 아무 의무 없는 귀한 손님인 것이다. 밤에는 포도를 먹으며 마음껏 노래를 불렀고 낮엔 소꿉놀이를 지겹도록 할 수 있었다. 할 수만 있다면 평생 사촌 외할머니와 살며 군대 간 외삼촌과 먼 곳에 간 이모를 기다리고 싶었다.

"곧 집에 가게 될 거다."

아버지가 지폐를 오빠에게 건네주며 말했다. 오빠도 뭔가에 화가 난 듯했다. 아버지는 다시 차에 올랐다. 그리고 자동차는 먼지를 날리고 떠났다. 돌을 툭툭 차며 걷는데 몇 달 전에 엄마가 했던 말이 문득 생각났다. '엄마가 없으모 니가 엄마 대신이다. 동생들 잘 돌봐야 된다. 알것제…….' 그 말을 들을 당시에는 생각 없이 흘린 말이었고, 바로 그 순간까지도 까맣게 잊고 있었던 말이었다. 나는 갑자기 집에 가고 싶어서 자동차가 달려간 길을 향해 뛰기 시작했다. 아무래도 집에 엄마가 없을 것만 같았다. 오빠와 동생도 이유를 모른 채 나와 함께 달렸다. 트럭과 자동차들이 구름 같은 먼지를 일으키며 우리 곁을 지나갔다.

먼지를 뒤집어쓰고 사촌 외갓집에 들어서니 외할머니가 외출했던 차림 그대로 멍하니 마루에 앉아 있었다. 눈 밑이 짓무른 듯 붉었다. 뭔가 물어볼 말이 있었지만 외할머니가 울고 있으니 입을 다물 수밖에 없었다. 외할머니는 허둥지둥 손바닥으로 얼굴을 닦고 우리를 불러들였다.

"내 새끼들 오나?"

외할머니는 우리의 등을 쓸어주었다.

"아버지 봤나?"

"봤어요."

"그래, 그래……."

외할머니는 마루에 놓인 양은대야를 다급하게 우리 앞으로 밀고 왔다. 그리고 속에 든 것을 꺼내 허겁지겁 나누어주었다. 플라스틱 머리띠, 고무 슬리퍼와 원색 줄무늬 나일론 팬티들과 러닝과 과자였다. 강냉이를 튀긴 과자를 한 자루나 내놓았다. 우리는 과자를 잔뜩 먹은 뒤 새 팬티와 러닝을 입고 슬리퍼를 신고 머리띠까지 두른 채 사철나무로 달려가 매달렸다. 사철나무 붉은 열매는 노래하는 음표들 같았다. 거꾸로 매달려 주렁주렁 매달린 길쭉한 오이들과 옥수숫대 옆구리에 붙어 자라는 수염을 늘어뜨린 알알이 영근 옥수수와 보라색 가지들도 노래 부르는 것 같았다. 그리고 시간은 셀 수 없이 지나갔다. 일주일인지, 한 달인지, 일 년인지 알 수 없었다. 어느 순간 시간은 멈춘 것 같기도 하고 몸으로 파고들어 살과 피가 되는 것 같기도 하고 강처럼 나를 밀고 멀리멀리 흘러가는 것 같기도 했다. 오빠와 은하와 나는 다시 설탕물을 찍어 먹었고 비눗방울을 불어 날렸다.

아버지가 우리를 데리러 온 날은 남해안으로 태풍이 지나간 뒤였다. 사흘 동안 폭우가 내려 강물이 둑을 넘어와 땅콩밭이 잠겼다고 했다. 물이 제때 빠지지 않으면 땅콩이 모두 썩게 된다고 했다. 포도밭도 침수되었지만 다행히 포도는 수확이 끝나고 없었다. 학교 운동장과 마을 길도 침수되었다가 물이 빠져나가 폐허로 변했다. 사촌 외갓집의 대문 밖 변소도 넘쳐 마당과 길이 오물로 뒤덮였다. 우리는 냄새 때문에 코를 잡고 숨을 쉬었다. 말을 할 때는 입으로만 숨을 마시며 괴상한 소리들을 내질렀다. 외할머니는 물이 빠지자마자 오물을 걷어냈지만 그 자리에 커다란 파리떼가 까맣게 뒤덮였다. 외할머니는 파리를 쫓느라 냄새가 독한 흰 가루약을 질척이는 마당과 길에 뿌렸다. 그런 와중에 아버지는 마당에 놓인 디딤돌들을 밟고 사촌 외갓집에 들어섰다. 아버지는 외할머니께 정중하게 인사를 했다. 우리는 신이 나서 가방을 챙겼다. 악취로부터의 해방이었다. 외할머니는 마루로 올라가 앉더니 고개를 숙이고 울기 시작했다. 우리는 코를 쥔 채 외할머니 앞에 주르르 서서 인사를 했지만 외할머니는 고개를 들지 않았다. 눈물이 할머니 발등에 툭툭 떨어졌다. 마당의 디딤돌을 한 발 한 발 딛고 가느라 대문을 지날 때에야 돌아보니 외할머니는 그 자리에 그대로 고개를 숙이고 앉아 있었다. 나는 코를 쥔 손을 놓고 숨을 힘껏 들이마신 뒤 큰 목소리로 한 번 더 인사를 했다. 할머니는 얼굴을 들지 않았다.

그날 잠이 든 채 집에 도착해서 비몽사몽 중에 차에서 내렸을 때 다시 그 처녀를 보았다. 아버지 옆자리에 타고 왔던 처녀였다. 우리가 내리자마자 엄마가 커다란 여행가방을 차 안으로 밀어넣었고 처녀가 떠밀려 가는 몸짓으로 뒷자리에 올랐다. 차창 문이 열려 있었기에 처녀의 옆얼굴을 자세히 볼 수 있었다. 외할머니 집 액자 속에 있었던 얼굴이었다. 달팽이 모양의 핀이 검고 긴 머리카락 위에서 반짝거렸다. 핀은 모래색이었다.

"사촌 이모다. 맞지?"

나는 엄마에게 동의를 구했다.

차는 이내 요란한 소리를 내며 떠나버렸다.

"이모잖아. 그렇지?"

다시 물었을 때 엄마는 내 등을 사정없이 때렸다.

"이모는 무슨 이모?"

등에 불이 일어나는 것 같았다. 눈물이 쑥 빠져나왔다. 나는 긴 꿈에서 깨듯 진저리를 쳤다.

집에 들어가니 넷째, 동생이 태어나 있었다. 여동생이라고 했다. 이마가 넓고 눈과 입이 동그란 아기였다. 아기는 엄마 방이 아닌 할머니 방에 누워 있었다. 할머니는 우환덩어리라도 피하듯 돌아앉으며 재떨이에 담뱃대를 땅땅 두드려 재를 털었다. 그 소리에 아기가 울음을 터뜨렸다. 복숭아같이 작은 얼굴이 빨갛게 달아오른 채 매미처럼 악을 쓰며 울었다. 이미 너무 많이 울어 지친 것 같기도 했다.

아기가 우는데도 엄마는 쳐다보지도 않고 묵묵히 물을 데웠다. 그리고 마당에 내놓은 큰 고무대야에 데운 물을 붓고 찬물을 섞어 가득 채운 뒤 나를 밀어넣었다. 아기는 계속해서 울어댔다. 귀를 후벼 파는 듯한 고음이었다. 입을 꽉 다물고 이태리타월에 비누를 묻혀 내 몸을 힘껏 밀던 엄마는 참을 수 없다는 듯 갑자기 소리를 내질렀다. 그 집에서는 한 번도 안 씻기주더나? 꼴이 이기 뭐꼬, 시커먼 때 좀 봐라, 아이고, 살이 땡볕에 익다 못해 껍데기가 벗기지서 삭은 걸레 꼴이 됐다. 날아가던 까마귀가 조상님 조상님 카고 울것네……. 밥만 믹이모 아를 보는 긴가, 어쩌고저쩌고 하며 엄마는 점점 더 소리 높여 악다구니를 쳤다. 나는 엄마의 악다구니와 아기 울음소리 사이에서 정신을 잃을 것 같았다. 엄마, 아기 좀 달래. 그 말을 한 순간 엄마의 손바닥이 내 등을 내려쳤다. 허리가 폭삭 내려앉는 것 같았다. 나는 벌거벗은 채 고무대야 바깥으로 달려 나갔다. 손이 큰 데다가 물에 젖기까지 해서 등의 통증이 전기처럼 전신으로 퍼져나갔다. 장독 옆 매화나무 아래에 선 채 울 것 같은 얼굴로 엄마를 쳐다보니 엄마는 그 자리에 주저앉아 땀인지 눈물인지 모를 것을 젖은 팔로 닦고 있었다.

그 뒤에도 한동안 강변마을에서 있었던 이야기나 외할머니와 외삼촌, 이모 이야기가 무심코 입에서 튀어나올 때마다 등짝을 맞았다. 그 이해할 수 없는 통증은 비밀을 가르쳤다. 내 기억이 어딘가 떳떳하지 않은 것이다. 말하자면, 입에 올릴 수 없는 일이었다. 그런데도 다음 해 여름방학이 되었을 때 나는 강변마을에 가겠다고 부득부득 가방을 쌌다. 엄마는 묵묵부답으로 버티다가 조르는 나를 대문 밖으로 쫓아냈다. 나는 맨발로 담벼락 아래서 한나절을 보내야 했다.

오빠는 어느 날부턴가 강변마을에 대해 입을 굳게 다물더니 과묵해졌고 설탕물을 많이 먹어 앞니가 썩기 시작한 동생은 이내 기억조차 하지 못했다. 충치 때문에 설탕물을 금지당한 동생들은 더 많은 비눗방울들을 불어 날렸다.

그 여름의 기억은 굳게 잠긴 자물통처럼 내 몸 안에 묻혔고 나는 점점더 고독해졌다. 다시는 갈 수 없는 다른 세계에서 있었던 일이었고, 어디에도 입구가 없는 세계에서 일어난 일이었던 것이다. 말하지 않기로 하니, 그 일이 실제로 일어난 일이 아닌 것 같기도 했다. 나 자신이 망상병이 걸린 것처럼 느껴졌다. 그러나 어쩌다가, 곤한 낮잠이 들 때면, 매듭이 스르르 풀리듯 내 몸은 열려 강물 속으로 흘러간다.

땅바닥보다 더 낮은 바닥을 딛고 한 걸음 한 걸음 강물 속으로 걸어 들어갈 때 강의 표면은 따스하지만 물속은 서늘하다. 그 전체를 도무지 알 수 없는 탁하고 깊은 강물은 긴 척추를 휘며 근육이 단단한 물결로 내 몸을 밀기도 하고 감기도 하고 혹은 누르기도 하고 스스로의 부력으로 들어올리기도 하며 점점 더 깊은 곳으로 나를 데려간다. 나는 속수무책 떠내려가고 아래로 끌려 내려간다. 강물이 얼굴을 덮고 햇볕과 흙과 물고기와 수초의 냄새가 이마를 지나 다리 사이로 지나간다. 여기가 끝이 아니야, 속삭이며 까마득히 낮은 바닥으로 나를 끌어내리는 강, 더 낮은 바닥, 더 낮은 바닥으로…….

그리고 잠이 깨면 대각선을 그으며 아득히 밀려난 어느 낯선 강변이다. 나는 시간의 입자들이 잔광처럼 흩어지는 강변에 앉아 그해 여름이 비눗방울에 실려 둥둥 떠가는 것을 바라본다. ▪

흰 깃털 하나 떠도네

1

밤 열 시였다. 병원에서 운영하는 지하 장례식장은 귀성 인파가 몰린 버스터미널의 대합실처럼 붐볐다. 열두어 평 남짓한 홀에 좁은 통로만 남기고 단을 올려 칸칸마다 영정을 모셔놓았는데, 사람들은 좁은 칸 안에서 나뭇잎 위의 개미처럼 바글댔고, 통로 바닥의 신발들은 파먹힌 논고동 껍데기처럼 나뒹굴었다. 양복 차림의 남자들과 상복 차림의 상주들, 알루미늄 접시에 수육과 김치를 차려내는 여자들이 뒤엉켜 뭐라고 소리를 지르고, 우르르 마주 앉으며 절을 하고, 음식을 입에 밀어넣고 선 자리에서 술잔을 비웠다.

그 복잡한 홀에서 할머니의 영정사진이 놓인 칸을 찾기는 쉬웠다. 그곳만은 뻥 뚫린 것처럼 적막했기 때문이었다. 검은 원피스를 입은 야윈 여자 하나가 할머니의 영정을 약간 비낀 채 오도카니 앉아 있을 뿐이었다. 그에게 부음을 전해준 간병인이었다. 계영은 그제야 소란 속을 일정하게 흐르는 불경 소리를 들었고 음식 냄새와 뒤섞인 향내를 맡았다. 재채기가 일어날 것처럼 콧등이 간지러웠다.

계영이 신발을 벗고 올라서자 여자가 너무 오래 한 자세로 앉아 있었는지 힘들게 일어섰다. 일어선 여자의 두 발 끝이 눈에 띄게 안쪽으로 모여 있었다. 좀 심한 O 자형 다리였다. 계영은 참았던 재채기를 하고 말았다. 이런 여자는 어떤 느낌일까, 보기엔 좀 딱하겠지만 느낌은 확실히 다르겠지…… 재채기를 수습하고 목례를 하는 그 짧은 순간에 성적인 연상이 허술한 매듭이 풀려 실이 당겨져 나가듯 당혹스럽게 비약했다. 계영은 두 눈에 드러날 수 있는 동요를 지긋이 누르며 향을 피우고 술을 쳤다. 속으로 제 뜻과 관계없이 상스러워진 중년의 나이를 탓하며…….

할머니 영정사진은 늙은 호박색으로 바래 얼굴을 알아보기 어려웠다. 30년 전 환갑기념일 오후에 찍었던 사진이었다. 그날 방문객은 전혀 없었다. 외아들인 아버지가 죽었고 엄마는 재혼을 해 떠났기 때문이었다. 학교 갔다 온 계영은 할머니를 따라 사진관에 갔었다. 영정사진과 단둘뿐인 가족사진을 찍고 일어설 때 할머니의 눈에서 눈물이 새어 나왔다. 결막염을 앓는 오른쪽 눈 때문에 눈물은 구정물처럼 탁해 보였다. 내 새끼를 키우고 죽어야 할 텐데…… 할머니는 늘 계영을 걱정하고 죽음을 걱정했다.

그 불과 몇 달 뒤, 엄마가 계영을 데리러 왔다. 엄마는 할머니가 좋아하는 카스텔라를 빵가게의 비닐봉지가 가득 차도록 사 왔었다. 엄마가 절을 하려 하자 할머니는 앉은 자세 그대로 몸을 돌려버렸다. 엄마는 데운 우유 한 잔과 카스텔라 세 개를 까서 접시에 담아 내놓고 고개를 떨구고 앉아 있었다. 흡사 비닐장판의 칸들을 세듯 곰곰이 앉아 있던 엄마는 괘종시계가 다섯 시를 치자 과장되게 놀라며 상표도 뜯지 않은 두툼한 코트를 계영에게 입히고 새 장갑을 꺼내 묶인 끈을 함부로 당겨 끊고 손에 끼워주었다. 그리고 계영의 책과 옷가지 몇 개를 보스턴백에 성급하게 밀어넣었다. 그런 기척에도 할머니는 여전히 등을 보인 채 앉아 있었다. 엄마와 계영은 할머니 등을 향해 작별의 절을 했다. 양손에 가방을 든 엄마가 먼저 나가고 그가 신을 신고 현관에 서자 할머니가 더듬더듬 다가왔다. 얼마나 울었는지 눈을 못 뜰 지경으로 붓고 주름이 접힌 목까지 흠씬 젖어 있었다.

할머니는 젖은 손으로 계영의 왼쪽 손을 아프도록 꽉 잡았다. 손을 불구덩이에 넣은 듯 뜨거웠다. 계영은 간신히 손을 빼내고 문을 밀치고 나가 냅다 복도를 달렸다. 영아, 영아…… 할머니가 부르는 소리를 들으며 계영은 엄마를 놓칠세라 계단을 뛰어내려 갔다.

곧 열두 살이 될 계영은 엄마와 언덕을 내려가 버스를 탔다. 기차역에 도착해서 만두를 먹고 지루하게 기다려 밤기차를 탔다. 남쪽 지방의 어수선한 소도시에 내렸을 때는 아침이었다. 그리고 30년이 지나가버렸다. 어릴 때는 엄마와 할머니가 등을 졌기 때문에 할머니를 찾아갈 방법을 몰랐고, 좀 더 자라서는 마을 이름도, 돌아가는 길도 잊어버렸고, 어른이 되어서는 살기가 바빠 찾지 못했다. 마음 한켠에서 걸리지 않은 건 아니었으나 할머니가 아직도 그곳에서 살겠는가, 어딘가에서 돌아가셨겠거니 생각했다. 할머니의 부음을 들었을 때, 할머니가 죽었다는 사실 때문이 아니라 여태껏 살아 있었기 때문에 계영은 어리둥절했었다.

"1년 반쯤 할머니와 지냈어요. 마지막엔 거동이 불편해서 사람이 필요했거든요."

묵묵히 마주 앉은 채로 수십 분이 지난 뒤 여자가 처음으로 말을 했다. 발음에 모음 'ㅗ'가 많이 섞여 어색했다. 1욘 반쯤 할모니와 지냈오요, 하는 식이다.

"저는 손자 됩니다."

"이야기 들었어요. 유일한 혈육이시죠."

여자가 비난한 것은 아닌데도 계영은 듣기가 난감해 얼굴을 쓸어내렸다. 여자는 눈을 내리뜨고 있었다. 서른 후반쯤으로 보였는데 피부가 몹시 창백하고 얼굴이 납작했다. 끝이 말린 머리카락이 어깨까지 덮었고, 앞가슴 쪽으로 커다란 단추들이 달린 구식 원피스를 입고 있었다. 간신히 색은 맞추었으나 영안실에 걸맞는 디자인은 아니었다. 입술 끝과 긴 눈의 끝이 무너지고 있어 만만찮은 피로가 느껴졌다. 여자는 한 시간마다 한 번 꼴로 나갔다가 들어왔고 계영도 물을 마시거나 화장실을 가거나 담배를 피우거나 혹은 그냥 접었던 다리를 펴기 위해 들락거렸다.

병원 주변은 삭막하고 번잡했다. 영안실에 들른 조문객들이 방을 얻어 밤을 새우는지 정문 옆의 여관에도 들락거리는 사람이 끊이지 않았다. 반쯤 열린 창문으로부터 갑자기 여러 사람의 웃음소리가 터져나오기도 했다. 여관 출입문을 들락거리는 사람들의 얼굴은 졸리거나 슬픔에 지쳤거나 화가 났거나 심지어 유쾌해 보이기도 했는데, 그 표정의 배면에는 공통적으로 기묘한 결의와 흥분이 깔려 있었다. 그것은 계영도 마찬가지일 것이다. 그는 졸다가도 문득 낡은 아파트를 떠올렸다.

계영이 두 번째 커피를 마시러 나갔을 때, 여자는 좁은 화단가에 서서 담배를 피우고 있었다. 그는 별생각 없이 여자의 곁으로 다가가 화단 턱에 엉덩이를 대고 앉았다. 그러자 여자는 갑자기 담배를 끄고 지하 영안실 계단을 서둘러 내려갔다. 무릎 아래서 안으로 휘어진 두 다리가 도망이라도 치듯 불안정했다.

무심했던 계영은 여자의 경계심이 어처구니없었다. 그는 젊은 시절부터 가난과 우수를 잘 구별할 수 있었다. 우울한 여자라면 노력해볼 수도 있지만, 가난한 여자에겐 전혀 흥미가 없었다. 가난이란 일종의 불구와 같이 해결될 수 없는 성질의 문제인 것이다.

"그만 들어가서 쉬세요."

새벽 세 시였다. 계영은 앉은 채 고개를 떨구고 조는 여자에게 말했다. 여자는 간밤에도 영안실에서 지냈을 것이다.

"여긴, 내가 지킬게요."

생각지도 않은 아파트 한 채를 고스란히 상속받은 행운아는 마땅히 그만한 도리를 해야 한다. 하지만 간병인은 이야기가 달랐다. 가족이 왔으니 그녀의 공식업무는 끝난 게 아닐까……. 여자가 천천히 고개를 들고 맞은편에 앉은 계영을 쳐다보았다. 계영은 조금 놀랐다. 전면을 향해 있으면서도 기묘하게 방황하는 시선…… 사팔뜨기 눈동자였다. 계영은 공격이라도 받은 듯 시선을 외면했다가 이내 다시 쳐다보았다. 각기 다른 곳을 향해 있는 동공 속엔 호소와 두려움이 꼭 절반씩 떠올라 있었다. 계영은 갑작스러운 두통을 느끼며 한 손으로 이마를 짚었다. 여자가 왜 그런 눈으로 바라보는지 이해할 수 없었는데도 동시에 무언가 알아챈 것 같은 모순된 느낌에 사로잡혔다. 어쨌든 여자는 들어가서 쉴 생각이 전혀 없다는 듯 몸을 돌리더니 모로 누웠다. 영정 앞에서 그래도 되는지 모르지만, 계영으로선 상관없는 일이었다.

2

영구차는 아침 일찍 화장터로 떠났다. 시신을 실은 커다란 버스에 계영과 여자 단둘만 중간 자리에 앞뒤로 앉아 실려 갔다. 버스기사는 「회심가」를 틀어놓았다. 할머니가 그 집에서 어떻게 혼자 삼십 년이나 더 살아 있었는지 상상하기가 어려웠다. 계영이 엄마를 따라 떠났던 그 무렵에 이미 할머니의 삶은 모든 문을 닫아건 상태였다. 누군가를 만나지도 않았고 찾아오는 사람도 없었으며 공공요금 청구서나 각종 전단지 외에는 우편물도 없었다. 한 달에 한 번 은행에 가기 위해 아래 큰길로 내려가는 외출이 전부였다. 찬거리는 트럭이 실어 오는 푸성귀나 생선을 사두었다 먹었고 9월이 되면 벌써 연탄을 잔뜩 넣었다. 일용품은 아파트의 구멍가게에서 조달했다. 할머니는 겨울숲의 늙고 병든 곰처럼 몸을 질질 끌며 나머지 생애를 견뎠을 것이다.

그대로 저승까지 달려갈 것 같았던 영구차는 도심을 벗어나 길가에 거대한 돌조각들을 전시해놓은 묘지 조경가게들과 가족 납골당 등을 지나 화장터에 도착했다. 그곳도 붐비는 터미널 같기는 마찬가지였다.

화장 차례를 기다리는 동안 둘은 식당에서 설렁탕을 먹고 벚나무가 그늘을 드리운 화장장 앞 벤치에 앉았다. 화장장의 굴뚝에서 피어오르는 기름진 검은 연기가 주위의 소란을 흡수하는 듯 붐비는 중에도 정적이 감돌았다. 완벽하게 무위인 채 금박가루같이 쏟아지는 햇빛을 바라보고 있으니 존재로부터 이탈해 허공 속의 순수한 원형질로 환원되어 가는 느낌이었다. 그때 어디선가 흰 깃털 하나가 날려 와 거짓말처럼 눈앞에 멈추었다가 바람에 뒤집히며 높이 솟아올라 유유히 떠갔다. 깃털이 보이지 않을 때까지 눈길을 주고 있는 사이에, 순간 속에서 인생을 온전히 붙잡을 수 있을 것 같은 갑작스러운 가능성이 차올랐다. 스물두 살에 엄마가 죽은 뒤로 숨 쉴 틈 없이 그를 쫓아왔던 육식동물의 이빨들이 툭툭 부러져 발등 위에 떨어지는 듯했다. 계영은 놀라 여자를 쳐다보았다. 여자는 각기 다른 방향으로 달아나는 사팔뜨기 눈으로 묵묵히 마주 보았다.

군대를 다녀온 뒤 새아버지의 집을 나왔었다. 한 달치의 단칸방 월세와 등록금이 전부였다. 살기가 힘들다 보니 그때부터 여자들을 만나 1년씩 2년씩 함께 살아왔다. 여자들은 그에게 밥을 해 먹였고 옷을 사 입히고 정을 주었다. 그렇게 사는 동안 그는 여자들을 지치게 하는 법을 터득하게 되었다. 늘 여자들이 먼저 떠났기에, 다음 여자를 만나는 일도 간단했다. 그러다 처가 살림이 꽤 괜찮은 여자를 만나자 결혼도 했고, 지금의 회사로 옮겨 오기 전에 몇 차례 이직을 하며, 사이사이 작은 사업을 벌여 처가 재산을 들어먹기도 했다. 처가로부터 신용을 잃어버렸지만, 그다지 불편할 것도 없는 것이 장인 장모 죽은 후로 처형을 비롯한 두 처남들이 다 같이 호주로 옮겨 가버린 덕분이었다.

욕심은 많아도 눈앞이 어두운 아내는 계영이 적잖은 빚을 내어 증권을 사서 날려버리고 이자를 카드로 돌려 막는 것도, 2년이나 여자를 숨기고 있는 것도 전혀 눈치를 채지 못했다. 다만 계영이 제풀에 빚도 지겹고 여자도 지겨워서 어떻게 끝을 내나 궁리하는 중이었다. 방법이라고는 둘 다 아내에게 토설하는 수밖에는 없었다. 그러던 차에 할머니의 부음을 듣게 된 것이었다.

할머니의 아파트를 팔아치우면 지겨운 이 땅을 떠날 수 있었다. 그는 장례가 끝나는 즉시 이민수속에 들어갈 것이다. 미련이라고는 없는 것이, 어차피 더 나아갈 곳이 없었다. 인생이 단애처럼 잘려버린 느낌이었다. 친구 놈 하나가 몬트리올 롱레알에 자리를 잡고 있으니, 모든 것이 순조로울 것이다. 뜻밖의 유산상속 소식을 듣고서도 좀체 실감할 수 없었던 안도감과 기쁨이 처음으로 타액과 섞이며 넘어가는 음식처럼 생생하게 내장을 채웠다. 그가 떠나고 나면 영선은 많이 놀랄 것이다. 헛된 약속을 믿고 어느 나라로든, 이 땅을 떠나게 되면 가족이 아니라 저를 데리고 갈 줄로 철석같이 믿는 감상적인 여자이니 말이다. 그것이 아무리 지겹다 해도 남자의 허리는 결국 가족에게 묶여 있다는 것을 그 여자는 모른다.

계영으로선 영선도 이제 빚이었다. 몬트리올이 될지, 밴쿠버가 될지 혹은 돈이 부족해서 동부지역으로 정할지 아직 분명하진 않지만, 그곳에서는 아이들 앞에서는 물론이고, 어디에 내놓아도 저릴 것 없는 안정되고 근면하고 정직한 삶을 살 것이다. 캐나다는 그런 곳이니까. 일이 뜻대로 풀리지 않을 때에야 변칙적인 방법 외에는 자기 위로의 방식이 없지만, 형편만 풀리면, 굳이 숨어서 즐기고 싶지도 않았다. 심지어는 단조롭고 외롭고 조금 쪼들리더라도 사는 일을 그대로 받아들일 것이다. 빚만 없으면, 삶 자체가 공격적이지만 않으면 그도 얼마든지 소박하게 살 수 있었다. 정말 그곳에서는 주말에 이웃들과 바비큐파티나 하고 묽은 커피 맛에 길을 들이고, 골프를 치고, 일 년에 한 번쯤 단풍이 절정인 때에 메이플 가도를 따라가 퀘벡과 나이아가라폭포까지 긴 여행을 할 것이다. 하긴 그 큰 나라에서는 어느 쪽으로 떠나더라도 장거리 여행이 될 테니 체력도 키우고 마음의 여유도 가져야겠지.

계영은 맑은 햇빛을 향해 고개를 치켜들며 흐뭇한 미소를 지었다. 빛이다. 돈은 빚인 것이다. 계영은 침이 고일 지경으로 행복했고 억제할 수 없이 할머니가 고마워졌다.

"할머닌 어땠어요?"

"……."

여자가 대답은 하지 않고 막막하게 그를 쳐다보았다. 낮에 보니 먹처럼, 앞이 보이지 않을 것만 같이 검은 눈동자였다. 핀셋으로 그 얇은 막을 떼어내어주고 싶은 충동이 들었다. 그러면 그와도 퍽 닮은 눈이 될 것 같았다. 그는 그만 웃고 말았다. 여자가 움찔 놀랬다. 그러자 순식간에 긴장이 감돌고 어색해졌다. 여자는 대답하지 않을 작정인 듯했다. 하긴 계영도 자기 행운에 취한 나머지 공연히 해본 질문일 뿐이었다.

할머니가 죽었고 여태까지 그 아파트에 그대로 살았다는 소식을 들었을 때, 그는 부음을 아내에게 전하지 않았다. 아내는 그에게 할머니가 있었다는 사실을 알게 되면 오히려 의아해할 것이다. 그가 어리둥절했던 것처럼. 무엇보다 결혼생활 내내 그의 무능을 빌미로 은근히 괄시해온 아내의 헤벌어질 입안에 냉큼 행운을 밀어넣어주고 싶지 않았다. 상속과 이민이라는 새 역사는 계영이 집안의 헤게모니를 장악할 수 있는 결정적인 계기가 되어야 했다.

그는 여느 날과 똑같이 아침에 출근하는 모습으로 나왔다. 그리고 집 근처 세탁소에서 전에 맡겨두었던 검정 양복을 찾아 차에 실었다. 그리고 유유히 소도시를 빠져나와 고속도로를 달렸다. 마치 구렁이처럼 긴 허물을 스스스슥 벗어나는 기분이었다. 그다지 서두르지 않았다. 장례식을 하루 앞둔 날이니까.

장거리 운전을 하는 동안 그는 음악도 듣지 않았지만, 라디오뉴스 따위도 듣지 않았다. 전날까지만 해도 라디오뉴스는 불쾌한 가운데서도 기묘하게 그를 위로했었다. 이 나라의 신용불량자수가 350만이라느니, 자살률이 OECD 가입국 중 4위이며 상반기 빈곤자살자가 405명이라든가, 청년실업률이 전체 실업의 반이며 올해 대졸자 40여만 명 중 취업자는 2만 명에 불과하다든가, 하는 소식을 들으면 이상하게도 안심이 되는 것이다. 다들 같은 지경이야, 다들 죽을 지경이라고, 하는 식이다. 심지어 어떤 아파트가 한 달 사이 1000만 원이 올랐다거나, 최상층의 재산이 1년인지, 2년인지 사이에 두 배로 불었다거나, 1년 사교육비시장이 14조 규모라거나, 정치인이 기업으로부터 11억을 받았다, 100억을 받았다는 뉴스까지도 분노보다는, 그러니 이 지경이지, 하는 식의, 자신의 패배를 납득시키는 모종의 위로가 되었다. 도심 한가운데 쇠몽둥이를 든 강도가 날뛴다거나, 국민의 반은 사기꾼이라거나, 가임기 여성 넷 중 하나가 매춘녀라거나, 하는 과장된 소문까지도 그렇고말고, 하고 싶었다. 빚 때문에 일가족이 자동차를 몰고 저수지로 달려들었다, 병고와 생활고를 비관 끝에 자기 아파트에 불을 질렀다, 장기매매계약을 했다, 하는 소식을 들어도 위로가 되었다. 저 지경은 아니니 다행 아닌가, 하며……. 그러나, 이 모든 것도 이제 끝이다. 그와는 상관없는 일이 될 것이고 작은 분노나 절망은 물론 위로조차 되지 않을 것이다.

고속도로에서 빠져나가 국도를 달리기도 했고 작은 저수지가에서 두어 시간 동안 멍하니 앉아 있기도 했고 갓길에 차를 세우고 펄쩍펄쩍 뛰어보기도 했다. 가방 없던 어둠의 시간이 지나가는 것을 그런 식으로 마음껏 실감하고 싶었다. 이젠 아무도 그를 뒤쫓지 않을 것이다. 어떤 회사의 카드도 그를 괴롭히지 않을 것이다. 아무것도……. 계영은 영안실에 들어가기 직전에 집으로 전화를 걸어 갑자기 출장을 왔다고 둘러

댔다. 한 이틀 걸릴 거라고.

"할머니가, 뼈를, 고향 바다에 뿌려달라고 부탁했어요."

여자가 한참 생각을 한 뒤 또박또박 말했다. 그도 할머니 분골을 어떻게 처리해야 할지 생각하던 중이었다. 납골당을 쓰는 것이 그중 간단할 것 같았다. 그가 여자 쪽을 돌아보았지만 여자는 붐비는 화장장에만 눈길을 두고 있었다. 대기실 의자에 앉아 있던 중년 여자가 갑자기 몸부림치며 통곡하기 시작했다. 아들과 딸인 듯한 남녀가 여자를 붙잡았다.

"다른 이야기는?"

"……당신을 찾아서 전화하라고 했어요. 혈육이니까, 아마도 올 거라고 말했어요."

아마도, 라는 말의 뉘앙스와 혈육이라는 말에 계영의 얼굴이 붉어졌다. 자신의 존재가 오랜 옛날 할머니로부터 비롯되었다는 사실을 강조하면서 혈육의 도리를 모른 채 살아온 비정함을 지탄하기 위해 사용된 단어 같았다. 몸부림치던 중년 여자가 문득 정신을 놓은 듯 조용해졌다. 젊은 여자가 생수를 얼굴에 뿌리고 병째 입에 흘려넣고 있었다.

"고향이 어디랍니까?"

"강화도요. 강화도에서도 배를 타고 들어가야 한다고 했어요. 여자가 태어나기엔 아주 모진 땅이라고 하더군요. 전화번호부 뒤에 적어두었는데, 경황이 없어서 확인 못하고 왔어요. 바다가 내려다보이는 큰절이 있다고 했는데요."

보문사를 말하는 것 같았다. 그는 고개를 끄덕였다.

남해 보리암과 속초 낙산사와 함께 3대 관음 도량이라는 말은 들었지만 가본 적은 없었다. 길도 모르는 곳을 찾아가 분골을 뿌려야 한다니, 막상 귀찮아졌다. 여자가 진작 말했더라면 그의 차를 몰고 뒤따라왔을 것이다. 분골을 받아 바로 강화도를 나갈 수 있으면 모르지만, 일이 이렇게 되었으니 오늘 하루에 다 끝내기는 어려울 것 같았다. 두 시간이 지났는데도 할머니의 관은 대기 중이었다. 새삼스럽게 고향이라니…….

"할머니가 돌아가신 곳은 숲이었어요."

여자는 계영이 귀찮아하는 것을 눈치챈 것 같았다.

"거의 꼼짝도 못했는데, 마지막 날 아침엔 기분이 좋고 몸이 가볍다며 목욕을 하고 옷을 갈아입고 복도로 나가 서성댔어요. 그러다 숲에 가겠다고 나섰어요."

"숲?"

여자가 고개를 끄덕였다.

"할머닌 무엇을 찾는 듯 숲으로 자주 들어갔어요. 그날은 약수터까지밖엔 갈 수가 없지만. 페트병 세 개에 물을 담고 돌아보니 벤치에 앉아 있던 할머니가 가만히 옆으로 쓰러졌어요. 너무나 가벼워서 등 뒤에서 나비 한 마리가 살짝 미는 것 같았어요."

"……."

말하고 있는 동안 여자의 얼굴에 나무 그림자가 끊임없이 아른댔다. 나무 그림자 때문에 여자가 계속해서 현란하게 표정을 바꾸는 것만 같았다. 말하는 여자는 교묘한 생각을 하며 소리 없이 웃고 있는 것 같기도 했다. 당신은 누구요? 계영은 너무 놀라 하마터면 그렇게 물을 뻔했다. 여자의 얼굴에서 퍼져 나오는 모자이크 같은 파문이 그에게 말을 걸었기 때문이었다. 그 말을 자칫 알아들을 것만 같았기 때문이었다.

분골을 받아든 계영은 병원으로 돌아가 차를 몰고 할머니가 살았던 아파트로 갔다. 길을 몰라 여자의 안내를 받아야 했다. 5층짜리 아파트는 산속에 있었고 도로는 가팔랐다. 주차할 자리도 없어 몇 바퀴를 돈 뒤에야 간신히 끼워넣었는데 파킹한 자리가 워낙 급경사라 바퀴에 돌을 끼워야 했다.

그는 분골을 안고 커다란 미루나무들이 늘어서 있는 길을 걸었다. 아파트 꼴은 그래도 공원부지로 지정되어 보상을 받게 될 것이라니 값이 적잖이 나갈 것이었다. 그러나 부동산에 내놓더라도 당장 팔릴지 어떨지 걱정이 되었다. 이민수속을 밟아놓고 상속받은 아파트를 파느라 목이 빠지게 기다릴 생각을 하니 헛웃음이 나왔다. 그의 복잡한 마음과 달리 노랗게 물든 미루나무 잎사귀들은 바람을 타고 팔랑팔랑 흔들리며 넋처럼 가벼이 공중을 떠돌았다.

여자도 묵묵히 아파트 계단을 올랐다. 밖으로 돌출된 시멘트계단을 세 칸째 올랐을 때 문득 옛날의 기억이 이마에 부딪치듯 떠올랐다. 하지만 그건 기억이 아니라 흔들림이었다. 계단을 오를 때의 당혹스러운 흔들림. 아무래도 세 번째 계단이 다른 칸에 비해 높거나 낮은 모양이었다. 기억은 흔들리기만 할 뿐 불러오기에는 턱없이 까마득했다.

할머니 집은 복도 끝이었다. 끝이라는 점을 활용해 집 앞 복도에 온실처럼 유리창들을 댄 집이었다. 숲에서 파도 소리가 쏴아쏴아 들려왔다. 다른 곳에 비해 유독 바람이 많이 일어나는 곳이었다. 여자가 문을 열고 옆으로 비켜섰다. 몸을 구부리고 안으로 들어서니, 향냄새가 훅 끼쳤다. 유리를 댄 베란다에는 커다란 화분이 여러 개 놓여 있었다. 연산홍나무와 노인들이 좋아하는 군자란, 프리클리페어 선인장들과 불꽃처럼 타오르는 포인세티아, 꽃이 진 제라늄들이었다. 모두 여러 해를 묵은 늙은 식물들이었고, 화분마다 어김없이 뿔소라 껍데기 서너 개가 얹혀 있었다.

실내는 깊고 우묵하고 어둑했다. 벽들이 코에 닿을 것처럼 좁았다. 계영은 당황했다. 왜 아파트가 작다는 생각을 하지 못했는지 이상했다. 열한 살의 기억으로만 고집을 부린 모양이었다. 계영은 실망에 겨워 집장수처럼 한숨을 내쉬었다. 얼마나 오래되었는지 짐작조차 하기 어려운 세 짝짜리 싱크대와 벽에 걸린 찬장과 소형 냉장고와 가스레인지……. 다행히 간병인 여자가 단정한지 낡았음에도 불구하고 청결했다.

안방엔 창의 크기에 딱 맞추어 짜서 건 듯한 황금색 레이스커튼이 드리워 있어 가난한 살림에도 빛이 환했다. 방 안은 두 짝 베니어장롱과 문갑과 문갑 위의 텔레비전과 사진 액자 하나가 전부였다. 액자 속엔 영정을 찍던 날 할머니가 계영의 어깨를 안고 찍은 누런 사진이 들어 있었다. 남자아이의 얼굴엔 우울이 멜라닌색소처럼 짙게 덮여 있었다. 계영은 연민을 억제하며 멍한 얼굴로 사진을 들여다보았다. 사진에 박힌 남자아이도 할머니와 함께 늙어서 죽어버렸을 것만 같았다. 벽에는 달력도 한 장 없고 나무를 댄 못에 죽은 할머니의 치마와 여름 웃옷들이 걸려 있었다.

압도적으로 무거운 향냄새 때문인지 아흔한 살의 노파가 30년이나 살았던 방인 데다 마지막 1년 정도는 투병까지 했음에도 불구하고 별다른 냄새는 읽히지 않았다. 여자는 잠시 머뭇거리더니 계영이 들고 있던 분골함을 받아들고 작은 방으로 들어갔다. 벽지의 무늬마저 증발되어버린 누런 방엔 서랍장과 불단이 차려진 상 하나가 놓여 있었다. 두 개의 촛대와 종이 연꽃과 황금빛 부처상과 향로와 불경책이 놓여 있었다. 그 방은 아주 작아서 그것만으로도 가득 찼다. 여자는 분골함을 불단 위에 올린 뒤 방문 앞에 그가 서 있는데도 단호하게 문을 닫았다.

세찬 바람에 나뭇가지들 뒤집히는 소리가 파도 소리처럼 쏴아쏴아 울렸다. 계영도 큰방으로 들어가 앉았다. 몹시 고단해 벽에 등을 기댔고 얼마 후엔 비스듬히 누워 눈을 감았다가 느끼지도 못하는 사이에 잠들어버렸다.

오후의 잠은 그대로 밤까지 이어졌다. 파도가 밀려와 등이 다 젖는 꿈을 꾸다가 깨어났다. 계영은 현관문을 열고 밖으로 나갔다가 복도 가운데 우두커니 서버렸다. 숲에서 바람이 몰려와 머리카락을 헝클었다. 그는 다시 집으로 들어와 작은방 문을 두드렸다. 여자가 문을 살짝 열고 마루의 불빛 때문에 얼굴을 찌푸렸다.

"화장실, 어디 있죠?"

여자는 고개를 조금 더 내밀고 손짓했다. 바로 옆문이었다. 계영은 수초가 흐른 뒤에야 그 말을 알아들었다. 작은방 옆의 문을 열자 세면대와 변기만 달랑 놓인 좁은 화장실이 있었다. 전에 연탄보일러실 자리였다. 가스보일러로 교체하고 화장실을 들이는 등 집을 좀 수리했던 모양이었다. 방 안에서 한잠 자고 깬 탓인지 옛날 일이 또렷하게 떠올랐다. 옛날엔 복도 중간에 공동 화장실이 있었다. 잠들기 전에 어린 계영의 오줌을 누이기 위해 할머니는 소형 플래시를 들고 앞장섰었다. 불을 켜면 쥐들이 화들짝 놀라 대각선을 그으며 몸을 감추곤 했었다. 그리고 늦봄부터 여름 내내 허연 구더기들이 변소 바닥을 기어다니곤 했다. 어린 계영은 한밤중에 오줌 누러 가지 않기 위해 저녁엔 국이나 물을 마시지 않았다. 그로 인해 아침엔 된똥을 누게 되어 항문이 찢어지곤 했다.

그가 세수까지 하고 나가니 여자가 라면을 끓이고 있었다. 그들은 작은 상에 마주 앉아 뜨거운 라면을 먹었다. 건어올린 면을 입안으로 빨아들일 때면 두 사람의 머리가 부딪치기도 했지만 여자는 무신경하게 굴었다. 포만감은 몸을 더 무겁게 풀어놓았다. 젓가락을 놓자마자 계영은 아래로 끌려 내려가는 듯한 수마에 휩싸였다. 여자도 마찬가지인지 상을 버려둔 채 방 안으로 휘적휘적 들어가버렸다.

계영은 캄캄한 방으로 들어가 간신히 장롱에서 베개를 꺼내 베고 다시 잠 속으로 꼬꾸라져버렸다. 자는 동안 열이 올라 식은땀이 방바닥을 적셨다. 고열 속에서 계영은 해일처럼 덮치는 숲의 바람 소리와 지진처럼 흔드는 자신의 흐느낌에 놀라 화들짝 깨어났다. 자는 동안 목이 아프도록 운 게 분명했다. 머릿속에 물이 찬 듯 먹먹했다. 아직 새벽 한 시였다. 시간이 흘러가지 않고 오히려 거슬러 간 기분이었다.

잠이 깬 채 누워 있는 방은 좁고 깊은 상자 속 같았다. 계영은 불을 켜고 담배를 피웠다. 기를 쓰고 의젓한 척했지만 어릴 때 계영은 이런저런 공포증을 안고 살았었다. 방문을 닫지 못하는 폐쇄공포증, 인적 없는 모퉁이를 돌 때면 작은 여자 아기가 서 있는 환상을 보는 모퉁이 공포증, 길에서 무심하게 움직인 어떤 동작이 신호가 되어 간첩이 접근해 암호를 묻는 간첩공포증…….

그중에서도 벽지공포증이 있었는데, 자신도 모르게 무늬를 자세히 들여다보는 것으로부터 시작되었다. 처음엔 분명히 꽃다발 무늬였던 것이 보면 볼수록 하나하나 모양을 제멋대로 바꾸어가는 것이다. 길바닥에 깔려 납작해진 쥐가 되었다가, 털실 스웨터처럼 해진 고양이 시체가 되었다가 탱크 같은 무기가 되었다가 음험한 수초가 되어 일렁거리다가, 몸속의 심장이 되어 두근거리다가, 마침내는 물렁물렁하고 꿈틀거리는 점액질 괴물이 된다. 그리고 점액질 속에서 끓어오르는 기포들이 점점 커지면서 툭툭 터지고 터진 구멍들 중 하나가 어느 순간 계영을 벽지의 무늬 속으로 빨아들여버리는 것이다. 계영은 고독하게 공포에 시달렸지만 그렇다고 불을 끌 수도 없었다. 불을 끄면 해일처럼 덮치는 숲의 바람 소리 때문에 숨이 막혀왔다. 두 손으로 귀를 막아도 몸속에서 귀신들이 우는 것처럼 잉잉 울렸다.

계영이 불을 껐다가 켰다가 하며 오래 뒤척이면, 할머니는 잠에 취한 노곤한 음성으로 소라나무 이야기를 해주었다.

'영아, 무서워할 것 없다. 저 숲엔 아주 커다란 소라나무가 있단다. 소라나무 가지엔 커다란 뿔소라들이 잎사귀처럼 주렁주렁 달려서 흔들리지……. 상상해봐라, 뿔소라들이 바람에 흔들리며 쏴아아 쏴아아 파도 소리를 내는 것을……. 숲의 바람은 모두 거기서 시작된단다. 자거라, 내일은 커다란 소라나무가 있는 곳으로 가보자.'

계영은 소라나무를 상상하다가 잠이 들었지만 거짓말이라는 걸 알고 있었다. 숲 속에 들어가면 할머니는 늘 그랬던 것처럼 소라나무 있는 데로 가는 길을 잊어버렸다고 말했다. 할머니가 이따금 숲에서 뿔소라 껍데기를 주워 왔었지만 믿지 않았다. 심지어 할머니를 따라갔다가 숲길에서 뿔소라 껍데기를 밟고 깜짝 놀라기도 했었지만…….

3

눈을 떴을 때는 오전 열 시였다.

여자는 집 안에 없었다. 계영은 담배를 사기 위해 집을 나서다가 화분에 얹힌 뿔소라 껍데기 하나를 집어 들었다. 하필이면 입구 맞은편이 깨어져 앞뒤가 열린 것이었다. 자세히 보니, 기둥을 중심으로 네 개의 층을 따라 나선형의 결이 가파르게 돌며 아래로 흘러가고 있었다. 네 개의 마디를 가진 소라의 등에는 약간씩 아래로 휘어진 길고 튼튼한 뿔들이 돋아 있었다.

가게 앞에서 계영은 멈칫 섰다. 안에서 여자 특유의 음성이 들렸다.

"삐지만 않았다면 멍든 상처엔 소고기를 얇게 떠서 붙이면 잘 낫는데요."

"소고기를 바른다고? 난생처음 듣는 소리네. 정말 소고기가 들을까?"

"하지만 삐었으면 침이라도 맞아야 할 걸요."

"여기서 어떻게 침 맞으러 가? 아이고 죽겠네…… 아이고, 통증이 점점 더하는 거 같으니……."

"콜택시 불러서 같이 침술원에 가볼까요? 아니면 병원에 가던지."

"하루 더 견뎌보고……. 이참에 아예 가게문을 닫던지 해야지, 아랫길에 마트가 생긴 뒤로는 인수하려는 사람도 안 나서니……. 그런데, 이제 어떻게 해? 장례식도 치렀고 손자도 왔다니, 어디로 가?"

여자는 대답 없이 선반 위의 통조림을 줄 세우듯 반듯하게 정리하기 시작했다.

"처음 우리 가게에서 할머니를 따라나갔던 게 엊그제 같은데 어느새 할머니는 돌아가시고…… 또 정처가 없어졌네……. 어디 가지 말고 그냥 여기서 나하고 지내자. 지금처럼 내 일도 좀 거들어주고. 나 정말 꼼짝도 못하겠다. 이대로 문 닫으면 손해가 막심해……."

계영의 왼손에 불덩이 같은 열이 고였다. 계영은 손을 부드럽게 쥐었다가 풀었다가를 반복했다. 가게에 들어가니 안티푸라민 냄새가 코를 찔렀다. 여자는 생리대 상자를 풀어 선반 위에 쌓고 있었다. 여자가 그렇듯 계영도 인사를 하는 둥 마는 둥 하고 담배와 라이터를 사들고 나왔다. 등 뒤에서 가겟집 여자가 물었다.

"할머니 손자라는 사람이야?"

"예."

"아주 훤하게 생겼네. 그런데, 간밤엔?"

"……."

"둘이 같이 지냈어?"

"……."

"갈 데 없으면 당분간 가겟방이라도 써."

"그럴게요."

여자가 기어드는 소리로 대답했다.

계영은 가게 바로 앞 나무벤치로 가 앉았다. 담배를 하나 다 피우고 나자 가게에서 여자가 나왔다. 손에 캔이 하나 들려 있었다. 여자가 지나간 뒤 가게 안에 전화벨이 울렸다. 늙은 주인여자가 전화를 받는 소리가 들렸다.

"나 어제 저승 갈 뻔했어. 저 계단을 내려오다가 완전히 발을 접고 자빠졌지 뭐야. 내가 운동이라도 늘 하는 몸이니까 이만하지, 다른 사람 같았으면 뼈를 분질렀을 거야……. 척추라도 다쳤어봐, 죽느니만 못하지. 그럼, 아파서 꼼짝 못하고 있다. 그래……. 그런데 그저께 꿈이 이상하더라. 네가 이상한 신을 신고 어딘지 모를 길을 걸어가더라. 나무로 만든 신이 어떻게나 높은지 위태위태하더라. 너도 몸조심해라. 하기는, 니 꿈땜을 내가 했는지도 모르겠다. 소고기를 붙이면 낫는다니 한 번 해봐야지……. 나도 처음 듣는 소리다……. 요 앞에 너도 봤잖아, 할머니 병구완하면서 함께 지낸다던 여자. 응, 그래, 그 여자가 그랬어. 또 오갈 데 없는 신세지 뭐. 그럼, 일가붙이도 하나 없나봐. 무슨 사연인지는 말을 하나, 말이 통 없어. 그래도 할머니한테는 끔찍하게 했지. 할머니도 퍽 아껴주었고. 착해, 여자가 착해서……."

가겟집 여자는 다정한 음성으로 끈질기게 전화기를 붙들고 있었다. 계영은 벤치에서 일어나 왼손을 몇 번이나 쥐었다가 풀며 가게로 들어갔다. 가겟집 여자가 수화기를 귀에 댄 채 방 안에서 고개를 빼고 내다보았다. 머리를 밝은 갈색으로 물들인 쉰 살 후반의 여자는 한 평 방에 금고를 끼고 앉아 있었다. 다쳤다는 발은 몇 년이나 지난 여성지들을 포개어 그 위에 올려놓았는데 발등에 보라색 피멍이 들고 통통 부어 있었다. 계영은 피멍 든 부위를 만져보았다.

"아얏!"

여자는 비명을 지르면서도 기대하는 표정으로 올려보았다.

멍 가장자리가 자주색으로 변해가고 있었다. 계영은 왼손으로 발목을 쓰다듬다가 단번에 안쪽으로 비틀었다. 여자가 뱃속에서부터 비명을 내질렀다. 계영이 발목을 좀 주무른 뒤 손을 떼내자 여자가 긴 숨을 내쉬었다. 그리고는 발을 이리저리 돌리더니 환한 얼굴로 올려다보았다.

"어마, 안 아프네. 감쪽같네."

계영은 싱긋 웃었다.

"아이구, 고마워요. 이게 무슨 일이래? 신기하게 안 아프네……. 이봐요, 음료수라도 하나 마시고 가지……."

응? 아니야, 그게 아니고…… 여자는 다시 전화를 시작했다. 계영은 가게에서 나와 걸으면서 손을 펴 이리저리 살펴보았다. 계영의 왼손에는 통증과 상처를 낫게 하는 비밀스러운 힘이 있었다. 하지만 그건 엄마가 살아 있었던 때의 일이었다. 어른이 된 뒤엔 까맣게 잊고 있었던 능력이었다. 손의 힘을 알게 된 것은 엄마의 집으로 간 지 1년 정도나 지났을 때였다. 의붓아버지와 그쪽에서 온 남동생과 누나와 한집에서 사느라, 말과 표정은 없어지고 눈치만 잔뜩 늘었을 무렵이었다.

스케이트장에서 누나가 넘어지는 사고를 당했는데, 왼쪽 다리의 뼈가 휘어지면서 부러져버렸다. 순간적으로 정신을 잃었다가 깬 누나는 누가 생살을 뜯어내기라도 하는 듯 끔찍한 비명을 내질러댔다. 둘러선 사람들이 우왕좌왕하고 주인은 구급차를 불렀다. 그러나 누나의 비명은 처절함을 더해갔다. 구급차를 기다리고만 있을 수만은 없었다.

계영은 그때 왼손으로 이상한 확신이 흘러오는 것을 느꼈다. 그는 사람들이 말리는데도 불구하고, 불덩이처럼 뜨거워진 손바닥으로 부러진 다리를 덮었다. 차차 비명이 잦아들었다. 구급차가 도착했을 때까지 얼마의 시간이 흘러갔는지 알 수 없었다. 얼음판 위에 쓰러진 누나의 눈이 계영을 바라보았다. 여전히 눈물은 흐르고 있었지만 고통이 사라진 눈이었다. 의심과 적대감이 지워진 순수한 응시였다. 그 후론 집 안에서 지내기가 한결 수월했다.

돌아가니 여자가 아침도 점심도 아닌 밥상을 차리고 있었다. 가게에서 가져온 참치캔으로 찌개를 끓였고, 김과 깻잎과 명란젓갈과 계란찜을 차려냈다. 보기보다 실속 있는 살림살이였다. 그는 창을 향해 앉았다. 마주 앉은 여자의 모습이 역광을 받아 얼굴을 분간하기 어려웠다.

첫 숟가락질을 떠 흐물흐물한 계란찜을 입안에 머금는 순간 펑, 하고 병마개가 열리듯 몸 구석구석으로 슬픈 김 같은 것이 아릿하게 퍼져 나갔다. 누군가가 언제 가장 행복했었느냐고 묻는다면, 열 살과 열한 살의 2년 동안이라고 대답할 것 같았다. 할머니와 밥을 먹었던 그 나날들이었다고……. 고개를 들어보니 마루 창에 초가을 빛이 체로 친 금박가루처럼 쏟아지고 있었다. 역광을 받으며 조용히 젓가락을 부딪치는 여자의 얼굴선이 잎사귀 속의 잎맥처럼 가녀렸다.

4

강화도에 들어설 때부터 하늘에 검은 구름이 몰려들어 마음이 초조했다. 나중엔 저녁처럼 어두운 길을 달리며 되는대로 하자고 마음을 먹었다. 섬으로 들어가는 배에 올랐을 때는 그날 계획 따윈 완전히 버린 뒤였다. 금세 바다를 건너갈 듯싶은 가까운 거리였다. 수십 마리 갈매기들이 배 주위를 에워싸고 어지럽게 선회하고 있었다. 그들은 석모도를 향해 난간에 기대서서 담배를 피웠다.

"비예요."

배가 막 출발할 때, 여자가 가느다란 비명을 질렀다. 눈 속으로 빗방울이 떨어졌는지 계영을 쳐다보는 왼쪽 눈 속에 물기가 그득했다. 여자는 담배를 쥔 손바닥으로 눈을 덮었다. 아무도 알 수 없는 이유로 우는 것처럼 보였다. 첫 빗방울에 부딪쳐 존재가 부서질 수도 있을 것같이 연약한 모습이었다. 여자가 눈에서 손을 떼어냈을 때 계영은 낯익은 감정에 와락 빠져들었다. 빗장뼈에 뭔가가 걸리는 것 같은 통증까지 동반한 기억의 병목현상……. 그러나 재채기 같은 미묘한 간지러움과 횡경막 근처의 아픔 외에 말로 할 수 있는 기억은 건져지지 않았다.

비는 곧 굵어져 선실 안으로 들어가야 했다. 선실 벽에 대어 만든 긴 의자에 섬 주민인 듯한 늙은 남자 둘과 중년 여인과 어린 소녀가 앉아 있었다. 남는 자리엔 초록색 비닐커버가 길게 찢어져 스펀지가 내보였다. 비가 와서 그런지 먼지 낀 유리창문과 페인트칠이 벗겨져 나간 쇠기둥과 군데군데 밀린 싸구려 바닥재의 낡은 질감들이 유독 선명했다. 계영은 사물들을 외면한 채 열린 창을 향해 섰다. 여자도 앉을 생각은 않고 불안정한 자세로 그의 옆에 서 있었다.

계영은 샌들 끝에 밀려나온 여자의 발가락을 좀 놀란 눈으로 보고 있었다. 밀가루로 빚어놓은 듯, 금세 짓이겨질 것같이 미숙해 보이는 발가락들과 비늘처럼 얇은 발톱이 튀어들어오는 빗방울에 젖고 있었다. 발등이 싸늘하게 식어 있을 것 같았다. 긴소매의 검은색 원피스 차림에 비해 샌들은 허술해 보였고 계절에도 맞지 않았다.

배에서 빠져나온 계영은 선착장 바로 앞의 식당에 차를 세웠다. 쏟아지는 빗속에서 할 수 있는 일도 없었다. 그리고 더 나은 식사를 하기 위해 공연히 차를 몰고 다니고 싶은 마음도 없었다.

냉랭한 방에 방석을 대고 앉아 꽃게탕을 시켰다. 여자는 가방을 뒤적여 검고 동그란 고무줄을 꺼내더니, 축축해진 머리카락을 가볍게 흔든 뒤 하나로 모아 느릿느릿 묶었다. 유난히 볼록한 뒤통수의 형태가 선명하게 드러났다. 여자의 손이 움직일 때마다 풀줄기가 베이는 듯한 내음이 났다. 그러자 계영의 머릿속 한 부분이 익은 석류처럼 쩍 벌어지는 듯했다. 그는 여자를 알고 있었다.

기억 속의 여자는 계영과 같은 열한 살이었다. 아이가 이런 여자로 자랐다는 것이 신기했다. 얼굴도 없었던 것처럼, 입술 아래의 점은 물론이고 따로 방황하는 두 눈조차 기억나지 않았다. 그러나 낯선 얼굴을 지나 몸의 움직임들을 지나, 무엇이 한 인간의 기호가 되는 것인지 몰라도 그는 알아보았다. 마치 심장으로 본 것처럼. 이상한 감응이었다. 유난히 볼록하게 도드라진 뒤통수가 단서였을까……. 그러고 보니, 좀 심한 O 자형 다리도 기억났다.

계영은 담배를 꺼내 물었다. 질문 따위를 던질 필요는 없어 보였다. 언제인지는 모르지만, 적어도 여자가 먼저 계영을 알아본 게 분명했다. 할머니의 방 문갑 위에 환갑기념일에 함께 찍었던 사진이 놓여 있지 않았던가. 여자는 그가 영안실에 도착하기도 전에 이미 알고 있었을 것이다. 식당 한켠에는 작은 여자애가 인형과 살림살이를 펴놓고 혼자 속살거리고 있었다. 여자의 시선은 두 갈래로 나뉘어 아이와 문 바깥의 빗줄기를 동시에 보고 있었다. 아이는 세일러문 로고가 그려진 핑크색 플라스틱 가방 속에서 작은 빗과 거울을 꺼내고 빗줄기는 화살처럼 팽팽하게 떨어져 포장도로 위에서 부러지며 튀어올랐다. 조금 전 배를 뒤따라온 갈매기들이 낮은 허공에서 배회하고 있었다. 두 개의 시선으로 벌어져 있는 여자의 동공이 금세라도 뺨 위로 굴러떨어질 것만 같았다.

어린 여자는 일본에서 전학 와 한 반이 되었다. 발음과 옷차림 때문에 심하게 놀림을 당했었다. 입안 어딘가를 동그랗게 오므리는지 모든 발음에 'ㅗ' 소리가 섞여 나왔고 받침 발음은 ㄹ 외엔 모두 흐지부지했다. 일고, 요도올, 아호, 욜…… 하는 식이었다. 입고 오는 옷은 정교하고 단단했음에도 불구하고 색깔과 무늬가 몹시 낯설었다. 그때 계영은 몰랐지만 O 자형 다리와 사팔뜨기 눈도 놀림거리였을지 모른다. 아이들은 오, 발음을 길게 늘여 오오사카상이라고 놀렸다. 어린 여자는 계영의 앞자리에 앉았다.

어린 여자는 수업시간에 가끔 필통에서 고무줄을 꺼내 머리를 하나로 묶곤 했다. 풀 베이는 냄새가 나고, 갑자기 희디흰 귀와 목덜미와 유난히 볼록한 뒤통수가 드러나면 계영은 나머지 수업에 집중할 수가 없었다. 어느 날 아침에 그의 앞에 가만히 다가와 멈추어 섰던 안쪽으로 모아진 두 발……. 계영이 신발이 든 비닐봉지를 걸이에 끼울 때였다. 어린 여자는 낯선 색깔의 천조각들을 꼼꼼하게 기워 만든 주머니를 내밀었다.

계영은 그날부터 주머니 안에 신발을 넣었다. 어린 여자의 것과 구별하기 어려울 만큼 비슷한 것이어서 신발걸이 앞에 서서 주머니를 자주 바꾸어야 했다. 자연히 하교할 때 운동장을 가로질러 나란히 걷는 횟수도 잦아졌다. 그런 날은 계영이 여자애의 집까지 따라 걷기도 했고, 중간의 공원에서 헤어지기도 했다. 또 여자애가 계영의 집까지 온 적도 있었다. 추석 뒷날, 여자애가 송편을 접시에 담고 비닐로 덮어 가져왔을 때는 할머니와 숲을 산책했었다. 그날도 할머니는 소라나무가 있는 곳으로 데려다 주겠다고 거짓말을 했었다.

계영과 어린 여자와 다른 여자애 하나가 같은 조가 되어 일주일 동안 도서관 청소를 함께한 뒤로 아이들은 둘을 한데 묶어 오오상과 사카상이라고 놀려댔다. 화장실과 교문 벽에 이상한 그림을 그린 낙서 소동도 일어났었다. 낙서한 아이를 찾느라, 전교생이 하교해버린 싸늘하고 적막한 토요일 오후에 반 전체가 두 시간 동안이나 책상 위에 꿇어앉아 팔을 들고 서 있기도 했다. 그 일로 계영과 어린 여자는 반 아이들 전체의 미움을 샀다. 오오상 사카상, 오오상 사카상, 아이들 놀림에 둘은 눈도 마주칠 수 없게 되었다. 계영은 여자애가 준 신발주머니를 옷장 서랍 속에 감추고 비닐주머니를 썼다. 계영은 늘 혼자였고 자주 코피가 터지도록 싸웠다. 그리고 겨울방학이 되었고 엄마를 따라 역으로 가 기차를 타고 먼 남쪽으로 떠났다.

생각이 나지 않았던 것은 아니었다. 사는 일을 도무지 이해할 도리가 없었던 열두 살에도 혼자 오오상으로 불리고 있을 어린 여자를 생각하면 가슴속을 때리며 급한 물살이 돌 듯 아팠다. 열세 살에도, 열네 살에도, 몇 년 동안 늘 그 이름은 우물 속에 빠뜨린 새하얀 깃털처럼 의식의 표면을 떠돌았다. 언젠가 꼭 완료해야 할 일이 있는 것처럼 어린 여자의 유독 흰 얼굴과 볼록한 뒤통수와 안쪽으로 모인 두 발이 생각났었다.

의붓아버지의 집에서 밥을 먹고 학비를 타 쓰며 열일곱 살이 되고 열여덟 살이 되면서, 얼굴도 지워지고, 뒤통수와 발도 사라지고 특유의 발음도 더 이상 들리지 않았다. 하지만 그건 망각이 아니었다. 오히려 너무 반복해서 떠올린 나머지 모든 것이, 심지어 자신의 열한 살조차 실체가 아니라 착각이거나 몽상이 파 내려간 통로조차 없는 검은 우물처럼 존재의 깊은 곳에 매몰되어버렸다.

누구에게나 그런 흰 깃털 같은 존재가 하나쯤 있지 않을까. 그래서 이따금 이유도 없이 횡경막을 들썩이며 아픈 재채기를 하게 되고 뇌 속의 신경 하나가 매듭진 듯 걸려 갑작스러운 두통을 앓는 것이다. 꿈과 생시의 중간에서 존재하는 사람, 언젠가 만나면 그 시간은 꿈도 아니고 생시도 아니어서 함께 갈 곳도 없고 나눌 이야기도 없고 지을 표정조차 없을 사람…….

여자는 꽃게살 같은 건 먹어본 적도 없는지 맨밥과 국물만 떠먹었다.

그렇다고 달리 뭘 해본 게 있을 것 같지도 않았다. 무심한 것인지, 초연한 것인지, 냉정한 것인지, 선량한 것인지, 좀 모자란 것인지……. 계영은 게 껍데기를 뜯어 손에 쥔 채 머뭇거렸다. 밥을 비벼 먹어보라고 권하고 싶었지만 목이 콱 막혀 말도 못한 채 다리들을 분질러 츱츱 소리를 내며 빨아 먹었다. 꽃게 살을 파먹는 동안 계영의 이마에서 땀이 비질비질 흘렀다.

아내가 가진 행복의 기준은 리빙잡지와 패션잡지의 코팅된 화보 속에 있었다. 리빙잡지의 실내 데커레이션과 새로운 패션과 요리와 신상품을 향유할 수 있는가 없는가에 따라 무력해지고 절망하고 자부심을 느끼기도 하고 불행해졌다. 그녀의 언니와 친구들도 마찬가지였다. 같은 기호를 교감하고 공유하는 패션매거진의 정기구독자들. 결혼 후 계영은 아내와 아이들에게 아파트와 냉장고와 침대보와 마룻바닥과 유행에 맞는 백과 옷과 훌륭한 학원들을 제공하는 방법적 존재였다. 아무리 뛰어도 언제나 부족하고, 무능했다.

노력은 추상적인 것이고, 직접적인 것은 늘 상품이었다. 더 나쁜 것은 실제로는 아무것도 실감하지 못한다는 사실이다. 소유는 일회적으로 충족된 뒤에 이내 권태로 이어지며 권태는 더 비대한 결핍을 생산한다. 계영은 때로 아내 때문에 인생이 허비되고 있다는 환멸과 구토증에 시달렸다. 삶과 너무 멀어진, 마치 쇼룸에 설치된 모델하우스같이 상품으로 구성된 공백의 삶. 교활하게 코팅되어 그 속으로는 도저히 스며들 수 없는 삶……. 계영은 그렇게 탕진되어왔다. 계영이 집안에서 가장다운 헤게모니를 쥔다 해도 마찬가지일 것이다. 그것은 꿈이 이루어져 밴쿠버로 떠난다 해도, 아니 지구 끝까지 간다 해도 변하지 않을 것이었다.

계영은 한숨을 푹 쉬었다. 여자가 묻는 눈으로 쳐다보았다. 여자는 아내와 달리 큰 것을 요구하지 않을 것 같았다. 새 아파트나 명품핸드백, 공부 잘하는 아이, 자랑할 만한 직위를 가진 남편, 유럽여행 대신 여자는 치약이나 식빵, 혹은 고기나 생리패드, 간장이나 식초, 비닐구두 같은 것들을 사달라고 하겠지. 크기가 다양한 바늘과 색색가지 실을 사고, 겨울 동안 따뜻하게 보내기 위해 보일러에 기름을 가득 넣자고 하겠지…….

그리고 그가 진짜 좋아하는 고등어구이와 풋고추만 잔뜩 넣은 된장으로 저녁밥을 먹은 후 소라나무를 찾아 밤의 숲으로 갈 것이다. 보름달이 없다면 플래시를 들고라도 나가겠지.

그 숲에서 어쩌면 소라나무를 찾을 수 있을지도 모른다.

"할머니가 부르던 노래 기억나세요?"

여자가 물었다. 노래라니, 전혀 떠오르지 않았다.

"노돌 강뵨 봄바람에 휘휘 놀오진 가지에다가 무정세월 한 호리를 친친 동요서 메오나 볼까……."

여자가 할머니 흉내를 내듯 낮은 소리로 노래했다. 특유의 'ㅗ' 소리가 많이 들어간 노래…… 계영은 그만 여자의 이름을 부르고 싶었다.

"맞아요. 어릴 때 들은 그 노래, 생각나요……."

계영이 고개를 끄덕이자 여자가 고개를 안으로 숙이고 머리를 흔들며 웃었다.

소주를 곁들인 긴 식사가 끝나자 계영은 식당에 앉은 채로 방을 잡았다. 근처 민박집 여주인이 우산을 들고 손님을 끌러 왔던 것이다. 여자를 먼저 보낸 뒤에 계영은 다시 소주를 시켰다. 그리고 화장실에 가서 거울 속의 낯선 얼굴을 쳐다보았다. 붉게 충혈된 눈, 자주색 입술, 두꺼워진 얼굴 피부, 불어난 체구, 더러운 손……. 그토록 뻔뻔스럽게 버텨왔으나, 처음으로 존재 전체가 순순히 부끄러웠다.

5

이른 아침인데도 섬의 모퉁이 선착장엔 먼저 온 무리가 있었다. 관광버스 운전석 아래에 영천사라는 사찰명이 붙어 있었다. 그들은 길고 긴 흰색 나일론 천으로 역 트라이앵글을 만들고 바다를 향한 면에 음식들과 작은 상자들을 줄지어 차려놓았다. 그리고 서른 명쯤 되는 신도들이 트라이앵글의 두 변을 따라 서서 합장하여 경을 외우고 연신 절을 하였다. 방생의식이라고 했다. 광택이 나는 희디흰 승복 위에 핏빛 천을 두른 스님이 징을 두드려 산신을 부르고 북을 두드려 용왕을 오래 불렀다.

배를 잠시 빌려주기로 한 선주는 방생이 끝날 때까지 기다리자고 했다. 계영과 여자는 선주와 함께 선착장에 걸터앉았다. 스님은 이제 양 손등에 황금바퀴 같은 커다란 바라를 끼고 파랗게 민 맨머리 위로 번갈아 올리고 내리고 휘휘 돌리며 춤을 추었다. 바라가 빙그르르 돌고 뒤집어질 때마다 아침 빛이 번쩍번쩍 반사되어 스님의 머리와 얼굴에 황금빛 반사광을 퍼부었다. 춤은 역동적이면서 유연하고 땅을 딛는 스님의 발은 목화솜처럼 가벼웠다. 바라춤이 끝나자 이번에는 두 손등에 커다란 종이 연꽃을 끼웠다. 음악도 없고, 파도도 없었다. 신도들도 합장한 채 굳게 입을 다물었다. 해변의 정적 속에서 스님의 춤은 무아의 한

가운데를 유영하는 물고기처럼 느리면서도 가볍고, 단순하면서도 깊고 무의미하고도 팽팽했다.

잠이 부족했던 계영은 앉은 채로 잠시 존 것 같았다. 문득 눈 속으로 새하얀 비둘기 한 마리가 날아들었다. 여자가 아, 하는 비명을 질렀고 계영은 반사적으로 얼굴을 돌려 피했다. 그의 다리 아래 바위틈으로 새끼 비둘기 한 마리가 휴지뭉치처럼 떨어졌다. 그리고 잇달아 대여섯 마리의 비둘기가 비틀거리며 낮게 날다가 선착장 시멘트 길바닥에 내려앉았다. 신도들이 방생하려고 가져온 생물은 물고기나 바다자라가 아니라 뜻밖에도 비둘기였다.

상자들이 계속 열리고 곧 해변의 빈터와 선착장은 비둘기로 하얗게 덮였다. 하늘엔 사나운 울음소리를 내는 육식성의 갈매기떼가 회색 덩어리로 뭉쳐 떠 있었다.

비둘기 한 마리는 낮게 날다가 내려앉을 수 없는 파도 위에서 놀라 허우적대더니 급선회해 선착장 쪽으로 돌아와 떨어졌다. 새는 옆으로 누운 채 푸른 배설물이 묻은 꽁지를 바들바들 떨었다. 유독 희고 어린 비둘기였다. 계영은 두 날개를 잡아 올렸다. 왼손에 불덩이 같은 열이 흘러들었다. 생각했던 것과 달리 날개가 마분지로 만든 것처럼 딱딱했다. 계영은 엉성한 폼으로 새를 가슴에 안고 왼손으로 쓰다듬었다. 새가 도망갈 생각도 않고 머리를 들고 배추씨앗같이 검은 눈으로 그를 바라보았다.

여자가 계영을 향해 처음으로 부드럽게 웃었다. 의미가 미궁으로 가라앉는 듯한, 한없이 깊은 동의와 공감의 웃음……. 비둘기들은 계속해서 어둡고 좁은 상자 속에서 풀려났다. 그리고 멀리 가려 하지 않고 태풍에 떨어지는 풋과일처럼 해변 여기저기에 떨어졌다.

할머니의 분골을 바다에 뿌리고 돌아오니, 관광버스는 떠나고 없었다. 그사이 선착장과 그 아래 바위틈에 죽은 비둘기들이 흩어져 있었다. 더러는 벌써 갈매기떼의 공격을 받아 붉은 핏자국과 새하얀 깃털더미로만 남아 있었다. 바람이 불자 흰 깃털들이 바다로 날아갔다. 계영은 어울리지 않게도, 작은 비둘기 한 마리를 아직도 가슴에 끌어안고 있었다.

6

절에다 제를 맡기고 의식을 치른 뒤 배에 올랐을 때는 오후 세 시였다. 전날과 달리 쾌청했지만 바람이 심했다. 배의 선실로 들어서자 여자는 헝클어진 머리카락이 귀찮은지 가방에서 고무줄을 꺼내 하나로 묶었다.

"할머니는 어떻게 알게 되었어요?"

당신은 오유자지요? 나는 김계영입니다. 그 말을 어떻게 해야 할지 몰라 잔뜩 망설이다가 불쑥 해버린 질문이었다.

"슈퍼에서요. 물건을 고르면서 할머니의 이야기를 듣게 되었어요."

여자는 배의 엔진 소음 때문인지 얼굴을 찌푸리며 조금 시간을 흘려보냈다. 여자의 동공들이 이리저리 방황했다.

"할머니가 간병할 사람을 찾는다고 하더군요. 그래서, 그 길로 할머니를 따라갔어요. 가서, 좀 놀랬죠."

"왜?"

"……그냥요. 방에, 그냥……."

엔진 소음에 묻혀 마지막 말은 잘 들리지 않았지만, 여자가 애써 숨기는 것이 무엇인지 알 것 같아 계영은 웃었다. 여자는 안방 문갑 위에 놓인 액자 속에서 계영을 발견하고 놀랬을 것이다. 틀림없이 그 때문에 놀랬을 것이다……

"할머니와 난, 혈육 같았어요."

여자가 갑자기 커다란 소리로 외쳤다.

"혈육 속에 존재하는 어떤 원망의 부분조차 없는 진짜 혈육이요."

여자는, 모든 혈육은 태어나자마자 원망을 시작한다고 확신하는 태도로 말했다. 왠지 화를 내는 것 같기도 했다.

"가족은 없어요?"

여자는 대답 대신 그의 가슴에서 비둘기를 받아 앉았다.

"……아이들을 먼 친척집에 맡긴 지 2년이나 됐어요."

여자의 얼굴에 어리는 고통이 어찌나 급작스러우면서도 격렬한지 계영은 움찔했다.

"이제, 아이들을 데리고 올 거예요."

여자가 그를 향해 거의 도전적으로 눈을 떴다. 각기 다른 의지를 가진 듯한 두 눈에 파란 불꽃이 일어나는 것 같았다. 그토록 결연한 일인 모양이었다. 여자의 입술이 황야에서 겨울을 보낸 듯 하얗게 말라 있었다.

"거처는 정했나요?"

주제넘은 질문이지만, 가겟집 여자의 말이 생각나 물었다. 여자는 입을 꼭 다문 채 눈으로 경고하는 것 같았다. 더 이상 묻지 말아요. 그러나 다른 쪽 눈은 어딘가 다른 곳을 방황하고 다른 말을 하고 있었다. 계영은 마침내 하고 싶은 말을 했다.

"나는, 당신을 알고 있는 것 같아요."

이상한 문장이지만 그렇게밖에는 표현할 수 없었다. 이리저리 불안하게 움직이던 여자의 눈동자들이 전면을 향해 멈추었다.

"이름이 오유자지요?"

"……잘못 아셨어요."

여자는 지나칠 정도로 냉담하게 말했다. 계영은 당황했다. 여자는 그가 알아봐주기를 기다렸던 게 아니었던가……. 그가 알아보는 순간 여자는 계영의 둔감함을 질책하는 눈길로 가면을 벗듯 일시에 표정을 바꾸며 방긋 웃어주어야 했다. 그래서 둘은 잠시 어색한 순간을 흘러보낸 뒤 이내 당시의 아이들처럼 오오상, 사카상, 하며 서로를 놀려주어야 했다. 그리고, 하루, 이틀, 사흘, 나흘…… 그 어둡고 우묵한 아파트에서 함께 자고 일어나다 보면 몸을 섞기도 할 것이다. 차차 그는 돈을 벌러 나가고 여자는 살림을 하며 인생의 바깥에서 나날을 흘러보낼 수도 있었다. 1년이 가고 2년이 가고 3년이 흘러가면 언젠가는 가족이 그를 잊고 그도 가족을 까마득히 잊을 것이다. 남자들은 그렇게 사라지는 것이다.

계영이 난감해하는 사이에 배가 선착장에 도착했다. 그는 서둘러 차를 몰고 배에서 내려야 했다. 계영이 여객터미널 사무소 앞 주차장에서 담배를 피우는 동안 여자는 긴 선착장을 천천히 밟고 왔다. 여자의 품안에 어린 비둘기는 없었다. 배의 꽁무니를 그악스럽게 따라왔던 갈매기떼가 한 덩이 먹구름처럼 하늘에 떠 있었다. 배의 좌측 파도 위에서 흰 깃털 두어 개가 반짝이며 날아오른 듯도 했다.

다 저녁인데도 아파트에 도착하자마자 여자는 가방을 들고 나섰다. 할머니의 장례식을 마무리 지어야 했기 때문에, 이 집에 머물러야 했던 것은 오직 그 이유밖에는 없었다는 점을 명백히 하려는 듯이. 그건 또 사실이기도 했다. 계영으로서는 하룻밤을 더 지내자고 붙잡을 핑계도 없었고 이유도 없었다.

"간병하느라 오래 고생했는데, 사례는 받았나요?

"물론이죠."

여자가 사무적으로 대답했다.

"충분히요?"

여자가 아픔을 참는 표정을 지으며 계영의 몸과 턱 사이쯤을 잠시 바라보더니 고개를 끄덕였다.

"이제 어디로 가세요?"

"역으로요. 기차를 탈 거예요."

"데려다 줄게요."

계영이 검은 웃옷을 다시 입었다.

"아뇨, 그러지 마세요. 중간에 볼일이 남아 있어요."

여자가 서운할 정도로 단호하고 차갑게 말했다. 어쩌면 그 여자는 오유자가 아닐 것 같기도 했다. 그가 착각한 것이다. 열두 살의 얼굴을 전혀 가지고 있지 않은 여자를, 30년이나 지난 지금에 어떻게 알아본단 말인가, 방황하는 사팔뜨기 눈조차 기억에 없는데…….

"잘 가세요."

계영은 뭔가 몹시 미진했지만 결국 작별인사를 했다. 여자는 따라나오는 것마저 거부한다는 듯 단호하게 현관문을 닫았다. 그러자 어둑한 집 안으로 숲의 바람 소리가 쏴아 밀려왔다. 커다랗고 우묵한 소라껍질 속에 갇힌 기분이었다. 계영은 우두커니 서 있다가 할머니 방으로 들어가 서랍장의 세 번째 칸을 열었다. 어린 계영이 사용했던 서랍이었다. 컴퍼스와 자, 크레용 같은 학용품과 쓰다 만 공책들 아래에 천을 조각

조각 기워 만든 신발주머니가 아직 그대로 있었다. 퇴색했지만 여전히 어색한 색깔과 무늬들이었다. 그리고 그때는 몰랐는데, 신발주머니 아래 부분에 초록색 실로 삐뚤삐뚤 글자가 새겨져 있었다. 오유자. 계영은 신발주머니를 들고 밖으로 뛰어나갔다. 밖은 이미 어두웠다. 가겟집에도 어느 곳에서도 여자는 보이지 않았다.

그날 밤 계영은 납득할 수 없는 붕괴의 불안과 두려움을 끌어안고 눈을 감았다. 밤 내내 자신의 몸이 갈매기에 파먹힌 비둘기의 흰 깃털처럼 피를 묻힌 채 파도에 밀려다니는 꿈을 꾸었다.

7

다음 날 계영은 열 시가 되기를 기다려 아파트에서 가장 가까운 부동산중개소를 찾아갔다. 그곳에서부터 인근 부동산에 일제히 아파트를 내놓을 생각이었다. 계영이 아파트 호수를 말하자 영감이 고개를 갸웃했다. 그리고는 매매서류를 훌렁훌렁 넘겼다.

"이상하네, 그 아파트 팔렸는데……. 일주일 전에 잔금까지 치고 모레 오전에 도배해서 오후에 이사 들어가기로 되어 있는 집인걸……. 그런데 또 팔겠다니 그게 무슨 소리요?"

무슨 소린지 그가 묻고 싶은 말이었다. 계영은 의자에서 벌떡 일어섰다.

"누가 그 아파트를 팔았단 말이에요?"

머리 속이 하얗게 비는 것 같았다.

"그 집에 살던 조그만 여자가 팔았지. 그 주인 할머니 조카라던가……, 등기부등본상에는 그 여자가 3개월 전에 할머니한테서 증여를 받았더라고. 이것 봐요. 여기 등기부등본과 계약서 사본 있으니……, 판 사람이……, 오유자라고 되어 있지…….”

그는 계약서를 뚫어지게 쳐다보았다. 오유자의 주소는 할머니의 아파트로 되어 있었다.

“읽어보면 알겠지만, 이 서류는 전혀 하자가 없어요. 정 미심쩍으면 구청에 가서 알아봐요.”

계영은 소송을 떠올렸다. 당장 변호사를 찾아가야 했다. 계영은 차를 탔다. 소송을 의뢰할 것이다. 그리고 일단 집으로 돌아가 기다려야 할 것이다. 집…… 그러자 발작적으로 구토가 일어났다. 계영은 손으로 입을 틀어막고 차에서 나와 길바닥에 쭈그리고 앉아 구역질을 했다. 그리고 차에서 티슈를 꺼내 손과 입을 대강 닦은 뒤 허둥지둥 걷기 시작했다. 검은 상복에 허연 얼룩이 길게 묻어 있었다. 한 걸음 한 걸음 옮길 때마다 한 자 한 자 하늘이 내려오는 듯 눈앞이 어두워졌다.

계영은 조금만 걷자, 조금만 걷자고 중얼거리며 걸었다. 어린 여자와 그의 집 사이에 있었던 작은 공원을 지났고 주택가가 밀집한 언덕을 올랐다. 심장이 터질 것같이 부풀어올랐다. 집, 빚, 아내, 여자, 상속, 이민, 소송, 오오사카 같은 단어들이 공중에서 재처럼 흩날렸다.

계영은 숲 속 아파트로 가는 가파른 길을 걸었다. 조금만 더 걸으면 될 것이었다. 조금만 더 걸으면 그 서류에 하자가 없다는 데에 동의할 수 있을 것이었다. 계영은 아파트를 지나 숲으로 들어갔다. 숲의 초입에는 금세라도 찢어질 듯 얇아진 나팔꽃들과 눈처럼 흰 등골나무 풀꽃들이 바람에 흔들렸다. 너무 많은 보라색 나팔꽃들과 흰 등골나무풀꽃들과 핏빛으로 물든 나뭇잎……. 걸음은 멈추어질 기미가 없이 더 빨라졌

다. 계영은 쫓기듯 걸으며 이 숲 어딘가에 소라나무가 있으면 좋겠다는 생각이 들었다. ■

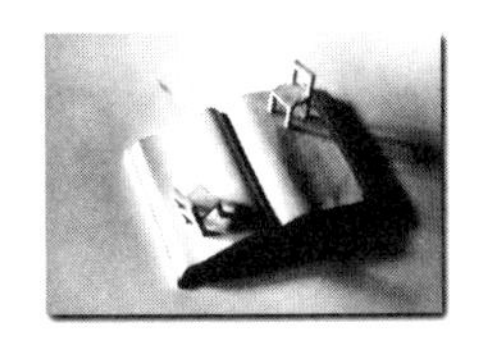

수상후보작

권여선

끝내 가보지 못한 비자나무숲

1965년 경북 안동 출생.
서울대 국문과 동대학원 졸업.
인하대 대학원에서 국문학 박사과정 수료.
1996년 〈상상문학상〉 수상하며 등단.
소설집 『처녀치마』 『분홍 리본의 시절』.
장편소설 『푸르른 틈새』. 〈이상문학상〉 수상.

끝내 가보지 못한 비자나무숲

1

오랜만인데도 전화를 받자마자 금세 알아들을 수 있었다. 그의 목소리가 특이하거나 개성적이어서 그런 건 아니었다. 평범한 음성이었지만, 아, 하고 이삼 초 만에 알아들었다. 그의 목소리 속에 미묘하고 독특한 머뭇거림이 실핏줄처럼 흐르고 있었기 때문이다. 그 음색은 순간적으로 내 시간을 정지시켰다.

전화를 받기 전에 나는 며칠 뒤가 생일인 미영 씨의 선물을 고르기 위해 인터넷 쇼핑몰에 접속해 있었다.

"전데요."

휴대폰에서 흘러나오는 음성을 듣는 순간 나는 노트북 화면에 시선을 고정시킨 채 꼼짝도 할 수 없었다. 번쩍거리는 팝업창들이 순식간에 산산이 흩어졌다.

다시 말하지만, 그의 말이나 음성에 특별한 점은 조금도 없었다. 조금 급하고 부스스한 느낌을 주는 '전데요'였다. 그런데 그 평범한 말 속에는, 이마를 서늘하게 만들면서 무언가 저편에서 크고 깊게 입을 벌리기 시작했다는 느낌을 주는 돌연한 냉기가 깃들어 있었다. 동굴 입구에 서 있을 때의 느낌과 비슷했다. 언제까지나 그렇게 바람을 맞으며 서 있고 싶다는 생각과 어서 그 안으로 들어가 보고 싶다는 유혹 사이에서 이삼 초 망설이는 사이, 어둠에 눈이 익으면서 동굴의 내부가 서서히 그 모습을 드러내기 시작했다. 그리고 내 입안 동굴에서도 흐릿한 발음이 몽글몽글 반죽되기 시작했다. 그러다 불현듯 침놓은 자리처럼 머릿속이 따끔해지면서 별처럼 또렷한 이름 하나가 떠올랐다. 도우!

내 혀가 날렵하게 발음을 만들어냈다.

"……도우 씨?"

"네, 도우예요."

내가 마음을 가라앉힐 시간이라도 주듯 잠시 틈을 둔 후 도우가 물었다.

"잘 지내시죠?"

"네. 도우 씨는요?"

"저도 잘 지내고 있어요."

머릿속은 멍한데도, 말은 뻰뻰한 벌레처럼 슬슬 기어 나왔다.

"어머님 아버님도 안녕하시죠?"

"그렇지요, 뭐."

도우는 자기 말이 무성의하게 들릴까 걱정스러웠는지 이렇게 덧붙였다.

"잘 계세요. 그만하면 아프신 데도 없는 편이고요."

"다행이네요."

"갑자기 전화해서 놀라셨죠?"

"아, 아니에요, 아니에요."

놀랐다는 뜻으로 들렸을 것이다. 하지만 나는 정말 놀라지 않았다. 오히려 줄곧 연락을 기다려온 사람처럼, 왜 이제야 연락을 하는지 서운하기까지 했다.

도우와 의례적인 말을 주고받으면서 가늘고 팽팽하던 긴장감이 조금씩 나른하게 풀어졌다. 깨진 미러볼 파편처럼 산산이 흩어졌던 쇼핑몰 화면도 다시 제 모습을 찾았다. 화면 가득 현란한 쉼표 모양의 형상들이 잔뜩 떠올라 있었다. 이건 대관절 무엇일까, 하고 나는 낮잠에서 깬 사람처럼 어리둥절했다.

"어제 엄마가 꿈을 꿨다고 그래요."

도우가 옆집 축사 소식을 전하듯 툭 말을 던졌다.

"무슨 꿈을요?"

도우는 내 질문에 대답하는 대신 엉뚱한 말을 했다.

"제주도에 한번 오세요."

내가 대꾸하기도 전에, 그 대꾸가 두렵다는 듯 도우가 서둘러 말을 이었다.

"꼭 한번 봐야겠다고 엄마가 자꾸 애처럼 졸라서 그러는데, 한번 내려왔으면 싶어요. 음……."

도우는 몇 초 동안 말을 고르고 있었다. 그러니까 도우의 어머니가 내 꿈을 꾸었단 말인가. 나는 도우의 뒷말을 기다리며 노트북 모니터를 들여다보고 있었다. 생각이 났다. 형형색색의 쉼표처럼 고부라진 형상의 이것들은 수십 종의 비니였다. 나와 교대로 상근하는 미영 씨의 생일선물로 큐빅이 박힌 비니와 여름용 망사 비니 중 무엇을 주문할까 망설이던 중이었다.

"음, 그러니까요……."

머뭇거리던 도우가 갑자기 허공을 베는 어조로 급하게 말을 쏟아냈다.

"아, 그냥 언제 올 수 있어요? 바로 못 오나요? 못 올 거면 지금 얘기하고요."

출발신호를 받은 육상선수처럼 말이 곧바로 튀어 나갔다.

"내일 갈게요."

휴대폰 저편이 조용했다.

"도우 씨?"

내가 부르자 도우의 거친 숨소리가 들려왔다.

"정말요?"

도우가 물었다.

"네. 내일 갈 수 있어요. 그런데 어머님 시간이 괜찮으실까요?"

"그럼요. 괜찮죠. 괜찮고말고요. 출발시간 알려주세요. 제가 비행기 티켓 예매해서 알려드릴게요."

"아니에요. 내가 예매하고 시간 알려줄게요."

"그럼 엄마가 안 좋아할 텐데."

도우가 시무룩하게 말했다.

"괜찮아요. 그게 더 편해서 그래요. 이 번호로 문자 보내면 되죠?"

도우는 계속, 아, 진짜, 아, 씨, 진짜 안 되는데, 하더니 통화를 끝내기 전에 어린애처럼 조바심을 치며 말했다.

"그럼 빨리 와야 돼요, 진짜."

2

나는 전화를 끊고 항공사에 접속해 다음 날 오전 제주도행 비행기 티켓을 알아보았다. 가까스로 열한 시 사십오 분발 저가항공의 여분 좌석을 예매할 수 있었다. 나는 도우의 휴대폰에 문자메시지를 넣고, 담배와 라이터, 얇은 과월호 잡지를 들고 일어나 사무실 왼편 베란다로 나갔다.

베란다에는 옥상과 연결되는 좁고 낡은 철제계단이 있었다. 녹을 덮기 위해 초록색 페인트를 두껍게 칠해놓았지만 속에서 녹이 일어나며 페인트를 들어 올려 전체 표면이 우둘투둘했다. 계단은 발을 딛는 곳이 과자 틀처럼 동그랗게 뚫려 있어 옥상으로 올라갈 때마다 위태로웠다. 그래서 주로 계단 아래턱에 앉아 담배를 피웠는데, 엷은 빛깔 치마를 입은 어느 날 치마 뒤에 맥주캔 모양의 동그란 구멍이 두 개 찍혀 있다고 미영 씨가 알려준 후부터 늘 깔고 앉을 것을 준비했다.

얇은 잡지를 깔고 앉아 담배에 불을 붙였다. 계단 좌우 폭이 좁아 마치 강의실 의자에 앉아 있는 느낌이었다. 담배 연기는 건너편 건물의 자줏빛 기와지붕 쪽으로 날아갔다. 자줏빛 지붕 너머로 낡은 고층아파트의 다닥다닥한 베란다가 보였다. 이 동네는 너무 낡고 남루해 오히려 비현실적인 느낌을 주었다. 담배를 꽁치통조림캔에 눌러 끄고 고개를 들었다. 아파트 너머 하늘은 언제나 희끄무레했다. 문득 하늘색, 살색, 이런 색깔들이 없어졌다는 생각이 났다. 정확히 말하면 그 색깔들이 없어진 게 아니라 그 이름들이 사라졌다. 존재의 소멸보다 이름의 소멸이 왜 더 축축하고 허무한 느낌을 줄까, 오랫동안 생각했다. 이름이 사라지면 불러 애도할 무엇도 남지 않아 그런 것 같았다.

잠시 눈을 감고 머릿속을 말끔히 비우려고 노력했다. 잘 되지 않았다. 담배 때문인지 무엇 때문인지 나는 가끔 짤막한 환각상태에 빠져들 때가 있다. 얼마 전에는 임종을 앞둔 노파가 되어버린 환각이 왔다. 그때의 강렬한 육체적 실감은 지금도 생생하다. 피부는 젤리막처럼 하늘하늘해지고 근육은 탄력이 빠져 주머니처럼 늘어졌다. 뼈는 철제계단처럼 삭고 녹슬어 시디신 느낌이었으며 입술은 마른 꽃처럼 바삭했고 귀에는 이명이 울렸다. 그때 들리는 소리는 도저히 무어라 설명하기 어렵다. 그것은 소리라기보다는 입자의 쇄도와 같았다. 책에서 본 원소모양이나 상형문자처럼 생긴 무수한 형태들이 내 귓속으로 빨려들어오는데, 마치 내 귀가 블랙홀이 된 느낌이다.

노파가 된다는 것, 그것은 과연 내가 환각 속에서 체험한 느낌과 비슷할까.

그때 나는 노파의 환각에서 벗어나기 위해 있는 힘을 다해 눈을 떴다. 거의 눈으로 발버둥을 치는 수준이었다. 간신히 눈을 뜨고 난 후에도 현실로 돌아오기 위해서는 어느 정도 맹렬한 추스름의 시간이 필요했다. 나는 입술에 침을 바르고 서서히 손끝과 발끝에 힘을 불어넣으면서 감각을 팽창시켜 내 육체를 회복하려 애썼다. 환각이 사라진 후에는 늘 그렇듯 깨진 파편처럼 날카로운 현기증이 찾아왔다. 흐릿한 하늘과 낡은 고층아파트와 건너편 건물의 기와지붕이 폭발하듯 밝아졌다 어두워졌다.

3

왼쪽 창가 자리에는 핫팬츠 차림의 여자아이가 핸드폰을 달랑달랑 흔들며 앉아 있었다. 귀를 뚫고 목걸이와 팔찌를 하고 있었지만, 청색 핫팬츠 아래 드러난 허벅지에 가뭇한 솜털이 돋아 있고 땀띠 자국이 보이는 게 십 대의 살갗이었다. 나이가 들면서 좋아진 점인지 나빠진 점인지 모르겠지만, 언젠가부터 나는 나보다 어린 피부, 내가 겪어온 피부를 알아보기 시작했다. 어떤 여인이 사십 대인지 오십 대인지는 헛갈리지만, 옆자리 아이가 십 대라는 데는 아낌없이 내기를 걸 수 있을 정도다.

내 오른쪽 복도 자리에는 키가 크고 마른 남자가 앉아 있었다. 남자의 나이는 맞추기 어렵다. 삼십 대 후반 어쩌면 사십 대 초반쯤으로도 보이는 남자는 자리에 앉자마자 안전벨트를 매고, 들고 온 하드커버 책 한 권을 앞 좌석 그물주머니 속에 비스듬히 끼워놓은 후, 상체를 꼿꼿이 세우고 눈을 감았다. 눈을 감는 자세가 조용하면서도 결연했다. 좌석 간 폭이 좁아 남자가 달리 자세를 바꿀 수 있을 것 같지 않았다.

실내는 소란스러웠다. 안내방송이 쉴 새 없이 흘러나오는 내내 남자는 죽은 듯이 눈을 감고 있었다. 나는 남자가 그물 모양의 주머니에 꽂아놓은 책을 보았다. 기우뚱하게 꽂힌 책의 중간 갈피쯤에 휴대폰이 꽂혀 있었다. 책 제목은 보이지 않았다. 커버는 자줏빛이었고 귀퉁이가 살짝 벗겨졌고, 책등 아래쪽에 바코드 용지가 붙어 있는 것으로 보아 도서관에서 대출한 책 같았다. 대출한 책을 들고 비행기를 타는 남자라니. 잃어버리지 말아야 할 것은 한 번도 잃어버려본 적이 없는 타입일 것이다.

휴대폰을 꺼달라는 안내방송이 나왔다. 나는 휴대폰을 종료시켰다. 창가 자리의 여자애도 휴대폰 버튼을 누르고 있었다. 주위에서 휴대폰을 종료시키는 다양한 음향들이 들려왔다. 남자는 여전히 눈을 감고 있었다. 자는 것 같지는 않았지만 휴대폰을 끄려는 생각도 없는 것 같았다. 남자는 푸른 기운이 어른거리는 옅은 회색빛 셔츠와 얇은 여름용 코듀로이 바지를 입고 있었는데, 부유를 과시하는 데가 전혀 없음에도 불구하고, 왠지 저가항공 같은 것은 이용하지 않을 사람으로 보였다. 적당한 재산과 깔끔한 정신을 가진, 어떤 일에도 허둥대거나 당황하지 않으며 살아온 남자. 그러니 탑승하기 전에 미리 휴대폰을 꺼놓았는지도 모른다고 나는 생각했다.

비행기가 이륙하는 동안과 이륙한 후 얼마 동안 나는 양손으로 귀를 막고 있었다. 있는 힘껏 틀어막아도 기분 나쁜 통증은 5분 이상 계속되었다. 레이저수술기가 두 귀 사이를 오가며 스륵스륵 지지는 느낌이었다. 통증이 사라진 후 곧 잠이 들었다.

4

이벤트사 여직원이 승객 여러분께 잠깐만 시간을 내달라고 통통 튀는 목소리로 외치는 바람에 잠에서 깼다. 그녀는 승객들에게 가위바위보를 제안하고 그 방법에 대해 설명하고 있었다. 잠에서 덜 깨어 그런지 낯설고 무력한 느낌이었다. 혼미한 정신 속에서 나는 아주 잠깐, 삼 초에서 사 초 정도, 비행기가 급격히 추락하는 환각에 시달렸다. 기체가 덜컹거리고 심하게 흔들리더니 아래로 급속히 곤두박질치기 시작했다. 내 몸도 앞쪽으로 쏠려 안전벨트가 팽팽해졌다. 내 귓속으로는 소리라고 할 수 없는, 각이 선 입방체들이 파찰음을 내며 빨려들어 오고 있었다. 잠은 이미 싹 달아났다.

나는 이를 악물고 앞 좌석을 부둥켜안은 손에 힘을 주었다. 그리고 빠른 고갯짓으로 오른쪽 자리의 여자애와 왼쪽의 남자를 보았다. 여자애는 가위바위보에 참여하느라 오른손을 위로 쭉 뻗고 있었고 남자는 철심처럼 마른 다리를 적당한 각도로 벌린 채 꼿꼿한 자세를 취하고 있었다. 남자는 왠지 죽음을 바라고 있는 듯한 표정이었다. 그 확률을 조금이라도 높이기 위해 굳이 저가항공을 이용하고 있는 듯한, 그리하여 탑승 전에 유언장마저 작성해두었을 듯한.

나는 등받이에 몸을 기댄 후 천천히 손발에 힘을 불어넣었다. 혀 밑에 침이 고이기 시작하고 조금씩 피돌기가 빨라졌다. 그리고 이내 축제의 종료를 알리듯 뾰족한 별 모양의 현기증이 번쩍번쩍 명멸하듯 찾아왔다. 여직원은 쉴 새 없이 승객들과 가위바위보를 하고 있었다. 가위바위보를 외치는 목소리가 쨍하게 높았고 곳곳에서 탄성과 웃음소리가 터져 나왔다. 여객기에 탄 이백 명이 넘는 탑승객들이 나와 한날한시에 죽을지도 모른다는 생각이 들자 이상한 친근감이 들었다.

"마지막 세 분 다시 가위바위보 하겠습니다. 가위바위보! 가위바위보! 네, 마지막 한 분 당첨되셨습니다. 축하드립니다. 당첨되신 분께는 제주도 특산품을 구매하실 수 있는 상품권 한 장을 선물로 드리겠습니다."

나는 멍한 상태에서 옥돔이나 오분자기 같은 제주도 특산물을 생각했다. 비행기 도착시간이 열두 시 사십오 분이라는 생각도 했다. 그러자 도우가 떠올랐다. 도우는 도착시간에 맞춰 제주공항으로 마중을 나오겠다고 했다. 도우를 보는 게 거의 이 년 반 만이었다. 정우의 장례를 치르고 나서 처음이었다. 도우의 몸무게가 아직도 백 킬로그램 가까이 나가는지 궁금했다. 이 년 반 전에는 그렇게 어마어마하게 나갔다. 키가 컸는지는 잘 모르겠다. 큰 키였다는 인상이 남아 있지만 어쩌면 보통 정도였는데 덩치에 압도당해 키 같은 건 제대로 따져볼 여유가 없었는지도 모른다. 마지막으로 장례식장에서 봤을 때만 해도 도우는 스물넷의 청년이라기보다 십 대의 비만 소년처럼 어리고 둥글고 착해 보였다. 누구나 도우를 보는 순간 매우 수줍음이 많은 아이란 걸 알 수 있었다. 지금은 아닐 거라고 나는 생각했다. 어쩌면 내 옆자리의 남자처럼 말랐을지도 모를 일이었고 삐딱하고 능글맞은 청년이 되어 있을지도 몰랐다. 이십 대 중반의 청년에게 이 년 반의 시간이란, 몸무게의 반이 줄어들거나 성격이 반대편으로 구부러지는 변화 정도는 충분히 일어날 수 있는 시간이었다.

5

"여기요!"

도우가 먼저 나를 알아보고 다가왔다. 도우는 결코 마른 체격으로 보이진 않았지만, 예전의 몸무게에서 적어도 삼십 킬로그램쯤은 빠진 것 같았다. 키는 백팔십 정도 되었는데 대학 운동부처럼 단단해 보이는 덩치였다. 내가 도우를 이렇게 자세히 살펴보긴 처음이었다.

"도우 씨, 못 알아보겠어요. 살 많이 빠졌네요."

"아니에요."

도우가 내 가방을 받아 들다 멈칫하더니 고개를 끄덕였다.

"그렇죠. 그때보다는 많이 빠진 거죠. 그때는 워낙 엄청났으니까요."

"키도 더 큰 것 같은데요?"

나는 조금 놀리듯 물었다.

"그건 정말 아니에요."

도우가 손을 내저었다. 덩치에 비해서도 참 크다 싶은 손이었다. 살집도 있었지만 마디가 어찌나 굵고 단단해 보이는지, 살아 있는 손이라기보다 돌이나 쇠처럼 물체의 질감을 주는 손이었다. 평범하게 내젓는 것만으로도 세찬 바람을 일으키는 듯했다. 그러고 보니 샌들을 신은 맨발도 크고 위압적이었다. 나는 언젠가부터 사람의 이를 유심히 보는 버릇이 생겼는데, 도우의 이는 의외로 우윳빛이었고, 초식동물처럼 적당한 크기에 윤곽도 부드러웠다.

공항 건물을 빠져나오자 무척 더웠다. 담배를 한 대 피울까 하다 그만두었다. 도우가 손을 뻗어 주차장 쪽을 가리켰다.

"좀 걸어야 돼요. 가까운 자리는 세울 데가 없더라고요."

"괜찮아요."

주차장을 가로지르는데 금세 땀이 흘렀다. 햇볕 아래 세워둔 차는 뜨겁게 달아올라 있었다. 조수석에 앉아 창문을 내리고 힐끗 보니 도우의 셔츠 목 언저리가 흠뻑 젖어 있었다. 젖은 셔츠 위로 전봇대처럼 단단한 목이 버티고 있었다. 예전에는 안개에 가린 산맥처럼 살집에 가려 잘 보이지 않던 도우의 신체 윤곽들이 우뚝우뚝 드러나 있어 새삼스럽고 놀라웠다.

도우가 나를 보았다. 눈이 마주치는 순간 나는 어색하게 웃었다. 도우는 웃지 않았다. 묵묵히 시동을 걸고 차를 후진시키던 도우가 퉁명스럽게 말했다.

"뭐 그렇게 신기한 동물 보듯 꼬치꼬치 보지 마세요."

아, 내가 그랬었나 싶었다. 그랬을 것이다 싶기도 했다.

"미안해요. 신기한 동물 보듯 그런 건 아니고, 대견해서 그래요."

"대견해요? 참 그게 더 기분 나쁘네."

내가 뭐라고 변명을 하기도 전에 도우가 화제를 바꿨다.

"점심 먹어야죠? 엄마가 식당에서 기다리고 있을 거예요."

나는 집으로 가는 줄 알았다는 말을 하려다 그만두었다. 그런 생각조차 그만두었다. 나는 왜 그런 생각을 했을까. 집이라니. 누구의 집 말인가. 비행기 티켓을 예매한 후 숙소를 예약할까 말까 오래 망설였는데 결국 공항 근처 모텔을 예약해놓길 잘했다는 생각이 들었다.

"멀지는 않아요."

도우가 나를 보며 말했다.

"네."

나는 낮게 대답하며, 집이 아니라 식당, 이라고 속으로 되뇌었다. 서울에 있을 때보다 제주도에 내려오고 보니, 생각했던 것보다 도우네 가족과 훨씬 더 멀어져 있음을 새삼 깨닫게 된 것 같았다.

6

식당 건물은 얌전한 이 층 양옥으로, 일반주택과 비슷했다. 도우의 어머니는 주차장에서 우리를 기다리고 있었다. 짧게 커트한 머리에 흰 블라우스와 베이지색 스커트를 입은 그녀는 언뜻 보면 내 또래 처녀처럼 보였다. 그녀는 우리가 탄 차가 들어오는 걸 보더니 손을 흔들었다. 내가 차에서 내리자 그녀가 다가와 손을 잡으려 했다. 예전에 당신의 집 마당에서 나를 처음 맞이할 때와 다르지 않은 태도였다. 그때 그녀가 얼마나 젊고 아름다웠는지, 지금도 여전히 쉰 살이 넘었다고는 믿기 지 않는 미모임에도 불구하고 그녀의 얼굴에서 제법 세월의 흔적이 느껴졌다.

"갑자기 오라고 해서 놀랐지? 도우한테 종일 때 부려서 전화하게 했어. 바로 와줘서 너무 고맙다. 이렇게 네 손을 직접 꼭 붙잡아봐야 안심이 될 것 같아서."

어머니의 손은 뜨겁고 축축했다. 그래서 예전에도 놀랐던 기억이 났다. 아름다운 여인의 손은 왠지 나긋나긋하고 보송보송할 것 같은데 그녀는 그렇지 않았다. 그런 눈치를 챘는지 처음 만났을 때 그녀는 내게 사근한 말투로 이렇게 일러주었다. "내가 손발에 땀이 많아요. 때로는 불이 나서 겨울에도 양말을 못 신을 때가 있어요." 내려다보니 역시 그녀는 맨발에 베이지색 샌들을 신고 있었다. 말똥한 정신이 이렇게 생기지 않았을까 싶게 맑고 어여쁜 발가락들이었다.

"더운데 왜 나와 계세요?"

"안 더워."

"이마에 땀 맺히셨는데요?"

"우리네는 늙어서 땀 나도 안 더워. 더운 줄을 몰라. 땀이 났는가 보다 하고 그만이지."

그녀가 빠르게 말하고 웃었다. 이 년 반의 세월이 새겨진 웃음이었지만, 귀여운 앞니가 살짝 드러나는 게 사무치게 매력적이었다.

"늙으시긴요? 아직도 이렇게 고우신데."

"폭삭 늙고 싶은데 내가 잘 늙질 않아. 예전엔 그게 좋은 건 줄 알고 우쭐했는데 지금은 거추장스러워."

공연히 숨기고 겸양하는 데가 없는 화법도 여전했다.

"어서 와. 애들이 기다리고 있잖아."

그녀는 왼손으론 내 손을 당겨 쥐고 오른손으로는 식당 앞 수족관을 가리켰다. 수족관 안에서 한들거리는 생선들이 마치 당신의 집에서 키우는 가금들이기나 한 듯이 친근한 몸짓이었다. 나를 한쪽에 세워두고 도우와 어머니는 나란히 무릎을 구부리고 수족관 안을 들여다보며 잡아먹을 물고기를 고르기 시작했다. 기다리고 있던 애들한테 좀 잔혹한 건 아닌가 싶었다.

"뭘 먹고 싶을지 몰라 미리 안 시켰는데, 명이는 뭐가 좋으니?"

어머니가 무릎을 굽힌 채 고개를 갸웃해 나를 보았다.

"저는 잘 몰라요. 어머니 좋아하시는 걸로 시키세요."

그러자 그녀가 아들 쪽으로 고개를 돌리고 흉을 보듯 이렇게 말했다.

"도우야, 명이 재는 회 맛을 잘 모르는 것 같더라. 들어가서 메뉴판 보고 시킬까?"

"회 먼저 안 시키고?"

"명이가 회 안 먹고 다른 걸 먹을 수도 있잖아?"

"서울에서 왔는데 제주도 회 맛은 봐야지."

"그러면 좋은데 글쎄 명이는 회 맛을 모르는 것 같으니까."

"싱싱하고 맛있으면 다 먹게 돼 있어."

"모두가 너처럼 그렇진 않아."

연인들처럼 한참 동안 수족관 앞에서 실랑이를 벌이더니 어머니가 먼저 무릎을 펴고 항복을 했다.

"아이, 모르겠다. 힘들어. 그럼 너희 둘이 알아서 고르든가."

그제야 나는 마지못해 진심을 토로했다.

"저 사실 회 안 좋아해요."

"거봐라! 내 뭐랬니?"

어머니가 내 손을 붙들고 식당 안으로 향했다.

"아, 그런 얘길 왜 지금 해요?"

작게 퉁퉁거리는 도우의 말이 가벼운 공처럼 날아와 뒤통수에 톡 부딪쳤다.

7

식당에 들어가 자리를 잡고 앉아서도 모자의 실랑이는 끝나지 않았다.

"이 집은 갈칫국이 최고예요. 국물이 얼마나 시원한지 몰라요."

도우의 말에 어머니가 보일 듯 말 듯 고개를 흔들며 말했다.

"아니야. 먹어본 사람이나 먹지 갈칫국 그거 아무나 못 먹어."

"이 집 갈칫국은 서울 사람들도 알아주는 맛이야, 엄마. 하나도 안 비리다고."

"안 돼. 명이가 먹을 건 명이가 알아서 정하게 넌 가만있어."

그들은 마치 내 속에 존재하는 나도 모르는 입맛 두 가지를 의인화한 인물들처럼 한 치의 양보 없이 옥신각신 다투었다. 조금 전에는 저쪽 입맛의 인물 편을 들었으니 이번에는 이쪽 입맛의 인물 편을 들어줘야 할 것 같았다.

"갈칫국 한번 먹어볼게요, 어머니."

"으응?"

어머니가 초조한 손길로 메뉴판을 가리키며 말했다.

"다른 것도 맛있는 거 많은데 잘 보고 고르지."

"엄마, 다른 건 아무 식당에서나 먹을 수 있는 거잖아요? 이 집은 갈칫국이 최고라니까."

도우가 득의양양할수록 어머니는 더욱 근심스런 얼굴이 되었다.

"도우 네가 자꾸 바람을 잡아서 그래. 아니, 근데 명이 넌 결국 갈칫국을 시키겠다고? 후회 안 하겠어?"

"네. 후회 안 해요."

그러자 그녀는 어쩔 수 없다는 듯 지나가는 투의 말 속에 비장의 뜻을 담아 말했다.

"네가 예전에 우리 집에 처음 왔을 적에 돔 넣고 끓인 미역국도 못 먹길래."

"아, 맞다!"

내 입에서 저절로 탄성이 튀어나왔다.

"너 그때 국에 생선 넣는 거 처음 봤다고 했잖니?"

"맞아요, 어머니."

입장은 순식간에 바뀌어 어머니는 의기양양해지고 도우는 풀이 죽었다.

"진짜 도통 맛이란 걸 모르네. 그럼 내가 갈칫국 시킬 테니까 맛이나 보든지요."

도우는 갈칫국을 시켰고, 어머니와 나는 서로 나눠 먹기로 하고 옥돔구이와 해물뚝배기를 시켰다. 서빙하는 여직원이 오자 어머니가 내 손을 다시 슬쩍 잡았다.

"명이야, 우리 시원한 맥주 한잔할까?"

그녀를 보고 있노라면 어떻게 살아야 여자가 쉰이 넘어서도 코스모스처럼 연하고 은은한 바탕에 산뜻한 포인트를 간직할 수 있을까 싶었다.

"좋아요, 어머니."

도우가 분개하여 턱을 내밀었다.

"나는?"

"넌 좀 참아. 우리 바람 좀 쏘여주고 집에 들어가서 마시면 되잖니?"

"아, 나도 지금이 땡긴단 말야."

이럴 때 도우는 영락없이 내가 맨 처음 보았을 그 무렵의 뚱뚱한 스무 살 사내아이였다. "얘가 내 동생 도우!" 정우의 말에, 놀란 짐승처럼 제 몸 크기의 반밖에 안 되는 형의 몸 뒤에 숨은 채 나를 향해 고개를 획 숙이던 스무 살 재수생 도우.

8

맥주를 두 컵 정도 마신 후 어머니는 도우를 보고 히쭉 웃으며 말했다.

"네 아버지 때문에 내가 공항에도 못 나가고."

갈칫국을 먹는 도우는 이렇다 저렇다 말이 없었다. 어머니가 이번에는 나를 보았다.

"미안하다, 명이야. 오늘 아버지가 갑자기 해외출장을 가신대서 가방 챙겨 보내드리느라 못 나갔다."

"괜찮아요, 어머니."

"이게 얼마 만인데, 이렇게 식당에서 참. 내가 오라고 해놓고 집에서 밥도 못해 먹이고 미안해 죽겠다."

"아니에요."

"도우는 그것 때문에 내내 나한테 화내고 있는 중이다."

도우는 말이 없었다. 오늘 도우의 아버지는 집이나 공항에서 나를 만

날 수도 있었을 것이다. 아버지가 피했거나, 도우와 어머니가 나를 그와의 만남으로부터 피하게 했거나 할 것이다. 어쩌면 도우와 어머니는 아버지와 내가 공항에서 마주칠까봐 전전긍긍했을지도 모른다. 그래서 도우가 비행기표를 예매하겠다고 했나 싶기도 했다.

"명이야, 천천히 마셔라."

"네."

"담배 아직도 피우지?"

"아, 조금요. 아직 끊지는 못하고 조금씩요."

"그렇게 조금씩 피우는 게 좋지. 도우랑 나가서 한 대씩 피우고 와. 내 앞에서 피워도 되는데 그럼 네가 안 피우겠다고 할 테니."

"아니에요. 괜찮습니다."

"됐다. 난 누가 내 앞에서 뭘 참는 꼴을 못 본다. 왜 날 괜히 고문관을 만드니?"

도우가 무뚝뚝하게 말했다.

"엄마, 나도 지금 무척 참고 있어."

"그러니까 명이랑 같이 나가서 피워."

"담배 말고 술 말이야, 술!"

도우가 숟가락을 거칠게 내려놓았다. 놋숟가락이 상에 부딪쳐 내는 소리가 생각보다 크게 울렸다. 나도 놀라고 어머니도 놀랐지만, 누구보다 당사자가 가장 놀란 것 같았다. 하지만 도우는 그 놀람을 꾹 참느라 안간힘을 쓰고 있었다. 뭔가에 단단히 골이 났다는 걸 알리려다 심약하여 스스로가 먼저 놀라버린 어린애를 달래듯, 어머니는 도우 쪽으로 몸을 기울이고 자그맣게 속삭이듯 말했다.

"도우야, 엄마 생각에 그건 네가 좀 더 참아도 될 것 같다."

9

주차장에 세워둔 차들이 녹아내릴 듯 번쩍거렸다. 땅에서 이글거리는 기운이 올라왔다. 도우와 나는 수족관 근처 파라솔 아래에 앉아 담배를 피웠다. 수족관에는 똘똘하게 생긴 물고기라고는 한 마리도 보이지 않았다. 다들 넙데데하고 너부죽한 게 잡아먹고 싶지도 않게 못생겼다.

“숙소는 따로 잡았어요.”

내가 불쑥 말했다.

“왜요?”

도우가 물었다.

“나, 그 집하고 상관없는 사람이잖아요.”

도우는 어느새 가져왔는지 맥주캔을 따고 있었다.

“마시지 말아요.”

내 말이 끝나기도 전에 도우는 맥주캔을 들어 반쯤 마셔버렸다.

“아버지도 없는데 집에 가요.”

도우가 캔을 내려놓으며 말했다.

“싫어요.”

“가요. 엄마는 오늘 밤에 같이 잘 거라고 잔뜩 부풀어 있는데. 그래서 아버지 출장가방 싸는 것도 불평 안 하고 한 건데.”

“그래도 싫어요.”

“진짜 숙소에서 자면 나쁜 사람이야, 당신.”

“당신?”

“그래! 당신! 당신이 뭐 어때서? 그럼 형수라고 해?”

"형수는 무슨."

나는 픽 웃었다. 찌는 듯 덥고 고요한데도 어디선가 바람이 부는지 담배연기가 한쪽 방향으로만 날아갔다.

"그때 사고 나기 얼마 전에 우리 헤어지기로 했었어요."

도우가 나를 물끄러미 보았다. 허공에 턴 재도 한 방향으로만 날아갔다. 도우가 남은 맥주를 다 마시고 입을 닦으며 말했다.

"그거 잘했네."

"잘했다고?"

"사실 둘이 별로 어울리지도 않았잖아요?"

나는 조금 놀라고 화가 나서 물었다.

"왜 그렇게 생각해요?"

도우는 말없이 맥주캔을 자근자근 우그러뜨렸다.

"말해요."

"……."

"얘기해보라니까요!"

도우가 맥주캔을 확 우그러뜨리며 소리쳤다.

"안 해. 아, 씨! 안 할 거야! 나 진짜 화났어."

10

식당 주차장에 오래 세워놓았던 차는 불가마처럼 달아올라 있었다. 도우가 미리 에어컨을 최대로 틀어놓았다는데도 타보니 견디기 힘들 만큼 뜨거웠다. 어머니는 집에 가기 전에 비자림에 들러 바람을 쐬고 가자고 했다. 나는 그녀에게 차마 숙소 얘기를 할 수 없었다. 도우는 그게 고소하기도 하고 고맙기도 한 모양이었다. 도우는 조금 돌더라도 바닷가를 거쳐 비자림 쪽으로 가는 코스를 잡겠다고 했다.

더운 기는 쉽게 가시지 않았다. 뒷좌석에 앉은 어머니는 눈길을 창밖 먼 바다 쪽에 던져두고 천천히 부채질을 하고 있었다. 말없이 운전을 하던 도우가 갑자기 몸을 들썩이더니 말을 꺼냈다.

"참, 형이 대학원 다닐 때 여기 제주도로 답사여행 왔던 거 알아요?"

나는 고개를 조금 돌려 뒷좌석의 어머니를 보았다. 어머니는 여전히 부채질을 하고 있었지만 나는 그녀가 도우의 얘기를 견디고 있다는 것을, 아니, 그 얘기를 중단시키지 않으려 침착하게 자제하고 있다는 것을 알았다. 나는 되도록 무심하게 들리도록 대답했다.

"들은 것 같아요."

도우가 힐끗 내 쪽을 보며 말했다.

"그땐 서로 자주 만나지는 않았나 봐요."

"자주는 아니었어요."

나는 도우의 얘기가 여기서 끝나기를 바랐다. 나중에 어머니 없을 때 해도 될 얘기였고, 사실 하지 않아도 아무 상관이 없는 얘기였다. 창 쪽으로 시선을 돌리고 손부채질을 하는데 도우가 얘기를 이어갔다.

"그때 형이 답사여행 왔을 때 담당 조교가 렌트카 예약을 못했대요. 그래서 형이 여기 출신이니까 형한테 부탁을 했었나 봐요. 어떻게 형이 차 좀 알아봐달라고요. 근데 형이 빌린 버스가 하필 시외버스였대요. 사흘 내내 시외버스 타고 돌아다니는데 형이 너무 재미있었다고 하더라고요."

나는 도우를 보았다. 형이, 형이, 하고 말하는 그의 표정은 밝고 천진했다. 티셔츠의 목 가장자리가 푹 젖어 있었고, 그 위로 솟구친 목은 비맞은 느티나무처럼 축축하고 우람했다. 나는 마지못해 물었다.

"버스 운전은 누가 하고요?"

"운전이요?"

"네."

"운전이야 버스기사가 했겠죠."

"아."

도우가 못마땅한 듯 나를 내려다보았다. 뭔가 더 얘기를 하고 싶은데 내 맞장구가 부족해 불만인 눈치였다. 마침내 도우가 참지 못하고 수수께끼의 답을 일러주는 김빠진 목소리로 말했다.

"재미있었던 게 뭐냐 하면요, 사흘 내내 버스 타고 다니는데 사람들이 막 태워달라고 손 흔들고 그래서."

그 말에 나는 발작을 하듯 웃음을 터뜨렸다. 웃음이 그칠 만하면 버스 차창 밖으로 차를 태워달라고 손 흔드는 사람들의 모습이 보이는 것 같아 다시 웃음이 터졌다.

"나도 그 얘기 듣고 한참 웃었어요."

도우가 흡족하게 말했다.

"아, 어떡해? 좀 태워주지."

이렇게 말하는데 다시 웃음이 터졌다. 이렇게 오랫동안 열렬하게 웃은 게 아주 오랜만인 것 같았다.

"명이 넌 그 얘기가 그렇게나 재미있니?"

뒷자리에서 어머니가 이렇게 물었을 때에야 나는 웃음을 뚝 그쳤다.

"네. 재밌네요."

차 안에 일순 정적이 감돌았다. 차는 뜨겁게 달궈진 도로를 차분하게 달리고 있었다.

"내가 더 재밌는 얘기해줄까?"

"네?"

나는 뒤를 돌아보았다. 어머니가 부채를 살랑살랑 부치며 매혹적으로 웃고 있었다.

"무슨 얘기?"

도우가 물었다.

"그 버스 있잖니."

"엄마도 알아?"

"아니, 사람들이 막 태워달라고 했단 얘긴 못 들었고."

그 대목에서 나는 또 웃음이 터졌다.

"명이 재를 어쩌니? 버스만 태워달랬다면 웃네. 근데 난 다른 얘길 알고 있지."

"뭔데, 엄마?"

"사실 그 시외버스, 아버지가 빌려다 준 거란다."

"어? 그런 얘기 처음 듣는데?"

"네 형이 오죽 급하면 아버지한테 와서 차 좀 빌릴 수 없겠냐고 부탁을 했단다. 아버지가 알아보니까 마침 그때가 중국인 단체관광이 몰리는 시즌이어서 관광버스가 다 동이 났더래. 그래서 구 사장이라고, 아버지 중학교 동창이 있어요. 버스회사 하는 양반인데, 그 양반한테 무조건 버스 한 대랑 기사 하나 내놓으라고 아버지가 윽박질러서 겨우 구해 왔잖니?"

"아, 그런 일이 있었구나. 난 형이 알아보고 빌린 줄 알았지."

"근데……."

어머니가 웃기 시작했다.

"뭔데요, 어머니?"

"아니, 자꾸 웃음이 나네."

나도 자꾸 웃음이 났다.

"그래서요, 어머니?"

어머니는 얘기를 시작하려다 또 웃었다.

"아, 엄마, 얘길 해야지 혼자 웃으면 어떡해?"

"근데 네 형은, 아버지가 일부러 자기 골탕 먹이려고 그런 버스 빌려왔다고……. 구 사장이 좀 낡고 더러운 시외버스를 내줬던가봐. 형이 삐져서는, 이런 버스로 교수님들 모시고 창피하게 어떻게 다니느냐고."

도우가 핸들을 두드리면서 웃었다. 나도 웃었고 어머니도 웃었다. 점점이 깃털처럼 흩어진 구름 사이로 햇살이 분말처럼 반짝였다.

11

"그럼 이제 비자림 쪽으로 힘차게 달려보겠습니다."

도우가 자세를 바로 잡고 운전대에 두 손을 얹으며 말했다.

더운 한낮이라 도로엔 차들이 없었다. 차는 바닥에 착 붙은 채 빠른 속도로 달렸다. 어느새 실내는 더운 기운이 가시고 시원해졌다. 뒷자리의 어머니는 부채를 쥔 채 졸고 있었다. 나는 비자나무가 어떻게 생겼는지 본 적이 없었다. 도우가 가끔 내 쪽을 힐끔거리는 게 느껴졌지만 나는 멍하니 앞쪽만 응시하고 있었다. 급히 마신 낮술이 어딘가에 똬리를 틀고 있다가 실뱀처럼 스멀스멀 기어올라오는 게 느껴졌다. 양은판처럼 쭉 뻗은 은회색 도로는 끝이 물렁하게 구부러져 다음 풍경을 감추고 있었다. 그곳에 비자나무숲이 있을 터였다.

눈이 감겼다. 나도 모르는 사이에 잠깐 잠이 들었던 것 같았다. 나는 차가 왼쪽으로 급격하게 회전하면서 거대하고 단단한 물체에 충돌한 듯한 격심한 충격 때문에 깨어났다. 환각이었다. 안전벨트가 찢겨질 듯 팽팽해지는가 싶더니 내 몸이 그 안에서 사방에 부딪쳐 깨진 달걀처럼 곤죽이 되는 느낌이었다. 귓속으로 용암처럼 뜨거운 용액이 세차게 쏟아져 들어왔다. 마침내 용액은 천천히 식어 젤리처럼 부드럽고 미끈해졌다. 이명이 잦아들었는지 차 안은 무덤처럼 고요했다. 불현듯 나는 어머니가 대관절 무슨 꿈을 꾸었다는 건지 궁금해졌다. 눈을 뜨고 손가락 끝에 힘을 주려고 했지만 신경의 회로가 끊어진 것처럼 감각이 전달되지 않았다.

하지만 나는 걱정하지 않았다. 언젠가는 눈을 뜨게 될 것이고 숨을 쉬게 될 것이고 그때쯤이면 비자나무숲 한가운데 있을 것이다. 가을저녁처럼 어둑하고 선선한 그 숲에서 나는 도우와 함께 어머니의 꿈 얘기를 들을 것이다. 그런데 그렇다면…… 대체 정우는 어디로 간 것일까, 생각하는 순간 눈물이 흘렀다. 환각이 끝나려는 모양이었다. 환각의 종료를 알리는 뾰족한 별모양의 현기증이 빅뱅처럼 끝없이 거대해지며 순수한 빛으로 머릿속을 가득 채웠다…… 지웠다……. ■

김미월

안부를 묻다

1977년 강원도 강릉 출생.
고려대 언어학과와 서울예대 문창과 졸업.
2004년 『세계일보』 등단.
소설집 『서울 동굴 가이드』. 장편소설 『여덟 번째 방』.

안부를 묻다

십 년 후에 만나자. 정확히 십 년 후 오늘 이 자리에서.

지금까지 서너 번인가 그런 약속을 했다. 전부 십 대 시절의 일이다. 하기야 반은 장난 같기도 한 그런 약속을 이십 대에 하겠는가, 삼십 대에 하겠는가. 십 대에는 십 년이 까마득히 긴 세월로 느껴지게 마련이므로 그렇게 먼 미래를 기약한다는 것 자체가 일종의 도박처럼 흥미로울 수 있다. 또한 미완의 시기라서, 아직 아무것도 정해지지 않은 십 대라서, 분명 무엇인가 정해져 있을 십 년 후에 대한 궁금증도 클 것이다. 더욱이 나의 십 대 시절에는 인터넷도 없고 휴대폰도 없었다. 집전화와 손편지가 통신수단의 전부였으므로 누구하고든 한 번 연이 끊기면 실로 뒷날을 기약하기가 어려웠다. 그러니 일정 부분은 운명에 맡겨야 하는 만큼 성사 가능성이 낮다는 점에서 십 년 후의 만남은 더욱 신비하고 매력적인 약속이 될 수밖에 없었다. 물론 꼭 그렇게 필연적인 이유에서 했던 것은 아니지만, 예의 그 약속들은 모두 나의 십 대에 이루어졌다.

딱 한 번 이십 대에도 약속한 적이 있기는 하다. 그러나 당시 나와 약속한 상대가 십 대였다. 십 년 후 만나자는 말에 내가 웃음을 터뜨리자 아이는 정색을 했다.

"십 년 후에 다시 만나기로 한 사람이 있다고 생각하면 삐뚤어지지 않고 공부도 열심히 할 것 같아요. 그 사람이 꼭 어디선가 저를 계속 지켜보고 있을 거라는 생각이 드니까요."

조숙하고 맹랑한 녀석이었다. 초등학생이 벌써 그런 말을 할 정도로 일찌감치 지각이 들었다면 십 년 후에 만나자는 약속 따위 없어도 스스로 알아서 잘 크겠다 싶었지만 나는 잠자코 고개를 끄덕였다. 나야말로 녀석과의 약속을 상기하는 동안만은 삐뚤어지지 않고 잘 클 수 있을 것 같아서였다.

그리고 마침내 십 년 후, 2009년. 약속을 할 당시는 도서관이었으나 약속을 지킬 때는 쇼핑몰이 되어버린 곳에서 나는 바야흐로 스물두 살 처녀가 되어 있을 그 아이를 기다렸다. 하지만 해외유학이라도 가 있었을까. 어디가 아팠나. 그것도 아니면 열두 살 때의 약속을 까맣게 잊어버렸던 것일까. 녀석은 그날 약속장소에 나타나지 않았다.

그것을 마지막으로 내 오래된 약속들은 이제 모두 유효기간이 지나버렸다. 기왕 말이 나왔으니 말인데, 그것들이 지켜진 적은 한 번도 없었다. 몇 번의 십 년 동안 나는 번번이 기대를 했고 그 십 년의 끝에서 번번이 허탕을 쳤다. 십 대에 한 그런 약속들이 얼마나 치기 어린 것이었는지를 이십 대가 되면 깨닫는 것일까. 그래서 이십 대 이후에는 그런 약속을 하지도 않고 지키지도 않게 되는 것일까.

어쨌거나 내가 지금 하려는 이야기는 그 약속들 중 하나에 대한 것이다. 그것은 유일하게 남이 아니라 내가 어긴 약속이었다.

서울올림픽 개막이 임박해 있던 1988년 여름. 초등학교 6학년이었던 나는 방학이 시작되자마자 느닷없이 남의 집에 얹혀살게 되었다. 엄마가 예전부터 동생처럼 알고 지내왔다고는 하나 내 입장에서는 생면부지인 여자에게, 옆 동네도 아니고 멀리 서울에 있는 그녀 부부의 집에, 어린 내가 왜 혼자 맡겨져야 했는지 그때는 알지 못했다. 다만 할머니가 마작에 빠져 거액의 빚을 졌음을 통보받던 날 아빠가 집을 팔아야겠다고 탄식한 것, 그가 엄마에게 이 집의 주소가 마작 패의 수와 같은 136번지임을 아느냐고 중얼거린 것, 낯선 사람들이 무시로 집에 드나들기 시작한 것, 그런 몇몇 장면들이 서울행 버스에 오르는 내 뇌리에 어렴풋이 남아 있었을 뿐이다.

마장동 시외버스터미널로 마중을 나온 여자는 품에 갓난아기를 안고 있었다. 이십 대 후반쯤 되었을까. 아기 엄마라고 하기에는 어딘가 서투르고 순진해 보이기까지 하는 얼굴로 그녀는 버스에서 내리는 나를 보자마자 외쳤다.

"어머나, 그 꼬맹이가 벌써 이렇게 컸어?"

의외로 목소리가 커서 주위 사람들이 모두 우리를 쳐다보았다.

"세상에, 옛날의 그 꼬마 울보가 숙녀가 다 됐네."

내 옛 별명을 알고 있다니. 그녀는 전에 나와 만난 적이 있는 것이 분명했다. 무엇보다 이런 공공장소에서 어린애에게 꼬맹이니 울보니 외쳐대는 사람이 나쁜 사람일 것 같지는 않았다. 갑자기 긴장이 풀렸고 다음 순간 나는 이유 없이 부끄러워졌다. 그래서 내 머리를 쓰다듬으며 앞으로는 이모라고 부르라는 여자의 말에 냉큼 대답을 하지 못했다.

이모와 함께 시내버스를 타고 한참을 달려 다다른 곳은 한적한 주택가였다. 붉은 벽돌로 지어진 이층집의 외관은 예상보다 훨씬 근사했다. 색을 입히지 않은 나무대문은 소박한 멋이 있었고, 남향으로 난 창들은 시원시원하게 컸으며, 담장에 부조된 기하학적 문양은 과감하면서 우아했다. 집의 내부는 또 어떠했던가. 천장이 높은 거실, 주부의 동선을 고려하여 디귿 자로 설계된 주방, 색색의 꽃나무 화분이 늘어선 널찍한 베란다와 채광이 잘되는 욕실까지, 어디 하나 나무랄 데가 없었다. 나는 살아보기도 전에 이모의 집이 마음에 들었다. 물론 진짜 그녀 소유의 집이 아니라 전세였지만 말이다.

이모 부부가 세든 곳은 이 층이었다. 일 층에는 집주인 가족이 산다고 했다. 그런데 특이하게도 그 집은, 여느 이층집이 일 층 따로 이 층 따로 독립되어 있는 것과 달리 실내에 일 층과 이 층을 잇는 나무계단이 있었다. 말하자면 두 층이 서로 트여 있었던 것이다. 애초에 그 집을 지을 때는 한 가족이 일, 이 층을 통째로 쓰게 하려 한 모양이었다. 어쨌든 옥외에 마당에서부터 곧장 이 층으로 오를 수 있는 철제계단이 허술하나마 따로 있고, 집을 얻을 때부터 실내 계단은 절대 이용하지 않기로 약조했다는 이모의 전언이 있었지만, 그것만으로 일 층과 이 층이 트여 있음으로 인해 비롯되는 모든 문제들이 해결될 수는 없었다. 층 사이에 물리적인 경계가 없으니 두 가족이 각 층에서 따로 산다 해도 마음만 먹으면, 아니 마음먹지 않아도 어쩔 수 없이, 수시로 다른 가족의 삶에 개입할 수 있었다. 예컨대 일 층 사람들이 거실에서 텔레비전을 보면 그 소음이 실시간으로 이 층까지 전달된다. 반대로 이 층 사람들이 삼겹살을 구워 먹으면 그 냄새가 일 층에 고스란히 내려앉는 것이다. 그뿐인가. 각 층의 가족이 외출을 했는지 아닌지, 혹은 손님을 맞이하고 있는지 아닌지, 그런 것들까지 서로 죄 알 수 있었다. 한 층의 가족이 전부 집을 비워도 그 집은 빈집이 아닌 것이었다. 다른 층의 가족 중 누군가가 한 명이라도 남아 있는 한은.

특이한 점은 그것만이 아니었다. 어느 날 이모가 옥상에 빨래를 널러 간 사이 열린 문 틈으로 나비 한 마리가 들어왔다. 나는 그것이 마냥 신기하여 밖으로 쫓을 생각도 하지 않고 그 움직임을 눈으로 좇기만 했다. 나비는 텔레비전 안테나에 앉을 듯 앉지 않고 벽시계에 닿을 듯 닿지 않고 나를 스칠 듯 스치지 않으며 거실을 사뿐히 가로지르더니 실내 계단으로 향했다. 그쪽은 가면 안 돼! 나도 모르게 외칠 뻔했던 찰나, 나비는 내 심중을 헤아리기라도 한 듯 허공에서 돌연 날개를 접었다. 착지를 한 것이었다. 그런데 다시 보니 나비가 앉은 곳은 허공이 아니라 손잡이였다. 거기 문이 있었다. 실내 계단 바로 옆에 방이 하나 있었던 것을 전에는 왜 알지 못했을까. 평소에 이모와 이모부와 아기는 안방에서 자고 나는 욕실 옆에 붙은 작은방에서 혼자 잤다. 그리고 잠잘 때를 제외하면 다들 거실에서 대부분의 시간을 함께 보냈다. 딱히 공간이 협소하다는 느낌을 받은 적이 없어서 다른 방이 더 있을 거라는 생각도 해본 적이 없었으리라. 나는 문 앞으로 한발 다가갔다.

"그 방은 못 들어가. 문이 잠겨 있거든."

빈 빨래바구니를 손에 든 이모가 어느새 내 등 뒤에 서 있었다. 신혼이었을 때 이 집에 들어오면서 방이 세 칸이나 필요하지는 않다고 판단해서 한 칸은 빼고 세를 얻었다는 것이었다. 그래서 그 방은 이모 부부의 방이 아니라 집주인의 방이라고 했다.

"그럼 주인 아저씨는 이 방에 들어갈 수 있어요?"

"당연하지."

"이 실내 계단으로 올라와서요?"

"당연하지."

뭔가 부당하다는 생각이 들었다. 실내 계단은 이용하지 않기로 했다고 하지 않았나. 세입자는 그리로 다니지 못하게 하면서 자신들은 다닌다니. 세입자는 일 층으로 내려오지 못하게 하면서 자신들은 이 층에 올라온다니. 명명백백히 불공정한 처사였다. 집주인이면 그래도 되나. 그래서 억울하면 출세하라고들 하나. 내가 인상을 쓰고 있는 것이 재미있는지 이모는 웃으면서 놀리듯이 말했다.

"아유, 그냥 빈방이야. 주인 아저씨도 들어갈 일 없답니다."

나는 눈에 보이지 않는 통행금지 푯말이 붙은 실내 계단 앞에 서서 난간 아래 훤히 드러난 일 층의 거실을 기웃거렸다. 다들 외출했는지 아니면 낮잠이라도 자는지 아무 기척도 느껴지지 않았다. 이모가 쓸데없이 아래쪽 내려다보지 말라고 주의를 주었다. 일 층에 사는 이들은 초로의 주인 내외 두 사람이 전부라고 했다. 딸은 시집을 갔고 아들은 미국에 유학을 가서 부부끼리만 오붓하게 산다나. 아주 교양 있고 점잖은 사람들이며 합당한 이유 없이 이 층에 올라오는 일도 결코 없을 거라고 이모는 덧붙였다.

과연 아무 일도 생기지 않았다. 일 층은 종일 사람이 있는지 없는지도 모르게 조용했다. 이모는 마당이나 옥상 등지에서 집주인과 더러 마주치기도 했겠지만 나는 한 번도 마주치지 않았다. 집주인이 이 층으로 올라오는 일도 전연 없었다. 우려했던 일들이 일어나지 않자 자연히 실내 계단의 존재도 내 관심사 밖으로 밀려났다. 나는 언제나 문이 잠겨 있는 계단 옆의 방에 대해서도 곧 신경쓰지 않게 되었다.

평화로운 날들이었다. 그 집에서 나는 꼬박 한 달을 살았다. 이모와 이모부는 금실이 좋았다. 이모는 웃음이 많고 눈물은 더 많은 사람이었다. 그녀는 텔레비전 드라마를 보다가도 울고 아기를 어르다가도 울고 저녁 다섯 시마다 거리에서 울려퍼지는 애국가를 들으면서도 울었다. 그러다가도 내가 빤히 쳐다보면 우는 모습을 들키지 않으려고 갑자기 전화번호부를 뒤적이거나 서랍을 열고 무엇인가를 찾는 척했는데, 나는 그럴 때의 그녀 모습을 특히 좋아했다. 이모부도 이모 못지않게 정이 많은 사람이었다. 그는 기상청에 다녔다. 사람들은 늘 그에게 날씨를 물어보곤 했다. 이모부는 한 번도 귀찮은 내색을 하지 않고 신속하고도 정확하게 날씨를 알려주었다. 사실 그는 기상예보관이 아니라 기상청의 수위였다. 하지만 날마다 조간신문의 날씨 코너를 꼼꼼히 살펴보았기 때문에 사람들에게 날씨를 알려주는 데는 아무 문제가 없었다.

날씨가 좋은 주말이면 이모와 이모부와 아기와 나는 시내로 나들이를 갔다. 우리는 63빌딩과 남대문시장과 경복궁을 구경했다. 남산타워에도 가고 한강 유람선도 탔다. 나들이가 끝나면 나는 부모님에게 전화를 걸었다. 미안하다. 정말 미안해. 아빠든 엄마든 전화를 받은 사람이 하는 말은 항상 똑같았다. 미안해할 필요 없는데. 나는 괜찮은데. 오히려 서울에서 더 즐겁게 지내고 있는데. 정말 그랬다. 무엇보다 주말 나들이는 고향에서라면 상상도 못했을 아주 특별한 이벤트였다. 내가 집에서 챙겨 온 방학숙제를 전부 끝내던 날도 주말이었다. 그날 이모부는 나를 교보문고에 데려갔다. 어마어마하게 많은 책들에 압도당해 할 말을 잃은 내게 이모부는 그곳에서 읽고 싶은 책을 모두 고르라고 했다. 고심 끝에 내가 고른 책은 한 권. 에릭 시걸의 『러브 스토리』였다. 단지 제목이 마음에 든다는 이유로 고른 그것은 위인전이나 한국 전래동화,

세계 명작동화 같은 어린이용 서적밖에 읽어본 적 없는 내가 접한 최초의 성인소설이었다.

그것을 읽고 나는 울었다. 제니가 불쌍하고 올리버가 안쓰러웠다. 마지막 장에서 제니가 죽은 후 올리버가 병원 밖으로 나와서 차라리 추위라도 느낄 수 있어 다행이라고 생각하는 대목은 읽고 또 읽어도 목이 메었다. 이모의 눈에는 필시 책을 껴안고 우는 내 꼴이 감수성 풍부한 문학소녀로 보였으리라. 원한다면 얼마든지 읽어도 좋다며 그녀가 나를 이끌고 간 곳은 이모부의 책상 앞이었다. 베니어합판으로 만든 조악한 책꽂이에 십여 권의 책들이 꽂혀 있었다. 안타깝게도 제목이 마음에 드는 책이 한 권도 없었다. 하는 수 없이 표지가 마음에 드는 『야망인』이라는 책을 골랐다. 이모부의 책을 읽는다니 이미 어른이 된 것 같아서 나는 우쭐거리며 첫 장을 펼쳤다. 그러나 첫 문단부터 모르는 단어가 나왔다.

"이모, 슈미즈가 무슨 뜻이에요?"

"슈미즈? 책에 어떻게 쓰여 있는데?"

최적의 독서환경을 만들어주기 위해 늘 켜놓던 라디오도 끄고 옆에서 말없이 아기 기저귀를 개던 이모가 고개를 들었다.

"그는 그녀의 새하얀 어깨에 손을 올렸다. 슈미즈는 금방 흘러내렸다."

이모가 당혹스러워하는 것도 모르고 나는 계속해서 소리 내어 책을 읽었다.

"그의 물건이 점점 커졌다. 그는 원래 물건이 엄청나게 크기로 유명한 남자였다…… 근데 이모, 물건은 또 뭐예요? 물건이 어떻게 점점 커져요?"

"음, 저기 있지, 그 책은 읽으면 안 되겠다."

이모는 기저귀를 개다 말고 내 손에서 책을 가져갔다. 그러고는 앞에서부터 서너 장 훑어보더니 헛기침을 했다. 그새 얼굴이 붉어져 있었다.

"주인 아줌마 아저씨는 참 좋겠지? 미국도 가고 말이야."

화제를 돌리려는 의도가 완연히 드러나는 말투와 표정이었다. 그래서 나는 정황상 뜬금없는 이야기라고 생각하면서도 선선히 장단을 맞춰주었다.

"와아, 미국에 가신대요? 언제요?"

"어제 벌써 가셨어. 보름쯤 있다 오신대. 비행기도 타보고 오랜만에 아들도 만나고 미국 구경도 하고. 아, 정말 부럽지?"

부럽기야 부러웠다. 그렇지만 그보다 더 강렬하게 나를 사로잡은 것은 이제 일 층에 아무도 없다는 사실이었다. 일 층이 비어 있다. 이 집에는 우리만 있다. 내가 설사 실내 계단을 내려가더라도 아무도 모를 것이다. 물론 그렇다고 함부로 그 계단을 오르내리겠다는 것은 아니지만 완전범죄가 가능하리라는 기대로 인해 가벼운 흥분이 이는 것은 어쩔 수 없었다.

한밤중 집 안에서 이상한 소리가 들리기 시작한 것은 바로 그 다음 날부터였다. 자정 무렵이었고 나는 자다가 요의를 느껴 화장실에 막 다녀온 참이었다. 다시 자려고 누웠는데 문밖 어딘가에서 희미하게 뚜벅뚜벅 소리가 들려왔다. 누군가 구둣발로 판판한 마룻바닥 위를 걸어다니는 소리 같았다. 하지만 실내에서, 그것도 오밤중에, 대체 누가 구두를 신고 걸어다닌단 말인가. 나는 잠결에 환청을 듣고 있다고 생각하고 그대로 잠을 청했다.

날씨가 쾌청할 거라던 이모부의 예보가 무색하게 이튿날은 하루 종일 비가 내렸다. 『야망인』에 대한 이모의 귀띔이라도 있었던 걸까. 이모부가 퇴근길에 『올리버 스토리』라는 책을 사왔다. 놀랍게도 그것은 『러브 스토리』의 후속편이었다. 제니 없는 세상에서 올리버가 어떻게 살아갈지 알고 싶었을 독자의 마음을 헤아려준 작가에게 감사하며 나는 밤늦게까지 책을 읽었다. 이번에는 울지 않았다. 올리버가 다른 여자와 사랑하다가 헤어진 후 역시 제니밖에 없다며 그녀를 회상한다는 결말이 허무하고 작위적으로까지 느껴졌다. 문밖에서 다시금 괴이쩍은 소리가 들린 것은 책을 손에서 내려놓았을 때였다. 처음에는 빗소리인가 했다. 그러나 아니었다. 어젯밤에 들은 것과 같은 소리였다. 마침 시각도 어젯밤과 같은 자정 무렵이었다. 나는 이부자리에서 몸을 일으켰다. 바깥의 동정에 온 신경을 집중했다. 누군가 구둣발로 걸어다니는 소리. 이모나 이모부는 아니었다. 밤중에 돌아다니지도 않을뿐더러 그들은 그런 식으로 발소리를 내면서 걷지 않았다. 게다가 소리는 실내 계단 쪽에서 들려오고 있었다. 누군가 계단을 통해 이 층으로 올라오고 있는 것이 틀림없었다. 설마 미국에 갔다던 주인 아저씨는 아닐 테고. 아, 강도, 그래, 강도구나.

온몸에 소름이 돋았다. 이모와 이모부는 세상모르고 잠들어 있겠지. 그들에게 어서 이 상황을 알려야 했다. 그렇지만 어떻게? 무턱대고 소리를 질렀다가는 되레 강도가 당황하여 날뛰다가 더 큰 참극이 빚어질지도 모르는데. 묘수가 없을까 고민하며 나는 베갯머리에 놓인 『올리버 스토리』의 표지를 노려보았다. 하얀 바탕에 젊은 남녀가 웃으며 마주보고 있는 옆모습이 그려진 그 낭만적인 표지가 기이하게 비현실적이고 해독 불가한 것으로 느껴지던 몇 초의 시간. 얼마가 더 흘렀을까. 문밖이 잠잠했다. 문에 귀를 대고 한참을 더 앉아 있었지만 발소리는 더 이상 들리지 않았다. 그럼에도 나는 두려움에 날이 밝을 때까지 잠을 설쳤다.

"네가 악몽을 꾼 거야."

이모는 간밤에 아무 소리도 듣지 못했다고 했다. 문단속이 완벽한 상태였으니 외부 사람이 침입하는 것이 불가능하고, 아래층에 아무도 없으니 누군가 실내 계단을 통해 이 층으로 올라왔다는 가정 또한 성립할 수 없다는 것이었다.

"꿈이 아니에요. 진짜였다니까요."

"그래, 알았어."

"그저께 밤에도 똑같은 소리가 났었다고요."

"그래, 알았어."

이모는 끝까지 내 말을 믿지 않는 눈치였지만 정 무서우면 안방에서 자도 괜찮다고 했다. 그래서 나는 그날부터 안방에서 이모와 이모부와 아기와 모두 함께 잤다.

첫째 날에는 아무 소리도 들리지 않았다. 둘째 날도 마찬가지였다. 아기가 시도 때도 없이 울었고, 한 번은 창밖에서 취객의 고함이 들려오기도 했지만 그게 다였다.

"거봐, 아무 소리도 안 들리지? 악몽을 꾼 거라니까."

셋째 날 아침, 밥상머리에서 이모가 웃으며 말했다. 나는 대꾸 없이 밥만 먹었다. 그것이 정말 꿈이었다면 다행한 일이겠고 마땅히 그러길 바라야겠으나, 왠지 억울했다. 차라리 그 소리가 다시 한 번 들려서 내 주장이 사실이었음을 입증해보이고 싶었다. 이모는 내가 아직도 불안해하고 있다고 생각했는지 팔꿈치로 슬쩍 이모부의 옆구리를 쳤다.

"그리고 만약 강도가 들었다 해도 이모부가 다 물리칠 거야. 그렇죠,

여보?"

이모부가 과장된 동작으로 고개를 끄덕였다.

"아, 당연하지. 걱정 마라. 강도가 들어오면 내가 아주 혼쭐을 내주마."

그래놓고 두 사람은 마주 보고 웃었다. 마치 『올리버 스토리』의 표지 그림처럼.

바로 그날 밤이었다, 문제의 구둣발 소리가 다시 들린 것은. 어느새 귀에 익숙해진 뚜벅뚜벅 소리. 나는 눈을 떴다. 오른쪽에 누워 있는 이모를 깨우려고 했다. 그녀는 이미 깨어 있었다. 어둠 속에서 그녀와 나의 눈이 마주쳤다.

들었어요?

응, 들었어.

우리는 눈으로 빠르게 대화를 주고받았다.

이제 어떡해요?

글쎄, 어떡하지?

이모부의 코 고는 소리가 우리의 대화 사이를 간헐적으로 비집고 들어왔다. 이모와 나는 잠시 침묵을 지켰다. 내가 꿈을 꾼 것이 아니었음을 이모에게 확인시켜주었다는 사실에 고무되어서인지, 구둣발 소리가 여느 때보다 더 또렷하게 들리는 것 같았다. 그리고 곧이어 나는 전에는 듣지 못했던 새로운 소리를 추가로 포착해냈다. 녹슨 경첩이 삐걱거리는 소리였다. 침입자는 방문을 열고 있는 것이었다. 이모의 눈동자가 흔들렸다. 계단을 올라온 직후 어딘가의 문을 열었다면 그것은 늘 잠겨 있던 집주인의 방일 터. 한동안 조용했다. 그러더니 문이 닫히는지 다시 날카로운 쇳소리가 났다. 침입자가 뚜벅뚜벅 소리와 함께 계단 아래로 사라지기까지 걸린 시간은 도합 십 분쯤 될까. 그 잠깐 사이에 이모는 공포로 넋이 반쯤 나간 얼굴을 하고 있었다. 그녀의 눈치를 살피고 있는데 어처구니없게도 서서히 졸음이 쏟아졌다. 신기한 일이었다. 나는 더 이상 무섭지가 않았던 것이다. 침입자의 존재를 혼자 알고 있을 때는 그렇게도 무섭더니 그것을 다른 사람과 공유하게 되니까 대수롭지 않게 여겨졌다고 할까. 잠들지 말자, 자면 안 돼, 하면서도 나는 곧 깊이 잠들고 말았다.

"이 사람 싱겁긴. 당신도 꿈꾼 거 아냐?"

이모부는 이모의 말을 대번에 일축해버렸다. 이 층의 문과 창문이 모두 잠겨 있었다는 것이다. 침입자가 이 층의 문이나 창문으로 들어온 것이 아니라 일 층에서 실내 계단을 통해 이 층까지 올라왔다는 내 말도 그는 웃어넘겼다. 며칠 전 출근길에 집주인 내외가 공항으로 떠나는 모습을 자신이 직접 보았다고, 일 층에는 아무도 없다고, 그는 호언했다.

"당신 지금 우리 말 안 믿는 거예요? 꿈이 아니라 진짜였다고요."

"그래, 알았어."

"얘랑 나랑 둘이 똑똑히 들었다니까요."

"그래, 알았어."

이모부는 끝까지 이모 말을 믿지 않는 눈치였지만 한 번만 더 그런 소리가 나면 자신이 당장 나가서 강도를 때려눕히겠노라고 큰소리쳤다.

그가 출근하고 나자 이모는 진종일 작은방과 거실과 주방 등을 들락거리며 없어진 물건이 있나 살폈다. 내가 다른 곳보다도 실내 계단과 그 옆방을 집중적으로 살펴봐야 한다고 강조했지만 귀담아듣지 않았다. 현관문과 창문의 잠금장치만 몇 차례씩 확인해볼 뿐이었다. 나는 그녀가 분주한 틈을 타 집 밖으로 나갔다. 일 층의 현관문 앞에 섰다.

초인종을 누르면 이 층에 있는 이모가 금세 알아차릴 것이므로 노크를 해보았다. 안에서는 아무 반응이 없었다. 문손잡이를 돌려보았다. 그것은 잠겨 있었다. 나는 집 주위를 돌며 창문들을 하나씩 열어보았다. 모두 잠겨 있었다. 결국 침입자는 집 안에 있다는 얘기였다. 혹은 그가 현관문의 열쇠를 가지고 있다는 것이었다. 심지어 계단 옆방의 열쇠까지도.

그런데 그는 왜 이 층에 올라왔을까. 계단 옆방에 어떤 볼일이 있었을까. 왔다가 금방 돌아간 까닭은 무엇일까. 궁금증은 갈수록 증폭되어 갔다. 두려움이 거세된 자리에 남은 것은 호기심과 모험심, 스스로 탐정이라도 된 듯한 자부심뿐이었으므로.

이모부의 큰소리는 채 하루도 가지 못했다. 구둣발 소리는 그날 밤에도 이어졌고, 그 즉시 이모가 그를 깨웠던 것이다. 우리 셋은 조심스레 일어나 앉았다. 침입자는 한층 대담해져 있었다. 발 딛는 소리는 여유로웠고 문 여는 소리는 당당하기까지 했다. 경첩이 요란하게 삐걱대는 소리에 이모부의 얼굴이 사색이 되었다. 반면 이모는 전날에 비해 한결 안정된 모습이었다. 아마도 침입자의 존재를 알게 된 사람이 한 명 더 늘었기 때문이리라.

여보, 어떡하죠?

글쎄, 어떡하지?

이모와 이모부는 눈으로 긴박하게 대화를 나누었다.

그냥 이렇게 앉아 있기만 할 순 없잖아요.

그래, 그렇지. 아무래도 밖에 나가봐야겠어.

이모부는 천천히 자리에서 일어났다. 천천히 주위를 두리번거렸다. 무기로 쓸 만한 것을 찾아야 한다고 했다. 이윽고 그가 찾아낸 것은 배드민턴 라켓. 이모가 절박하게 부르짖는 표정으로, 그러나 목소리는 속삭이듯이, 그에게 말했다.

"그건 너무 부실해요. 괜히 그런 거 휘두르다 다치기라도 하면 어떡해요? 강도는 칼을 들고 있을지도 모르는데."

"뭐, 칼을 들어?"

이모부가 저도 모르게 목소리를 높였다가 손으로 제 입을 틀어막았다. 하지만 엎친 데 덮친 격이라고 이번에는 아기가 울음을 터뜨렸다. 이모가 황급히 요람으로 다가갔다. 젖병을 물려주어도 아기는 두 팔을 바동거리며 울기만 했다. 운다고 아기의 입을 틀어막을 수는 없는지라 이모도 이모부도 문 한 번 돌아보고 요람 한 번 들여다보기를 반복하며 어쩔 줄을 몰랐다. 다들 그렇게 쩔쩔매는 사이 침입자는 평소대로 유유히 종적을 감추었다.

다음 날은 주말이었다. 동이 트자마자 이모부는 실내 계단을 향해 성큼성큼 걸음을 옮겼다. 이모와 내가 그의 뒤를 따랐다. 계단에는 아무 흔적도 없었다. 이모부가 계단 아래로 한 발 내려서려 할 때였다. 이모가 그의 팔을 잡았다.

"집주인한테 이 계단은 사용하지 않겠다고 했잖아요."

이모부는 잠깐 망설였으나 계단으로 내려서지 않았다. 대신 몸을 돌려 계단 옆방으로 다가갔다. 그가 문손잡이를 쥐려고 할 때였다. 이모가 그를 저지했다.

"집주인 방이잖아요. 우리는 들어가면 안 돼요."

이모부는 잠깐 망설였으나 방문을 열지 않았다.

결국 우리가 할 수 있는 일은 아무것도 없었다. 이모는 도둑맞은 물건이 없나 방방을 살피기만 했다. 이모부는 강도에 대적할 무기를 찾는다며 온 집 안을 들쑤시고 다녔다. 연탄집게, 다듬잇방망이, 망치, 식칼 등 늘어놓고 보니 오합지졸이어도 쓸 만한 것들이 영 없지는 않았다. 물론 그것들을 이모부가 실전에서 활용할 수 있을지는 의문이었지만.

주말 내내 우리 세 사람은 머리를 맞대고 의논했다. 침입자와 싸우는 것은 최후의 방안이었다. 피를 안 보고도 일을 해결할 수 있다면 의당 그래야 하지 않겠는가.

가장 먼저, 실내 계단에 몰래 초록색 페인트를 쏟아놓자는 의견을 낸 사람은 나였다.

"강도는 밤에만 오니까 페인트가 안 보일 거예요. 그럼 그걸 밟고 방으로 들어갈 거고요. 강도가 걸을 때마다 바닥에 페인트 자국이 찍힐 테니까, 우린 그가 어디를 돌아다녔고 또 어디로 도망갔는지 알 수 있어요."

"그건 안 돼."

이모가 반대했다. 실내 계단은 우리 것이 아니며, 계단 옆방도 우리 것이 아니라서, 우리 멋대로 페인트 범벅이 되게 해서는 안 된다는 것이었다. 이모부가 내게 물었다.

"그런데 페인트가 왜 하필 초록색이니?"

"제가 좋아하는 색깔이라서요."

그다음으로, 경찰에 신고하자는 의견을 낸 이도 나였다.

"경찰 아저씨가 거실이나 욕실 같은 데 미리 숨어 있다가, 발소리가 들리면 뛰어나가서 강도를 체포하면 되잖아요."

"그건 안 돼."

이모부가 반대했다. 자신처럼 건장한 성인 남자가 있는 집에서 왜 경찰을 부르느냐는 것이었다. 덧붙여 그는 경찰이 잠복해 있는 날 공교롭게도 강도가 안 나타나면 우리만 이상한 사람 취급을 받게 된다고 했다. 그렇다고 경찰더러 매일 잠복하라고 할 수도 없는 노릇이라나. 이모도 거들었다. 경찰이 조사를 해봐야겠다고 실내 계단 아래로 내려가거나 계단 옆방에 들어가기라도 하면 큰일이라는 것이었다. 이모부가 집주인과의 약속을 어길 수는 없다며 맞장구를 쳤다. 나는 두 사람을 이해할 수가 없었다. 지금 그게 대수인가? 집주인과의 약속이 그렇게도 중요한가? 밤마다 강도가 들어와 집 안을 휘젓고 다니는데도?

마지막으로, 나는 그럼 정면돌파를 하는 수밖에 없다는 의견을 냈다.

"발소리가 들릴 때 이모부가 문을 박차고 나가세요. 강도가 놀라서 도망갈지도 몰라요. 만약 싸워야 한다면 이모와 제가 도울게요. 셋이 힘을 합치면 이길 수 있을 거예요."

아무도 반대하지 않았다. 이모는 이모부를 멀거니 올려다보았고 이모부는 연탄집게와 다듬잇방망이와 망치와 식칼 등을 멀거니 내려다보았다. 그것으로 의논은 다 끝난 셈이었다.

침입자는 이제 하루도 거르지 않고 매일 왔다. 밤 열한 시 오십오 분쯤 구둣발 소리와 함께 계단을 올라와서 계단 옆방으로 들어갔다. 그러고는 열두 시 오 분쯤 그곳을 나와서 다시 구둣발 소리와 함께 계단 아래로 사라졌다. 그가 오로지 소리로만 존재하는 그 십 분간은 이모와 이모부와 나 세 사람이 하루 중 가장 치열하게 살아 있는 시간이기도 했다.

"내 저놈을 확 그냥!"

"안 돼요. 당신이 참아요."

"더 이상은 못 참아! 가만두지 않을 거야!"

"잠깐만요. 흉악범이면 어쩌려고 그래요. 당신이 다칠 수도 있다고요."

밤마다 이모부는 문을 박차고 나가려는 시늉을 했고 이모는 그를 결사적으로 말렸다. 나는 밤마다 되풀이되는 그들의 실랑이를 지켜보았다. 어차피 십 분만 지나면 문밖의 구둣발 소리는 사라질 것이었다. 그러면 비로소 찾아든 고요 속에서 우리도 하루치의 숙제를 끝낸 듯 홀가분한 마음으로 잠자리에 들 수 있었다.

모든 것이 차츰 원래의 자리를 찾아갔다. 이모는 행복한 얼굴로 요리를 하고 아기를 돌보고 화초를 가꾸었다. 이모부도 성실한 자세로 주변 사람들에게 오늘의 날씨를 알려주고 정시에 출근했다가 정시에 퇴근했다. 두 사람은 여전히 금실이 좋았다. 특히 침입자가 나타나는 밤이면 서로를 아끼고 염려하는 마음도 배가 되었다.

나도 예전의 작은방으로 돌아갔다. 혼자 자고 구둣발 소리도 혼자 들었다. 무섭기는커녕 그 소리에 길들어서 어떤 날에는 깨지도 않고 내처 잤다. 지루하고 심상한 밤들이었다. 그래도 낮이 되면 나는 실내 계단 앞에 앉아 끝없이 상상했다. 저 계단 밑에는 누가 있을까. 그야 강도가 있겠지. 그럼 그가 매일 밤 드나드는 저 방에는 무엇이 있을까. 시체가 있을까. 아름다운 벙어리 여인이 있을까. 아니면 금괴가 가득 든 캐비닛이 있을지도 몰라. 누명을 쓴 탈옥수가 숨어 있을지도 모르고. 어쩌면 지하세계로 이어지는 비밀통로가 있을지도 모르지.

가끔은 내가 갖고 싶은 것들이 그 방에 있지 않을까 상상하기도 했다. 그것은 귀여운 강아지였다. 빨간색 숫자가 많은 달력이었다. 바닐라 아이스크림이었고 김밥이었고 값비싼 바나나였다. 『러브 스토리』의 비극적인 결말이나 『올리버 스토리』의 허무한 결말이 아닌 내 마음에 쏙 드는 결말을 가진 소설책이었다. 아니, 그런 책들이 빽빽이 꽂힌 책장이었다. 무엇보다 고향에 있는 엄마이고 아빠이며 이제는 남의 집이 되었을지도 모를 우리 집이었다. 그렇게 상상하다 보면 정말로 그 방에 내가 원하는 것들이 전부 들어 있을 것 같았다. 나는 상상만으로도 행복해서 혼자 씩 웃고는 했다. 그러니까, 굳이 기원을 거슬러올라가자면, 그 방을 드나들던 구둣발 침입자 덕분에 행복했던 것이다.

그 구둣발 소리가 완전히 사라진 것은 8월 17일이었다. 이모와 이모부와 내가 나란히 앉아 텔레비전 아홉 시 뉴스의 '서울올림픽 앞으로 한 달' 자막을 보고 있을 때 일 층에서 현관문 열리는 소리가 났다. 집주인 내외가 미국에서 돌아온 것이었다. 두 층이 서로 트여 있으므로 우리는 소리만 듣고도 일 층의 동향을 파악할 수 있었다. 게다가 우리가 누군가. 소리로 뭔가를 파악하는 데는 도가 튼 사람들 아닌가. 그들이 출가한 딸에게 전화로 나이아가라폭포와 자유의 여신상과 그랜드캐니언에 대한 소회를 풀어놓는 동안, 우리는 확신했다. 이제 다 끝났다는 것을. 아직 자정이 되지는 않았지만 그런 건 기다리지 않아도 그냥 알 수 있는 것이었다. 그렇게 사라졌다, 한밤의 발소리는. 언제 무슨 일이 있기라도 했느냐는 듯 스리슬쩍, 완벽하게. 오늘 하룻밤만 더 자고 내일 고향집으로 내려오라는 아빠의 전화가 온 것은 우리 세 사람이 묘한 상실감과 안도감이 뒤섞인 얼굴로 서로를 흘깃거리고 있을 때였다.

그리하여 1988년 8월 18일. 내가 드디어 그 집을 떠나던 날 아침. 이모부는 출근하고 없고, 이모는 내게 들려 보낼 간식을 만드느라 정신없던 와중에, 나는 마지막으로 실내 계단에 가보았다. 한 번도 그곳을 밟지 못했지만 사실 꼭 밟아보고 싶은 것도 아니었다. 일 층 거실 풍경이야 계단 난간에서 허리만 숙여도 다 보였으니까. 고개를 돌려 계단 옆 방을 보았다. 그것은 평소와 다름없이 굳게 닫혀 있었다. 한 번도 들어간 적 없는 방. 내 상상 속의 보물이 가득한 곳. 무심코 손잡이를 돌려 보았다. 놀랍게도 그것은 잠겨 있지 않았다. 그리고 방문을 활짝 열었을 때 나는 보았다, 휑하니 비어 있는 방 한가운데 놓인 낡은 텔레비전을. 방 안에는 아무것도 없었다. 정말이지 텔레비전 한 대뿐이었다. 그것의 전원을 켰다. 권투시합이 중계되고 있었다. 누군가는 때리고 누군가는 맞았다. 흑백 화면이라서 어느 쪽이 빨간 유니폼이고 어느 쪽이 파란 유니폼인지는 알 수 없었다. 말하자면 내가 그 방에 대해 상상했던 모든 것들을 일시에 무너뜨린 풍경에는 색깔이 없었던 것이다. 그래도 나는 실망하지 않았다. 그것이야말로 내가 감히 상상도 하지 못했던 풍경이었으므로. 텔레비전을 껐다. 컴컴해진 화면에 내 얼굴이 비쳤다.

문득 궁금했다. 지금 이 순간을 기억할 수 있을까. 이곳을, 이 이층집을, 나는 아주 먼 훗날에도 떠올릴 수 있을까. 브라운관 속의 내 얼굴은 화면이 평평하지 못한 탓에 상이 우스꽝스럽게 왜곡되어 있었다. 소리 죽여 웃다가 충동적으로, 그러나 진심을 담아, 나는 화면 속의 나에게 약속했다.

십 년 후에도 기억할 거야. 그리고 그때 이곳에 다시 와볼게.

그후로 십 년 동안 나는 그 집에서 있었던 일들에 대해 아무에게도 이야기하지 않았다. 그래서 오히려 더 잊지 않고 오래 기억할 수 있었다. 나는 십 년 후에 내가 반드시 그곳을 다시 찾아가게 되리라 믿었다. 적어도 초등학교를 졸업할 때까지는 그랬다. 이모는 전세살이를 하고 있었으니까 십 년 후면 이미 그 이층집에 살고 있지 않을 거라고 생각하게 된 것은 중학교 때였다. 그 집이 재개발 등의 이유로 헐려서 아예 없어졌을 수도 있다는 생각을 하게 된 것은 고등학교 때. 나아가 대학교 때는 그 케케묵은 약속을 지켜서 뭐 하랴, 하는 생각까지 하고 있었다.

그렇다 해도 시간은 계속 흐르고 1998년은 왔다. 8월 18일은 화요일이었다. 어차피 그곳을 찾아갈 의사도 없고 자신도 없으면서 나는 오늘이 전에 약속했던 바로 그날이라는 생각에 몰두해 있었다. 인제 와서 그 옛날의 이층집을 찾는다는 건 무리겠지. 너무 오래된 일이라 그 집 앞에 간다 해도 못 알아볼 공산이 클 거야. 그러다가 불현듯 나는 대단히 중요한 사실을 인지하게 되었는데, 그것은 이층집이 있던 동네가 정확히 어디인지를 내가 모른다는 것이었다. 그곳에서 한 달이나 살았는데. 실내에 나무계단이 있던 그 집의 내부구조, 한밤의 구둣발 소리, 이모가 끓여준 찌개 맛과 이모부의 책꽂이에서 꺼내 읽었던 책 제목까지 모조리 기억하는데. 그런데 거기가 어디인지 모른다니. 엄마는 신설동일 거라 했다. 아빠는 남가좌동일 거라 했다. 그 이모와 연락이 끊긴 지 오래라서 정답은 알 길이 없다고 두 사람은 입을 모았다.

이제 그 집에 살았던 때로부터 십 년이 아니라 이십 년 하고도 이 년이 더 흘렀다. 이모와 이모부는 여전히 금실이 좋은지. 지금은 통행이 금지된 실내 계단이나 출입이 금지된 방 같은 것이 없는 집에서 사는지. 그리고 그 시절의 나를 기억하는지. 가끔은 그런 것들이 궁금하기도 하다. 하지만 내가 정말로 궁금한 것은 따로 있다. 그것은 과거에 대한 것이 아니라 미래에 대한 것이다. 이를테면 십 년 후의 나에 대한 것이라고 할까.

그러니까 지금부터 십 년 후에, 나는 무엇을 기억하고 있을까? ▪

김숨

막차

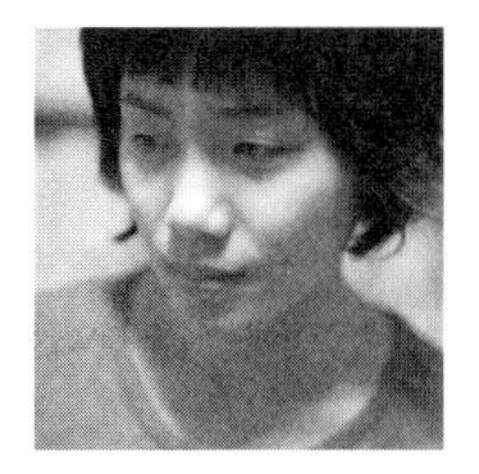

1974년 울산 출생. 대전대 사회복지학과 졸업.
1994년 『대전일보』, 1998년 『문학동네』 등단.
소설집 『투견』 『침대』. 장편소설 『백치들』 『철』 『나의 아름다운 죄인들』 『물』.

막차

고속버스에 승객이라고는 고작 넷뿐이었다. 순옥과 남편, 그리고 일행이 아닌 남자 둘. 고속버스가 출발하기 10여 분 전부터 그녀와 남편은 운전석 줄 다섯 번째 칸을 나란히 차지하고 앉아 있었다. 고속버스가 터미널을 빠져나가 고속도로에 들어서도록 남편은 질끈 내려감은 눈을 뜨지 않았다. 히터를 한껏 틀어놓아 고속버스 안 공기는 덥고 건조했다. 아직 2월 중순이라 히터를 꺼버리면 손발이 금세 시려올 것이었다. 눅눅한 걸레 냄새와 쉬어터진 김밥 냄새, 지려진 어묵국물 냄새가 뒤섞여 맡아져 그녀는 벌써부터 멀미를 느꼈다. 알루미늄포일을 구길 때 나는 소리가 아까부터 그녀의 뒤쪽에서 들려왔다.

"멀어도 어지간히 멀어야지요. 어지간히……."

그녀는 의자 등받이가 박제한 거북의 등딱지만큼이나 딱딱해 영 불편했다. 어딘가 풀린 관절처럼 헐거워졌는지 의자는 그녀가 뒤척거릴 때마다 끼익, 비명을 내질렀다. 그렇다고 촐싹 다른 의자로 바꾸어 앉아야 할 만큼은 아니었다. 그녀의 앞뒤로 빈 의자야 얼마든지 있었지만 별반 나을 것 같지도 않았다. 일반인 데다 오래된 고속버스였다. 그렇지 않아도 고속버스는 탈수 중인 세탁기만큼이나 흔들림이 심했다.

"그렇잖아도 내일 미선 엄마가 머리 좀 해달라고 했는데……."

그녀는 차창 쪽으로 고개를 돌렸다. 콜타르를 바른 듯 검게 번들거리는 차창에서 남편의 얼굴을 찾았다. 그녀의 얼굴 뒤로 남편의 옆얼굴이 눈에 들어왔다. 남편의 옆얼굴은 물속에 가라앉은 돌덩이처럼 붓고 일그러져 보였다. 뭉툭한 턱 아래로 손을 들이밀고 들추면 이끼뭉치 같은 다슬기라도 두엇 달라붙어 있을 것 같았다.

"못 받아도 2만 5천 원은 받을 텐데……."

남편은 그러나 아무 대꾸가 없었다.

"사뭇 다른 미장원에 다니는 것 같더니만 전화까지 해왔지 뭐예요. 이럴 줄 알았으면 미선 엄마한테 오늘 오라고 할 걸 그랬어요."

알루미늄포일을 구기는 소리가 계속 들려와 그녀는 고개를 뒤쪽으로 돌렸다. 빈 의자들 너머 비죽 튀어나온 검은 머리가 그녀의 눈에 들어왔다. 의자들에 가려져 얼굴과 몸이 전혀 보이지 않아 가발이라도 걸쳐 놓은 것 같았다.

"하기는 그렇게나 느닷없이 전화가 올 줄 알았나요."

그때 정전인가 싶게 고속버스 실내가 갑자기 어두워졌다. 환하게 켜져 있던 조명들이 일제히 꺼져든 것이었다. 그녀는 무릎 위 가방 지퍼를 더듬더듬 열고 그 안으로 손을 집어넣었다. 핸드폰을 찾아 꺼냈다. 혹시나 부재중 전화가 걸려왔나 살폈지만 한 통도 와 있지 않았다. 그녀는 핸드폰을 도로 가방 속에 집어넣었다.

"전화가 온 게 몇 시였대요?"

남편은 여전히 아무 대꾸가 없었다.

"뉴스를 하고 있었으니까 일곱 시가 조금 넘어서였을 거예요."

전화기가 울릴 때 그들은 텔레비전을 틀어놓고 저녁을 먹고 있었다. 그녀는 고등어와 지진 무청을 입속에서 씹다 말고 전화를 받았다. 무청은 쓴맛이 우러나도록 씹어대야 할 만큼 질겼다. 아들의 전화였다. 며느리가 오늘 밤을 못 넘길 것 같다는 소식을 전하면서 아들은 울먹이고 있었다. 그녀는 전화를 끊자마자 뱉어버리려던 무청을 얼떨결에 삼키고 말았다. 무청은 위와 창자를 거치는 동안 삼실만큼 질긴 섬유질만 남아 내일이나 모레쯤 화장실에서 무던히 애를 쓰게 할 것이었다.

"며칠 전 통화할 때만 해도 반년은 더 살 수 있을 거라고 했잖아요. 반년은요."

며느리의 대장에서 처음 암덩어리가 발견된 것은 5년 전이었다. 수술과 항암치료 덕분에 근 일 년은 별 탈 없이 완치되는가 싶더니 재발되었다. 또다시 항암치료를 받는 와중에 암은 자궁과 위, 폐로도 번졌다. 기적조차 바랄 수 없게 된 상황에서 며느리는 입원과 퇴원을 출퇴근하듯 반복했다. 퇴원했다는 소식이 들려오기 무섭게 입원했다는 소식이 들려왔다. 며느리가 또다시 병원에 입원했다는 소식이 들려온 건 한 달쯤 전이었다. 그녀는 그 소식이 새삼스럽지도, 밥을 굶도록 절망적이지도 않았다. 입원이 한두 번도 아니고, 며느리가 어느 지경으로 악화됐는지 두 눈으로 확인하기 위해 당장 서울로 올라가 볼 수도 없는 노릇이었다. 아들이 전화를 걸어왔을 때 그녀는 '대성떡집' 딸내미의 머리를 깎이고 있었다. 마흔 살이나 먹은 그 집 딸내미는 정신지체가 있었다. 먹성만은 성하다 못해 지나쳐 몸집이 거인처럼 컸다. 그녀와

46년 개띠 동갑인 대성떡집 여자는 어딜 가든 그 딸을 그림자처럼 데리고 다녔다. 자신이 죽으면 관 속까지 데리고 들어갈 거라는 말을 입에 달고 살았다. 죽어 썩어드는 육신이어도 어머니인 자신 곁이, 동기간 곁보다 백 배 천 배는 더 나을 거라는 게 그 이유였다. "동기간이 뭔 소용인가? 서로 뜯어먹을 거나 있어야 붙어살라고 하지. 남보다 못하다, 남보다……." 관 속까지 데리고 들어가게 딸내미 발모가지도 깎아달라던, 대성떡집 여자의 농이 문득 떠올라 그녀는 피식 웃음이 났다. 관 속으로 데리고 들어가려면 어디 발모가지만 깎아서 될까. 남산만 한 그 배는 어쩌고! 그녀는 쓸데없이 떠오르는 생각을 떨쳐버리려 고개를 저었다.

"갈 때가 되면 그렇게 급하게들 가더라고요. 하기는 반년을 더 산다고 그게 무슨 의미가 있겠어요."

마지막으로 본 며느리의 모습이나 떠올려보려다 그것도 쓸데없는 짓 같아 그만두었다.

"우리 같은 늙은이들에게나 반년이 의미 있을까."

그녀는 늙은이라는 말을 입에 달고 살면서도 스스로가 늙은이라는 생각이 그다지 들지 않았다. 늙은이는 무슨, 일흔이나 되어야 늙은이 대접을 받을까.

"안방 불을 켜둔다는 걸 깜박했지 뭐예요."

그녀는 목에 두른 스카프를 풀었다. 고속버스 안 공기가 더워서인지 스카프가 아까부터 목을 조여오는 것만 같았다.

"텔레비전 코드는 뺐대요? 코드를 빼두는 거랑 꽂아두는 거랑 전기세가 얼마나 차이가 나는데……."

내가 밥솥 코드는 뺐던가. 하루 이틀 비울 것도 아니고 집을 나서기 전 둘러보지 않은 게 그녀는 뒤늦게 후회되었다. 밥솥에는 밥이 기껏해야 반 공기밖에 남아 있지 않았다. 밥알들은 누렇다 못해 꾸덕꾸덕 말라 있을 것이다.

"그 애 나이가 몇이더라……?"

그나저나 가스밸브는 제대로 잠갔던가.

"며느리 말이에요. 쥐띠니까……."

그녀는 며느리 나이가 서른아홉 살인지 마흔 살인지 정확히 가늠 되지 않았다.

"1월생이라고 했어요. 생각해봐요. 엄동설한에 태어난 쥐가 뭐 그렇게 복이 있겠어요. 얼어 죽고 굶어 죽지나 않으면 다행이지."

아들과 며느리를 결혼시키기 전 그녀는 혹시나 하는 마음에 충북 제천까지 가서 궁합과 사주를 보았다. 계원 중 한 명이 마침 임용고시를 앞둔 딸의 운수를 보러 간다기에 겸사겸사 따라간 거였다.

"그때 그 점쟁이가 그럽디다. 며느리가 마흔 살 이후로는 두 다리 쭉 뻗고 누워 세상 근심 걱정 내려놓고 편하게 살 팔자라고요. 그러고는 더 볼 것도 없다고 하더라고요. 그 소리가 뭔 소린가 했더니 마흔 살까지밖에 못 살 거라는 소리였지 뭐예요. 생각해봐요. 세상 근심 걱정 내려놓고 두 다리 쭉 뻗고 눕는다는 게 뭔 소리겠어요."

그녀는 순간 소름이 끼쳐 입을 다물었다. 저녁을 짜고 급하게 먹은 탓에 목이 마르기도 했다. 무청이 식도와 위에 뱀처럼 길게 걸쳐져 있는 것만 같았다.

"나는 것도 모르고 뭔 팔자를 그렇게나 기막히게 타고났나 했지 뭐예요."

그녀는 말끝에 입가가 떨리도록 한숨을 내쉬었다. 두 다리가 퉁퉁 붓도록 남 머리나 매만져야 하는 내 팔자를 생각하면 얼마나 복 받은 팔자냐, 며느리 될 여자를 두고 시샘까지 하지 않았나.

"당신은 어땠는지 몰라도, 나는 처음부터 그 애가 마음에 안 들었어요."

그녀는 그 말이 처음 내뱉는 말이 아님을 잘 알았다. 그 말은, 아들 내외가 신혼여행에서 돌아오기 전부터 헐거워진 틀니처럼 불쑥불쑥 입 밖으로 튀어나왔다. 내내 그녀의 입속에 거북살스럽게 들러붙어 있다가. 내가 어디 한두 사람 상대해봤는가. 이 속 저 속 별별 속을 다 겪어보지 않았는가. 그녀는 자신이 사람 보는 눈만은 누구보다 틀림없다고 믿었다. 남들이 다 좋다고 해도 내가 아니라고 하면 끝에 가서는 결국 아닌 적이 한두 번이었나.

고속도로에 들어서고 처음 나온 휴게소를 고속버스는 그냥 지나쳐 갔다. 밤 아홉 시가 가까운 시간이라서인지 고속도로에는 차가 드물었다.

"백만 원을 해다 준 게 언제였나?"

그녀는 아들에게 백만 원을 해다 준 게 문득 떠올라 남편에게 물었다.

"우리가 백만 원을 해다 준 게요."

남편은 그러나 여전히 아무 대꾸가 없었다. 눈 한 번 뜨지 않는 걸 보면 잠든 것인지도 몰랐다. 하기는 묻는 말에 속 시원히 대꾸한 적이 한 번이라도 있던 위인이던가. 남편은 그녀가 어쩌다 한마디를 건네도 묵묵부답으로 그녀의 속을 터지게 했다. 아들이 군대를 가기 전까지만 해도 극성스럽다는 소리를 들을 만큼 발작적으로 남편에게 잔소리를 퍼부어댔지만, 그녀는 그것도 다 한때라는 생각이 들었다.

"지난번 입원했을 때니까, 다섯 달 전이겠네요."

다섯 달 전 그녀와 남편은 서울에 다녀왔다. 폐까지 퍼진 암이 심해져 며느리가 병원에 다시 입원했다는 소식을 듣고서였다. 그녀는 사실 그것이 마지막 입원이 될 거라고 지레짐작했다. 때마침 한 달에 5만 원씩 부어오던 2년짜리 정기적금이 마침 만기였다. 은행에서 적금 탄 돈을 찾아오면서 그녀는 어쩔 수 없이 부아가 치밀었다. 남편 모르게 부어온 적금이었다. 그 돈을 고스란히 병원비로 쓰게 되리라고 짐작이나 했던가. 더구나 가망도 없는 며느리의 병원비로.

"백만 원이 어디 적은 돈인가요. 상훈인 그것밖에 안 해 왔나 서운해하는 눈치더라고요. 천만 원은 싸들고 올라올 줄 알았나 봐요."

백만 원을 주고 내려오던 날, 아들 상훈은 밤늦게 전화를 걸어왔다. 술에 취한 목소리였다.

"글쎄 딸이 그 지경이 되면 미장원이라도 내놓아 살리려 하지 않겠냐고 합디다."

아들은 30분 가까이 전화를 끊지 않고 그녀에게 서운한 속내를 털어놓았다. 치료를 제대로 받으려면 천만 원은 있어야 된다는 말도 해왔다. 3천만 원 가까이 탄 보험료는 벌써 바닥이 났다고 했다. 있는 곳이 술집인지 전화기 너머로 사람들이 시끄럽게 떠드는 소리가 들려왔다. 아들은 부산 출장 중이라고 했다. 전국 서점들을 돌아다니면서 수금을 하느라 아들은 출장이 잦았다.

"가망 없는 며느리 살리자고 미장원까지 내놓을 수야 없잖아요."

외아들이자 외자식인 상훈이 서울로 올라간 것은 대학교를 졸업하고 나서였다. 대학교 선배라는 사람의 소개로 출판사 영업부 사원으로 취직이 되어서였다. 기껏 영업일을 하자고 서울까지 부득부득 기어 올라가나 못마땅하고 미덥지 않았지만, 그녀는 아들을 붙잡지 않았다. 붙들어 앉혀놓는다고 해도 별다른 도리가 없었다. 서울로 올라간 지 12년

만에 겨우 제 집이라고 빌라를 장만하더니만, 며느리의 대장에서 덜썩 암덩어리가 발견되었다. 빌라라고 해야 겨우 15평밖에 안 되었다. 그것도 순전히 모아둔 돈으로만 장만한 것이 아니라, 그녀가 올려 보낸 돈을 보태고도 모자라 은행에 융자까지 얻었다고 했다. 그녀는 그때도 적금 탄 돈 5백만 원을 올려 보냈고, 아들은 그 돈이 자신이 바라던 것보다 적었는지 서운해했다. 아들 통장으로 입금했다고는 하지만, 며느리는 5백만 원을 고맙게 잘 받았다는 전화 한 통 그녀에게 걸어오지 않았다. 아들이 빌라로 이사하고 한 달쯤 지나 그녀는 남편과 서울에 다녀왔다. 때마침 친정 쪽 조카 결혼식이 서울에서 있어서 겸사 다녀온 것이었다. 아들이 장만했다는 빌라를 둘러보면서 그녀는 기쁨보다는 실망이 앞섰다. 어떻게 생긴 집이 네모반듯하지가 못하고 각이 진 데다, 거실 창문을 열면 고가도로가 보였다. 온갖 차들이 수도 없이 지나다니는 고가도로였다. 그 집에서 한 일 년만 살면 없던 병도 저절로 생기겠다는 말이 신물처럼 올라오는 것을 그녀는 꾸역꾸역 되삼켜야만 했다. 베란다는 세탁기밖에 들여놓지 못할 만큼 좁았다. 저녁으로 식당에서 일 인분에 8천 원인가 하던 돼지갈비를 구워 먹으면서, 아들은 언제가 될지 모르는 재개발을 꿈꾸었다. 그녀는 5백만 원을 보태주고도 시부모 노릇을 제대로 못한 것 같아 내내 며느리의 눈치가 보이기만 했다. 그녀는 그래도 그때가 호시절이었던 듯 새삼스럽게 추억되었다. 돼지갈비가 타면서 피어오르던, 자꾸만 그녀의 얼굴을 덮쳐오던 거무스름하고 기름진 연기가 그립기까지 했다.

"설사 미장원까지 내놓아 살려놓는다고 해도 지들이 우리를 죽을 때까지 먹여 살리기나 할 거래요?"

상고商高까지 나온 남편은 일평생 이렇다 할 직업을 가진 적이 없었다. 여태껏 먹고산 것도, 아들을 대학교까지 가르친 것도, 장가보낼 때 3천만 원 넘게 전세금이라도 마련해준 것도 그녀가 그나마 미장원을 해서 벌어들이는 돈으로 가능했다. 그래봤자 동네 미장원이었다. 자식이라고는 상훈뿐이어서 그렇지, 그녀는 그 아래로 한 명만 더 있었어도 어림도 없었을 거라는 생각이 저절로 들었다. 그녀가 맞선으로 만난 남편과 선뜻 결혼을 결심한 것은 오로지 상고를 나왔다는 이유 하나 때문이었다. 그녀가 처녀 때만 해도 대학은커녕 상고도 나오기가 쉽지 않았고, 상고만 나와도 공무원으로 곧잘 취직이 되었다. 남편의 동창 계원들만 해도 공무원이 여럿이었다. 시청 말단공무원으로 시작해 상수도사업본부장까지 지낸 계원도 있지 않은가.

"일 년에 고작 두 번, 그것도 명절에나 겨우 용돈 하라고 5만 원 아니면 10만 원밖에 내놓지 못하던 것들이……. 그게 다 내가 미장원을 해서 그래요. 요즘 세상에 동네 미장원을 해서 버는 돈이 얼마나 된다고."

그녀가 미용기술을 배운 것은 상훈을 낳고 일 년쯤 지나서였다. 배워둬 나쁠 것이 있을까 싶어 익힌 기술이 평생 남편을 먹여 살리게 될 줄은 몰랐다. 남편은 여자를 밝히는 것도, 그렇다고 술이나 노름을 좋아하는 것도 아니었다. 성격도 온순한 편이라 그녀가 아무리 잔소리를 퍼부어도 욕설 한 번 내뱉은 적이 없었다. 그러고 보면 남편은 깔끔하게 자신의 입성을 차리는 것밖에는 할 줄 아는 게 한 가지도 없는 위인이었다. 막차가 끊겼으면 택시라도 잡아타고 서울로 올라가야 할 판에, 남편은 별 구김도 없는 기지바지를 다림질까지 해서 차려입지 않았는가. 그녀 속을 태우려고 작정하고 나선 듯 손수건까지 다림질해 외투주머니에 챙겨 넣었다. 기우뚱 가라앉는 배에서 뛰어내리듯 허둥거린 것은 그녀 자신뿐이었다. 혹시나 막차가 끊길까 택시를 일 초라도 서둘러

잡아타려고 도로까지 뛰어 내려가, 팔을 부러진 갈대줄기마냥 흔들어 댄 것도.

"어제오늘 손님이 달랑 한 명뿐이었다고요. 그것도 파마 손님이 아니라 염색 손님이요. 염색을 해주고 얼마나 받는다고. 고등어 한 손 사고, 달래 한 묶음 사니까 그 돈이 다 날라갑디다."

그녀는 고속버스 앞쪽에 달아놓은 전자시계를 올려다보았다. 한참 달린 것 같은데 고속버스가 출발한 지 기껏 40분밖에 지나 있지 않았다.

"된장국이나 한 번 끓여 먹을까, 별 향도 없는 달래가 2천 원씩이나 할 건 뭐래요."

내일 아침 된장국에 넣으려고 산 달래였다. 기껏 다듬어놓은 달래는 비닐봉지 안에서 짓물러질 것이었다. 고등어 지진 것도 반이 더 남았다. 그녀는 차창으로 고개를 돌렸다. 언제 나타났는지 고속버스가 한 대 그들이 탄 고속버스와 나란히 달리고 있었다. 그녀는 혹시나 사람이 몇 명이나 타고 있을까 궁금해서, 그 고속버스 안을 유심히 둘러보았다. 어디서부터 어디까지 가는지 몰라도, 그 고속버스는 대낮처럼 불을 환하게 밝히고 있었다.

"저 고속버스에는 글쎄 사람이 한 명도 없지 뭐예요."

"……."

"한 사람도요."

"……."

"어디서 올라오는 고속버스인지 몰라도 어떻게 한 사람도 안 탔을까?"

별일이라는 듯 그렇게 말했지만, 그녀는 솔직히 고속버스에 한 사람도 타고 있지 않은 사실이 그다지 신기하지 않았다. 저녁도 훨씬 지난

밤인 데다, 주말이 아니라 평일이었다. 월요일이나 금요일도 아닌 화요일이지 않은가. 게다가 그녀와 남편이 타고 있는 고속버스에도 승객이 고작해야 넷뿐이었다. 저녁때 아들의 느닷없는 전화가 걸려오지 않았다면, 고속버스는 두 사람을 달랑 태우고 고속도로를 여섯 시간이나 달려갔을 판이었다.

"설마하니 한 사람도 안 탔을까?"

잠든 것이 아니었는지 남편이 불쑥 대꾸를 해왔다. 여태껏 내가 하는 말을 다 듣고 있었던 걸까? 정말이지 속을 알 수 없다니까. 그녀는 남편을 흘낏 바라보았다. 남편의 두 눈은 감겨 있었다.

"한 사람도 안 탔다니까 그러네요."

묵묵부답이던 남편이 대꾸해온 것이 은근히 반가워 그녀는 일부러 더 그렇게 말했다. 그렇지 않아도 그녀는 정신 나간 여자처럼 혼잣말을 중얼대는 듯한 꺼림칙한 기분이 들던 참이었다. 옆자리에 버젓이 앉아 있는 남편이 생판 남처럼 낯설게 느껴지기도 했다.

"운전사 말고는 한 사람도 안 탔다니까 그러네요."

"아무리 그래도 누군가는 탔겠지."

남편은 고집스럽게 중얼거릴 뿐 감은 눈을 뜨려고 하지 않았다.

"타긴 누가 탔다는 거예요, 한 사람도 안 탔는걸."

그녀는 짜증이 치밀어 핏대를 세웠다.

"틀림없이 누군가는 탔을 거야."

남편 목소리가 잠꼬대처럼 늘어졌다.

"뭐라구요?"

"틀림없이……."

"틀림없기는 뭐가……."

그녀는 한마디 쏘아붙이려다가 자포자기하는 심정으로 관두었다. 엉뚱한 소리를 하려거든 차라리 대꾸를 말지 쓸데없이 고집을 부리나.

텅 빈 고속버스는 그들이 탄 고속버스를 추월하더니 조금씩 멀어져 한 점 빛으로 반짝거리다가 어둠 속으로 사라졌다. 그녀와 남편이 탄 고속버스가 그 어둠을 향해 전조등 불빛을 무심히 내쏘았다.

"염색약 냄새가 왜 그렇게 역겨운지 모르겠어요."

그녀는 차창에 비친 자신의 얼굴을 빤히 바라보았다. 얼굴은 꼭 말라 비틀어진 감자만 같았다. 상훈을 낳은 뒤로 짙게 낀 기미는 막 돋아나기 시작한 싹들만 같았다. 독을 품은 보라색 싹들이 금방이라도 무성하게 자라나 얼굴을 뒤덮어버릴 것 같은 기분이 들었다.

"염색약 냄새만 맡으면 속이 뒤집어져서 흰죽으로도 달래지지가 않아요. 그렇다고 염색 손님을 안 받을 수도 없고……."

탈수된 수건들을 널지 않았다는 것을 문득 깨닫고 그녀는 말끝을 흐렸다. 저녁을 먹고 나서 넌다는 걸 그만 깜박했다. 하기는 수건 널 정신이 어디 있었는가. 그것도 한두 장이 아니고 서른 장은 넉넉히 되는 수건을. 아무리 빨라야 닷새 뒤에나 내려올 수 있으리라. 그동안 수건들은 세탁기 안에서 악다구니 쓰듯 뒤엉킨 채 큼큼한 냄새를 풍기면서 썩어갈 것이었다. 하도 빨아대 그녀의 살가죽만큼이나 거칠고 빳빳해진 수건들이었다. 한 장에 이천 원 할까 말까 한 수건들을 한번 싹 바꾼다 하면서도 그녀는 바꾸지 않고 있었다. 하루에 고작 두서넛밖에 안 드는 손님들을 위해 수건을 바꾸는 것이 괜한 헛수고처럼 생각되기도 했다.

"친정식구들이 죄다 와 있겠지요."

그녀는 며느리의 친정식구들이 아무래도 어렵기만 했다. 결혼식 때도, 큰손녀 돌 때도 시댁식구들보다 더 난리를 치지 않았나.

“부동산 여자가 그러던데 늙어서 세 가지만 있으면 산다지 뭐예요.”

그녀는 머릿속에 떠오르는 대로 아무 말이나 중얼거렸다.

“하나가 돈이고 또 하나가 딸이고 또 하나가 종교라지 뭐예요.”

독을 품은 보라색 싹들로 뒤덮이는 광경을 놓치지 않으려는 듯, 그녀는 자신의 얼굴에서 좀처럼 눈을 떼지 못했다.

“우리한테는 그 셋 중 하나도 없지 뭐예요. 돈도, 딸도, 종교도요.”

“그 고속버스예요.”

점멸하는 불빛처럼 사라진 지 10분이나 지났을까. 그녀가 감았던 눈을 도로 떴을 때 그 고속버스가 어느 결에 나타나, 그들이 탄 고속버스와 나란히 달리고 있었다.

“아까 그 고속버스요.”

그 고속버스는 여전히 불을 환하게 밝히고 있었다.

“한 사람도 태우지 않은 그 고속버스 말이에요.”

혹시나 하는 마음에 그녀는 그 고속버스 안을 아까보다 더 유심히 둘러보았다. 그러나 역시나 그 고속버스에는 한 사람도 타고 있지 않았다. 운전기사도 없이 유령처럼 내달리는 것은 아닌가, 하는 의심이 들기까지 했다.

“정말 한 사람도요…….”

아까와 달리 남편은 아무 대꾸도 해오지 않았다. 그새 잠든 것인지도 몰랐다.

너무 바짝 붙어서 달리고 있어서인가, 그녀는 자신과 남편이 그 고속버스에 타고 있는 것만 같은 착각이 들었다. 그 고속버스 안에 남편과 그녀 자신, 그렇게 단둘이 타고 있는 것만 같은…… 목적지가 어딘지도 모른 채 마냥 그렇게 흔들리면서 실려 가는 것만 같은…… 빈 의자들과 함께.

"우리는 그저 죄인처럼 죽은 듯이 있다가 내려오자구요."

그녀는 목소리가 갈라지도록 낮춰 중얼거렸다.

"죽은 듯이요……."

그녀는 더 낮게 중얼거렸다.

"그게 어디 우리가 지은 죄가 있어서인가요?"

그녀는 일껏 목소리를 낮춘 게 무색해지도록 항변하듯 말했다.

"어디 지은 죄가 있어서겠냐구요."

"세상 사람들이 얼마나 수군거리겠어요."

그녀는 고개를 가로저었다.

"알지도 못하면서 떠들어대는 게 세상 사람들이 아니에요."

그녀는 원망과 포기의 심정이 뒤섞인 눈빛으로 남편을 흘겨보았다. 하기는 저 인간이 어디 세상 사람들 말에 귀 기울인 적 있던가. 신문과 뉴스에서 몇 날 며칠 떠들어대는 얘기에도 이렇다 저렇다 한마디 없는, 흑싸리 껍대기 같은 위인이 아닌가. 그녀는 차창 쪽으로 다시 고개를 돌리려다 말고 자신들과 대각선으로 앉은 남자를 바라보았다. 잠들었는지 그 남자는 고개를 잔뜩 수그리고 있었다. 그런데도 그녀는 괜히 그 남자가 자신이 중얼중얼 내뱉는 말을 다 엿듣고 있는 것은 아닌가, 하는 찝찝한 기분이 들었다. 그 남자뿐만 아니라 뒤쪽에 앉은 또 다른 남자도, 운전기사도. 오로지 남편만이 자신이 지껄여대는 말을 전혀 듣고 있지 않은 것 같았다. 그런데 저이는 뭔 일로 이 밤에 서울까지 올라가는가. 아무리 급한 일이라 한들, 가까운 누군가가 죽고 사는 문제 때문은 아니리라.

"며느리가 자궁을 들어내던 날 안사돈이 그럽디다."

암이 자궁까지 퍼져 며느리가 불가피 수술을 받던 날, 그녀는 혼자 첫차를 타고 서울에 올라갔다. 캄캄한 새벽에 밥 한 술 못 뜨고 집을 나섰는데도 서울 터미널에 도착하자 대낮이었다. 수술은 마취와 회복시간까지 합쳐 여섯 시간도 넘게 걸렸다. 며느리가 수술을 받는 동안 그녀는 어쩔 수 없이 안사돈과 함께 대기실을 지켜야 했다. 딸이 수술실에 들어가기 전부터 흐느끼던 안사돈과 달리, 그녀는 눈물 한 방울 나오지 않았다. 억지로라도 눈물을 쥐어짜내야 하는 것은 아닌가, 화장실에서 수돗물이라도 받아 눈 밑에 묻혀 와야 하는 것은 아닌가, 괜히 안사돈의 눈치가 보이고 민망스럽기까지 했다.

"우리가 하도 지은 죄가 많아서 아무 잘못도 없는 자기 딸이 그 벌을 대신 받는 거라고요. 기어이 우리라고 합디다. 우리라고요……!"

그녀는 고개를 저었다.

"내 탓을 하는 것 같았어요……."

그녀는 자세를 바꾸려 몸을 뒤척였다.

"꼭 내 탓을 하는 것 같았다니까요……."

어이없다는 듯 중얼거렸지만, 그녀는 이상하게 그다지 화가 치밀지 않았다. 엊그제까지도 그 생각만 하면 안사돈을 향한 악감정이 구취처럼 치솟았으면서 그랬다. 슬슬 잠이 왔지만 그녀는 잠들고 싶지 않았다. 아들에게서 언제 전화가 걸려올지 몰랐다. 고속버스가 터미널을 출발한 지는 한 시간 이십 분이 조금 지나 있었다. 얼마나 길고 긴 밤이 되려는지 시간은 한없이 더디게 갔다.

"터미널에서 내리면 택시를 타야겠지요?"

그녀는 아무래도 자신의 혀가 다 닳아 없어지도록 중얼거려야만 고속버스가 목적지인 서울 터미널에 도착할 것 같은 기분이 들었다.

"새벽 한 시가 다 되어서나 도착이니까 지하철이 끊겼을 거예요. 하기는 지하철이 다닌다고 해도 우리가 어떻게 지하철을 타고 찾아가겠어요. 당신이나 나나 무슨 역에서 내려야 하는지 아는 것도 아니고……."

혀가 닳는 것으로는 모자라 어금니들이 뿌리 뽑혀 들썩거리도록 중얼거리고 나서야 이 극성맞은 입이 저절로 다물어지려나?

"그 애까지 낳았으면 어쩔 뻔했어요."

그녀는 아차, 싶었지만 이미 입 밖으로 토해진 말이었다.

"며느리가 왜 셋째를 가졌었잖아요."

남편에게 언젠가 그 얘기를 한 적이 있는 척 그녀는 부러 시침을 뗐다.

"6년 전인가…… 내 생일 때 애들이 한 달 전부터 내려온다 해놓고 못 내려왔었잖아요. 그때 애를 지웠나 보더라고요. 어쩐 일로 내 생일을 다 챙기나 불안하더니만……. 하기는 기껏 챙긴다고 해야 밤늦게 내려와서는 아귀찜이나 오리고기를 사주고 다음 날 아침 먹기가 무섭게 올라가기 바빴겠지만 말이에요. 아침 먹은 설거지나 어디 속 시원히 해놓고 올라가나요? 구정물만 겨우 면한 설거지……."

빠듯한 월급으로 애 둘을 키운다는 핑계로 며느리가 언제 버젓한 생일선물을 안겨줬던 적이 있던가. 오늘 밤을 못 넘길 거라는 며느리를 두고 별일까지 죄다 끄집어내는구나 싶으면서도, 그녀는 그것을 거리가 너무 먼 탓으로 돌렸다. 거리가 한두 시간만이어도, 할 이야기와 하지 말아야 할 이야기를 얼마든지 가릴 수 있었으리라.

"사내애였어요."

손녀만 둘이라, 그녀는 한동안 며느리가 상의 한 마디 없이 애를 홀딱 지워버린 것에 대해 화가 나 있었다. 그렇지만 그녀는 설사 며느리가 상의를 해왔다 한들 낳으라는 소리를 선뜻 건네지 못했으리라는 걸 잘 알고 있었다. 저 먹을 건 가지고 태어난다고들 하지만 자식 셋을 감당하기가 어디 그렇게 만만하겠는가.

"글쎄, 태어나지도 못할 애의 태몽을 내가 꾸었지 뭐예요. 태어나지 못할 애의 태몽을요……."

아들 상훈의 태몽은 가물가물한데 그녀는 그 태몽만은 방금 꾼 꿈처럼 생생했다. 열여섯 살 때 떠나온 고향집 뒷산에 올라갔다가 새끼 호랑이를 한 마리 주워가지고 내려오는 꿈이었다. 꿈에 죽은 친정어머니뿐 아니라, 친정어머니보다 더 일찍 죽은 당숙모도 보였다. 그녀가 보물단지처럼 꼭 끌어안은 새끼 호랑이가 탐이 나는지, 당숙모는 그녀를 졸졸 따라오면서 자꾸만 새끼 호랑이를 달라고 했다.

"내가 주운 새끼 호랑이를 자꾸만 달라지 뭐예요…… 자꾸만요……. 그래서 한 번 안아만 보라고 새끼 호랑이를 당숙모한테 홀딱 건네주었지 뭐예요."

그녀는 그다지 살갑지 않았던 당숙모가 꿈에까지 나타나 새끼 호랑이를 빼앗아 갔나 싶어, 죽은 이가 괜히 밉고 원망스럽기까지 했다. 그 양반이 살아생전에도 그렇게나 욕심이 많았지. 당숙모는 읍내에서 어물전을 해 돈을 꽤나 만지고 살던 이였다. 딸만 넷을 낳은 친정어머니와 달리 아들을 다섯이나 낳아 그 유세도 보통이 아니었다. 아들들 호강에 겨워 말년을 보낼 줄 알았는데 아들들에게 재산을 다 뜯기고, 술집 마담이 된 딸한테 얹혀살았다. 허우대 좋던 사위가 술집 여종업원과 바람이 나 살림을 차리는 꼴까지 보고 나서야 허망하게 죽었다.

"나는 태몽인 줄도 모르고 복권을 다 샀지 뭐예요. 생전 사지 않던 복권을 여섯 장이나요. 그날따라 이상하게 미장원에도 손님이 끊이지 않고 찾아오는 게…… 태몽인 줄 모르고 말년에 팔자가 피려는가 보다 했다니까요."

그녀는 말끝에 탄식을 내질렀다.

"그 애까지 낳았으면 정말 어쩔 뻔했어요. 상훈이만 죽어나는 거지. 애가 셋이나 딸린 홀아비한테 누가 시집을 온다 하겠어요. 버젓하고 안정된 직장이 있는 것도 아니고……."

아들은 서울로 올라간 뒤 이런저런 이유로 여러 번 직장을 바꾸었었다. 며느리를 만나기 전 반년 정도 백수로 지내기까지 했다. 아들은 그때 고시원에서 생활했는데, 그녀는 다달이 고시원비를 올려 보내야 했다. 백만 원 가까이 카드빚까지 져 그것을 갚아주기까지 했다. 그래서인가 그녀는 출판사 영업일이라는 게 불안하고 영 미덥지가 않았다. 그래서 은근히 아들이 변변한 직장을 가진 여자와 결혼했으면 싶었다. 대단찮아도 자신처럼 생활비쯤은 벌 기술이 있거나, 데릴사위를 살더라도 처가 쪽이 돈푼깨나 있었으면 하고 바라기까지 했다. 며느리는 아들이 다니던 출판사에서 경리를 보던 여자로, 첫 애를 낳고는 집에 들어앉아 살림만 하였다. 고작 살림이나 하는 주제가 아들이 청소기 한 번 돌릴 줄 모르다면서 불평을 오죽 해댔는가.

그녀는 가방을 열고, 인절미가 든 비닐봉지를 찾아 꺼냈다. 인절미는 아직도 차갑고 딱딱했다. 서울에 도착할 즈음에야 겨우 녹아 있을 것이었다. 말랑말랑 녹으려면 내일 아침은 되어야 할 것이었다. 인절미를 괜히 싸 왔다는 후회가 들었지만 어쩔 수 없었다. 혹시나 해서 냉동실에서 인절미를 한 덩어리 꺼내 가방에 챙겨 넣었다.

"그때만 생각하면 아직도 고깝고 괘씸하지 뭐예요."

그녀는 부스럭 소리가 나도록 인절미가 든 비닐봉지를 주물럭거렸다. 큰손녀가 태어난 지 석 달쯤 되었을까. 한번 다녀갔으면 싶어하는 아들의 전화를 받고 그녀 혼자 서울에 다녀온 적이 있었다. 산후우울증인가로 며느리가 힘들어하고 있다고 했다. 그녀는 이틀 밤을 자면서 장을 봐다 열무김치와 오이소박이를 한 통씩 담아주고 밑반찬도 서너 가지 만들어주었다.

"내가 제 집에 일하러 온 파출부도 아니고, 계단을 다 내려가지도 않았는데 현관문을 야멸치게 닫아버리지 뭐예요. 내가 친정어머니였어봐요. 계단까지 따라 내려오다 못해 미안하고 고마워 택시라도 태워서 보냈을 거예요."

현관문을 어찌나 세게 닫았으면 계단 난간이 다 흔들렸겠는가. 냉장고 청소에 화장실 청소까지 해준 걸 생각하면 그녀는 한동안 잠을 자다가도 벼락을 맞은 듯 벌떡 몸이 일으켜졌다. 등신처럼 뭐 잘 보일 게 있다고 행주까지 삶아 널어놓고 왔을까. 이틀 밤을 자면서 얼마나 고단했으면 고속버스를 타고 내려오는 내내 한 번도 안 깨고 죽은 듯이 잠을 잤겠는가. 현관문 닫히는 소리는 아직도 그녀의 귓속에서 쟁쟁했다. 그녀는 그 뒤로 오기가 생겨 특별한 일이 아니면 아들 집에 다니러 가지 않았다. 내 집을 놔두고 뭐 하러 며느리 눈치를 보면서 잠을 자나 싶어서였다. 그래서인가 결혼한 지 십 년이 넘도록 아들 집에 다녀온 게 한 손으로 셀 수 있을 정도였다.

"무능한 아들을 둔 탓이라고 생각하려 해도 어쩌나 속이 상하던지……."

그녀는 갈라져 나오는 목소리를 큼큼 가다듬었다.

"내 돈 들여 차비해 올라가서는 그런 대접이나 받다니, 고작 그런 대접이나요…… 오죽 우습고 만만히 봤으면……."

서너 점뿐이던 불빛들이 어느 순간 셀 수 없을 만큼 늘어났다. 대전인가? 그렇지만 벌써 대전일 리가 없었다. 아들에게서는 왜 전화가 없는가. 그녀는 아들의 핸드폰으로 한 번 더 전화를 넣어보려다 관두었다. 밤이 지나려면 아직 멀었다. 고속버스가 서울에 도착하고도 네댓 시간이 지나야 밤은 겨우 물러갈 것이었다.

"당신이 뭘 알겠어요."

그녀는 얼떨결에 고속버스 안이 울리도록 큰 소리로 중얼거렸다. 그녀는 자신의 목소리가 아니라 먹먹해진 귀가 울리는 것이라고 생각했다.

"당신이 뭘 알겠냐구요."

뭘…….

"여기가 어디쯤이래요?"

굳은 염색약만 같은 어둠 속에 박힌 불빛들이 가물가물 멀었다.

"대전이나 지났나?"

속으로는 아직 대전에 못 미쳐도 한참 못 미쳤을 거라고 생각하면서도 그녀는 그렇게 말했다.

"대전만 지나도 반인데……."

그녀는 차창을 괜히 손바닥으로 쓸었다.

"서울이 대전쯤만 같아도 멀다 하지 않겠어요. 서울까지 꼬박 여섯 시간이 걸리니, 원…….”

말은 그렇게 했지만 그녀는 서울이 가까워오는 것이 그다지 달갑지 않았다. 아들만 아니었으면 생전 찾아갈 일이 없을 서울이, 차라리 나설 엄두조차 나지 않을 만큼 멀었으면 싶었다.

“휴게소에 한 번은 들르겠지요?”

그녀는 인절미를 한 덩이 떼어 입속에 넣었다. 돌덩이처럼 무겁게 혀를 누르는 인절미를 우물우물 씹었다. 인절미가 품은 냉기가 허술한 어금니들을 시리게 했다. 그녀는 자신이 씹고 있는 것이 찹쌀덩어리가 아니라 자신의 혀인 것만 같은 기분이 들었다. 불린 쌀을 빻아 쪄낸 뒤 뭉쳐 콩가루를 묻혀낸 찹쌀덩어리가 아니라 혀인 것만 같은……. 그녀는 그럴 수만 있다면 혀를 씹어 삼켜버리고만 싶었다.

“당신은 어떤지 모르겠지만 나는 보고 싶지 않아요.”

그녀는 덜 씹힌 인절미를 꿀꺽 삼켰다.

“그것까지 봐서 뭐 하겠어요.”

기껏 삼킨 인절미가 되올라오는 것 같아 그녀는 입 안의 침을 끌어모아 삼켰다.

“굳이 그것까지…….”

지켜본다 한들 서로 간에 뭐 할 말이 있을까. 일 년에 두서너 번 보던 사이가 뭔 정이 그렇게나 들었다고. 나도 그렇지만 며느리도 성격이 보통 쌀쌀한가. 남다른 정이 들었다고 해도 새파란 며느리가 병에 찌들어 죽어가는 모습을 어느 시어머니가 보고 싶겠는가.

“차라리 날이 밝은 뒤에 출발할 걸 그랬어요. 첫차를 타는 게 나을 뻔했다고요.”

워낙에 거리가 있었으므로, 그랬어도 아들과 친정식구들이 이해했으리라는 생각이 들었다.

"막차가 끊겼다고 해도 믿었을 거예요. 우리가 그렇게 서두르지 않았으면 막차나 탈 수 있었겠어요? 막차를 놓치기라도 할까봐 빚이라도 떼먹고 야반도주하는 사람들처럼 집을 나섰잖아요. 미용실 문이나 제대로 잠갔는지 몰라요."

그러나 서두른 것은 그녀 자신이었다. 태평하게 기지바지를 다림질하는 남편에게서 다리미까지 뺏어들면서 재촉하지 않았나. 그녀 자신도 그것을 모르지 않았다.

"오늘 밤 안으로 도착한다고 해도 우리가 할 수 있는 게 없잖아요."

그녀의 두 눈이 저절로 감겼다.

"우리가 할 수 있는 일이 아무것도요."

그녀는 자신의 몸속 뼈들이 한꺼번에 무너져내리는 것 같은 무력감을 느꼈다.

"우리가 뭘 할 수 있겠어요……."

숨쉬기가 답답할 만큼 공기가 더운데도 발끝이 시렸다. 멀미를 하려는지 위가 약간 메스꺼웠다.

"뭘 그렇게나……."

뭘…….

"저 봐, 누군가 타고 있잖아."

의식이 가물가물해지는 그녀를 깨우듯 남편의 항의 섞인 목소리가 들려왔다. 그녀는 그저 저려오는 두 다리를 쭉 뻗고 눕고 싶기만 했다.

"저기 저렇게 누군가 타고 있잖아."

저이가 뭔 소리를 하는 건가. 누군가 타고 있다니……. 내가 그렇게나 이 말 저 말 물을 때는 일절 대꾸도 않더니만 뒤늦게야 뭔 소리를 저렇게 혼자서 중얼거리나.

"내가 그랬지…… 누군가는 타고 있을 거라구."

그 고속버스를 말하는 건가. 사람을 한 명도 태우지 않은 채 불을 환하게 밝히고 고속도로를 내달리던 그 고속버스가 또 나타났나? 환히 불을 밝히고 우리가 탄 고속버스와 나란히 달리고 있기라도 한 걸까.

"내가 뭐랬어."

"……."

"틀림없이 누군가는 타고 있을 거라고 했잖아."

남편의 말대로 그 고속버스에 누군가 타고 있기라도 한 걸까. 남편의 눈에는 분명히 보이는 누군가를 내가 미처 못 봤을 수도 있지 않은가. 미처 못 봤을 수도……. 해야 할 말조차 하지 않아서 그렇지, 남편은 생전 가야 우스갯소리로라도 실없는 말 한마디 내뱉을 줄 모르는 사람이 아니던가.

"어디요?"

그녀는 아무래도 안 되겠다 싶어 억지로 눈을 떴다. 그렇지 않아도 그녀의 고개는 차창 쪽으로 비스듬히 돌려져 있었다.

"어디……?"

반밖에 떠지지 않은 그녀의 눈에 흐릿하게 사람 모습이 들어왔다. 순간 그녀는 졸음이 확 달아나면서 헛것을 본 듯 소름이 끼쳤다. 그녀는 어깨를 부들 떨기까지 하면서 미간에 주름이 잡히도록 두 눈을 치켜떴다.

"……?"

그녀를 섬뜩하게 한 누군가는 다름 아닌 남편이었다. 그 누구도 아닌, 차창에 비친 남편 자신의 모습이었던 것이다. 화물트럭이 한 대 그들이 탄 고속버스보다 앞서서 달리고 있을 뿐, 그 고속버스는 아예 보이지 않았다. 그녀는 속은 기분이 들어 차창에 비친 남편을 흘겨보았다. 그러나 남편의 두 눈과 입은 이미 고집스럽게 닫혀 있었다. 저이가 치매도 아니고 생전 안 하던 헛소리를 지껄여 사람을 놀래키나? 한 사람도 안 탄 고속버스에 누군가 타고 있을 거라고 그렇게나 고집을 피우더니만…… 틀림없이 누군가는 타고 있을 거라고…… 설마 차창에 비친 자신의 모습을 보고 낯선 사람으로 착각한 건 아닐까? 그렇지 않고서야…… 착각한 게 민망해서는 내가 두 눈을 뜨기가 무섭게 얼른 두 눈을 감아버린 건 아닐까. 아무 소리도 안 한 듯 입까지 꾹 다물고 시침미를 떼고 있는 것은……. 하기는 얼마 전에도 비슷한 일이 있지 않았던가. 그게…… 보름 전쯤이었나?

그녀가 부엌에서 찌개에 넣을 김치를 썰고 있는데, 손님이 오셨다는 남편 목소리가 들려왔다. 그들은 미장원에 딸린 살림집에 살고 있었다. 방 두 칸에 부엌과 화장실이 고작인 살림집이었다. 이틀 내내 커트 손님조차 없던 터라 그녀는 김치를 썰다 말고 미용실로 뛰어나갔다. 그러나 파마 손님이길 바랐던 게 무색하게도 미용실에는 남편밖에 없었다. 죄진 이처럼 미용실 구석에 숨듯이 서서는 거울을 빤히 들여다보고 있었다.

"손님은요?"

"저기 손님이 계시잖아."

"저기 어디요?"

"저기……."

남편의 손이 공중부양하듯 허공으로 들어 올려지더니, 거울을 가리켰다. 다름 아닌 거울 속 자신을……. 거울로부터 멀찍이 떨어져 있어서인지, 거울 속 남편의 모습은 바위로 머리를 꾹 눌러놓은 듯 납작하고 일그러져 보였다.

"난 또 다 저녁에 파마 손님이 드나 했는데 웬걸요, 정말이지 염치라고는 벼룩의 간만큼도 없는 손님이 또 찾아왔네요. 반갑기는커녕 소금을 뿌려 쫓아버려도 시원찮을 손님이 말이에요. 당신이 저 손님 좀 쫓아버려요. 다시는 못 찾아오게 멀리 좀요. 멀리요, 멀리!"

그녀는 거울 속 남편을 향해 새되게 쏘아붙이고 부엌으로 갔다. 썰다만 김치를 마저 썰었다. 찌개를 끓이는 대신 기름을 잔뜩 두르고 김치부침개를 부쳤다. 손님이 한 명도 들지 않는 미용실에 나와 텔레비전을 보면서 부침개를 뜯었다.

저이가 벌써 치매가 오는 건 아닐 테지. 하기는 적은 나이라고 할 수 있나. 남편은 그녀보다 다섯 살이나 많은 예순여덟 살로 칠순이 내일모레였다. 평생 먹여 살린 것으로도 부족해 치매 들린 꼴까지 보고 살아야 하는 건 아닌가. 아들에게서는 왜 전화가 없나. 며느리는 지금 죽은 사람인가, 산 사람인가. 두 손녀를 여태까지는 친정 쪽에서 돌봤지만, 친할머니인 내가 데려다 돌봐야 하는 건 아닌가. 아들이 어떻게 두 딸까지 돌보면서 직장생활을 할까. 아직 제 머리도 감지 못하는 어린 것들을.

차창에 비쳐 흔들리는 남편의 익숙하고도 낯선 얼굴에서, 그녀는 좀처럼 눈을 떼지 못하고 있었다.

"대전은 벌써 지났을 테지요?"

얼굴이 돌덩이처럼 굳는 듯해 그녀는 손으로 얼굴을 꾹꾹 눌렀다. 그녀의 손은 그러나 얼굴보다도 더 단단히 굳어 마디들이 제대로 펴지지 않았다. 남들보다 더 써먹어대서인지 손은 그렇지 않아도 밤만 되면 걷잡을 수 없이 저려왔다. 낮에 파마 손님을 세 사람만 받아도 숟가락 들기가 무서울 만큼 열 손가락들이 저릿저릿 떨린다는 걸 저이가 어떻게 알겠는가.

"병원에 다시 입원했다고 연락이 왔을 때 한번 올라가볼 걸 그랬어요."

아들도 올라왔으면 싶은 눈치였지만 그녀는 모르는 척했다. 그날 올라갔다가 그날 내려올 수도 없는 노릇이었다. 하루라도 붙어 앉아 병간호를 해줘야 할 텐데, 그러려면 못해도 이틀 밤은 영락없이 자야 했다. 올라가는 데 하루, 내려오는 데 하루가 걸리니 나흘을 꼬박 미장원 문을 닫아야 했다.

"돈 나올 구멍이라고는 미장원밖에 없는데 나흘 문 닫기가 어디 말처럼 쉽나요. 어디서 연금이 나오는 것도 아니고요."

올라갔다 내려오는 차비 또한 만만치 않았다. 차비는, 그녀가 받는 파마값보다 5천 원이나 더 비쌌다.

"백만 원 갖다 준 게 엊그제라고 해도 어디 그냥 갈 수 있나요. 이삼십만 원이라도 들고 올라가야지……. 입원한 지 얼마나 됐다고 금방 그렇게 될 줄 알았나요? 가망이 없다는 거야 벌써부터 알고 있었지만 말이에요."

그녀는 말끝에 폐라도 토하듯 숨을 내쉬었다.

"피 한 방울 안 섞였다지만 그 애가 그렇게 된 게 내 탓인지도 모르지요. 내 탓인지도요……."

그녀는 며느리가 아들을 따라 처음 인사를 오던 날을 떠올리고, 큰애를 낳고 부운 얼굴로 병원 침대에 누워 있던 모습도 떠올렸다. 항암치료를 받느라 머리카락이 흉하게 빠진 모습도, 그리고 며느리 대신 꾸었던 태몽도…….

"당신도 그렇게 생각해요?"

그녀는 여전히 차창에 비친 남편의 얼굴에서 눈을 떼지 못하고 있었다.

"내가 지은 죄가 많아서 그 애가 그렇게 되었다고 생각해요? 내 대신 그 애가 벌이라도……."

그렇지 벌이라도……. 언젠가 남편의 동창 계원인 박찬세라는 이한테 돈 백오십만 원을 빌려준 적이 있었다. 아주 큰돈이 아니라 마지못해 빌려주었는데, 그이가 그만 그 돈을 갚지 못하고 죽었다. 크게 설렁탕 식당을 냈다가 권리금마저 죄 까먹고 술에 찌들어 살더니만, 도로 한가운데서 트럭에 치여 즉사했다. 죽은 이와 함께 빚 백오십만 원을 묻어두려는 남편을 대신해 그녀는 그 돈을 기어이 받아내고야 말았다.

"내가 모를 줄 알아요?"

그녀는 혀에 엉겨든 머리카락이라도 떼어내는 심정으로 말했다.

"나한테 떠밀었다는 걸 모를 줄 알아요? 빚 받아내는 일을 나한테 떠밀었다는 걸 말이에요."

그 구차스러운 일을…….

"당신은 내가 그 빚을 대신 받아내길 바랐던 거예요."

그 빚을 받아내려고 죽은 이의 집을 열 번은 넘게 찾아가지 않았나.

"당신은 내가 어떻게든 그 빚을 받아내기를 바랐던 거잖아요."

결국은 죽은 이의 부인이 일을 다니던 식당까지 찾아가서는 기어이 받아내지 않았던가. 세상에 대한 모든 원망을 다 담아 쳐다보던 그 여자의 눈빛을 모른 척해가면서까지.

"그래놓고 당신은 기껏 나한테 벌을 받을 거라고 저주나 퍼부었어요. 기가 막히게도 벌을 받을 거라고요, 벌을……!"

죽은 이의 부인한테서 백오십만 원을 받아오던 날 저녁을, 그녀는 잊을 수가 없다. 상훈이 별 취직자리도 구하지 못한 상태에서 대학교 졸업을 앞두고 있을 때였다. 그녀는 그날 저녁 밥상에 올라와 있던 반찬들까지 세세하게 기억했다. 그것이 어제나 오늘 저녁 밥상이었던 듯. 그러니까 어제오늘. 돼지고기김치찌개와 어묵볶음, 가늘게 채 썰어 마요네즈로 무친 양배추, 콩나물무침, 멸치액젓으로 간을 한 무생채. 묵묵히 밥을 먹던 남편이 밥상 위로 목을 길게 늘어뜨리더니 그녀를 빤히 바라보았다. 그녀는 콩나물무침과 무생채를 밥과 함께 숟가락으로 뒤적뒤적 비비던 참이었다. 무생채 국물을 흥건히 들이붓고서.

"벌을 받게 될 거야."

남편은 그리고 남은 밥을 마저 먹고 밥상을 떠났다.

"네 아버지가 뭐라고 한 거냐?"

그녀는 벌겋게 비벼진 밥을 숟가락으로 떠 입으로 가져가다 말고 아들에게 물었다.

"못 들었어요."

아들은 돼지고기찌개에 만 밥을 정신없이 입속으로 퍼넣느라 그녀를 쳐다보지도 않고 말했다.

"나도 다 들었다. 뭐라고 한 거냐?"

"다 들으셨다면서요."

아들은 짜증을 냈다.

"너는 뭐라고 들었냐?"

"어머니가 들은 대로겠지요. 안 그래요?"

"그러게 뭐라고 들었냐?"

"벌을 받게 될 거래요."

밥상을 떠나면서 아들은 마지못한 듯 말했다.

"이제야 옥산휴게소래요."

고속버스는 옥산휴게소도 그냥 지나쳐 갔다. 그녀는 어쩐지 사람을 한 명도 태우지 않은 고속버스가 옥산휴게소에서 쉬고 있을 것만 같은 기분이 들었다. 불을 끄고 시동도 끈 채로 죽은 짐승처럼 납작 엎드려 있을 것만 같았다.

"천안휴게소에서나 좀 쉬려나?"

그녀는 이상하게 슬프지도, 막막하거나 절망적이기도, 그렇다고 화가 치밀지도 않았다. 뒤숭숭 얽히고설킨 여러 감정들이 들어내지고, 뭐라고 딱히 설명할 길 없는 그 어떤 감정이 그녀의 머릿속뿐 아니라 그녀의 내장 밑바닥까지 그득 들어차 있었다. 그래서인가 그녀는 고속버스가 멈춰 서 있는 듯했다. 차창에 비친 남편의 얼굴만큼이나 그녀 자신도 내내 흔들렸으면서도, 그녀는 어느 순간부터인가 흔들림을 느끼지 못했다.

"혹시 모르지요, 며느리가 고비를 넘겼는지도 말이에요."

그녀의 눈꺼풀이 서서히 감겼다.

"그래봤자 오늘내일일 거예요."

그녀는 자조 섞인 목소리로 중얼거렸다.

"오늘내일이요."

*

깜박 잠들었던 걸까. 무심히 차창을 바라보던 그녀는 화들짝 놀라 목안에서 마른 비명을 내질렀다. 남편 얼굴이 차창에서 지워지듯 사라지고 없어서였다. 그녀는 주춤주춤 몸을 일으켰다. 휘둥그레 고속버스 안을 둘러보았다. 빈 의자들뿐 고속버스에 그녀 말고 사람이 단 한 명도 타고 있지 않았다. 다른 승객 둘도, 운전기사도.

고속버스가 시동이 꺼진 채 멈춰 서 있다는 것을, 그리고 그곳이 휴게소 주차장이라는 것을 깨닫고서야 그녀는 겨우 안심하고 도로 자리에 앉았다. 이이가 화장실이라도 갔나? 고속버스가 휴게소에 들렀으면 좀 깨울 것이지, 그나마 씨알만큼도 남지 않은 정나미마저 떨어지게……. 그러나 다른 승객들과 운전기사가 차례로 돌아오도록, 남편은 돌아오지 않고 있었다.

"기사양반, 사람이 덜 탔어요."

고속버스에 시동이 걸리기가 무섭게 그녀는 운전기사를 향해 다급히 소리 질렀다.

"사람이 덜 탔다니까요."

운전기사가 그제야 비적비적 일어나 고속버스 안을 둘러보았다.

"아주머니도 참, 누가 안 탔다는 거예요?"

"남편이 아직 안 탔어요."

"아주머니 남편 말이에요?"

심드렁하게 내뱉는 말끝에 운전기사가 트림을 늘어지게 했다.

"글쎄 그렇다니까요."

"아주머니 혼자 아니었어요?"

“혼자요?”

그녀는 입을 샐쭉 내밀었다.

“아주머니 혼자였던 것 같은데……?”

운전기사가 고개를 갸웃거리다 운전석으로 가서 앉았다.

“금방, 금방 올 거예요.”

금방……. 하지만 10분 가까이 지나도록 남편은 돌아오지 않았다. 시동이 걸려 있어서인지 고속버스가 당장이라도 출발할 것만 같아 그녀는 불안하기만 했다. 아들로부터도 당장 전화가 걸려올 것만 같았다.

“출발해요!”

운전기사가 협박조로 소리를 질렀다.

“조금만 기다려봐요. 내가 가서 금방 찾아올게요.”

그녀는 운전기사의 욕설 섞인 불평을 뒤로하고 고속버스에서 다급히 내렸다. 남편은 그러나 휴게소 화장실에도, 식당에도, 편의점에도 없었다. 커피자판기 주변도 살폈지만 남편을 찾지 못했다.

남편이 돌아왔을까 싶어 고속버스 쪽으로 걸음을 내딛던 그녀는, 스스로도 모르게 우뚝이 멈추어 섰다. 유난히 불을 환하게 밝힌 고속버스가 그녀 눈에 들어왔기 때문이었다. 아무래도 고속도로를 유령처럼 내달리던 그 고속버스인 듯싶었다. 승객을 한 명도 태우지 않고.

그 고속버스는 타고 갈 사람을 기다리듯 문을 활짝 열어젖히고 있었다. 그녀와 남편이 여태 멀미가 나도록 타고 온 고속버스는, 그 고속버스 뒤쪽에 그림자처럼 어둡게 서 있었다. 그녀는 마음 같아서는 그냥 그 고속버스에 올라타고 싶었다. 그 고속버스가 달려가는 곳까지 무작정 따라갔으면 했다. 문이 닫히는가 싶더니, 그 고속버스가 앞쪽으로 천천 미끄러져 나왔다. 사방에서 몰아치는 바람을 맞으면서 우두커니

선 그녀를 치받기라도 할 듯 지나갔다.

누군가 타고 있다던 남편의 말이 불현듯 떠올라, 그녀는 고개를 치켜 들어 고속버스 안을 살폈다. 한순간 그녀는 자신의 눈가가 바르르 떨리는 것이 느껴졌다. 남편 말대로 그 고속버스에 누군가 타고 있었기 때문이었다. 아무도 타고 있지 않은 줄 알았는데, 남편 말대로 누군가……. 그 고속버스가 유유히 휴게소를 빠져나가 고속도로로 들어서는 것을 그녀는 멍하니 바라보았다. 그 고속버스에 타고 있던 누군가가, 유령인가 싶게 홀연히 타고 있던 누군가가 하필이면 남편과 닮아 있어서다. 그녀가 깜박 든 잠에서 깨어났을 때 그녀 옆자리에도, 휴게소 어디에도 없던 남편과 몹시.

혹시나 그사이 남편이 돌아왔을지 모른다는 생각에 그녀는 고속버스 쪽으로 서둘러 걸음을 떼었다. ▪

김태용

물의 무덤

1974년 서울 출생. 숭실대 문창과 졸업.
2005년 『세계의 문학』 등단. 소설집 『풀밭 위의 돼지』.
장편소설 『숨김없이 남김없이』. 〈한국일보문학상〉 수상.

물의 무덤

살다 보면 아무도 모르는 곳에서 인생을 다시 시작하고 싶을 때가 있다. 그때 비로소 인간은 죽음이 뭔지 알게 된다. 꿈자리가 뒤숭숭해 잠을 설친 그는 어머니의 방에 들어가 문안인사를 드렸다. 문안인사라기보다는 어머니가 밤새 죽지 않았나, 하는 확인이었다. 정신이 오락가락하는 어머니는 그를 보고 기차는 언제 오나요, 역장님, 하고 물었다. 그는 냉이된장국에 물 말은 밥을 먹고 싶어요, 엄마, 하고 대답했다. 어머니의 방에서 요강을 들고 나왔다. 이제 막 잠에서 깬 아내가 하품을 늘어지게 하며 자기가 치우겠다고 하자 그는 아무 말 없이 화장실로 들어가버렸다. 어느 날부터 어머니는 욕실 변기 대신 요강을 사용하고 있었다. 변기에 일을 보고 내리지 않는 것보단 차라리 요강이 나은지도 몰랐다. 요강에 든 것을 변기 안에 버리고 바지를 내렸다. 아랫배에 힘을 주며 그는 어머니의 배설물과 자신의 배설물이 섞이는 것에 이상한 쾌감을 느꼈다.

양치질을 하다가 이빨이 하나 빠졌다. 사랑니였다. 나이 마흔이 넘어 사랑니가 났다. 통증도 없고 혀끝에 걸리는 느낌이 나쁘지 않아 내버려 두다가 잊고 있었는데 갑자기 빠진 것이다. 이렇게 쉽게 이빨이 빠질 수도 있다는 것을 그는 처음 알았다. 혀로 구멍 난 잇몸을 훑쳐보았다. 그제야 경미하게 통증이 느껴졌다. 빠질 거라면 왜 하필 이빨이어야 했을까. 어느 날 자고 일어나 보니 머리가 사라져버린 주인공이라면 이야기가 좀 더 흥미롭지 않을까, 하는 어설픈 생각에 거울을 보며 쓴웃음을 지었다. 이빨을 물로 헹구어 주머니에 넣었다. 화장실을 나온 그를 보고 아내가 턱에 피가 묻어 있다고, 면도 좀 잘하라고 말해주었다. 그는 손으로 턱을 훔쳤다. 아무것도 묻어나는 것이 없었다.

식탁 의자에 앉아 토스트에 포도잼을 발라 먹으며 그는 아파트 베란다 유리를 통해 밖을 내다보았다. 안개가 대기를 뒤덮고 있었다. 바로 앞동 아파트의 형체가 희미하게 보였다. 뿌옇고 흐릿한 배경을 뚫고 뭔가가 이쪽으로 달려오는 것이 시야에 들어왔다. 아내가 심각한 표정을 지으며 말했다. 여보, 나 요즘 거기가 아파. 안개 때문인지 가시거리 때문인지 물체의 정체는 쉽게 파악되지 않았다. 아프고 간지럽고 막 그러네. 물체는 점점 가까이 왔다. 혹시 당신 나 몰래 이상한 곳에서. 말끝을 흐리며 아내가 그를 흘겨보았다. 검은 말 한 마리가 베란다 창으로 돌진해오고 있는 것을 그는 목격했다. 그는 바짝 탄 토스트를 한 입 깨물었다. 농담이야. 당신이 그럴 사람은 아니지. 낮에 병원에 가볼게. 나도 벌써 갱년기인가. 아내가 미소를 지으며 말한 뒤 하품을 했다. 아내의 입에서 단내가 풍겼다. 검은 말은 베란다 창 안으로 머리를 쑥 들이밀었다. 고개를 좌우로 돌리며 집 안을 훑어보곤 이내 사라졌다.

오후에 중요한 거래처 사람과 미팅이 있어 그는 평소보다 말끔하게 옷을 입었다. 아내가 홈쇼핑에서 산 럭셔리 삼 종 와이셔츠를 입고 사은품으로 받은 커프스단추를 채웠다. 구두에 침을 뱉곤 솔질을 두어 번 했다. 현관문을 나서기 전 그는 신발장을 열어 자신의 신발들을 확인했다. 이 신발들은 참 심심하겠어. 아내는 그의 말을 듣지 못했다. 중학교에 다니는 아들이 뒤늦게 일어나 머리를 긁적이며 잘 다녀오시라는 뜻으로 꾸벅 인사를 했다. 아들의 코밑은 이제 막 수염이 돋아나기 시작해 몹시 지저분해 보였다. 누군가 장난으로 칠을 해놓은 것만 같았다. 그는 아들에게 면도 좀 하라고 말했다. 아들은 누런 이를 보이며 웃을 뿐 별다른 대꾸가 없었다. 그는 무뚝뚝한 아들이 싫지 않았지만 그렇다고 달리 애정을 가진 것도 아니었다. 중학생 정도 되면 몸의 호르몬 분비가 왕성해지기에 짐승의 냄새를 피우게 된다고 그는 생각했다. 아들은 이제 막 짐승이 되는 첫발을 내딛은 것이다. 그는 지금의 아들 나이였을 때 자신의 몸에서 이상한 냄새가 나는 것이 몸에서 돋아나는 털들 때문이라고 생각했다. 그는 아버지의 면도기를 훔쳐 온몸의 털을 제거하려고 시도를 한 적이 있었다. 새 옷을 갈아입듯 피부를 벗겨내 뒤집어 입고 싶었다. 아들이 자신과 비슷한 생각을 하지 말아주었으면 하고 그는 바랐다. 그래 봤자 소용없다는 것을 그는 이미 오래전부터 알고 있었다. 털이라니. 짐승이라니.

비가 올지도 모르니 우산을 챙겨 가라는 아내의 말을 무시하고 그는 현관문을 열고 나갔다. 엘리베이터를 타자마자 그는 다시 내렸다. 집으로 들어갔다. 거봐. 비 오지? 우산 거기 있어. 아내가 화장실 문을 열어둔 채 양치질을 하며 말했다. 그는 안방으로 들어가 트레이닝복 바짓주머니에 든 자신의 이빨을 챙겼다. 어머니가 거실 소파에 앉아 리모컨을 누르며 텔레비전을 시청하고 있었다. 리모컨을 누르는 것은 어머니가 집착하는 일 중의 하나다. 아내는 어머니 때문에 드라마 하나도 제대로 볼 수 없다고 푸념을 하곤 했다. 리모컨을 누르던 어머니가 마치 드라마의 한 장면을 보듯 말했다. 저, 죽일 년. 아들은 식탁에 앉아 토스트에 포도잼을 발라 먹고 있었다. 그는 문득 베란다의 창을 바라보았다. 검은 말의 입김 같은 안개가 창에 묻어 있었다.

엘리베이터 안에서 그는 영이 엄마를 만났다. 눈인사를 했다. 밤새 울다 잠들었는지 눈두덩이 보기 흉할 정도로 부은 영이 엄마는 검은색 브래지어를 차고 있었다. 속이 들여다보이는 올이 성긴 카디건을 입고 있던 것이다. 영이 엄마의 검은색 브래지어를 바라보면서 어째서 아내는 한 번도 검은색 브래지어를 하지 않았는지 그는 의아해했다. 영이 엄마의 목에는 붉은 반점이 자리 잡고 있었다. 그는 단번에 그것이 사랑의 행위 도중에 생긴 것이라고 생각했다. 아마도 영이 엄마의 몸 위에 올라탄 영이 엄마의 남편은 절정의 꼭대기에서 영이 엄마의 목을 미친 듯 빨았을 것이다. 그러나 영이 엄마에게는 남편이 없다. 그는 아내로부터 영이 엄마의 남편이 사업차 캐나다에 가 있다는 말과 더불어 사실은 남편이 바람이 나 이혼을 했다는 이야기를 들은 적이 있다. 어느 것이 사실인지 알 수 없었지만 아내는 은근히 후자가 맞을 거라고, 맞아야 할 것처럼 억양에 힘을 주어 말했다. 중요한 것은 영이 엄마에게 남편이 없다는 사실이다. 그러면 도대체 누가 영이 엄마의 목을 빨았을까. 그는 자신이 영이 엄마의 목을 빠는 상상을 했다. 어째서 상상은 불가능한 것에만 기대어 출발하는 것인지 그는 잠시 동안 생각했다. 좀 더 생각을 진전시켜보고 싶었지만 엘리베이터가 지상에 도착하고 말았다. 엘리베이터의 문이 열리고 영이 엄마가 목례를 하곤 먼저 나갔다.

그는 영이 엄마를 뒤따라갔다. 왜 자꾸 절 따라오시는 거예요, 하고 영이 엄마가 말해주기를 기다렸지만 그는 듣지 못했다.

그의 자동차 왼쪽 백미러가 박살 나 너덜거리고 있었다. 그는 경비실을 찾아갔다. 경비를 불러 이게 도대체 어떻게 된 일이냐고, 물었다. 경비는 새벽에 근무교대를 해서 전날 밤 일에 대해서는 자신이 무지하다고 말했다. CCTV를 확인해보겠다며 모니터기기를 살펴보았다. CCTV에는 전날 밤 주차장 장면이 녹화되어 있지 않았다. 당장 전날 근무자에게 전화를 걸어보라고 그는 다그쳤다. 경비는 전화를 몇 번 걸었다가 받지 않는다며 포기했다. 경비는 같은 경비원으로서 책임을 통감한다며 다시는 이런 일이 일어나지 않도록 야간근무에 만전을 기하겠다고 말했다. 제발 관리소장에게는 말을 하지 말아달라고 덧붙였다. 녹색 테이프를 건네주며 경비는 모자를 벗고 연신 머리를 조아렸다. 그는 너무나 경비다운 경비의 행동에 환멸을 느꼈다.

백미러에 녹색 테이프를 감아 고정시켰다. 시간이 없어 서둘러 감은 것치고는 모양새가 괜찮았다. 그는 자신의 일에 기대 이상으로 만족을 느끼는 사람처럼 기분이 좋아져 차에 올랐다. 차 안에 앉아 창문을 열고 깨진 백미러로 얼굴을 쳐다보았다. 턱에 핏자국 같은 것이 묻어 있었다. 손가락에 침을 묻혀 지워봤지만 지워지지 않았다. 그것은 어릴 적 생긴 상처였다. 영이 엄마의 목에 있는 반점처럼 누구나 지울 수 없는 흔적 같은 것을 하나씩 달고 살아간다고 그는 체념했다. 룸미러를 최대한 왼쪽방향으로 고정시키고 시동을 걸었다. 시동이 걸리지 않았다. 이런 또 내가 잊고 있었군. 그는 오토기어의 위치를 P에서 N으로 바꾸고 키를 돌렸다. 그제야 시동이 걸렸다. 언젠가부터 그의 차는 종종 기어의 중립상태에서 시동이 걸리곤 했다. 카센터에 갔지만 수리비

용과 시간이 만만치 않게 들어 수리를 미루고 있었다. 정비사 말로는 운행을 하는 데는 아무런 지장이 없다고 했다. 그는 조심스럽게 핸들을 돌리며 아파트단지를 빠져나왔다. 라디오를 켰다. 아무 소리도 들리지 않았다. 아니 정확히 말하면 잡음 가득한 소리가 들려왔다. 몇 번이고 주파수를 맞춰보았지만 이상하게도 제대로 들리는 방송이 없었다. 안테나의 문제인가 해서 그는 룸미러를 통해 뒤를 힐끔 쳐다보았다. 역시 라디오버튼을 누르는 동시에 자동으로 위로 솟아오르게 되어 있는 안테나가 보이지 않았다. 그는 라디오버튼을 눌러 껐다. 몇 번 켰다 껐다 했지만 소용없었다. 출근길에 듣는 공미영의 '행복한 이 아침' 을 듣지 못해 그는 다소 실망했다.

평소 같으면 병목현상으로 차가 막혀야 할 지역에 차가 막히지 않아 그는 할 수 없이 회사에 일찍 도착하고 말았다. 회사건물의 지하주차장으로 들어가자 마땅히 주차할 곳이 없었다. 지하 2층까지 내려갔지만 이른 시간인데도 이상하게 빈 공간 없이 차가 가득 차 있었다. 그는 몇 바퀴를 돌다가 다른 차 앞에 주차를 시켰다. 핸드브레이크를 풀고 기어를 중립상태에 놓았다. 주차장 한쪽에 있는 출구를 향해 그는 걸어갔다. 문 위에는 초록색 비상구 등이 명멸하고 있었다. 아마도 안에 든 전등의 수명이 다한 것 같았다. 출구 앞에 서서 비상구 등을 잠시 동안 바라보았다. 곧 전등이 꺼질 것만 같았다. 그는 건물관리소에 가서 이 사실을 알려주어야겠다고 생각했다. 출구 옆의 계단을 밟고 올라가고 있는데 계단 한 귀퉁이에 남녀가 키스를 하고 있는 광경이 보였다. 그들의 키스는 다소 격렬했다. 남자가 여자의 머리채를 움켜잡아 여자의 목을 뒤로 꺾고 있었고, 여자의 손이 남자의 사타구니께를 더듬고 있었다. 도대체 아침부터 무슨 짓들을 하고 있는 거지, 라고 생각하던 찰라 그는 여자가 다름 아닌 같은 사무실에 근무하는 추자영 씨라는 것을 알았다. 남자의 얼굴은 특성이 없었다. 인간의 얼굴에 눈, 코, 입이 달려 있다는 게 새삼스럽게 느껴졌다. 둘은 인기척을 느꼈으면서도 동작을 멈추지 않았다. 오히려 그가 민망해 조심스럽게, 최대한 둘 곁에서 떨어져 계단을 올라갔다. 계단 위로 올라가 그는 아래를 내려다보았다. 몸이 엉킨 남녀의 머리에 침을 뱉는 상상을 하는 순간 추자영 씨가 고개를 들어올렸다. 눈이 마주쳤다. 경멸과 애정이 뒤섞인 눈빛이었다. 반쯤 벌어진 입에서는 금방이라도 욕설이 터져나올 것만 같았다. 그가 추자영 씨를 알고 나서 한 번도 본 적이 없는 표정을 추자영 씨는 짓고 있었다. 가끔 머리를 쓸어 올릴 때 봐줄 만한 정도 빼고는 별로 매력이 없는 평범한 여직원이었다. 그는 놀라 고개를 돌리고 빠르게 계단을 올라갔다. 추자영 씨의 웃음소리가 들리는 듯했다.

그는 건물관리소를 찾아가면서 한 번도 관리소에 들러본 적도 담당자를 만난 적도 없다는 생각을 뒤늦게 했다. 관리소 문을 열고 들어가 지하 2층 주차장의 비상구 등에 문제가 있다고 알려주었다. 담당자인지 아닌지 관리소를 지키고 있는 남자는 알았다고 대답했다. 관리소의 한 편에는 컵라면이 가득 쌓여 있었다. 그는 갑자기 컵라면을 먹고 싶은 충동이 일었다. 컵라면 하나만 주시면 안 되냐고 그는 물었다. 남자는 알아들을 수 없는 말로 중얼거리며 컵라면 하나를 꺼내 그에게 주었다. 그가 고맙다고 인사를 하자 천 원을 달라고 말했다. 그는 돈을 주고 살 생각은 아니었다고 말했다. 그럼 없던 일로 하자며, 남자가 도로 컵라면을 뺐었다. 그는 알았다며, 주머니에서 지갑을 꺼냈다. 지갑에는 만 원권 지폐밖에 없었다. 그가 지금 잔돈이 없으니 나중에 주겠다고 하자 남자는 그럴 수는 없다며 천 원을 내던지, 그냥 없던 일로 하던지 결정하라고 말했다. 아니면 자신도 천 원권 지폐가 없으니 만 원을 주면 자신이 요 앞 편의점에 가서 천 원권 지폐로 바꿔다 주겠다고 덧붙였다. 그는 자신의 사무실 위치와 직함 그리고 이름을 말하며 곧 사무실에 올라가 천 원을 꿔서 가져다 주겠다고 했다. 남자는 지금 당장 거래가 성사되지 않으면 모든 것을 없던 일로 하겠다고 끝까지 고집을 피웠다. 할 수 없이 그는 지갑에서 만 원권 지폐를 꺼내 남자에게 주었다. 남자는 만 원을 들고 밖으로 나갔다. 그는 컵라면을 손에 들고 자신이 왜 이 지경에 처했는지 의아해했다. 자신이 직접 편의점에 가서 컵라면을 사 올 수도 있었다. 더구나 그곳에서 바로 뜨거운 물을 부어 먹을 수도 있는 문제였다.

와야 할 시간이 지났는데도 남자는 오지 않았다. 벽에 걸린 시계는 정각 아홉 시를 알렸다. 사무실로 올라가야 할 시간이었다. 그는 어떻게 해야 할까 망설였다. 남자를 괘씸하게 생각한 그는 컵라면 두 개를 들고 관리소를 나왔다. 편의점을 찾아가 남자의 행방을 알아볼 생각을 하던 그 앞에 부장이 나타났다. 부장은 이제 막 출근을 하는 길이었다. 자네 어디를 가나, 그리고 손에 든 건 뭔가. 부장의 물음에 그는 사실대로 말했다. 쓸데없는 소리 말고 시간 없으니 바로 사무실로 올라가세. 부장이 그의 팔을 잡아끌었다. 그는 회사건물의 유리창을 통해 건너편의 편의점을 바라보았다. 좀 전의 남자 같기도 하고 아닌 것도 같은 남자가 편의점 안을 서성이는 것이 보였다. 그는 편의점이 들어서 있는 건너편이 영영 닿을 수 없는 세계처럼 멀게만 느껴졌다.

부장은 어깨를 으쓱거리며 어제 오랜만에 때를 벗겼더니 온몸이 뻐근하다고 말했다. 그는 부장의 말뜻을 알면서도 모른 척했다. 때를 벗겼다는 말은 돈을 주고 오입을 했다는 말이다. 두 번이나 눌러주었다니까. 아침인데도 부장의 입에서는 마늘 냄새 비슷한 것이 풍겼다. 자네 오늘 공장에 좀 다녀와야겠어. 부장이 말했다. 공장에 문제가 생긴 모양이야. 자네가 직접 가서 확인하고 조사해봐. 무슨 문제냐고 그는 부장에게 물었다. 그걸 알면 내가 왜 자네를 보내겠나. 오늘 거래처 사람들과 미팅은 어떻게 하냐고 묻자 부장은 인상을 찡그렸다. 자, 어서 가서 챙길 거 있으면 챙겨가지고 바로 떠나게.

사무실에 들어가자 추자영 씨는 자리에 앉아 이제 막 컴퓨터를 켜고 있었다. 추자영 씨의 머리와 옷매무새는 아무 일도 없었다는 듯 단정하기만 했다. 그는 컵라면 두 개를 책상에 놓았다. 컴퓨터를 켜고 메일을 확인했다. 특별한 메일은 없었다. 잠시 후 한 통의 메일이 도착했다. 추자영 씨로부터 온 것이었다. 그는 메일을 열어 내용을 확인했다. 긴히 할 말이 있으니 점심시간에 그 장소에서 만나자고 하는 것이 내용의 요지였다. 그는 머리를 들어 추자영 씨의 자리를 쳐다보았다. 추자영 씨는 모르는 척 컴퓨터를 뚫어지게 쳐다보고만 있었다. 그는 곧바로 답장 메일을 보냈다. 갑자기 공장으로 내려가라는 부장의 지시로 인해 오늘은 곤란하다고 썼다. 전송확인을 누를 때 부장이 다가와 지금 뭐 하는 거냐고, 어서 챙길 거 있으면 챙겨가지고 빨리 공장으로 가라고 말했다.

부장은 추자영 씨를 시켜 그에게 회사법인카드를 지급하게 했다. 그는 추자영 씨로부터 카드를 건네받았다. 추자영 씨의 손톱에는 카키색 매니큐어가 칠해져 있었다. 그는 지하주차장에서 본 추자영 씨의 손톱에도 같은 색깔의 매니큐어가 칠해져 있었는지 떠올렸지만 잘 기억이 나지 않았다. 그는 형식적인 서류들을 몇 가지 챙겨 가방에 넣었다. 그 사이 추자영 씨로부터 한 통의 메일이 더 도착했다. 그럼 좀 전 약속은 없던 일로 해요. 문자에 왠지 차가운 감정이 실려 있는 것 같았다. 그는 부장에게 다시 한 번 인사를 하고 사무실을 빠져나왔다.

지하주차장으로 내려가기 전 그는 관리소를 다시 찾았다. 좀 전과 다른 남자가 앉아서 신문을 보고 있었다. 그는 자신의 일을 설명했다. 남자는 그 사람은 이 빌딩의 청소부인데 자신과는 아주 막역한 사이여서 잠시 자리를 비운 사이 관리소를 맡아달라고 부탁했었다고 말했다. 그리고 그 사람은 남의 돈을 가지고 도망을 칠 사람이 아니라고 덧붙였다. 그 사람이 지금 어디 있는지 아니면 연락처를 알 수 없겠냐고 묻자 남자는 그런 것은 가르쳐줄 수 없다고 잘라 말했다. 아무리 비천한 일을 하는 사람이라도 개인신상을 남에게 마음대로 폭로하는 것은 인권국가에서 용납할 수 없는 일이라고 목에 핏대를 세우며 설명했다. 그는 남자가 자신의 직업에 대한 열등감을 드러내기 위해 호시탐탐 기회를 노리고 있다가 마침 때를 만났다는 듯 지나친 과장과 비약으로 주장을 펼치고 있다고 생각했지만 달리 응수할 말도 떠오르지 않아 관리소를 빠져나올 수밖에 없었다.

지하주차장으로 내려가는 계단에서 그는 잠시 멈췄다. 추자영 씨와 남자가 격렬하게 키스를 한 계단에 주저앉았다. 발밑에 검은 기름 같은 것이 묻어 있었다. 손가락으로 그것을 찍어보았다. 미지근하고 끈적끈적했다. 냄새를 맡아보았다. 들큰한 막걸리 냄새와 흡사했다. 혀를 내밀어 맛을 보았다. 역시 들큰한 막걸리 맛과 흡사했다. 그는 반사적으로 위를 올려다보았다. 아무것도 없었다. 구두를 바닥에 비벼댔다. 일어나 지하주차장으로 내려갔다. 그의 차는 그새 누군가 밀어놓았는지 저만치 가 있었다. 먼지가 쌓인 유리창에 손가락 글씨가 쓰여 있었다. 죽어버려. 차를 몰고 주차장을 빠져나가려 할 때 그는 출구의 비상구 등이 정상적으로 켜져 있는 것을 보았다.

회사건물을 나와 첫 번째 사거리에서 유턴신호를 받았다. 편의점 앞에 차를 세우고 안으로 들어갔다. 여자 점원은 무료하게 앉아 컴퓨터화면을 바라보고 있었다. 그는 남자의 외양을 설명하며 만 원권 지폐를 천 원짜리로 바꿔 간 남자가 있었냐고 물었다. 점원은 귀찮다는 듯이 모르겠다고 고개를 흔들었다. 채 삼십 분도 지나지 않았는데 어떻게 사람을 잊어먹을 수 있느냐고, 그리고 지금 이 시간에는 손님도 뜸하니 조금만 기억을 더듬으면 생각이 날 거라고, 그는 다그쳤다. 점원은 손에 잡고 있던 마우스를 팽개치며 일어나 자신은 출입국관리사무소 직원이 아니라, 일개 편의점 알바일 뿐이라고 항변했다. 제가 원하는 건 사람들의 얼굴이 아니라 그들이 내민 돈뿐이에요. 오히려 얼굴보다는 사람들의 손을 더 잘 기억한단 말에요. 그는 남자의 손의 생김새가 어땠는지 기억하려 했지만 헛수고였다. 그는 자신의 부주의를 책망했다. 그는 점원에게 미안한 마음이 들어 컵라면을 사서 구석에 있는 온수통 앞으로 갔다. 용기에 반쯤 물이 차자 더 이상 온수가 나오지 않았다. 온수통을 잡고 흔들어 물을 좀 더 부었지만 여전히 부족했다. 컵라면을 들고 카운터로 가려다 말고 그 상태로 먹어보기로 했다. 언제든 먹을 수 있는 컵라면이기에 한 번쯤은 물이 부족한 상태에서 먹어보는 것도 나쁘지 않다고 생각했다. 그는 컵라면을 두 젓가락만 먹고 쓰레기통에 버렸다. 대신 생수를 한 통 사가지고 밖으로 나왔다. 점원은 그에게 안녕히 가세요, 또 오세요, 라는 말도 하지 않았다. 차에 앉아 시동을 걸려던 찰라 그는 편의점 안에 검은 말이 있는 것을 보았다. 검은 말은 쓰레기통을 뒤져 그가 먹다 버린 컵라면을 먹고 있었다. 말의 코에서는 뜨거운 증기 같은 것이 뿜어져나왔다. 그는 고개를 흔들었다. 생수를 한 모금 마시고 즉시 자리를 떠났다.

서울을 빠져나올 무렵 먹구름이 낀 하늘을 올려다보다가 그는 집으로 전화를 걸었다. 아무도 받지 않았다. 아내의 핸드폰으로 전화를 걸었다. 역시 받지 않았다. 음성사서함에 급하게 공장으로 내려가고 있다고, 자세한 이야기는 나중에 전화로 알려주겠다고 메시지를 남겼다. 핸드폰을 애처롭게 쳐다보면서 추자영 씨에게 전화를 걸어볼까 하다가 그만두었다. 우린 이미 끝난 사이가 아닌가. 차라리, 죽어버려요. 추자영 씨의 목소리가 환청처럼 귓속을 울렸다. 얼마 지나지 않아 그는 한 통의 전화를 받았다. 공장책임자였다. 다급한 목소리가 들렸다. 언제 오십니까. 언제 오십니까. 지금 내려가고 있다고, 무슨 일이냐고 그는 물었다. 책임자는 빨리 와달라는, 같은 말만 반복할 뿐이었다. 뒤미처 수화기 너머로 고함 소리와 무언가 부서지는 소리가 들렸다. 난동이에요. 여긴 전쟁입니다. 전쟁. 전쟁이라고요. 아. 야, 이 씨발 새끼들이. 갑자기 전화가 끊어졌다. 질 것이 분명한 상대의 멱살을 힘없이 움켜쥐듯 전화기를 손에 쥔 채 그는 인상을 구겼다. 전쟁이라니. 뒷좌석으로 전화기를 집어 던졌다. 운전을 하면서 양복 상의를 벗었다.

주유소로 진입하자 카고바지에 빨간 셔츠, 빨간 모자를 쓴 여자아이가 다가와 웃으며 인사를 했다. 그는 만땅이라고, 말했다. 아이는 만땅이라고, 크게 소리쳤다. 주유를 할 동안 그는 화장실로 들어갔다. 장기매매 스티커가 붙어 있었다. 누군가 벗겨 내려다가 포기한 듯 모서리 부분이 지저분하게 뜯겨져 나가 있었다. 그는 스티커를 손톱으로 벗겨 내려 애썼다. 생각보다 쉽지가 않았다. 주머니에서 집 열쇠를 꺼내 스티커를 긁어댔다. 종이가루가 지저분하게 일어났다. 손바닥으로 털어냈다. 이전보다 더 지저분해졌다. 그는 와이셔츠의 커프스단추를 빼고 소매를 걷었다.

돈을 받은 여자아이는 크리넥스 한 통을 주유사은품으로 주었다. 그는 그것을 받았다. 아이는 또 오시라고, 말했다. 녹색테이프로 감아놓은 백미러가 아이의 가슴을 가리켰다. 오늘 비가 올까요? 그의 물음에 아이가 잠시 망설이다가 하늘을 올려다보았다. 네? 올 것 같은데요. 안 왔으면 좋겠는데. 그는 자신의 마음도 그렇다는 뜻으로 아이에게 고개를 끄덕이곤 핸들을 돌렸다. 라디오가 고장 나 운전이 무척 무료하게 느껴졌다. 그는 차창 밖으로 한 팔을 걸친 채, 사랑한다고 내 마음을 다 주는 건 아니야, 라는 가사의 노래를 읊조리다가 그만두었다.

국도로 접어들자 졸음이 밀려왔다. 갓길에 차를 세웠다. 시동을 끄고 의자를 뒤로 젖혔다. 그의 몸도 따라서 젖혀졌다. 구두를 벗고 허리띠를 풀었다. 양손은 배꼽 부분에 놓고 눈을 감았다. 그는 잠이 든 것도 그렇다고 깨어 있는 것도 아닌 몽롱한 상태로 잠시 동안 있었다. 이상한 감각이 느껴져 눈을 떴다. 자지가 커져 있었다. 이런 일은 정말 오랜만이라고 그는 생각했다. 그는 지퍼를 내리고 자지를 끄집어냈다. 너처럼 한심하고 볼품없는 것은 처음 본다는 듯 내려다보았다. 손으로 귀두 주위를 만졌다. 손가락을 퉁겨 때려보기도 하고 살짝 비틀어보기도 했다. 자신의 자지가 자신과 무관한 별개의 사물로만 여겨졌다. 그는 엄지와 검지로 원을 만들어 귀두를 감싼 채 손을 움직이기 시작했다. 추자영 씨의 몸을 떠올리려 했지만 자신도 모르게 빨간 모자, 빨간 모자, 라고 중얼거렸다. 이것은 정말 무의미한 운동이다, 라고 생각할 때쯤 정액이 쏟아졌다. 주체할 수 없을 만큼의 양이었다. 정액이 흘러 그의 손은 물론이고 바지에도 묻었다. 그는 크리넥스를 뜯어 티슈를 사정없이 뽑아 자지와 그 주변을 닦았다. 그는 자신의 의식을 잠재우기 위해 손과 자지가 결탁해서 일을 꾸민 것이라고 생각했다. 그렇다면 자신은 결과에 승복할 수밖에 없다며 다시 눈을 감았다. 아주 오랫동안 깊은 잠에 빠졌다고 생각하며 눈을 떴지만 불과 십 분밖에 지나지 않았다. 그는 이마의 땀을 닦아내며 멍한 의식상태를 좀 더 멍하게 만들어도 좋겠다는 생각으로 간밤의 뒤숭숭한 꿈을 기억하려 애썼다.

그는 누군가의 무덤 앞에 있었다. 무덤은 관리를 전혀 하지 않았는지 잡초와 들꽃들이 가득 피어 있었다. 그는 소주를 마시며 오징어다리를 씹었다. 취기가 오른 그는 무덤에 엎드려 울기 시작했다. 잡초를 손으로 움켜쥐며 서럽게 울어댔다. 울다 지친 그는 스르르 잠이 들었다. 뭔가 축축한 훈김이 얼굴을 뒤덮었다. 눈을 떴다. 검은 말 한 마리가 그의 얼굴을 핥으려 하고 있었다. 그는 놀라 뒤로 물러섰다. 말은 커다란 눈을 끔뻑이며 그를 쳐다보고 있었다. 말의 눈에 갇힌 그의 모습이 보였다. 잠시 후 말은 무덤을 파먹기 시작했다. 붉은빛의 황토를 우적우적 씹어 먹었다. 무덤이 반쯤 파헤쳐질 동안 그는 그 자리에 꼼짝없이 앉아 있었다. 등줄기를 흐르던 식은땀도 어느새 말라버렸다. 말은 허기를 채웠는지 목을 길게 빼고 울더니 무덤 아래로 내려가기 시작했다. 뒤를 돌아보는 법 없이 아주 천천히 내려갔다. 말이 사라질 때까지 시선을 놓치지 않았다. 그는 말이 폐허로 만든 무덤을 쳐다보았다. 흙을 손에 담았다. 축축했다. 냄새를 맡아보았다. 들큰한 막걸리 냄새가 났다. 말처럼 흙을 씹어 먹었다. 들큰한 막걸리 맛이 나면서 씹을수록 한 번도 맛본 적 없는 살덩이를 씹는 것만 같았다. 치아 사이사이에 흙이 끼었다. 그는 흉하게 벌거벗은 무덤을 바라보다 누군가의 죽음을 조롱하듯 비웃었다. 지렁이 몇 마리가 꿈틀거리며 황토를 뚫고 나오려고 했다. 무덤을 내려와 계곡으로 갔다. 물을 마셨다. 달고 맛이 좋았다. 옷을 벗고 계곡 물 속으로 들어갔다. 물은 몹시 차가웠지만 어떤 안락감이 느껴졌다. 물속에서 수음을 했다. 방사를 할 때 그는 길게 말 울음소리를 냈다. 허연 정액들이 물 위를 떠다니다 물에 흡수되어버렸다. 그는 물이 잉태할 자신의 자손들을 떠올렸다. 물속으로 잠수해 들어갔다. 잠수를 한 채로 헤엄쳐나갔다. 무언가 그의 발목을 잡아당기는 것이 있었다. 그는 벗어나려고 발버둥을 쳤지만 소용없었다. 그럴수록 자신의 몸이 점점 가라앉는다고 생각되었다. 몸 안에 물이 가득 찼다. 그는 일개의 물방울에 불과했다. 누군가 손을 대면 더 작은 물방울로 살아남으리라. 그는 물을 움켜쥐었다. 물의 가시들이 그의 피부를 깊숙이 찌르고 들어왔다. 그의 몸이 한없이 팽창되었다가 서서히 물에 녹아내렸다. 그는 물, 하고 소리를 질렀다. 그는 자신이 아무 소리도 들을 수 없고, 아무 말도 할 수 없다는 것을 알았다. 오로지 매캐한 향 냄새만 그의 코를 자극했다. 그는 발가벗은 채 불당에 누워 있었다. 그의 주위에는 비구니들이 모여 있었다. 그가 눈을 뜨자 비구니들이 오오, 하고 감탄을 했다. 이빨이 다 빠진 노승 비구니가 그의 오른쪽 팔을 들어 올렸다. 왼쪽 팔을 들어 올렸다. 오른쪽 다리를 들어 올렸다. 왼쪽 다리를 들어 올렸다. 머리를 들어 올렸다. 상체를 들어 올렸다. 그때마다 비구니들이 오오, 하고 같은 반응을 보였다. 그는 잠시 일어나 주위를 둘러보았다. 사방이 벽으로 되어 있고, 창과 문은 어디에도 보이지 않았다. 벽은 물론이고 천장에도 기이한 불화들이 그려져 있었다. 그중 그의 시선을 잡아끄는 것이 있었다. 말의 무덤이었다. 무덤 밖으로 말 머리가 나와 있었다. 남루한 옷차림의 부처가 검은 말을 억지로 말의 무덤가로 끌고 있었다. 그는 경악하며 팔을 들어 그림을 가리켰다. 비구니가 그의 이마를 딱 때렸다. 그는 그대로 뒤로 자빠졌다. 의식이 있지만 몸을 움직일 수가 없었다. 비구니들이 그의 머리카락은 물론 그의 몸에 난 털을 다 깎아버렸다. 심지어 발가락과 손가락에 난 솜털까지 깎았다. 비구니들은 양파와 마늘 냄새가 뒤섞인 이상한 약초즙을 그의 몸에 발랐다. 끈적끈적한 점액질로 그의 몸이 뒤덮였다. 그는 자신이 삶과 죽음의 어느 경계에 있는지 가늠할 수 없었다. 이곳이 극락이거나 지옥인지도 알 수 없었다. 어쩌면 그는 너무나 현실적인 어느 풍경 속에 갇혀 있는지 몰랐다. 비구니들이 사라졌다. 불당 안의 촛불이 바람에 흔들리고 있다. 촛불의 그림자가 길게 늘어났다가 줄어들었다. 그는 몸을 움직일 수 없었다. 숲을 지키는 고목처럼 완전히 굳어버렸다. 바람에 대숲이 흔들리는 소리가 들렸다. 그는 산사의 풍경 소리를 들으며 낙엽을 쓸고 있었다. 낙엽을 쓸다가 문득 하늘을 올려다보았다. 한 방울의 빗물이 그의 이마에 떨어졌다. 그는 죽었구나, 라고 중얼거렸다.

그는 자신이 실제 그런 꿈을 꿨는지 알 수 없었다. 꿈을 기억하려고 들면 꿈은 전혀 이상한 방향으로 바뀌고 장면이 전환되었다. 추자영 씨의 말이 문득 떠올랐다. 난 당신을 만난 뒤로 한 번도 꿈을 꾼 적이 없어요. 이게 뭘 의미하는지 알아요. 그는 고개를 흔들었다. 그때처럼 그는 다시 고개를 흔들었다. 꿈 따위가 나를 괴롭히다니. 어디 한 번 괴롭혀봐. 괴롭혀봐. 충분히 괴롭힘을 당해줄 테니까. 현실이 얼마나 더 꿈같은데. 꿈 따위가 현실을 조롱하다니. 그는 자기 자신에게만 고집을 부리는 사람처럼 얼굴을 찌푸렸다. 이 정도면 충분히 멍한 상태를 즐겼다는 듯 차의 시동을 걸었다.

공장이 있는 지방도시로 접어들자 비가 내리기 시작했다. 열려진 창문을 닫으려고 했지만 윈도버튼이 작동하지 않았다. 몇 번이고 눌러보았지만 소용없었다. 한두 방울 떨어지던 비는 불과 몇 분 만에 폭우로 변했다. 창밖으로부터 들이닥친 비에 그의 몸이 젖어 들어갔다. 반은 젖고 반은 젖어가는 상태였다. 빗물에 앞이 잘 보이지 않았다. 와이퍼를 3단으로 내렸지만 빗물이 쌓이는 속도를 따를 수가 없었다. 뒷좌석에 놓여 있는 핸드폰이 울리기 시작했다. 맞은편에서 오는 차들이 그의 차에 빗물을 튀기며 지나갔다. 거대한 파도가 아가리를 벌리고 그의 차를 집어삼키려 하고 있었다. 그의 몸은 점점 물에 침식당했다. 이렇게 당하고 있을 수만은 없다. 그는 속력을 내 마주 오는 차들에게 빗물을 튀겨보려 했지만 쉽지가 않았다. 그럴수록 오히려 그의 차 쪽으로 빗물이 튀기는 것만 같았다. 그는 순간 자신의 삶에 환멸을 느꼈다. 이기려 하면 할수록 지고 마는 꼴을 그는 살아오면서 수없이 겪었다고 생각했다. 어느 순간부터 이기지 못하니 지는 척하고 사는 것이었다. 지는 것은 결코 이기는 것이 아닌데도, 그는 패배의 미덕을 자신의 삶의 목표로 삼아 살아가고 있던 것이다. 핸드폰이 저 혼자 요동치며 미친 듯 울어댔다. 그는 차를 세워야 한다고 마음을 먹으면서도 그럴수록 좀 더 속력을 내고 핸들을 좌우로 돌렸다. 빗물에 바퀴가 미끄러졌다. 순간 그의 차가 인도로 뛰어들었다. 브레이크를 밟았다. 주변에서 경적 소리가 요란하게 들려왔다. 자동차는 전신주를 박고 멈췄다. 그는 어떻게 된 상황인지 판단이 잘 서지 않았다. 차를 뒤로 빼려고 했지만 말을 듣지 않았다. 문을 열고 나왔다. 옆을 지나가던 차가 그의 전신에 빗물을 튀겼다. 구두 속은 이미 물로 질척거렸고 발목까지 물이 차 있었다. 차에 핸드폰을 놓고 내린 것을 알았지만 그는 길을 나섰다가 갑자기 비를 맞게 된 사람처럼 빠르게 걸어갔다.

그는 어느새 무언가에 쫓기는 사람처럼 달리고 있었다. 몇 개의 모퉁이를 돌아 더 이상 참을 수 없다는 듯 부영장, 이라는 낡은 간판이 걸린 여관의 문을 열고 들어갔다. 어디선가 낮익은 괘종 소리가 들렸다. 계단 옆에 있는 쪽문을 열고 중년의 여자가 얼굴을 내밀었다. 말상에다가 여자의 눈 밑은 서늘할 정도로 검었고, 입술에는 핏기가 없었다. 쪽문 사이로 보이는 방 안에는 소주병과 화투장들이 나뒹굴고 있었다. 여자는 슬리퍼를 신고 밖으로 나왔다. 아랫도리까지 다 젖었네요. 여자가 서늘하게 웃으며 그를 위아래로 훑어보았다. 그는 칫솔과 수건이 담긴 쟁반을 들고 있는 여자의 뒤를 따라 쥐색 카펫이 깔린 계단을 밟아 올라갔다. 여자는 신발을 안에 두라고 당부한 뒤 돈을 건네받고 내려갔다. 그는 우선 옷을 벗었다. 와이셔츠와 바지, 속옷을 길게 펼쳐 바닥에 깔았다. 욕실로 들어가 뜨거운 물로 샤워를 했다. 물에 젖은 몸을 물로 씻어내고 있는 자신의 모습을 거울을 통해 보면서 그는 쓴웃음을 지었다. 모든 것이 항상 이런 식이었다. 물은 물로 씻고, 불을 불로 끄고, 기억은 기억으로 되돌리고, 꿈을 꿈으로 설명하고, 전쟁은 전쟁으로 끝내고. 수건으로 몸의 물기를 닦아내고 드라이어를 켜 몸의 구석구석을 말렸다. 겨드랑이와 사타구니의 털이 빠짝 말라 고기 타는 냄새를 피울 때까지 드라이어를 대고 있었다. '커피공주'라는 스티커가 붙은 소형 냉장고를 열고 생수를 꺼내 마셨다. 반쯤 마시고 나서야 물 밑에 앙금이 가라앉아 있는 것을 확인했다. 바닥에 깔린 담요 위에 몸을 눕힌 뒤 머리 위까지 이불을 뒤집어쓴 그는 옷들이 마를 때까지 이곳에서 나가지 않겠다고 생각했다.

옷이 다 말랐어도 그는 밖으로 나가지 않았다. 며칠이 지나도록 비는 멈추지 않았다. 텔레비전에서는 그가 있는 지역의 수해에 대해 집중보도를 하고 있었다. 칠 년 만의 최악의 물난리라고 했다. 그의 차가 물 위에 떠 있는 장면이 카메라에 잡히기도 했다. 화면자막에 보이는 사망

실종자명단을 유심히 살폈지만 자신의 이름은 보이지 않았다. 그는 크게 실망했지만 곧 평정을 되찾았다. 그는 하루에 한 번 여관주인이 올려 보내주는 식사를 했다. 인근 식당에 배달을 시키려 했지만 수해로 인해 그것은 불가능했다. 그는 매일 같은 국과 반찬으로 끼니를 때웠다. 된장국과 오이지뿐이었다. 그래도 불평 한 번 하지 않고 물 말은 밥과 곁들어 맛있게 먹었다.

어느 날 여관주인이 쟁반에 소주와 오징어를 담아가지고 올라왔다. 그는 술은 마시지 않는다고 단호히 거절했다. 여관 주인은 자신만 마실 테니 같이 있어주면 안 되겠냐고 사정했다. 여자는 소주를 병째로 마셨다. 여자의 권유에 못 이겨 그는 오징어다리를 씹었다. 소금에 절인 나무껍질을 씹는 것처럼 오로지 짠맛만 혀에 감길 뿐이었다. 여자의 눈이 조금씩 풀리고 있었다. 당신은 뭐 하는 사람이야. 여자가 갑자기 삿대질을 하며 큰 소리로 물었다. 여자의 셔츠가 어깨 밑으로 흘러내려 브래지어 끈이 보였다. 브래지어는 검은색이었다. 그는 잠시 생각하다가 글을 쓰는 사람이라고 대답했다. 글을 쓰는 사람이라면 종종 이렇게 여관에 처박혀도 별다른 의심을 받지 않을 거라고 그는 생각했다. 그는 여자가 자신을 더 궁지에 몰아넣기를 은근히 바라고 있었지만 여자는 모든 걸 이해한다는 듯 더 이상 묻지 않았다. 만약 여자가 글쓰는 사람이 왜 노트북은커녕 종이 한 장, 연필 한 자루 없냐고 따져 묻는다면 자신의 말을 번복하고 모든 것을 사실대로 털어놓을 생각이었다. 그러나 어디서부터가 사실이고, 어떻게 사실을 설명해야 하는가, 하는 난감함에 빠졌다. 오강에 앉아 변을 보는 사람처럼 그는 어색한 표정을 지었다.

소주병을 비운 여자는 그의 옆으로 다가왔다. 여자는 춥다고 말했다.

비가 오는 날이면 너무 추워요. 그는 이불로 여자를 덮어주었다. 여자는 곧 쓰러질 것처럼 위태로운 자세로 앉아 부정확한 발음으로 자신의 속사정을 이야기했다. 칠 년 전 그녀는 수해로 아들을 잃었다고 했다. 남편과는 이미 사별한 뒤여서 여자한테 믿을 것은 하나밖에 없는 아들뿐이었다. 지금처럼 비가 내리는 날 실종된 아들은 며칠 뒤 비가 그치고 나서야 찾을 수 있었다. 고통에 몸부림치던 여자는 점집 무당의 제안으로 아들의 시체를 발견한 곳에 식당을 차렸고, 장사가 잘돼 오 년 뒤 건물을 올려 여관으로 업종을 바꿨다. 그런데 이상하게도 몇 달에 한 번씩 여관에서 사람이 죽어나가기 시작하더니 외지에서 온 사람 말고는 아무도 여관을 찾는 사람이 없게 되었다. 여자는 서늘하게 웃으며 소리쳤다. 당신도 죽겠지. 죽어버려. 다 죽어버려. 부영아, 부영아, 불쌍한 우리 부영이.

그는 자신이 글을 쓰는 사람이라고 거짓말을 했듯이, 여자도 자신에게 거짓말을 하고 있는지도 모르겠다는 생각이 들었다. 그는 자신이 진정 글을 쓰는 사람이라면 여자의 삶을 글의 소재로 삼아도 좋은가, 그렇지 않은가, 하고 따져보았다. 아무 흥미를 느끼지 못할 진부한 이야기가 지지부진하게 펼쳐질 것이다. 누구도 펼쳐보지 않는 책의 등장인물처럼 여자는 울고 있었다. 그는 당장 자리에서 일어나 나가고 싶었지만 자신이 죽어야만 여기를 빠져나가게 될 것이라는 예감에 휩싸였다. 예감을 실현시키기 위해 그는 좀 더 두고 보기로 했다. 여자가 그의 옆으로 쓰러졌다. 추워요, 너무 추워요. 절 좀 안아주세요. 여자가 그의 팔을 들어 품속을 파고들었다. 그는 자포자기의 심정으로 여자를 안았다. 여자의 머리에서는 들큰한 막걸리 냄새 같은 것이 났다. 거칠게 숨을 내쉬던 여자는 손을 더듬어 그의 바지 지퍼를 내렸다. 여자의 손이 안으로 들어와 그의 자지를 움켜쥐었다. 여자의 몸이 물에 녹듯 밑으로 내려가더니 입을 벌려 그의 자지를 빨기 시작했다. 그는 축축한 공포감을 느꼈다. 여자의 혀가 감길 때마다 그의 자지는 점점 오그라들었다. 오그라든 자지 속으로 그의 이전 삶이 말려들어가는 것만 같았다. 없냐, 없냐. 여자는 소리를 내며 계속 그의 자지를 빨았다. 그는 자신의 의지와 무관하게 요도를 타고 뭔가가 빠져나가는 느낌을 받았다.

여자는 어느새 잠들어버렸다. 여자의 입은 여전히 그의 자지를 물고 있었다. 그는 슬며시 몸을 뒤로 뺐다. 여자의 입에서 누렇고 끈적끈적한 타액이 옆으로 흘러내렸다. 그는 말의 목을 부둥켜안듯이 여자의 머리를 감싸 쥐었다. 입을 벌려 여자의 머리를 깨물었다. 두 손으로 여자의 목을 움켜잡았다가 놓았다. 잊고 있었다는 듯 바짓주머니를 뒤져 이빨을 꺼냈다. 여자의 입을 억지로 벌려 이빨을 밀어넣었다. 일어나 창문으로 갔다. 창을 열자 얼굴로 비바람이 확 몰아쳤다. 그는 고개를 내밀어 바닥을 내려다보았다. 거리에는 차도 사람도 보이지 않았다. 오로지 지상을 뒤덮은 흙탕물만이 어디론가 흘러가고 있었다. 물살의 속도는 빨랐다. 저 물은 어디서 와서 어디로 흘러가고 있는가. 문득 그런 생각을 하는 사이 그의 시야 속으로 물속에 빠진 검은 말의 모습이 들어왔다. 말은 허우적거리며 급류에 저항하려고 애썼지만 역부족이였다. 검은 말이 길게 목을 빼고 울었다. 빗소리에 검은 말의 울음소리가 서서히 잠겼다. 말의 모습은 점점 멀어지고 있었다. 쫓아라. 구하라. 쫓아라. 구하라. 분노한 빗방울이 소리치며 방바닥으로 떨어졌다. 그는 서둘러 문을 열고 계단을 밟고 내려갔다. 맨발이었다. 일 층 바닥에는 이미 물이 새어 들어오고 있었다. 그는 여관 문 앞으로 가 문을 밀어젖히려고 했다. 열리지 않았다. 문이 잠겨 있었다. 그는 걸쇠를 풀고 힘껏 문을 열었다. 어디선가 낯익은 괘종시계 소리가 들렸다. 문틈으로 스며들던 물이 넘쳐 들어왔다. 순식간에 그의 하체는 물에 잠겼다. 그는 물을 헤치며 앞으로 나아갔다. 저 멀리 검은색의 물체가 꿈틀대며 사라지고 있는 것이 보였다. 그것이 검은 말인지, 아닌지 그는 확신할 수 없었다. 불확실한 확신 속에서 그의 몸은 점점 물에 잠기고, 무력해져만 갔다. 그럴수록 정신이 또렷해지고 눈앞의 모든 것이 선명하게 드러났다. 거대한 물기둥이 곳곳에서 소용돌이치며 그를 막고 있었다. 그는 언젠가 꿈에서 이런 비슷한 상황을 겪었다고 생각했지만 그것이 언제였는지 도무지 기억이 나지 않았다. 기억이 나지 않는 것은 애써 기억하지 말아야 한다. 그는 일체의 생각을 중단했다. 지금 그가 할 수 있는 일이란 오로지 흘러가는 물살에 몸을 맡기는 동시에 물을 뚫고 가는 것뿐이었다. 그는 처음으로 자신이 살아 있음을 느꼈다. ■

손홍규

증오의 기원

1975년 전북 정읍 출생. 동국대 국문과 졸업.
2001년 『작가세계』 등단. 소설집 『사람의 신화』 『봉섭이 가라사대』.
장편소설 『귀신의 시대』 『이슬람 정육점』 등.

증오의 기원

니는 종종 자정이 지난 시각에 한강대교를 걸어서 건넜다. 막차를 놓치면 어쩔 수 없었다. 택시는 엄두조차 낼 수 없는 형편이었으므로 튼튼한 두 다리를 의지할 수밖에. 그 시각에 걸어서 다리를 건너는 사람은 드물었다. 홀로 걷다 보면 생의 한가운데를 걷는 기분이었다. 머리 위로는 대형 돔을 연상시키는 삭막한 하늘이 있었고 아래로는 검고 끈적한 강물이 흘렀다. 그게 바로 내 삶이었다.

어느 날인가는 허술한 등짝에 투신이라는 두 글자가 쓰인 중년 사내가 비틀비틀 앞장서 걸었다. 유독 바람은 다리 위에서 기승을 부렸다. 사내의 와이셔츠가 돛처럼 부풀었다가 잦았다. 사내는 바람이 몰아칠 때마다 휘청댔는데 용케도 넘어지거나 차도로 떨어지지는 않았다. 나는 조마조마했다. 사내가 정말 투신이라도 하면 어떡하나. 사내가 우뚝 멈췄을 때는 기어이 일이 벌어지는구나 싶었다. 사내가 구두를 벗었다.

투신하기 전에는 신발을 벗어야 한다는 수칙이라도 있는 걸까. 나는 출발선에 선 단거리 육상선수처럼 잔뜩 긴장했다. 사내의 심기를 불편하게 할지도 몰라 나는 작은 목소리로 말했다. 남은 식구들을 생각하세요. 바람이 내 목소리를 삼켰을 텐데 사내가 내 쪽을 보며 씨익 웃었던 것도 같다.

사내는 난간에 기대어 아래를 내려다보더니 카악 소리를 내고는 구두를 한 짝씩 쥐고 다시 비틀비틀 걸었다. 아마도 다리가 무척 길어서 거기까지 걸어가는 동안 생각이 바뀌었을 거라고 짐작했다. 실제로 건너보면 지루할 만큼 멀었다. 하마터면 비극적인 사건의 목격자가 될 뻔했노라고 내가 말하자 쁘띠는 코웃음을 쳤다. "그 아저씨는 단지 너를 놀려주려고 했을 뿐이야." 지금은 나도 그렇게 생각한다. 쁘띠도 역시 그랬다면 얼마나 좋을까.

그즈음 나는 열병을 앓는 사람처럼 쉬이 달아오르곤 했다. 아버지의 장례를 치른 뒤였다. 장지에서 돌아올 때 고모는 내게 아버지의 유언을 전했다. "시인이 되어달라더구나." 고모의 노쇠한 눈동자에 눈부처가 떠올랐다. 내가 거기에 그처럼 요약된 기분이었다. 서울에 돌아오자마자 나는 휴학계를 제출한 뒤 이삿짐을 쌌다. 라면상자 서너 개에 책을 제외한 나머지 짐이 다 들어갔다. 한 무더기씩 나일론 끈으로 묶은 책들과 함께 구석에 밀어놓고 홀로 누웠자니 오래달리기라도 마친 듯 심장이 두근거렸다. 잠들지 못한 채 내 몸이 어떤 열기에 잠식되는 걸 선명하게 느꼈다. 활량대는 가슴에 깍지 낀 손을 올려놓았다. 피가 증발해버릴지도 모른다는 두려움이 찾아왔다. 가문 날의 수로처럼 혈관이 텅텅 비어버릴 듯한 두려움. 나는 까닭 없이 분노가 항진한 상태로 그처럼 지냈다. 장례를 치르는 동안 소용되었던 비용들을 감당하기 위해 그동안 살던 방의 보증금을 빼 어머니에게 부쳤다. 마땅히 갈 곳 없는 내게 문학회 활동을 하며 알게 된 녀석이 저렴한 방을 소개해줬다. 좋다 싫다 할 계제가 아니었으므로 나는 두말없이 고개를 끄덕였다. 나는 이사 간다는 사실을 주변 사람들에게 알리지 않았다. 그 방에서 나와 동거할 사람이 약속했던 오전 열 시까지 올 거라고는 믿지 않았다. 정오 무렵 한눈에 보아도 서울내기라는 걸 알 수 있을 만큼 하얀 목덜미에 금목걸이를 늘어뜨린, 키가 커서 굳이 굽 높은 구두를 신을 필요가 없어 보이는 한 녀석이 우편배달부처럼 내 이름을 크게 부르며 들어왔다. 그가 바로 쁘띠였다.

"저 밖에 있는 리어카가 네 이삿짐이지?"

나는 고개를 끄덕였다.

"이건 기적이야. 서울 하늘 아래 저런 리어카가 있다는 것도 저걸로 이사를 하는 녀석이 있다는 것도. ……이래 봬도 일당백이야."

그는 감격한 얼굴이었는데 내 얼굴을 보고는 뜨악했는지 이내 어깨를 으쓱했다. 그는 구멍가게에서 열 켤레들이 목장갑을 사 왔다. 우리는 둘뿐인데 굳이 그럴 필요 있냐고 묻자 그는 다시 어깨를 으쓱했다. 나는 그가 좁은 어깨를 들썩이면서 손바닥까지 펴 보여 완벽하게 서양인과 같은 제스처를 쓰는 게 못마땅했기에 입을 다물었다. 내가 머물게 될 새로운 방까지는 거리가 상당했다. 골목에 방치되었던 낡은 손수레를 손봐둘 때부터 나는 이런 상황을 예감했던 것인지도 모른다. 나는 앞에서 끌고 그는 뒤에서 걸었다. 골목을 빠져나갈 때까지 그는 손수레를 밀어보는 시늉조차 하지 않았다. 대신 휘파람을 불며 세탁소, 이발소, 복덕방, 양품점, 철물점 등등을 지날 때마다 손을 흔들었다. 나는 그 상점의 주인들과 아무런 인연이 없었다.

큰길을 따라가는 건 열없는 일이었기에 좁은 길로만 손수레를 끌었다. 그 탓에 비탈을 자주 올라가야 했고 마찬가지로 자주 내려가야 했다. 짐이 많지 않았지만 이마에 땀이 맺혔고 팔뚝에 근육통이 느껴졌다. 그는 별 도움을 주지는 않았지만 슈퍼를 지나칠 때마다 음료수와 아이스크림이 필요하느냐고 묻고는 대답도 듣지 않은 채 한 아름씩 사 왔다. 젊은 녀석들이 손수레를 끌고 가는 게 신기했던지 사람들의 시선이 우리 쪽으로 한 덩어리씩 날아들곤 했다. 나는 고개를 푹 꺾고 말없이 끌었다. 내 머릿속에는 오직 한 가지 생각뿐이었다. 한강을 어떻게 건너야 하는가. 한강을 건너는 골목길은 없으니 말이다.

큰길에 접어들자 눈앞이 깜깜했다. 인도를 걷는 사람들이 눈살을 찌푸려 어쩔 수 없이 횡단보도를 건넌 뒤 찻길로 들어갔다. 그는 더욱 신이 났다. 그는 손수레에 올라타도 되느냐고 물었다. 나는 잠시 길가에 멈춰 선 채 담배를 한 대 피웠고 그의 정체가 무얼까 곰곰이 생각했다.

그날 나는 쁘띠를 손수레에 태운 채 한강대교를 건넜다. 생각처럼 힘들지는 않았다. 횡으로 불어오는 바람이 땀을 식혀주었다. 그가 카우보이처럼 날뛰지 않았다면 더 수월했겠지만. 짓궂은 택시기사들이 경적을 울리며 지나갔다. 노들섬을 지날 때 뒤에서 오던 버스가 사파리를 운행하는 관람차처럼 속도를 줄여 손수레와 나란히 움직였다. 일제히 창문이 열렸다. 쁘띠는 버스 창문으로 고개를 내민 사람들에게 원숭이처럼 일일이 손을 흔들어주는 걸로 만족하지 못하고 내게도 예의 바르게 굴라며 윽박질렀다. 나는 고개를 돌려 힘겹게 웃어주었다. 한강대교에서 멀지 않은 곳에 있던 철교 위로 평소보다 느릿느릿 전철이 지나갔다. 나는 전철 쪽을 향해서도 웃어주었다. 나는 어떤 기시감에 사로잡히기도 했다. 언제였을까. 무넘기의 두 마지기 반 논에 밤늦도록 물을 대다 돌아오던 어느 초여름 밤이었을지도. 서낭당 깨밭에서 돌아오던 어느 한여름 저녁이었을지도. 한쪽 다리를 살금살금 절던 아버지가 끌던 손수레에 어머니와 내가 올라탄 채 이내 자욱한 먼 하늘을 바라보며 혹은 어두워가는 하늘에 총총히 떠오르던 별들을 올려다보며 하루가 저무는 것에 불과한데도 한 생이 저무는 게 무엇인지 알 것 같은 기분이 들었던 그때가.

"넌 희한한 녀석이야. 서울에서 리어카에 이삿짐을 싣고 거기다 사람까지 태워 한강대교를 건넌 촌놈은 네가 유일할 거야."

오, 쁘띠. '사람까지 태우고' 라는 수식어만 없었더라면.

그 방은 내가 예전에 살던 방보다 작았다. 집이 지어진 이래 한 번도 그 자리를 벗어나본 적이 없을 것 같은 장롱과 책상이 두 쪽 벽을 다 차지했다. 반지하층이 있고 그 위에 한 층이 더 올라간 이 층 양옥집이었는데 내가 들어갈 방은 옥상으로 올라가는 계단 아래 있었다. 계단을 오르면 손바닥만 한 창문으로 내가 머무는 방이 훤히 들여다보였다.

반지하층에는 두 가구가 세 들어 살았다. 왼쪽은 신혼부부가 차지했는데 남자는 이십 대 후반의 택시기사였고 여자는 삼십 대로도 혹은 사십 대로도 보였다. 어쨌든 보통내기가 아니라는 것쯤은 알 수 있었다. 그들 부부가 다투면 언제나 승리는 여자 쪽이었다. 여자는 팔뚝과 장딴지가 근육질이어서 운동선수가 아니었을까 싶었는데 어떤 종목이었을지는 판단하기가 쉽지 않았다. 택시기사는 아내에게 흠씬 얻어맞으면 발소리를 죽여 계단을 올라 옥상에서 혼자 울곤 했는데 그가 발소리를 내지 않기 위해 애를 쓸수록 방 안에 있던 나는 신경이 더욱 날카롭게 곤두서곤 했다. 오른쪽 반지하방에선 중년 부부가 중학생 딸과 초등학생 아들을 데리고 살았다. 가장은 보험판매원이었는데 늘 말끔한 정장 차림으로 출근해서는 그로기상태로 퇴근했다. 나는 그들 식구가 가장의 출근길을 배웅하는 걸 주의 깊게 관찰했는데 아무리 보아도 이해가 되지 않았다. 가장이 품에 안은 아내의 팔과 머리를 부드럽게 쓰다듬는 동안 자식들은 두 손을 공손히 모은 채 그런 부모를 경외하는 눈길로 지켜보았다. 이윽고 아내와 충분히 애정을 나눴다고 생각한 가장이 딸과 아들을 차례로 껴안고 아내에게 했던 것과 비슷한 강도의 애정이 담긴 손길로 어루만진다. 그사이 아내도 남편의 품에서 빠져나온 자식을 하나씩 껴안고 서로의 볼을 비비거나 머리칼을 쓰다듬는다. 마지막으로 누나와 동생이 그런 방식으로 애정을 나눈다. 그러니까 보험판매원 식구들은 모두 여섯 가지 형태의 포옹을 아침마다 재현하는 거였다. 어느 날 나는 보험판매원의 딸이 가져다준 김치를 얻어먹은 보답으로 조심스럽게 그들 식구들에게 새로운 형태의 포옹도 조합이 가능할 거라고 일러주었다. 아버지와 어머니와 딸, 아버지와 어머니와 아들, 어머니와 딸과 아들, 딸과 아들과 아버지, 그리고 마지막으로 네 식구가 한꺼번에. 딸은 모욕을 받은 듯 붉으락푸르락한 얼굴로 뒤돌아섰지만 다음 날부터 그들의 아침 의식은 좀 더 길어졌다. 어느 날 옥상에서 울던 택시기사가 콧소리로 내게 일러준 이야기는 이렇다. 보험판매원 식구들이 처음부터 그런 건 아니었다. 가장이 길거리에서 혼절하여 응급실에 실려간 적이 있는데 수술이 급히 필요한 말기암으로 판정받았다. 큰 병원으로 옮겼는데 다행히 오진으로 밝혀졌다. 가장은 식구들과 작별 인사조차 나누지 못한 채 세상을 떠날 수도 있다는 걸 깨달았다.

"난 사실 보험 형님네 식구들이 부러워. 나도 종종 아내와 아무런 작별의 의식 없이 세상을 하직할 수도 있다는 생각이 들거든. 우리 같은 운짱들은 언제고 트럭에 깔려 터져버린 날계란처럼 흐물흐물해져 발견될 수 있으니깐. 너도 알지? 얼마 전에 강변북로에서 한강으로 뛰어든 택시기사 말야." 그는 동료 택시기사를 추도하느라 한참 동안 말을 잇지 못하다가 성난 목소리로 이렇게 말했다. "네들은 시를 쓴다니까 이런 걸 뭐라고 하는지 말 좀 해봐. 난 보험 형님네 식구들을 훔쳐볼 때마다 그러니까 그 뭐냐 생의 비밀? 뭐 그런 걸 엿보는 기분이거든."

우스꽝스럽게 비장한 보험판매원 식구들도 아침 의식만 제외하면 보통 사람들과 다르지 않았다. 이들을 모두 거느린 집주인은 머리칼이 하얗게 센 노부부였다. 은퇴한 교육공무원이라는 사실을 알기 전에도 그들 앞에 서면 회초리를 든 수학선생님 앞에 선 기분이 들었다. 시킨 것도 아닌데 나는 주인집 거실에 무릎을 꿇고 앉아 노부인이 내놓은 사과가 소리 없이 갈변하는 걸 지켜보았다. 그들도 별말이 없었다. 단지 거실 한쪽 벽을 두드렸을 뿐이다. 그 너머가 바로 내가 기거하는 방이므로 조용히 해야 한다는 뜻인 것 같았다. 나는 낙엽처럼 서걱대는 사과 한 조각을 씹으며 뒷걸음질로 그곳에서 나왔다.

이사하던 날 나는 손수레에 싣고 온 짐을 혼자 날랐다. 방은 내 짐들이 못마땅했는지 쌀쌀맞게 굴었다. 얼마 되지 않는 짐인데도 어떻게 정리해야 할지 몰라 우두커니 섰기도 했다. 책상서랍 세 칸 가운데 위쪽 두 칸은 텅텅 비었지만 맨 아래칸 서랍에만 차곡차곡 쌓인 콘돔상자가 있었다. 쁘띠가 문 앞에서 방을 들여다보았다.

"난 여길 사물함이라 생각할게. 맨 아래칸 서랍만 건들지 말아줘. 가끔 들를 테니까 너 혼자 사는 거라고 여겨도 돼."

나는 얼떨결에 고맙다고 말했다. 첫날 밤 홀로 낯선 방에 누운 채 나는 시인이 된다는 건 무얼 뜻하는지를 생각해보았다. 이처럼 작고 궁색한 방에서조차 우주를 꿈꿀 수 있어야 한다는 것인지도 몰랐다. 나는 갑자기 시인들이 증오스러웠다. 그리고 새벽이 가까워올 무렵에는 시인들 역시 스스로를 증오했던 것인지도 모른다는 데 생각이 미쳤다. 퍽 씁쓸했다. 가계 없는 증오들. 매번 시인들의 가슴에서 새롭게 태어나는 영원히 젊은 증오들. 그날 밤 내 나이 스물이었다. 나는 비로소 내 안에서 어떤 증오를 꺼냈던 것이고 나의 증오는 태어나자마자 스무 살이었던 셈이다.

새로운 방에 거주한 지 하루 만에 나는 그가 쁘띠라고 불린다는 사실을 알게 되었다. 낯선 사람들이 오전에 한 명, 오후에는 다섯 명이나 방에 들렀다 갔다. 그가 속한 문학회 사람들이었는데 그들은 한결같이 놀란 눈으로 나를 보더니 고개를 설레설레 저으며 가버렸다. 마치 내게 건투를 빈다는 듯. 그 가운데 회장이라는 두 학번 위의 선배는 오전에 찾아와 경멸이 가득 담긴 말투로 포스트모더니즘과 천민자본주의를 비판하면서 묵새기더니 내게 쁘띠는 언제 오는 거냐고 초조한 목소리로 물었다. 나는 회장의 유난히 뾰족한 턱을 좀 무례하다 싶을 정도로 빤히 바라보았다. 누구를 말하는 거냐고 되물을 필요는 없었다. 쁘띠가 그의 별명이라는 것쯤은 눈치로 알 수 있었다. 점심 즈음에 그가 왔다. 뾰족턱은 그를 보자마자 짬뽕이냐 짜장면이냐 묻더니 주인집 노부인에게 전화를 빌려 주문을 하고 돌아왔다. 뾰족턱이 가방에서 소주를 꺼냈다. 나는 난생처음 짜장면을 안주로 소주를 마셨는데 묘하게도 궁합이 맞는 듯했다. 뾰족턱은 기형도를 정신적 지주로 삼은 듯했다. 그가 얼마나 기형도에 집착했는지 천지창조의 원리마저 '입 속의 검은 잎'으로 증명할 기세였다. 중국집 배달원의 이동경로와 단무지, 양파, 춘장의 유통기한도 증명할 수 있었을 거다. 쁘띠는 기형도의 아카데미즘을 비판했는데 뾰족턱은 춘장이 묻은 입가를 복숭앗빛 혀로 쓰윽 핥더니 "쁘띠 부르주아다운 비판이로군." 하고는 입을 꾹 다물었다. 나는 나중에 뾰족턱이 1학년 학생들을 모아놓고 '입 속의 검은 잎이 무엇이냐?' 묻고는 세상에 둘도 없는 멍텅구리들을 상대한다는 듯 한숨을 푹푹 내쉬다가 '바로 혀를 가리키는 게 아니냐!' 하며 의기양양해하는 걸 본 적이 있다. 나는 지금도 뾰족턱이 '혀' 하나로 세계를 증명하고 다닐지도 모른다는 생각을 한다.

그로부터 며칠 뒤 쁘띠의 문학회에서 누군가의 생일을 축하하는 술자리가 있었다. 내가 처음 가본 그곳은 여느 문학회 방과 마찬가지로 퀴퀴했다. 칠이 벗겨진 자리마다 벌겋게 녹슨 낡은 철제 캐비닛에는 성한 문짝이 없어 사개가 꼭 맞도록 닫히지 않았다. 그 틈으로 옷가지나 문건들이 축 늘어져 나왔다. 아무렇게나 책들이 꽂힌 나무로 틀을 짠 책장은 원래 유리문이 달렸던 듯 먼지 낀 레일이 위아래에 있었다. 사단 서랍 위에는 전리품처럼 전경의 방패와 헬멧이 고이 올려졌고 회의용 탁자 위에는 재떨이로 쓰는 종이컵들이 군데군데 놓였는데 그중에는 모로 엎어져 진득한 검은 물을 흘려보내기도 했다. 창가 구석에 처박히듯 놓인 파란 플라스틱 휴지통은 구역질이라도 하듯 주둥이를 벌린 채 헐떡였고 팔걸이 없는 일인용 천소파가 벽을 따라 일렬로 쭉 늘어선 걸 보니 침대 대용인 듯했다. 가끔은 그런 소파 속에서 쥐가 살았다. 나는 낯설지 않은 방 풍경에 금세 스며들었다. 남다른 점이 있다면 창문 밖이 옥상이라는 거였다. 술판은 대체로 그곳에서 벌어지는 듯했다.

나는 쁘띠 옆에 자리 잡고 앉아 난생처음 본 사람의 생일을 축하해줬다. 뱊족텩이 입을 열면 찬물을 끼얹은 듯 조용해졌는데 그런 분위기 또한 내게는 익숙했다. 술판이 무르익었을 무렵 사위는 이미 어두웠다. 어느새 옥상 양쪽 끝에 선 두 개의 등에 불이 켜졌다. 맥 빠진 검푸른 하늘에 드물게 별이 떴다. 쁘띠가 내 옆구리를 쿡쿡 찔렀다. 나는 그에게 부탁받은 서류봉투를 건넸다. 그가 오전에 방에 들러 확대를 부탁한 사진들이었다. 나는 그에게 받은 증명사진들을 사진관에 맡겼다가 찾아온 거였다. 그는 증명사진 속의 사람들을 데리고 창을 넘어 문학회 방으로 들어갔다. 조금 뒤 가면을 쓴 사람들이 나타났다. 확대된 사진을 얼굴 윤곽에 맞춰 가위로 오려 마분지에 붙여 만든 조잡한 가면이었지만 선명한 컬러사진이라 진짜 얼굴들 같았다. 쁘띠가 노련한 바람잡이처럼 손뼉을 치면서 술 취한 사람들의 이목을 집중시켰다. "이 사람들 가운데 자신의 얼굴 가면을 쓴 사람이 있습니다. 그게 누군지 맞혀보세요!" 가면과 실제 얼굴이 일치하는 사람을 찾는 게임은 그렇게 시작되었다. 옥상은 사이코드라마가 실연되는 무대처럼 음산하기까지 했다. 흥겨워하는 사람들이 없어서 그런 인상을 받았던 것 같다. 뱊족텩이 내 귀에 대고 말했다. "너희 문학회 문집에 실린 네 시 잘 읽었다." 할 수만 있다면 나는 옥상에서 뛰어내리고 싶었다. 사람들은 가면과 가면 뒤의 얼굴이 일치하는 사람들을 마구잡이로 짚었다. 모두가 정답이면서 오답이었다. 쁘띠의 표정은 기묘한 구석이 있었는데 중세의 권력자가 귀양지의 수령이 베풀어준 음탕하고 질펀한 술자리를 지켜볼 때 그러지 않을까 싶었다. 나는 그가 혐오스러웠다. 쁘띠가 나를 가리켰다.

나는 나란히 선 다섯 명의 배우들을 천천히 톺아보았다. 나는 다섯 명 모두 자신의 가면을 썼다고 말했다. 나는 다른 이들을 돌아보며 에드거 앨런 포의 「도둑맞은 편지」를 상기하자고 덧붙였다. 그들은 이방인을 대하는 토박이들이 흔히 그러듯 은밀한 호기심과 경계심이 뒤섞인, 그러나 내게는 본질적으로 적대적으로 여겨지는 눈길로 나를 보았다. "가면이 무언가를 은폐한다는 관습적인 사고 자체를 노렸을 수도 있다고 생각했어요. 가면 뒤에 감춰진 게 아무것도 없는데 가면이 있기 때문에 다른 무언가가 그 뒤에 존재할 거라는 막연한 믿음을 이용하는 거죠. 하지만 그거야말로 진부한 뒤집기라고 할 수 있어요. 가면 뒤에 가면의 주인이 있다는 건 가면이야말로 실제 얼굴이라는 관념만큼 오래되었으니까요." 누군가는 내 말에 고개를 주억거렸고 누군가는 비웃음을 흘렸다. 쁘띠는 어깨를 으쓱했을 뿐이다.

그날 밤 쁘띠는 그의 표현에 따르자면 출신계급과 획득계급 사이의 아득한 간극을 메우기 위해 과시적으로 지었으나 숭고함에 이르지 못한 천박함이 수석에서 조경수에서 아니 벽돌 하나하나마다에서 묻어나온다는 쁘띠 부르주아풍의 정원이 딸린 아버지의 집에 들어가는 대신 사물함에서 나와 함께 잤다. 그에게는 사물함에 불과한 방에서 나는 정말 '사물'이 된 듯한 기분이 잠깐 들기도 했다. 잠을 청하려 눈을 감았지만 다섯 명이 차례로 가면을 벗던 장면이 생생히 떠올랐다. 가면 뒤에 가면과 다름 없는 얼굴이 있었다. 과음하지 않아 정신이 말짱한 탓도 있었지만 쁘띠가 아무런 해명도 하지 않았다는 게 더 마음에 걸렸다. 그들은 내 말처럼 자신의 가면을 썼다. 사람들은 야유를 퍼부었다. 실물보다 가면이 낫다는 둥 지루하고 재미없는 한 편의 삼류극을 관람한 기분이라는 둥. 그리고 그들 역시 그런 일이 언제 있었냐는 듯 그들이 동참했으나 방금 전에 끝나버린 역할극을 모르쇠하기로 약속이라도 한 듯 가면이라는 낱말조차 입에 올리지 않았다. 나는 그들이 어쩔 수 없는 모욕을 받아들인 자존심 강한 사람들처럼 행동한다는 걸 알았다. 쁘띠는 그들에게 치욕적이지만 용납하지 않으면 안 되는 침입자쯤으로 여겨지는 것 같았다. 그들이 품은 증오는 어떤 종류인지 알 수 없었다. 가면이 무언가를 은폐한다는 생각이 진부한 것처럼 가면이야말로 본질을 드러낸다는 생각 역시 그렇다. 아버지는 내가 어떤 가면을 쓰길 바랐을까. 시인이라니. 한 번 쓰면 벗을 수 없는 가면이 바로 그런 것일지도 모르는데. 서글픈 알레고리들. "촌놈! 무슨 생각을 그렇게 하나?" 무슨 생각을 하는지 다 안다는 말투였다. "네가 모르는 게 하나 있다. 내가 아까 연출했던 희극의 요점은 그게 아니야. 나는 그들에게 각자 마음에 드는 가면을 선택하라 했지. 그들은 잠시 머뭇거리더니 결국 자신의 가면을 썼어. 난 눈여겨봤어. 그들이 서로를 평가하듯 힐끔거리는 걸. 그들은 한순간이라도 타인이 된다는 게 내키지 않았던 거야. 가면을 상징이 아닌 표상으로 받아들였기 때문이야. 존재가 전이된 듯한 기분을 느끼기 싫었던 거지." 나는 쁘띠에게도 증오라는 게 있을지 궁금했다. "누구나 자기 자신으로 남고 싶기 마련이니까."

쁘띠는 내게 했던 말을 스스로 곱씹는 듯했다. 누군가 방문을 조심스레 열었다. 쁘띠는 기다린 사람이 왔다는 듯 스스럼없이 자리에서 일어나더니 그이의 손목을 붙잡아 방으로 이끌었다. 술내와 단내가 섞인 이질적인 숨결이 비단수건처럼 부드럽게 내 얼굴로 끼쳐 왔다. 쁘띠가 준비한 생일선물은 이런 것이었는지도 모른다. 나는 옥상에 올라 고요히 잠든 주택가와 밤하늘을 보았다. 택시기사와 처음으로 수인사를 나눈 것도 그때였다. 택시기사는 교대를 마친 뒤 동료들과 술 한잔 걸치고 왔다며 너스레를 떨었다. 쿵쿵쿵 계단을 올라오는 발소리 끝에 택시기사의 튼튼한 아내의 머리통이 불쑥 솟아올랐다. 이윽고 옥상에는 나 혼자였다. 고요하고 거룩한 밤이었다. 신은 이런 곳에서 태어난다는 생각이 들었다. 밤이 없었다면 인간은 신을 고안하지 않았겠지. 음험하지 않은 신은 존재하지 않는다. 그들은 밤의 자식들이다. 고요하고 거룩하고 게다가 은혜롭기까지 한 밤이었다.

나는 명동의 오 층 빌딩 신축현장에 꽤 오랫동안 잡부로 일할 수 있었다. 지난봄 전문대학을 졸업했다는 작업반장은 나이에 비해 과묵했다. 앞으로 수십 년 동안 해야 할 일을 하는 사람이 아니라 수십 년 동안 해온 일을 하는 사람 같았다. 점심시간이면 식당을 찾아 헤매느라 아까운 시간을 허비했다. 붐비는 시각이라 식당에서는 서로 등과 어깨를 부딪치며 밥을 먹어야 했다. 땀에 전 더러운 작업복과 하얀 와이셔츠들이 겹쳐진 그곳은 어쩐지 이 세상에 존재하지 않는 장소인 듯했다. 다른 잡부들이 짧은 오수를 즐기러 외투를 둘둘 말아 쥐고 구석 자리를 찾아가면 나는 바둑판처럼 구획된 명동 거리를 처음인 듯 걸었다. 전봇대에 다닥다닥 붙은 구직광고에는 시인들도 있었다. 나는 그들이 동명이인처럼 느껴지지 않았다. 야간작업이 있으면 거절하지 않았고 철야작업도 마다하지 않았다. 야간작업은 자정에 끝나고 철야작업은 새벽 여섯 시에 끝났다. 차라리 자정 지나 새벽에 서울을 걷는 일이 홀가분했다. 새벽 지하철과 버스는 내가 알 수 없는 곳으로 내 운명까지 실어 나르는 듯해 불편했다.

휑뎅그렁한 방에 돌아가면 시를 썼다. 쓰는 시늉만 했다. 언어는 내부에서만 맴돌았으며 간신히 입안까지 끌어올려도 혀와 이빨에 닿는 순간 형체도 없이 부서지고 말았다. 비좁고 허름한 방에서 우주를 꿈꿔

봐야 무슨 소용이란 말인가. 증오는 좁은 방 사방 벽과 천장과 바닥에서 제멋대로 날뛰다가 끝내 주인의 품속으로 되돌아갈 수밖에 없다.

어느 날 나는 철야작업을 마치고 돌아오던 길에 보험판매원을 스쳐 지나갔다. 나는 고개를 숙였고 보험판매원도 가볍게 목례를 했다. 나는 좀 더 비장하게 인사를 나누지 못했음이 아쉬웠다. 골목들이 만나는 갈림길에서는 중학생 딸을 스쳐 지나갔다. 교복 치마 아래 드러난 가느다란 종아리가 까칠했다. 아버지를 앞지르기 싫었거나 혹은 나란히 걷기 싫었거나. 딸은 한동안 그곳에 선 채 멀어지는 보험판매원의 등에서 시선을 거두지 않았다. 나는 점점 멀어지는 가장과 붙박인 듯 갈림길에 선 딸과 아직은 반지하방에 남았을 부인과 아들을 잇는 가상의 끈을 머릿속에 그려보았다. 세상에서 가장 탄성이 좋은 끈일 테다. 딸이 고개를 돌려 내 쪽을 보았는데 노부부의 집 담장 안에서는 한 번도 본 적 없는 사나운 눈빛이었다. 나는 순수한 증오라 일컬을 수 있는, 잔디밭에 홀로 선 민들레처럼 대궁이가 툭 꺾여 우윳빛 수액을 흘리며 죽어갈지언정 어떤 감정에도 굴복하지 않는 증오 그 자체인 사람을 만나고 싶었다. 하지만 그 순간 나는 내가 누군가에게 증오를 불러일으키는 존재일 수도 있다는 걸 처음 깨달은 듯했다. 나는 서둘러 방으로 향했다. 두 세대가 깃든 반지하방으로 내려가는 계단을 보았는데 그곳은 아득한 심연으로 통하는 첫 발판인 듯했다. 방에서 낯선 여자가 부스스한 얼굴로 손가방을 들고 나왔다. 여자가 나를 노려보았을 때에야 나는 붉은 에나멜 하이힐을 밟고 섰다는 걸 깨달았다. 쁘띠는 실눈을 뜨고 내 실루엣을 더듬더니 벽을 향해 돌아누웠다. 그리고 웅얼웅얼 말했다. 주말에 자신도 공사판에 데려가달라는 거였다. 나는 방금까지도 붉은 에나멜 하이힐을 신는 여자가 누웠던 자리에 내 몸을 뉘였다. 등을 댄 바닥에서 적개심을 느꼈다. 슬며시 웃음이 나왔다. 여자가 부려놓고 간 감정의 파편들이 내 몸 아래서 모래밭을 이룬 게 느껴졌다. 나는 타인의 고요한 증오를 체험하며 잠들었다. 그렇지만 나는 알았다. 내가 잠들어도 증오는 잠들지 않고 내 안에서 불침번을 선다는 사실을. 서로 다른 형태의 증오들이 이처럼 불편하게 한자리에서 만나기도 한다는 걸.

그 뒤로도 낮이건 밤이건 그가 여자를 데려오면 나는 군말 없이 자리를 피해줬다. 그래 봐야 내가 갈 곳은 옥상뿐이었다. 그곳에서 택시기사를 만나면 쁘띠가 조루여서 방으로 빨리 돌아갈 수 있으면 좋겠다는 농담 따위를 나누었다. 계단을 오를 때면 절로 눈길이 창 쪽으로 향했다. 방을 훔쳐보지 않기 위해서는 인내가 필요했다. 그런 행동을 비열하다고 여겨서가 아니라 어쩐지 알몸의 그를 보게 되면 걷잡을 수 없이 쓸쓸해질 것 같아서였다. 그는 섹스를 휴식이라 표현했다. 그의 표현을 존중한다면 이 세상에서 가장 격렬하고 강력한 휴식일 것이다. 나는 그의 휴식을 방해하고 싶지 않았다. 그 시절의 나는 자신의 팔을 베고 잠든 고양이를 깨울 수가 없어 팔이 저리도록 내버려두었던 장 그르니에를 존중했다. 나는 쁘띠의 팔뚝에 어지럽게 머리칼 자국이 남은 걸 여러 번 보았으므로 그가 자신의 상대를 퍽 다정하고도 성심껏 대하는 사람일 거라 짐작했다.

쁘띠가 월세를 치르겠다는 걸 나는 굳이 거절하지 않았다. 그는 내가 고마워하지 않을 거라 짐작했다며 명동의 건축현장에서 얻은 근육통에 시달리느라 그렇지 않아도 주름살이 깊게 팬 이마를 힘들게 찡그렸다. 나는 숨이 죽은 채소 같은 그의 손바닥에서 월세가 든 봉투를 집어들었다. "제길, 너의 유일한 재산은 증오지." 쁘띠가 내 뒤통수에 대고 이렇게 말했다. 나는 나도 모르게 어깨를 으쓱해버렸다. 노부부가 주인처럼 낡은 소파에 앉아 다큐프로그램을 시청할 게 분명하다고 생각했으나 거실은 괴괴하기 짝이 없었다. 노부부와 처음으로 대면했던 때와는 사뭇 다른 분위기였다. 거실의 심장이 사라져버린 듯한 기분이었다. 택시기사의 아내가 염탐꾼처럼 현관으로 고개만 들이민 채 노부부는 병원에 갔노라고 알려주었다. 우리는 서로 경계할 이유가 없었다. 그런 사실을 잠시 뒤에 택시기사의 아내도 깨달았는지 문을 잠그고 나가지 않은 건 세입자들을 집 지키는 개 취급하는 거나 마찬가지라고 투덜대긴 했는데 적의가 느껴지지는 않았다. 내게는 익숙한 화법이었다. 아버지는 생전에 내게 단 한 번도 애정을 표시해본 적이 없었다. 무심코 그런 적은 있었다. 젓가락으로 반찬을 집어 내 밥그릇에 옮겨준다든지 마루 밑 댓돌 위에 놓인 내 운동화의 접힌 뒤축을 바로잡아준다든지. 그럴 때면 나도 놀라고 당신도 놀랐다.

나는 졸지에 세입자 대표가 되었다. 내가 문병 간다는 걸 어떻게 알았는지 반지하방 세입자들이 만 원씩을 보태주었다. 병원 앞에서 과일 바구니를 하나 샀다. 규모가 큰 병원은 아니었다. 노인병 환자를 전문으로 다루는 곳인 듯했다. 현관 앞 조그마한 주차장 둘레로 쉼터가 있었는데 대부분 보호자도 없이 환자복을 입은 노인들이 조용히 앉아 햇빛바라기를 했다. 나는 그들의 시선이 향한 쪽을 바라보았는데 거기엔 희푸른 하늘이 있었다. 생을 다한 증오들 같았다. 집주인 노부부는 사인용 병실에 있었다. 간병인 의자에 앉았던 노부인이 일어났다. 노부인의 쭈글쭈글한 손이 내 손을 붙잡았다. 그렇게 섰자니 내가 노부인의 막내아들 혹은 손자가 된 듯한 기분이었다. 병실의 다른 보호자들도 그렇게 여기는 듯했다. 어쩔 수 없이 나는 노부인의 눈에 떠오른 눈부처를 보게 되었다. 타인의 눈 속에 내가 살았다. 수술을 마치고 회복실에서 나온 지 얼마 안 되었다는 노인은 입을 벌린 채 잠들었고 나는 차마 입이 떨어지지 않아 돌아가겠다는 말을 하지 못했다. 병실에 고인 특유의 냄새마저 익숙해진 나는 잠든 노인과 그 옆을 지키는 노부인이 한평생 찾아다닌 건 무엇이었을지 생각해볼 여유를 갖게 되었다. 돌아가봐야 딱히 할 일도 없었다. 내 기억 속에 없는 할아버지와 할머니. 유년 시절의 나를 무등 태워준 할아버지와 그 옆에 불안한 듯 선 할머니. 그 이들을 나는 가족사진첩에서 찾아낸 사진으로 보았을 뿐이다. 할아버지와 할머니가 살았다면 지금 이들처럼 누군가는 병에 걸려 수술을 받아 침대에 누워 고통스런 잠에 빠졌을 테고 또 다른 누군가는 그런 늙은 배우자의 얼굴을 지그시 들여다보았겠지. 언제쯤이 되어야 서로의 얼굴에서 증오의 흔적마저 찾을 수 없을 정도로 눈이 침침해질 수 있을 것인지. 병실 밖으로 어둠이 찾아왔다. 나는 병실이 평온했다. 이 병실 안에서 누군가 생사의 기로에 섰다 해도 놀랍지 않았다. 언젠가 내게도 그런 순간이 반드시 찾아올 것이므로. 노부인은 창밖을 보다가 이내 내 손을 슬며시 잡았다가 놓았다. 짧은 순간이었지만 노부인이 정말 내 할머니처럼 느껴졌다. 노부인은 돌아가라는 듯 손을 내저었는데 나도 모르게 고개를 젓고 말았다. 수술을 마친 뒤의 환자는 그날 밤이 고비였다. 경과를 예의 주시하며 보호자가 매시간 상태를 체크해야 했다.

자정 즈음까지는 별일이 없었다. 병원은 고요했다. 휠체어 바퀴 구르는 소리 간호원의 은밀한 발소리 누군가의 코 고는 소리……. 그런 나직한 잡음들이 낮 동안의 어떤 활기찬 소리보다 더 강렬하게 생명을 은유하는 듯했다. 갑자기 환자인 노인이 경련을 일으켰다. 호흡이 가빠졌고 온몸을 옥죄는 사슬에서 풀려나오기 위해 애쓰는 사람처럼 발작적으로 몸을 뒤틀었다. 당직 근무자들이 병실로 달려왔다. 나는 노부인의 두 어깨를 뒤에서 잡았다. 다급한 발소리들이 병동 복도를 울렸다. 다른 환자의 보호자 가운데 한 사람이 덜 깬 눈을 비비며 우리 쪽을 건너다보았다. 나는 노부인의 나직하게 떨리는 음성을 들었다. "영감…… 영감…… ."

그게 전부였다. 세월이 오래 흐른 뒤에도 그때 노부인의 음성은 내 귓가를 떠나지 않았다. 영감…… 영감…… . 누군가를 호명하는 단순한 소리에도 한평생이 통째로 으깨어져 뒤섞일 수 있다는 걸 그때 처음 알았으므로.

나는 노인이 당직 근무자들의 조치를 받는 동안 복도 끝 외부계단으로 나가 층계참 바로 위에 앉아 밤하늘을 보았다. 부드럽고 균질한 세계. 밤은 물컹물컹한 증오들로 이루어진 세계였다. 어둠 너머에 또 어둠이 있었다. 증오들의 무한한 겹침도 증오에 다름 아니다. 좀 더 견고하고 거대한 증오들일 뿐. 아버지의 장례를 치르는 동안에도 흐르지 않았던 눈물이 거짓말처럼 두 눈에서 흘러나와 계단 위에 뚝뚝 떨어졌다. 나는 노부부가 첫 대면에서 거실 벽을 두드렸던 건 조용히 살아달라는 의미가 아니라 어쩌면 위급한 일이 생기면 주저하지 말고 그렇게 벽을 두드려서 알려달라는 의미였을지도 모르겠다는 생각이 들었다. 그런 화법이라면 이미 익숙하지 않던가. 익숙하다고 믿었기에 오해 역시 쉬웠을지도 모른다.

삐띠가 내게 물었다. "남자랑 해봤어?" 나는 얼굴이 홧홧 달아오르는 걸 느꼈다. 나랑 하자고 달려들면 어떡하지? 이런 생각들이 머릿속에서 부글부글 끓었다. 그가 무릎걸음으로 내게 다가왔다. 나는 앉은 채로 뒤로 물러섰는데 좁은 방에서 도망갈 곳이란 없었다. "정말 겁먹었네?" 그는 깔깔깔 웃었다. 웃는 얼굴이 퍽 매력적이었다. 내가 여자였다면 이 사내를 사랑했을지도 모른다. 기형적인 자본주의가 낳은 새로운 족속들. 증오가 무엇인지 알지 못하는 건강한 생식능력을 지닌 사내들. 번식의 욕망. 파괴와 건설의 욕망. 그리고 무엇보다 그것들을 슬퍼하면서 수행할 수 있는 기묘한 힘을 지닌 사람들. "난 어제 해봤어."

그는 문학행사가 열리는 곳이라면 어디든 가리지 않고 다녔다. 대형서점의 사인회와 문학강연, 이런저런 문학단체들의 문학의 밤 행사들은 넘칠 만큼 많았다. 대학들의 대동제 기간에 열리는 시화전이나 초청강연회만 해도 수없이 많았다. 그는 지난밤 어느 대학에서 주최한 시인 초청 문학강연회에 참석했다. 강연이 끝난 뒤 이어진 술자리에서 그는 시인을 싱글벙글 노려보았다. "그 시인이라는 작자가 일 학년 여학생을 골목으로 데리고 가더라. 술자리에서 지분대는 걸 눈여겨봤거든. 처음에는 그냥 두어 대 두들겨 패주고 돌아올 작정이었는데……." 그래서 시인을 덮쳤다? 나는 얼른 이해가 되지 않았다. 폭력과 섹스의 상관관계를 증명하는 사례라고 돌려 생각할 수밖에.

"정말 아버지를 닮았어." 쁘띠는 혼잣말처럼 말했다. 자신의 아버지에 빗대어 말한 것이겠지만 나는—그가 알지 못하는—내 아버지와 닮았다는 뜻으로 새겨들었다. 나는 그가 자신의 아버지에 대해 말하는 걸 종종 들었다. 정확하고 빈틈없으며 실수를 용납하지 않는 불굴의 정신을 지닌 사내. 나는 쁘띠에게 그런 종류의 인간으로 비쳤던 거다. 이해할 수는 있었다. 그는 완벽해지기 위해 스스로에게 흠집을 내는 사람이었고 나는 완벽해지기 위해 태생부터 흠집투성이인 육체와 정신을 어떻게든 감추려는 사람이었으니. "넌 아버지처럼 시계를 삼킨 사람인 것 같아." 쁘띠는 말꼬리를 흐렸다. "너도 그러겠지. 증오가 전 재산인 것처럼 굴다가도 기회만 주어지면 기꺼이 변절하겠지."

그날이었다. 노부부는 여전히 병원에 있었다. 나는 창문으로 들어온 달빛이 내 몸 위에서 부서지는 걸 지켜보다 거실과 맞닿은 쪽 벽을 노크하듯 두드려보았다. 거기 누구 안 계세요. 아무도 안 계세요. 나는 누구 계세요라 묻지 못하고 부정형으로 묻는 것도 내 정신의 반영일지 모른다는 생각을 했다. 나는 책상 밑으로 몸을 굴려 들어갔다. 내가 언젠가 들어갈 관 속처럼 포근했다. 그곳에서 까무룩 잠이 들었던 나는 잠결에도 발소리와 문 여는 소리와 옷 벗는 소리와 달뜬 숨소리와 살과 살이 부딪는 소리를 들었다. 정신이 들었을 때는 꼼짝도 하지 않고 숨소리조차 죽인 채 쁘띠와 그의 새로운 연인이 나누는 정사를 어둠 속에서 지켜보는 것 말고는 할 수 있는 일이 없었다. 환청이었겠지만 나는 거실 쪽 벽에서 노크하듯 조심스레 두드리는 소리를 들었다. 누군가 나를 찾았다. 누군가 나의 도움을 필요로 했다. 하지만 나는 움직일 수 없었다. 훗날 나는 그 소리가 환청이 아니었음을 알게 되었다. 그건 쁘띠가 손에 쥔 볼펜으로 벽을 툭툭 쳐서 내던 소리였다. 그는 이렇게 말했다. "나 혼자 이 방에 누워 시를 쓰던 어느 날이었어. 무심결에 볼펜으로 벽을 두드렸는데 조금 뒤 방문이 벌컥 열리는 거야. 우리의 마나님께서 여신처럼 당당하게 방문 앞에 서 있었지. 마나님은 나를 찬찬히 보다가 안도의 한숨인 듯 길게 숨을 내쉬고는 조심스레 문을 닫았지. 나는 한동안 무슨 일이 벌어진 건지 알 수가 없었어. 그런데 왠지 지금까지 내가 한 번도 겪어보지 못한 어떤 감정을 새롭게 체험한 기분이었어. 너라면 그런 감정에 무슨 이름을 붙여주겠니?" 내가 궁금한 건 그가 왜 정사를 나누면서 구조신호를 보냈는가였다. 그들의 정사는 꽤 오래갔다. 나는 슬슬 권태를 느꼈다. 권태라는 낱말이 입속에서 자금자금

씹혔다. 언젠가 이 권태마저 그리운 날이 오겠지. 쁘띠는 자신만만한 사내였다. 부족한 것 없이 자란 그는 푸념처럼 쁘띠 부르주아 가정의 내적인 결핍을 늘어놓곤 했지만 그런 결핍이 자신에게 근원적인 영향을 끼칠 수 없는 사소한 종류라는 사실도 잘 알았다. 그는 시위대를 필사적으로 따라다녔으나 중요한 비밀회의에서는 늘 배척되었고 합평회 자리에서 누구보다 열띤 목소리로 의견을 제시했으나 그의 말과 생각이 중요하게 다루어진 적은 없었다.

그는 바쁘게 돌아다녔다. 그때까지 쓴 시를 모아 출판하겠다며 원고를 들고 출판사를 찾아다녔다. 어떤 출판사도 그의 시집을 내주지는 않았다. 뾰족턱은 아예 출판사를 하나 차리라고 비아냥댔다. 얼마 뒤 그는 직접 제본한 책을 들고 나타났다. 나로서는 할 말이 없었다. 부드럽긴 하지만 부숭부숭한 토끼털을 입힌 가죽표지와 미색 속지 그리고 금빛 보람줄. 압권은 '무제'라는 시집 제목과 그 아래 박힌 '(　) 님께 드립니다'라는 글자였다. "초판 이백 부만 찍어봤어." 그는 흔흔한 얼굴로 괄호 안에 내 이름을 써넣은 예의 바른 시집을 건넸다.

그는 일주일 내내 방에는 잠깐씩만 들렀다. 자신의 시집을 배포하기 위해 분주하게 돌아다니는 듯했다. 그의 시집을 읽으며 갈기갈기 찢어버리고 싶은 충동을 몇 번이나 참아야 했는지 모른다. 매 편마다 그 시를 쓴 날짜라고 추정되는 연월일이 적혔는데 생각해보니 그가 초등학교 5학년 무렵에 쓴 시도 실린 셈이었다. 대학생이 된 뒤 쓴 시가 삼 분의 일쯤이었는데 그가 '발기한다'와 같은 표현보다 좀 더 근원적이라 여겨지는 '고환의 내부에 혼돈이 소용돌이쳤다'와 같은 표현들을 선호한다는 사실을 알 수 있었다. 그에게 발기란 기껏해야 정자들이 외부로 나갈 수 있도록 문을 열어주는 것에 지나지 않는 거였다. 택시기사는 난생처음 받은 책 선물이라며 부적이라도 되듯 그의 시집을 품에 지니고 다녔으며 보험판매원은 고객들에게 사은품으로 배부할 수 있도록 좀 더 제본하여 줄 수는 없는지를 물어봐달라고 내게 부탁했다.

그는 초판이 매진되었다며 싱글벙글했다. 재판을 찍기 전에 여행을 다녀오겠다고 했다. 그가 어디로 떠났는지는 모른다. 어쩌면 그는 어느 곳으로도 떠나지 않았던 건지도 모른다. 그가 없는 동안 나는 뾰족턱의 부탁으로 그들 문학회의 합평모임에 참석했다. 내가 눈여겨보았던 건 그들의 시가 아니라 언젠가 내 방에 찾아온 적이 있던 사람이었다. 그들도 쁘띠가 여행을 떠났다는 사실을 알았다. 나는 바닥에 떨어진 무제를 보았다. 토끼털 표지에 선명하게 찍힌 발자국이 보였다. 발자국 위에 또 다른 발자국이 찍혔다. 아무도 쁘띠의 시집을 줍지 않았다. 나는 또한 뚜껑 대신 아슬아슬하게 코펠 위에 얹힌 무제를 보았다. 토끼털은 라면 국물로 얼룩졌다. 그을린 자국이 있는 무제도 보았다. 그가 자신이 속한 문학회 사람들에게 배부한 시집들의 운명이 다채롭게 펼쳐졌다. 나는 증오가 치솟는 걸 느꼈다. 나 역시 그들의 무례한 행동에 가담한 적이 있는 것만 같았다. 아니 언제나 공모와 가담은 그런 식으로 이루어진다.

나는 쁘띠의 말을 기억한다. "자살은 살고자 하는 가장 날카로운 의지야." 그날 내 방에서 손목을 그었던 사람은 지워지지 않을 피 냄새와 핏자국들을 여기저기 남겨두고 떠났다. 아니 택시기사의 튼튼한 아내가 업고 갔다. 쁘띠는 아무런 동요 없이 일을 수습했다. 이따금 나는 그가 외려 손목을 그었던 사람을 경멸하는 게 아닌가 싶었다. 그가 증오를 학습했을지도 모른다는 생각도 들었다. 문득 그가 나를 노려보더니 오래 묵혔던 질문이라도 되듯 또박또박 말했다. "너는 나를 증오하지 않니?" 내가 아무런 대꾸도 하지 않자 그가 어깨를 으쓱했다. "넌 참 비열하구나. 너와 같은 계급의 여자가 나 같은 놈에게 농락당해 자살을 시도했는데도 아무런 동질감을 느끼지 못하다니. 너의 유일한 재산은 증오하지 못하는 그 능력이야."

나는 타인의 피 냄새가 뭉근하게 고인 방 안에 홀로 앉아 전위적인 예술처럼 여겨지기도 하는 벽에 남은 핏자국을 보았다. 모든 걸 증오할 수 있다는 건 아무것도 증오하지 못하는 것과 다르지 않다는 의미였는지도 모른다. 아버지는 왜 내게 시인이 되어달라고 했을까. 쁘띠를 죽일 용기는 없었다. 나는 옥상에서 골목을 걸어오는 쁘띠를 보았다. 나는 주머니 속에 손을 넣고 칼을 만지작거렸다. 옥상에서 내려가기 전에 올려다본 밤하늘은 우주가 분만한 또 다른 세계 같았다. 밤은 포식한 자의 배처럼 둥글었다. 거기에 나 같은 존재 하나쯤 더 먹잇감으로 던져준다 해도 무슨 상관이랴. 그날 밤 쁘띠와 나는 역할극을 했다. 그는 비겁한 내게 격려라도 하듯 눈을 감았고 나는 결코 그럴 수 없는 스스로를 조롱하기 위해 그 비겁한 시간을 견뎠다. 쁘띠는 내 손에 있던 칼을 부드럽게 빼앗았다. 그는 내 얼굴 가까이 자신의 얼굴을 갖다 댔다. "내 눈에 비친 네가 보이니?" 나는 고개를 저었다. 그가 나를 본다면 나는 그의 눈동자에 새겨진 것이리라. "나는 네가 보여. 이 바보 같은 자식. 너를 스스로에게 가두고 싶다면 차라리 잠들어라. 새벽이 와도 아침이 와도 눈뜨지 마라. 영원히 그렇게."

그는 칼을 쥔 채 방을 나섰다. 사물함에 그다지 소중하지 않은 사물 하나를 남겨두고 영영 그 사물함을 잊은 사람처럼. 눈동자 속에 옛사람이 산다. 나는 가끔 내 눈을 들여다본다. 혹시 그가 보이지 않을까 싶어서. 증오를 모르면서 내게 증오를 가르쳐준 쁘띠가. ▪

윤고은

해마, 날다

1980년 서울 출생. 동국대 문창과 졸업.
2004년 〈대산대학문학상〉 수상하며 등단.
소설집 『1인용 식탁』. 장편소설 『무중력증후군』. 〈한겨레문학상〉 수상.

해마, 날다

사용자의 혈중 알코올 농도가 0.05% 이상이면 발신이 정지되는 휴대폰이 등장했다. 이 같은 '음주 통화 방지' 기능은 최근 휴대폰 발전 방안 공모전에서 대상의 영예를 안은 아이디어로, 사용자의 입김이 닿는 부분에 음주 측정 센서가 부착되어 있다. 사용자가 음주 통화를 한다고 판단되면 휴대폰 발신이 제한되고, 사용자의 알코올 농도가 0.05% 아래로 희석되면 다시 발신 기능이 회복된다. 음주 통화가 음주 운전 못지않은 정신적·물질적 피해를 불러오는 점을 고려할 때 획기적인 아이디어가 아닐 수 없다. (후략)

이것은 실제 신문기사가 아니라 사장이 만든 홍보문구로, 사실상 음주 통화 방지 기능을 광고하는 것이 아니라 음주 통화를 권장하는 내용으로 마무리되고 있다. 휴대폰에 음주 통화 방지 기능이 장착되자 이 같은 기능이 없는 구형 휴대폰이 중고시장에서 거래되거나 공중전화카드가 불티나게 팔렸다는 식의 이야기가 바로 뒤에 등장하기 때문이다. 결국 음주 통화는 어쩔 수 없는 인간의 본능이므로, 타박하거나 외면할 것이 아니라 아예 양성화하자는 것이 이 글의 요지다. "그 음주 통화 양성화의 길목에 바로 '해마005'가 있습니다."가 마지막 문장이다.

어느 조사에 따르면 술 먹고 하는 '진상 짓' 중 최고봉이 술 먹고 전화하기, 술 먹고 이메일 보내기, 술 먹고 팩스 보내기라고 한다. 그중에서도 전화는 늘 휴대한다는 점에서 가장 위험하다. 음주 통화가 음주운전처럼 법적인 구속력을 갖고 있지 않다는 것도 위험을 높이는 요소다. 근절하려는 의지가 생기지 않아서다.

휴대폰 배터리는 밤사이 어느 지점에서 끊어진 당신의 기억보다도 수명이 질겨서 다음 날 아침 인정하고 싶지 않은 통화 내역을 고스란히 보여주기도 한다. 게다가 엎친 데 덮친 격으로 기록되어 있는 통화 시간은 한 시간인데 대화 내용이 하나도 기억나지 않을 수도 있고, 3분 미만의 통화 내역이 같은 번호로만 열 번 넘게 찍혀 있을 수도 있으며, 그것들이 모두 '발신' 내역일 수도 있다. 당신의 말은 이미 지구를 벗어나 있고, 당신은 여기 지구에 남겨져 있는 어색한 상황. 그때의 억울함은 기억을 '흘린' 것이 아니라 '도난당한' 것 같은 기분에서 기인한다. 아무리 휴대폰을 손에 쥐고 노려보거나, 집어 던지거나, 종료 버튼을 꾹 누르거나, 여기저기 문자메시지를 보내 휴대폰을 과로사시키려고 해봐도 이미 엎질러진 물. 공범처럼, 혹은 주모자처럼 느껴지더라도 실제 휴대폰은 증인이나 범행 도구 정도일 뿐, 형을 언도받는 것은 당신이다.

당신이 술을 먹고 해서는 안 될 전화를 하는 것은 알코올이 세로토닌을 죽이기 때문이다. 세로토닌이 죽으면 기분이 가라앉거나 지나치게 들뜨고, 우울해지고 외로워진다. 알코올은 감정과 충동을 조절하는 전두엽을 건드린다. 알코올은 측두엽의 해마를 건드린다. 해마 안의 기억 입력장치가 고장 나면, 당신의 끊어진 필름은 후에 최면을 건다 해도 재생되지 않는다. 입력조차 되지 않은 시간이기 때문이다.

끊어진 필름을 친구나 애인, 가족, 혹은 직장 동료가 보관하는 것보다는 전문적으로 폐기 처분해주는 곳에 맡기는 것이 어떤가. 그런 점에서 해마005는 당신에게 유용할 수 있다. 당신이 이곳에 소비한 시간은 통화가 종료됨과 동시에 사라진다. 누구도 기억하지 않기 때문이다. 한마디로 해마005는 음주 통화를 위해 열려 있는 전화번호다. 말이 통하는지 아닌지는 그다지 중요하지 않다. 발신인과 수신인이 확실하고, 두 사람이 입과 귀를 상대방을 향해 열고 있다면 대화는 이루어진다. 1분에 1500원씩, 거의 해외로밍 수준의 요금이 부과되지만 사람들이 초 단위로 계산되는 시간을 기꺼이 사는 데에는 다 이유가 있다. 알코올 농도를 체온처럼 유지하기 위해 성실하게 알코올을 주입하는 사람들, 그렇게 적정 알코올 농도를 지키는 사람들, 당신들이 이 밤을 견디는 법은 세 가지다.

마시거나, 잠들거나, 말하거나.

밤이 오기 전, 해마005의 전화번호는 떠들썩한 거리 위로 삐라처럼 떨어진다. 자동차 앞 유리, 술집 화장실, 노래방 입구, 지하철 벽면, 버스정류장, 공중전화부스에서 해마005의 광고를 볼 수 있다. 술집에서 계산을 마친 후 해마005의 할인쿠폰을 받을 수도 있다. 소주의 병뚜껑 뒷면, 혹은 맥주의 라벨 아래쪽도 잘 찾아보라. 첫 5분 무료체험이라든지 10분 이후 통화료 30% 할인 등의 쿠폰이 숨어 있을 수도 있으니. 해마005는 보는 사람에게만 보인다.

어쩌면 이미 당신의 휴대폰에 저장되어 있는지도 모른다. 단축번호 0번, 혹은 1번으로. 술만 마시면 전화하는 습관을 버리기 위해서 당신들은 술기운이 없을 때 휴대폰 안의 기억을 조작한다. 0번, 혹은 1번, 무의식에 가장 가까운 자리에 해마005를 저장해놓고 알코올의 무게가 온몸을 누를 때 0, 혹은 1을 누른다. 우리는 당신의 끊긴 필름에 대해 추궁하지도, 타박하지도, 외면하지도 않는다. 그저 동참할 뿐이다.

밤 아홉 시부터 새벽 다섯 시 사이, 나는 당신의 시간을 훔친다. 최대 두 시간까지 훔쳐본 적도 있다. 얼마 전, 내게 두 시간을 도둑맞은 당신은 일주일이 지나서 전화를 걸어왔다. 지난주 금요일 이 시간쯤에 전화를 걸었는데요, 제가 혹시 무슨 말을 했는지 기억하세요? 이런 적은 처음이라.

이런 일은 부지기수다. 가끔 어떤 사람들은 이렇게 술 취해 토해놓은 말들을 다시 확인하고 싶어한다. 자신이 지난밤에 한 이야기를 요약해줄 수 없겠느냐고 묻기도 한다. 녹음된 자료나 자신의 신상정보가 남아 있는 것은 아닌지 확인하기도 한다. 그러나 나는 당신이 내 고객이었는지, 아니면 다른 상담원과 통화를 했던 것인지조차 알지 못한다. 우리는 고객의 이름을 적지 않는다. 목소리를 기억하지 않는다. 잠시 기억이 머물러도 금세 다른 전화벨이 울리면 당신의 기억 위에 또 다른 기억이 덮이기 때문이다. 그렇게 몇 분 몇 시간이 쌓이면 돈이 된다. 그게 내가 이 일을 하는 이유다.

내 기억도 과로로 손상되어 있다는 것을 알고서 당신은 한숨을 쉰다. 안도인지 실망인지 구분되지 않는 한숨 속에서 알코올 냄새가 난다. 당신은 전화한 목적을 확인했지만 통화를 얼른 끝내지는 않는다. 당신은 느닷없이 오늘 먹은 안주 이야기를 한다. 이야기는 전화선을 타고, 주먹고기에서 광어카르파초, 땅콩과 한치, 그리고 여명808로 이어진다. 그 안주들을 먹고 자란 것처럼 당신의 목소리가 점점 커진다. 당신은 아마 통화가 끝날 즈음 내 이름을 물어볼 것이다. 아니면 내 이름을 기억했다가 다음번에도 나를 찾을 것이다. 물론 그러지 않을 수도 있지만, 이제 그럴 가능성이 더 높아졌다. 지금 내가 당신에게 내 이름을 말하는 중이니까. 해마8.

이제 당신은 해마8의 단골이다. 단골고객이 생기면 수당을 더 받게 된다. 그리고 내가 당신의 이야기를 조금은 더, 기억하게 된다.

전화가 걸려 온다. 취기가 섞인, 흔들리는 통화음. 몇 통은 연결되자마자 끊어지기도 한다. 호기심이 두려움으로 바뀌는 순간, 통화는 끊어지지만 사람들은 알고 있다. 두려움보다는 외로움이 훨씬 크고, 자주 반복하는 행동이 당신의 두려움을 희석시킨다는 걸. 나는 걸려 온 전화를 붙들고 우주에 교신을 보내듯이 말한다. 어, 디, 세, 요.

절대 누, 구, 세, 요, 혹은 여, 보, 세, 요, 라고 묻지 않는다. 왜, 요, 라고 묻지 않는다. 그러면 답신이 온다. 이제 나의 '당신'이 된다.

자정부터 부쩍 늘어나기 시작한 전화는 가파른 오르막을 그리다가 새벽 세 시를 기점으로 다시 경사진 길을 터덜터덜 내려온다. 점점 전화가 걸려 오는 횟수가 줄어든다. 어쩌다 한 통, 또 어쩌다 한 통. 새벽 네 시쯤, 옆자리 혹은 앞자리의 누군가가 편의점에 다녀온다. 컵라면, 초콜릿, 샌드위치, 아이스크림, 짭조름한 과자들이 배식처럼, 우리의 부스 안으로 나눠진다. 밤이 저물고 있다. 창밖으로 보이는 도심의 하늘이 멍든 것처럼 붉고, 푸르다. 하루가 저물고 새 하루가 시작되면서 겪는 진통이다. 간헐적으로 걸려 오는 몇 통의 전화, 몇 통의 소음, 그리고 몇 통의 침묵.

내가 다음 소속을 정하지 못한 채로 대학을 졸업하자 아버지는 이력서의 규격에 맞춰 나를 의심하기 시작했다. 학벌, 외모, 외국어 실력, 관련 분야 경력, 화법, 성격, 그 모든 것들을 '객관화' 하던 아버지는 내 밋밋한 이목구비 앞에서 고개를 갸우뚱, 했다. 대학등록금을 자율적으로 해결했던 우리 집에서 내 성형수술 이야기가 등장했다. 쌍꺼풀과 코가 거론되었다. 고슴도치도 제 새끼는 예뻐한다던데, 라고 말하면 아버지는 그런 애들은 멸종 위기를 겪는다고 대답했다. 인정하고 발전시킨 종이 살아남는다며. 아버지는 진지했다.

"자꾸 면접에서 떨어지니까 하는 말이다. 아니면 목소리로 하는 일을 찾아봐. 너 목소리 하나는 좋잖냐."

"못생긴 게 아니라 아버지 취향이 아닐 뿐이에요."

"김 과장도 동의했어. 이 부장도."

아버지는 견적이나 뽑아 와라, 라고 덧붙였다. 책임감 있는 A/S기사 같은 모습이었다.

나는 성형외과에 견적을 뽑으러 가는 대신 예순세 번째 회사에 면접을 보러 갔다. 다음 날은 예순네 번째, 예순다섯 번째, 그러다가 예순여덟 번째 이력서가 살아남았다. 가장 말 같지도 않은 곳이라고 생각했던 업체였다. 그러나 돈은 떨어져가고 있었고 체면도 말이 아니었고 무엇보다도 대학을 졸업한 지 꼭 1년이 지나 있었다. 내가 면접까지 통과한 유일한 업체였다는 점도 중요했다. 선택의 여지가 없었다.

그렇게 나는 해마8이 되었다. 잠시 머무른다던 게 벌써 몇 개월째,

눌러앉아 있다. 아버지 말대로 내가 외모 때문에 취업경쟁력이 떨어진 것은 아니었다. 꽤 예쁜 외모의 해마들도 저기 저 부스에 앉아 있는 걸 보면, 취업난은 외모나 학벌 같은 부분적이고 단편적인 조건들을 초월한 것이 분명했다. 전 국민적·전 지구적인 문제 말이다.

전 지구적? 그게 말이나 됩니까? 될 놈은 다 되고 있다고요.

당신은 그렇게 말한다. 나는 당신의 인적사항을 본다. 단골고객이 된 후로 나는 당신을 기억하려 애쓴다. 필요한 만큼만. 대화에 유용한 만큼만. 당신은 주로 금요일에 전화를 건다. 공무원시험을 준비 중이며, 나이는 서른일곱, 아니, 지난주에는 서른넷이었고, 그 전 주에는 그 사이 어디쯤인 것 같다. 어쨌거나 그건 별로 중요한 것이 아니다. 술은 나이를 늘이기도 하고 줄이기도 한다. 오늘은 서른일곱인 당신이 몇 번이나 강조한다. 어차피 될 놈은 다 되고 있다고.

될 놈은 다 되고 있다는데 왜 내 주변엔 그 된 놈들이 하나도 안 보이는지. 된 놈들은 꼭 부모님 주변에만 모여 있다. 아버지의 친구 아들, 어머니의 친구 딸, 원래 그들은 그런 족속인가, 아니면 된 놈들의 서식 환경은 여전히 부모 곁인 건가.

해마24가 잘렸다. 새벽 두 시, 사장은 해마들을 위한 간식을 나눠주면서 그 소식을 전했다. 치즈가 두 겹 들어간 햄버거다. 일을 시작한 지 4개월째, 근무기간과 몸무게가 비례하고 있다. 한 달에 1킬로그램씩, 살이 불어난다. 해마24가 잘린 이유는 소주를 한 병 이상 마시고 음주 통화를 했기 때문입니다, 라고 사장이 말한다. 음주 통화 업체에서 음주 통화한 게 뭐가 문제, 라고 생각하지만 입 밖으로 내지는 않는다. 사장이 말한다. 우리는 음주 통화하는 사람들을 위해 프로 근성으로 일해야 하는 사람들인데, 여기 상담원들이 이렇게 해롱해롱해서야 되겠습니까. 용납이 안 돼요, 용납이.

해마들은 숙연하게 햄버거를 먹는다. 적당히 데워진 빵을, 소스에 절여진 양상추를, 고기 패티를, 그리고 그 위로 늘어진 치즈 두 장을. 해마24의 음주 통화 내역이 밝혀진 것은 고객의 항의 때문이었다. 불행하게도, 해마24에게 전화했던 고객은 알코올 농도가 거짓말처럼 옅었다. 음주 통화는 술을 마신 후에만 가능한 것이 아니다. 술을 마시지 않아도 음주 통화는 가능하다. 술을 마신 해마24와 술을 거의 마시지 않은 고객은 싸웠다. 해마24의 목소리가 그렇게 거칠었던 것은, 해마24가 그렇게 충동적이 되었던 것은 알코올이 전두엽을 마비시키기 때문이다. 어쨌거나 그 일은 나와 상관없는 일이다. 해마들은 열심히 햄버거를 먹는다. 사장이 곧 나와 관계 있는 소식을 전한다.

회사가 자라기 위해서는 외국어 서비스가 필수입니다. 일단은 영어부터 정복하세요.

영어라뇨, 라는 말이 튀어나오는 걸 가까스로 입안으로 집어넣는다. 면접 때는 분명 긍정적인 마인드면 된다더니, 회사는 자꾸 변한다.

영어학원, 부품공장, 베이비시터, 산후조리원, 식당 등 모든 업종을 다 통틀어서 외국인 노동자들이 기하급수적으로 늘어나는 요즘이죠. 게다가 한국으로 시집온 외국인들, 여행 온 외국인들도 있습니다. 요즘 술과 말을 소비하는 사람들은 한국인만이 아닙니다. 한국어가 전부는 아니라는 거죠. 극히 많은 언어의 일부분이라는 거죠. 술 먹는 모든 사람들이 우리의 고객입니다.

영어로 출발하지만 곧 베트남, 중국, 일본 등지의 언어로도 확대될 예정이라고 한다. 최종적으로는 외국에 지점을 내는 것이 사장의 목표다. 고로, 앞으로는 외국어를 못하는 해마들은 도태될지도 모른다. 몇몇 해마들이 외국어 회화책을 산다. 외국어학원에 등록한 해마도 있다. 나도 무언가를 해야 한다. 아버지 말대로 멸종하지 않으려면.

30분 동안 당신의 배경은 거리에서 택시, 택시에서 골목길, 골목길에서 아파트 복도, 복도에서 현관문 안으로 바뀐다. 새벽 세 시의 귀갓길이 무서운 세상이지만 그 시간의 전화 통화는 더 무서운 세상이다. 다음 날 출근해야 하는 친구들을 둔, 화요일의 당신이 전화할 곳은 나밖에 없다. 당신은 가끔씩 자신의 하이힐 소리에 놀라면서 말한다.

다들 하나씩 거래처가 정해지고 있어요, 다들, 아르바이트를 전전하는 애들이 줄어들고 있다니까요, 다들 계약직이라도 된다 그거죠, 2년 이상 되면 정규직으로 전환해주든가, 아니면 자르든가, 둘 중의 하나로 결판이 나야 되는 거 아니에요? 현행법상, 그게 맞잖아요.

내가 진심으로 동조하자 당신이 내 나이를 묻는다. 당신이 위지만, 호칭은 그대로다. 당신은 내게 묻는다. 언니는 거래처 있어요? 거래처 말이야, 거래처. 사귀는 사람 있느냐고요. 나는 두 달 전에 거래처랑 쫑이 났거든요. 2년 사귀었는데 정규직 전환도 안 시켜주지, 자르지도 않지, 질질 끌기에 그냥 제가 사표 쓰고 나왔어요.

"취업이 아니라 연애 얘기였어요?"

취업이니 연애니 다 똑같아요, 다 한통속이니까 알아서 들어요. 나는 이 꼴인데 친구들은 하나씩 거래처를 잡고 2년 안에 정규직으로 전환된 애들도 있고.

"결혼했다는 말이죠?"

어라, 이 언니 참, 찰떡같이 말해도 콩떡같이 알아들으시네, 아무튼 나는 이게 뭐냐고요, 제 친구 말이에요, 결혼을 하는데 신혼여행지 때문에 고민하더라고요, 언니, 그게 말이나 돼요? 요즘 세상에 신혼여행을 한 번 갈지 두 번 갈지도 모르는데 여행지 고르느라 다른 일을 못하고 있다니, 계속 보라카이랑 발리 사이에서 고민하더라고요. 그래서 제가 말했죠, 이번에는 보라카이 가고 다음번 신혼여행 때 발리 가라, 그랬더니 뭐 악담을 하네 어쩌네 하면서 울고불고, 결국 저 먼저 일어나서 나왔어요, 아 짜증나, 듣고 있어요? 그죠? 언니 생각도 그렇죠? 남편 있다 이거야 뭐야, 언니 남편이 인생의 필요조건이에요? 충분조건이에요? 필요충분조건이에요? 아 뭐가 뭔지 모르겠어, 왼쪽에서 출발하는 화살표가 있는 건 기억이 나는데 어느 쪽이 충분이고 어느 쪽이 필요인지 뒤섞여버렸어, 아아 짜증나.

당신이 택시에서 내리는 소리가 들린다. 나는 당신이 회사원인지 아닌지 궁금하다. 나는 묻는다.

"회사 일은 많아요?"

드럽게 많죠. 당신이 대답한다. 당신은 광고회사에서 일한다고 말한다. 당신은 모른다. 당신 자신이 다음 열차간에 운 좋게 탑승해 있다는 사실을. 초등학교—중학교—고등학교—대학교로 칙칙폭폭 흘러가는 열차들에 대해, 당신은 아마 한 번도 의심해본 적이 없을 것이다. 다음 칸으로 넘어가기 위해 객실 문을 벌컥 열었는데 다음 객실은커녕, 암흑 같은 어둠만 꼬리처럼 따라붙는 그런 상황을, 본 적이 없는지도 모른다. 당신이 그런 막연함을 누린 적이 있는지 없는지는 그다지 중요하지 않다. 확실한 건 당신은 지금 취업난을 기껏 비유의 도구로 사용할 만큼 여유가 있고, 나는 그런 당신의 화법이 사치스럽게 느껴진다는 사실이다. 그러나 나는 당신의 의견에 동조한다. 적절히 맞장구를 친다. 해마는 어찌 보면 방청객과도 비슷하다. 내 마음을 아는지 모르는지 당신의 혀는 더 느슨하고 요염하게 꼬부라진다.

지금 서류전형은 몇 군데 넣어둔 상태예요. 이번 달 내내 주말마다 면접이 잡혀 있는데, 지난 주말에도 하나 봤고요. 어찌나 회사가 구린지. 거긴 돼도 내가 안 갈 거고, 다음 주말에 또 면접 두 군데 있어요, 면접을 통과하게 되면, 그죠, 그죠. 면접이 곧 소개팅이라니까. 그걸 통과하면 수습기간을 거쳐 계약을 하게 되겠죠, 어쩌면 나도 거래처가 정해질지도. 아아.

삑삑삑삑삑, 빠른 속도로 비밀번호를 누르는 소리가 들린다. 당신이 문 안으로 들어간다. 언니도 잘 들어가요, 당신이 말한다.

아직 '들어가려면' 세 시간이 남았다. 들어갈 곳이 집이라면 말이다. 나는 집으로 바로 가지 못하고 여러 사람들의 이야기 속을 거쳐야 한다. 이 시간대에는 대략 한 통화를 끝낸 후 7분 안에 새로운 당신이 등장한다. 당신들은 대부분 이동 중이다. 술자리에서 집으로, 2차에서 3차로, 혹은 1차에서 2차로, 화장실에서 술집 밖 골목으로, 혹은 친구1에서 친구2로, 친구2에서 친구3으로, 친구3에서 친구4로, 간혹 전화를 받지 않는 사람들을 징검다리처럼 건너뛰며 메뚜기처럼 여기저기에 잠시 머문다. 그러나 나만큼 반갑게 전화를 받아줄 수 있는 사람은 아마도 찾기 힘들 것이다. 왜 이렇게 늦은 시간에 전화했느냐며 타박하지도 눈치 주지도 않는다.

이야기의 대부분은 시작과 종말에 관한 것이다. 회사생활의 시작과 종말, 연애의 시작과 종말, 결혼생활의 시작과 종말, 그 외에도 아주 사소한 시작과 종말들이 밤과 낮의 경계를 가르고 달린다. 그렇게 달려가다가 아침이 오기 전에 당신들은 제자리로 돌아간다. 몸이 술에서 깨어

나는 것처럼, 시작도 종말도 어떤 것도 마무리 짓지 못한 채.

술잔이 최초의 주인을 떠나 이 손에서 저 손으로 옮겨지다 보면 나중에는 술잔의 주인을 구분하는 것이 무의미해지는 것처럼 말도 최초의 주인을 떠나 이 혀에서 저 혀로 옮겨지다 보면 경계가 모호해진다. 내 이야기가 네 것이 되고 네 이야기가 내 것이 되고, '제 친구가요', '내 친구 얘긴데', 하면서 시작했던 말들이 '제가요', 혹은 '내 얘긴데', 로 변환되거나 더 나아가 고객의 이야기에 내 일상이 뒤섞이는 경우도 생긴다.

금요일의 당신이 묻는다. 50도 이상 되는 술 먹어봤어요? 나는 마셔본 적이 없지만 상상으로 충분히 당신과 교집합을 만들 수 있다.

"몇 달 전에 먹어본 적이 있는데, 목에 칼이 들어오는 것 같더군요."

당신은 목에서 꽃이 피는 것 같았다고 말한다. 목에서 꽃이 피는 당신의 이미지가 내 아버지로 연결된다. 지난해 봄, 난이 꽃대를 올리지 않자 아버지는 소주를 물에 희석해서 화분에 뿌렸다. 왜 소주가 거름 역할을 하는지 묻자, 아버지는 꽃들이 술에 취해서라고 했다. 꽃이 취기를 거름 삼아 꽃대를 올리는 동안, 아버지의 봄도 지나갔다.

아버지가 구조조정의 바람에 휩쓸린 것은 올해 봄이 끝날 무렵이었다. 이번 꽃은 술을 마시지 않고도 절로 폈다. 취기를 거름 삼아 마음을 달랜 것은 오히려 아버지였다. 술은 확실히 몇 시간 정도는 거름 역할을 했다. 아버지의 일과는 술, 아니면 잠, 이었다. 아버지는 지난 몇십 년간 그 외의 취미를 익히지 못했다.

"술에 취하면 꽃이 피잖냐. 너도 술 좀 먹어라. 그렇게 먹어가지고 쓰겠냐. 예뻐지려면 사발로 마셔야지. 그나저나 이제 어쩐다냐."

한 집당 품을 수 있는 백수의 수는 최대 한 명인데, 이제 우리 집에는 백수 한 명이 늘어났으니 큰일 났다고, 아버지는 말했다. 결국 내가 밤에 전화상담하는 일을 하고 있다고 말하고서야 아버지의 얼굴빛은 조금 나아졌다. 그게 네 달 전의 일이었다. 아버지의 얼굴빛은 나아졌지만, 여전히 아버지는 조급했다. 멸종된 게 아니라고 말해주고 싶었으나 아버지는 자주 멸종 위협을 받는 천연기념물 같은 표정을 지었다. 지금의 당신처럼.

봄이 지나갔고 꽃은 더 이상 꽃을 피우지 않아도 괜찮았다. 그러나 아버지는 봄이 지나갔어도 죄책감을 느끼고 있었다. 자꾸 술을 마시고 말수가 줄어드는 것이 그 증거였다. 아버지는 자주 꽃처럼 누워 있었다. 벌이나 나비가 아니라면 절대 방해해서는 안 될 것처럼 고요히, 이 세계로부터 수혈을 받듯이. 아버지 더 이상 꽃을 피우지 않아도 괜찮아요, 직장이 꽃은 아니잖아요, 라고 말하고 싶었으나 그 대사가 너무 어려웠다. 직장은 확실히 꽃은 아니어도 직장 없는 삶은 그게 의도한 바가 아니라면 외로웠다. 그리고 더 이상 꽃을 피우지 않아도 괜찮다고 말할 만큼 우리의 가계부가 믿음직스럽지는 않았다. 무엇보다도 내 대사를 내뱉을 기회를 잊을 만큼, 아버지와 나는 마주칠 일이 없었다. 나와 아버지의 시계는 정반대였고, 엄마는 새롭게 시작한 보험설계사 일로 바빴다. 우리는 한집에 살아도 너무 멀었다.

어떤 사람들은 해마에 대해 아는 척을 한다. 그게 기억 저장 장치라죠, 하고 말이다. 그러나 해마는 정확히 말하자면 기억을 저장하는 곳이 아니라 기억을 입력하는 곳이다. 해마는 누구나의 뇌 속에 웅크리고 있지만, 술을 많이 마실수록 성능이 떨어진다. 내 이름을 묻는 사람들은 왜 내가 해마8인지에 대해서도 묻는다. 그거야 내가 여덟 번째로 입사했으니까. 지금은 내 뒤로 얼마나 많은 해마들이 번식하고 있는지 셀 수 없다. 사장은 해마005를 확장하기 위해 고군분투한다. 일정 시간대에 전화하는 단골고객들에게 해마들이 먼저 전화를 걸어주는 서비스, 대리운전회사와의 협력, 라디오 광고, 낮술 마시는 고객들을 위한 주간 음주 통화반……. 밤을 새우는 해마들의 관심은 주간반으로 쏠린다. 더 이상 지하철 첫차를 타고 퇴근하지 않아도 된다면, 이라는 상상을 하다 보면 엉덩이가 무거워진다. 해마005에 어떻게든 붙어 있어야 한다고, 집착하게 된다. 나는 더 열심히, 당신의 전화를 받는다.

당신과 나는, 우리는 왜 지구가 둥근지에 대해 이야기를 나눈다. 공무원시험을 준비 중이라는 당신은 늘 네모난 책상 앞에 앉아 있어야 하기 때문에 각이 없는 것들, 지구라든지 우주라든지 태양이라든지 달이라든지 하는 것들을 발음하기 좋아한다. 알코올은 당신의 입을 더 동그랗게 만든다. 각이 허물어진 당신의 입에서는 각이 없는 단어들이 등장한다. 우주와 태양과 달과 지구, 그리고 당신의 얼굴, 누군가의 얼굴. 지구가 둥근 이유는 누군가를 잘 미끄러지도록 하기 위한 거죠, 알아요? 지구의 구조대로 이 세상에는 미끄러지는 사람들과 억세게 운이 좋아 잘 버티고 있는 사람들이 있을 뿐인데, 그쪽은 어디에 속하는 것 같아요? 당신은 스스로가 전자 쪽이며 후자 쪽으로 가기 위해 억세게 노력하는 쪽이라고 말한다.

신이 있다고 믿어요? 신이 이성적이라고 믿어요? 개뿔, 신이 있다면 그거야말로 축출할 대상이지. 한 번 선거 잘못했다가 대통령이 장기집권한다고 눌러앉은 꼴이랄까, 그러니 별다른 수가 있나, 그 신의 치하에 있는 거지, 우리 같은 조무래기들이, 안 그래요? 난 신을 믿지는 않을 겁니다.

그러나 당신은 매주 일요일 교회에 간다. 신을 믿지 않지만 교회에는 빠지지 않는다. 마치 담배처럼, 혹은 금요일 밤, 내게 전화하는 것처럼 일요일의 교회는 당신이 끊지 못하는 습관 중 하나일 뿐이다. 끊으면 금단증세가 오니까.

해마들이 통닭을 한 조각씩 들고 사장의 이야기를 듣는다. 누군가는 닭다리를, 누군가는 몸통을, 누군가는 날개를, 누군가는 정체불명의 부위들을 퍼즐조각처럼 들었다. 모두 합치면 닭 세 마리가 완성된다. 해마들이 별것 아닌 이유로 자주 교체된다. 성희롱하는 고객에 대해 극과 극의 반응을 보인 해마 두 명이 모두 사라졌다. 비슷한 극과 극의 반응을 보인 다른 해마 두 명은 무사했다. 기준은 고객의 항의였다. 항의가 지속적으로 들어오면 해마005로서도 어찌할 도리가 없다는 거였다. 사장은 우리 일은 어디까지나 서비스업이라는 것을 강조했다. 고객은 왕이죠, 비록 술 취한 고객도 왕은 왕입니다, 컴플레인도 외로울 때 거는 거죠, 나도 그랬거든요. 외로우면 컴플레인을 걸어요. 음식점에서든 인터넷 쇼핑몰에서든. 평소엔 관대하다가도 외로우면 그런다니까요.

사장의 말대로라면 아버지는 위험한 상태였다. 말수가 없어진 아버지의 한 달 전화요금이 지나치게 많이 나와서 엄마가 언성을 높였다. 아버지는 별 변명을 하지도 않았다. 전화선 이편에는 아버지가 있고, 저편에는 얼굴 없는 상담원이 있었다. 홈쇼핑 판매원이거나 다산콜센터 직원이거나 114안내원이거나—119나 112가 아닌 게 어디인가—시청자 사연을 받는 라디오 디제이들이었다. 아버지는 스팀다리미 홈쇼핑을 보다가 그것의 필요성이나, 아니면 그것의 필요성에 관한 대화가 지금 자신에게 절실하다는 것을 깨닫고 전화를 걸었다. 스팀다리미를 팔려는 상담원과 세심한 대화를 하고 다림질에 관한 문의도 하는 아버지의 모습이 지나치게 열심이어서 어쩐지 쓸쓸했다. 어쩌면 아버지에게도 고해소가 필요한지 몰랐다. 아버지는 스팀다리미에 관해 실컷 물어보다가도 그것을 구매하지는 못했다. 12종 남성화장품에 대해서도, 만능세제에 대해서도, 마찬가지였다. 예, 잘 알겠습니다. 생각해 보고 다시 연락드리죠, 아버지의 통화는 그렇게 끝났다. 해마005의 고객유형으로 보자면 '메뚜기'였다. 이 상담원, 저 상담원을 오가며 한 통화당 2분 미만을 유지하는, 그러면서도 수화기를 놓지는 않는, 메뚜기.

아버지가 잠든 사이에, 아버지의 지갑 안에 해마005의 할인쿠폰을 넣어둔다. 부적처럼.

얼마 전에 외국인과 얘기할 기회가 있었는데요, 저한테 고향이 어디냐고 물어서 제가 포항이라고 했거든요, 제 고향 포항입니다. 참, 모르시지? 아, 아세요? 내가 그것도 얘기했었나? 아무튼 외국인이 저한테 거기서 얼마나 살았느냐고 묻더라고요, 그래서 트웬티 이얼즈, 라고 대답했더니 깜짝 놀라더라고요. 전 포항에서 얼마나 살았느냐고 물은 건 줄 알았는데, 그게 아니었던 거죠. 여기서 포항까지 얼마나 걸리느냐고 물은 거였는데, 으어어, 여기서 포항까지 가는 데만 20년이 걸린다니, 하하, 그 사람은 내가 달에서 온 줄 알았을 거야, 아니지, 달까지도 20년은 안 걸리지 않아요? 허, 참.

당신은 수화기가 깨질 듯이 크게 웃지만 나는 그게 우스갯소리가 아님을 안다. 당신은 2년째 고향에 못 가고 있다. 20년까지는 아니지만, 당신에게 2년, 네 번의 큰 명절은 잔인하다. 내려가도 잔인하고 내려가지 않아도 잔인하다. 당신은 이번 추석에 내려가지 못하지만, 이번이 마지막이라고도 장담할 수 없다.

거기서도 달 보여요? 당신이 묻는다. 보이지 않지만 보인다고 대답을 한다. 보나 마나 보름달일 테니까. 당신은 달은 그저 구멍일 뿐이라고 말한다. 찌그러진 구멍, 얄팍한 구멍, 동그란 구멍, 그렇게 벌어진 틈의 정도가 다를 뿐, 모두 구멍이라고 말한다.

실체라고 생각하면 곤란해요. 그 구멍으로 누군가가 눈을 들이대고 우리를 엿보는 겁니다. 달이 그 통로예요. 이 사실을 아는 사람은 딱 두 사람뿐이에요.

나는 짐짓 심각하게 누구냐고 묻는다. 당신이 대답한다. 나, 그리고 엘리자베뜨 여왕.

"엘리자베스, 여왕? 영국에 있는?"

표면적으로는 그렇습니다만.

"엘리자베스 여왕이 왜요?"

당신이 대답한다. 그 이유는 그분밖에 모릅니다.

"엘리자베스요?"

엘리자베뜨!

당신의 말을 농담으로 치부하거나 비웃는다거나 아니면 너무 진지하게 침묵을 지킴으로써 당신을 의혹에 몰아넣지 않기 위해서 내가 애쓰던 찰나, 당신이 입을 연다.

아, 이제 한 사람 더 생겼네. 그쪽.

세 사람이지만 엘리자베뜨를 없는 셈 치면 단둘뿐, 우리는 같은 공범이 된다. 퇴근길에 본 새벽하늘에는 달이 둥글게 익어가고 있다. 세상의 모든 각을 그 안에 숨긴 채로, 시한폭탄처럼 차오른다. 그리고 깜박,

달이 윙크를 한다.

해마는 기억 입력뿐 아니라 기억을 분류하는 일도 한다. 단기 기억과 장기 기억으로 구분하는 과정 중에 물론 사라지는 기억도 있다. 중요하지 않다면, 기억하지 않는다. 사장이 우리를 차례대로 부른다. 해마1부터 몇까지인지는 몰라도, 특정 시간에 근무한 몇 사람이 불려 간다. 나도 불려 간다. 당신이 사라졌다고 한다. 남아 있는 것은 당신의 휴대폰과 휴대폰에 기록된 해마005의 번호들, 그리고 청구서. 당신의 남편이 묻는다. 한국말도 못하는 여자가 여기서 대체 누구와 어떤 통화를 했느냐고 묻는다. 나의 해마가 시달린다. 남은 사람들이 당신의 기록을 추적한다. 당신이 무슨 말을 했는지, 당신이 얼마나 전화했는지, 당신이 왜 울었는지, 당신이 왜 웃었는지. 그러나 미안하지만 나의 해마 속에 당신의 자리는 없다. 어떤 당신을 말하는 겁니까, 라는 말을 혀 속으로 말아넣고, 나는 시야를 좁혀간다. 수많은 당신 중에 외국인, 외국인 중에 여자, 몇몇 당신들로 시야가 좁혀진다. 그러나 당신이 사라진 자리, 내가 기억할 수 있는 당신의 말은 한 마디도 없다.

아마도 당신은 우리말을 잘하지 못했을 것이다. 당신이 생각하는 우리말은 한국어가 아니니까. 당신은 당신의 언어로 이야기했을 테고, 당신의 이야기는 내가 읽어낼 수 없었지만, 당신의 기분은 읽어낼 수 있었을지도 모른다. 나는 당신의 호흡을 읽어냈다. 해독 불가능한 언어로 혹시 당신이 유서라도 읊은 게 아닌가, 당신은 울먹였을지도 모른다. 당신은 한참 중얼거리고 한참 울고 한참 떠들다가 금세 잠잠해졌을 거다. 그런 당신에게 내가 해줄 수 있었던 말은 고작 미안해요 정도였을 것이다. 당신의 언어를 몰라서 미안하다고. 이런 전화가 요즘에는 종종, 온다. 그러므로 당신은 혼자가 아니다. 그러므로, 나는 당신을 구분하지 못한다.

내가 당신의 모습을 기억해내지 못해 괴로웠던 날, 또 다른 당신은 나를 위로한다. 당신은 내 상황을 모르고 당신은 당신의 말을 하지만, 그게 위로가 된다. 당신은 같은 말을 반복한다. 돈을 뜯는 사람에게서 도망친 적이 있고, 수상해 보이는 행인에게서 도망친 적이 있고, 귀찮은 일에서 도망친 적이 있고, 가끔은 신에게서도 도망친 적이 있지만, 가장 힘든 것은 지난 기억에서 도망치는 일입니다. 얼마 전 영국에서 망각의 알약을 시판할 거라는 이야기를 들었어요. 이미 됐을 수도 있죠. 그 알약의 발명 뒤에도 엘리자베뜨의 특명이 깔려 있는 겁니다. 망각을 유행시키려는 그 음모가 두렵지만, 다 뜻이 있을 거예요. 그 전까지는 우리는 술을 마셔야 해요.

당신의 말은 반복된다. 벌써 당신의 필름은 끊겨 있는지도 모른다. 그러나 반복되는 당신의 말이 내게는 위로가 된다. 당신의 말을 들으며 나는 약한 취기를 느낀다. 나는 이렇게 말한다.

"만약에 정말 그 알약에 효능이 있다면, 그 속에는 긴 시간을 꽉 눌러 압축한 성분이 들어가 있을 거예요. 망각을 이루는 성분이 있다면, 오로지 시간이니까요."

아니요, 술입니다. 술은 단축시킬 수 있어요. 망각을 독촉할 수 있어요. 당신은 말이 많아진다. 이상한 절실함이 당신을 부지런하게 만들고 서두르게 만들고 초조하게 만들고 결과적으로 술에서 깨어나도록 만든다. 당신이 서둘러 말한다. 저기요, 같이 술 한잔 안 할래요?

술 한잔 할래요, 가 아니라 술 한잔 안 할래요, 라고 묻는 마음을 안다. 부정 속에 쑥스러움과 망설임을 숨길 수밖에 없는 그 마음을, 나도 안다. 내 대답을 듣지 못한 채 전화가 끊어졌지만 당신은 다시 전화하지 않는다.

사장의 말대로, 추석에도 고객은 있다. 내가 명절에도 근무한다는 사실에 아버지는 조금 위안을 받았다. 당신들처럼. 라디오에서는 귀성길이 시작되었다는 뉴스가 흘러나온다. 꽉 막힌 도로처럼 당신들이 하고 싶은 말도 식도 밑에 웅크리고 있다. 식도 위로 올라오는 말은 어쩌면 그 말들이 아닐 수도 있고, 그 말들일 수도 있다. 구분해낼 자신은 없다. 누군가는 내게 119를 불러달라고 말한다. 누군가는 내게 대리운전 번호나 지금 문 연 카페 번호를 알려달라고 말한다. 누군가는 알아듣지 못할 외국어로, 혹은 외계어로 말한다. 아마도 누군가가 그립다는 얘기겠지, 아니면 배가 고프거나. 그리고 또 몇 통의 침묵, 후에 걸려 온 누군가의 이야기는 나를 긴장시킨다. 아버지 또래의 아저씨, 아버지 처지의 아저씨다. 당신과 통화하는 동안 나는 아버지가 언젠가 나의 당신이 될까봐, 그것이 조금 두렵다. 아버지와 전화 통화를 해본 건 정말, 까마득하니까.

모두 바쁜 밤, 고향 가는 길은 아직도 멀다. 느릿느릿 모두가 귀가하는 밤, 연휴의 마지막 밤, 전화 한 통이 걸려 온다. 금요일의 당신이 금요일이 아닌 날 전화를 걸어온 것은 처음이다. 당신이 말한다. 저기요, 진짜로 같이 술 안 할래요?

지하철은 스캐너처럼 움직인다. 많은 사람들 틈에 묻힌 나의 발자국을, 동선을 읽어낸다. 지하철이 어딘가로 고자질하듯 달려간다. 시청에서 강남으로 강남에서 교대로 교대에서 논현으로 논현에서 홍대입구로 홍대입구에서 신촌으로, 고자질하듯 달려간다. 나는 당신을 만나러 가는 중이다.

고객 많은 금요일에 월차를 쓰겠다고 하자 사장이 말한다. 창사 이래 주말 앞두고 월차를 쓰는 직원은 자네가 여섯 번째일세. 나는 어쨌거나 영광입니다, 라는 말이 튀어나오려는 것을 가까스로 참고 월차를 낸다. 아버지가 알면 기절할 노릇이지만, 내게도 유흥이 필요하다. 당신에게는 내가 필요하다. 목소리 아닌 실체가.

당신은 카페 플럼에서 기다리겠노라고 말했다. 카페 플럼은 당신이 늘 말하던, 365일 24시간 쉬지 않는 술집이다. 플럼은 그 자리에 있다. 내가 모르는 거리, 당신을 통해 알게 된 거리, 그 거리에 플럼이 이정표처럼 보인다. 나는 플럼으로 들어간다. 당신은 아직 오지 않았다. 나는 플럼의 한구석에 자리 잡는다. 일단 500 한 잔, 한 시간 후 500 한 잔 더, 30분 후 노가리 한 접시, 안주는 오고 당신은 오지 않는다. 나는 기다린다. 이름도 나이도 직업도 모르는 당신을. 심지어 전화번호도 모르는 당신을. 그러나 어쩌면 우리는 서로를 한눈에 알아볼 수 있을지도 모른다. 나는 당신에게 말한 것처럼 붉은 옷을 입고 왔다. 나는 붉은 신호등처럼 앉아 있다. 그러나 누구도 내 앞에 멈춰 서지 않는다. 스쳐 지나간다. 나는 다른 테이블에서 오가는 이야기들에 귀를 기울인다. 이상하게도 다 내가 들었던 내용들이다. 왜 나는 그들의 사연을 다 알고 있는 걸까.

손님 죄송하지만 영업시간이 끝나서요, 그 말들이 바람처럼 들린다.

"24시간 아닌가요?"

열한 시까지만 해요.

플럼의 불이 꺼진다. 키 큰 건물들이 혹처럼 뿔처럼 솟아난 밤, 달을 보기 위해서는 조금 걸어야 한다. 횡단보도를 건너 골목을 지나 몇 번

하늘을 두리번거리고 다시 몇 걸음 뒤로 가서야, 혹 달린 도시, 뿔 난 도시의 달밤이 보인다. 불쾌한 눈동자, 누군가 끔뻑, 동공을 감았다 뜬다. 엘리자베뜨, 당신은 왜, 오지 않는가.

내가 궤도를 벗어나 플럼에서 붉은 신호등처럼 멈춰 있을 때, 당신은 여전히 해마005에 취기를 발산했다. 하도 별난 이야기를 해서 기억이 나더라 예전에 너가 말한 적 있잖아 네 단골 아니었니? 이게 유행어인가, 라고 당신과 통화한 해마가 말한다. 달이 엘리자베뜨의 눈동자라나 뭐라나.

"혹시 지구가 왜 둥근지에 대해서도 이야기했어? 공무원시험 준비하는 사람이래?"

내 질문에 해마 6인지 7인지 114인지가 자신의 해마를 점검 중이다. 지구가 미끄러지게 하기 위해서 둥글다고 하던가, 그런데 공무원시험 어쩌고는 모르겠고 S전자 다닌다던데.

그리고 그거 알아? 너 쉰 날, 그 여자 남편이 또 왔었어. 캄보디아 여자, 자살이었대.

해마 6인지 7인지 114인지가 친절하게 전해준다.

예상대로 출근하자마자 사장이 나를 부른다. 해고통보다. 창사 이래 여섯 번째로, 금요일에 월차를 낸 게 문제였는지, 아니면 캄보디아 여자와의 통화내용을 기억하지 못한 게 문제였는지, 자살을 막지 못한 게 문제였는지, 외국어를 못한 게 문제였는지, 나는 알지 못한다. 회사를 나서자, 집에서 전화가 온다. 아버지다. 아버지는 일자리를 구했다고 말한다. 면접 본 곳에서 오늘 전화가 왔다고. 아버지에게 전한 해마005의 번호는 유용했다. 아버지도 목소리가 좋았다. 이제 아버지는 한 달에 1킬로그램씩 살이 찔지도 모른다. 얼마 후에는 주간반이 될지도 모른다. 낮술 먹는 사람들은 점점 늘어가고, 말이 고픈 사람들도 늘어가니까. 아버지는 월차를 내지 않을 것이다. 멸종되지 않을 것이다.

나는 멈추고, 지하철은 계속 달린다. 지하철이 대숲으로 들어간다. 보이지 않는 대숲을 향해, 임금님 귀는 당나귀 귀, 임금님 귀는 당나귀 귀……. 고자질, 혹은 고백, 혹은 고해성사를. 그렇게, 술에 취한 이 도시의 밤을 다 불어버리고 싶다. 내 손가락은 이미 오래전에 장기 기억으로 분류된 번호를 누른다. 해마005와 연결이 되는 동시에, 나의 해마가 사라진다. 취한다. 잠든다. 말한다. 낯선 목소리의 당신이 전화를 받는다. 어디예요?

나는 아마도, 내가 잃어버린, 지금 내 몸에서 사라지고 있는 해마의 꼬리 부분을 붙잡고 있는 중일 거다. 나는 자꾸 뇌를 벗어나는, 손상되는 해마의 꼬리를 잡고 말한다. 모, 르, 겠, 어, 요.

당신이 묻는다. 말해봐요, 어디예요.

암전. 나는 무엇이 되어볼까 상상한다. 공무원시험을 준비하는 남자가 되어볼까, 정규직으로 받아줄 곳을 찾아 끊임없이 면접을 보는 여자가 되어볼까, 고향에 대한 그리움으로 외로운 외국인이 되어볼까, 선택은 내 몫이다. 당신이 묻는다. 말해봐요, 많이 마셨나요? 나는 조금도 취하지 않았지만 취기에 무너진다. 제 친구가 결혼을 하는데 거래처를 얻은 셈이죠, 평생의 거래처, 아니 또 모르잖아요, 몇 년 안 가 거래처를 바꾸게 될지도. 저요? 저는 지금 서류전형은 몇 군데 넣어둔 상태에요. 이번 달 내내 주말마다 면접이 잡혀 있는데, 지난 주말에도 하나 봤고요. 어찌나 회사가 구린지. 거긴 돼도 내가 안 갈 거고, 다음 주말에 또 면접 두 군데 있어요, 면접을 통과하게 되면, 그죠, 그죠. 면접이 곧 소개팅이라니까. 그걸 통과하면 수습기간을 거쳐 계약을 하게 되겠죠, 어쩌면 나도 거래처가 정해질지도. 아아.

누군가의 입을 거쳐 내 귀에까지 전달된 말들이 술기운을 타고 다시 누군가의 귀로 흘러갈지도 모른다. 유효기간은 봄꽃처럼 짧지만 전염성은 강한 말들이다. 무게감은 없지만 어디에나 어울릴 말들이다.

거기서도 달 보여요? 내가 묻는다. 당신이 대답한다. 보여요. 보름달이죠. 당신이 거짓말을 한다. 나처럼. 나는 해마들의 건물 안에서 달이 보이지 않는다는 사실을 알지만, 그 기억은 해마가 걸러낸다.

그건 그냥 구멍일 뿐이에요. 찌그러진 구멍, 얄팍한 구멍, 동그란 구멍, 그렇게 벌어진 틈의 정도가 다를 뿐, 모두 구멍이죠. 실체라고 생각하면 곤란해요. 그 구멍으로 누군가가 눈을 들이대고 우리를 엿보는 거죠. 달이 그 통로예요. 이 사실을 아는 사람은 딱 두 사람뿐이에요.

나는 다음 대사도 알고 있다. 내 대사도, 그리고 당신의 대사도. 나는 이 대본을 너덜너덜해질 때까지, 꼬질꼬질해질 때까지 읽어서 달달 외운 사람이다. 그러나 지금, 대본대로 흘러가는 우리의 대화가, 나는 싫지 않다. 누구냐고 당신이 묻기도 전에, 나는 짐짓 심각하게 대답한다. 나, 그리고 엘리자베뜨 여왕. 알코올이 나를 가면처럼 감싼다. 혀가 내 안의 취기를 동그랗게 말아 꽃대처럼 밀어 올린다. 우리는 함께 2인용 자전거의 페달을 밟는다. 함께 발을 굴리고 있지만 사실 발을 떼어보기 전까지는 이 자전거를 굴리는 힘이 내 발끝에서 나오는지 다른 사람의 발끝에서 나오는지 두 사람 모두에게서 나오는지 확인할 길이 없다. 나 혼자 굴리고 있었던 것을 확인하는 결과가 올까봐 두려워서 나는 더 열심히 페달을 밟는다.

그런데, 당신 이름이 뭐죠?

내가 묻자 당신이 대답한다. 해마8, 앞으로 해마8을 찾으세요.

해마8은 이제 당신의 이름. 암전. 당신의 목소리가 들리지 않는다. 휴대폰 배터리가 깜박깜박하더니 이제 암전. 휴대폰이 꺼짐과 동시에 나도 방전된다. 길 건너 편의점이 비상구처럼 보인다. 뛴다. 방전되는 해마를 달고 편의점을 향해 뛴다. 충전을 해야 한다. 무심코, 쳐다본 하늘의 달이 벌써 일그러져 있다. 엘리자베뜨가 졸리다는 듯, 동공을 반쯤 감았다 뜬다. 나는 편의점을 향해 뛰어가면서, 당신에게 할 말들을 생각한다. 그러나 몇몇 단어가 떠오르지 않는다. 알코올이 나의 베르니케 영역에 문제를 일으켰기 때문이다. 혀가 자꾸 꼬부라진다. 브로카 영역에 문제가 생겼기 때문이다. 감정적이 된다. 변연계에 문제가 생겼기 때문이다. 비틀비틀 몸이 흔들린다. 소뇌에 문제가 생겼기 때문이다. 그리고 암전, 필름이 끊긴다. 해마, 해마가 아프기 때문이다. 그러나 당신은 나의 끊긴 필름에 대해 추궁하지도, 타박하지도, 외면하지도 않는다. 그저 동참할 뿐이다. ▪

하재영

싱크로나이즈드

1979년 대구 출생.
2006년 『아시아』 등단.
장편소설 『스캔들』.

싱크로나이즈드

평균 기온은 32도 습도는 81퍼센트였다. 장마전선이 물러갔다는 기상청 발표가 있었지만 게릴라성 호우로 며칠째 벼락과 돌풍을 동반한 장대비가 쏟아졌다. 비가 그치면 뜨겁고 습한 기류가 도시를 떠돌았다. 불쾌지수가 극단으로 치달았던 그날, 열대야에 지친 이들은 고수부지에서 맥주를 들이켠 뒤 멱살잡이를 했고 연인들은 늘 있어왔던 일로 말다툼을 하다 폭언을 퍼부으며 결별했고 도시 외곽의 언덕에서는 나뭇가지에 매달린 늙은 개가 몽둥이질을 당하며 죽어갔고, 살생한 자들의 입으로 편육이 들어갈 때 다른 나무에서는 목매단 시체가 썩어갔다. 누구는 두통 때문에 누구는 상사 때문에 누구는 자식 때문에 미칠 것 같다고 했지만 사람들이 깨닫지 못했을 뿐 그 모든 미칠 것 같음의 원인은 날씨였다.

윤이 여자의 집에 간 날도 그날이었다.

여자의 집은 그 동네에서 흔한 빌라형 다세대 주택이었다. 주택가에는 비슷한 외관의 집이 즐비했는데 대부분 반지하가 딸린 5층의 벽돌집이었다. 여자는 한 층에 한 세대만 있는 주택의 꼭대기 층에 살고 있었다. 윤과 여자가 현관문 앞에 서자 문 너머에서 강아지가 짖어댔다. 높고 앙칼진 소리로 미루어 큰 개는 아닐 것 같았다. 치와와 혹은 토이 푸들. 젊은 여자들이 좋아할 소형 애완견일 거라고 그는 짐작했다.

윤은 손잡이를 흔들듯 당기며 말했다. "잠겼네요." 여자는 당연하지 않느냐는 표정이었다. "보조 자물쇠는 안 잠겼고 손잡이 자물쇠만 잠겼네요." 무안해진 윤이 덧붙였다. 평범한 실린더 자물쇠였다. 자물쇠 속은 바깥통과 안통의 이중구조다. 두 원통을 관통하는 구멍에는 높낮이가 다른 핀 텀블러들이 있고 각각의 핀 텀블러 아래에는 용수철이 달려 있다. 열쇠를 꽂으면 열쇠의 톱니가 핀 텀블러를 일직선으로 정렬시키면서 실린더가 돌아가고 문이 열린다.

윤은 공구가방에서 윤활 스프레이와 각도와 용도가 다른 몇 종류의 곁쇠를 꺼내 바닥에 가지런히 늘어놓았다. 윤은 이 준비 단계를 중요하게 여겼다. 작업을 하다 말고 부산하게 가방을 뒤적여 공구를 꺼내는 건 질색이었다. 윤은 자신의 군더더기 없는 몸짓이 고객에게 신뢰를 주리라 믿었다.

열쇠 구멍에 윤활 스프레이를 뿌렸다. 구멍 안의 녹과 먼지를 제거하여 핀 텀블러를 유연하게 만들기 위해서였다. 왼손에 든 곁쇠로 내부 실린더를 회전시키면서 오른손의 감각에 의지해 다른 곁쇠로 여섯 개의 핀 텀블러를 눌렀다. 그동안 여자는 윤을 말없이 내려다보고 있었다. 그는 여자가 자신을 바라보는 것 특히 내려다보는 것이 신경 쓰였다. 여자는 윤보다 10센티미터는 더 커 보였고 역시 10센티미터는 될 듯한 하이힐을 신고 있었다. 여자는 도합 20센티미터 위에서 그를 내려다보고 있는 셈이었다. 일에 집중하려 했지만 자꾸 여자에게 시선이 향했다. 아이보리색 블라우스에 무릎까지 내려오는 베이지색 스커트. 어깨에 닿는 고동색 머리카락도 안쪽으로 둥글게 말려 있어 단정한 느낌을 주었다.

윤은 여자가 아름다운지 아닌지 생각해보았다. 그러면서 아름다움은 '생각' 하는 게 아니라 느끼는 게 아닌가 또 생각했다. 윤이 생각한 바에 의하면 여자는 균형 잡힌 얼굴을 하고 있었다. 데칼코마니로 찍은 것처럼 좌우대칭이 완벽했다. 장인의 손에 제작된 열쇠같이 정교하고 섬세한 인상이었다. 윤은 결론적으로 여자가 아름답다고 '생각' 했고 아름다운 여자가 자신을 내려다보고 있는 상황이 거북하다고 '느꼈다'.

손이 자꾸 헛돌았다. 과장되게 손목을 흔든 뒤 공구를 고쳐 잡았다. 여자가 있다는 사실을 잊으려 애쓰며 구멍 속을 더듬었다. 손바닥에 땀이 배어났다. 손뿐 아니라 온몸이 끈적끈적했다. "비가 와서 그런가." 윤은 여자에게 들리도록 혼잣말을 했다. "이런 날은 습기 때문에 잘 안 되는데……." 그는 축축해진 손바닥을 바지에 문질렀다. 팔을 크게 돌려 어깨를 풀었다. 곁눈질로 본 여자는 팔짱을 낀 채 여전히 윤을 내려다보고 있었다. "덥다, 더워." 윤은 괜스레 티셔츠를 펄럭여 보였다.

시간이 꽤 흘렀지만 문은 요지부동이었다. 새로운 공구로 바꿔 드는데 빗소리가 들렸다. 여자의 집에 올 때 마른천둥이 치더니 기어이 소나기가 쏟아지는 모양이었다. "난감하네, 우산도 없는데." 바꿔 든 곁쇠를 열쇠 구멍에 집어넣으며 윤은 또 여자에게 들리도록 독백을 했다. 우산을 빌려주겠다는 식의 친절을 기대하는 건 아니었지만 여자가 무슨 말이라도 해주었으면 싶었다. "싼 건데." 여자가 말했다. 윤은 여자가 건넨 첫말이 반가우면서도 어리둥절했다. "네?" "자물쇠요. 제일 싼 거라고요." 그제야 윤은 여자가 자신을 질책하고 있다는 걸 알았다. 정밀한 자물쇠도 아닌데 왜 열지 못하느냐는 뜻이었다. 실린더 자물쇠는 흔하고 저렴하지만 우수하다. 핀 텀블러의 위치가 하나라도 어긋나면 문은 결코 열리지 않는다. 보통은 열쇠의 톱니가 수월하게 핀 텀블러를 정렬시키지만 쇠꼬챙이 하나로 문을 여는 건 쉬운 일이 아니다. 윤은 그러한 사실을 알려주고 싶었지만 입이 떨어지지 않았다.

여자의 애완견은 이제 발작하듯 짖어대고 있었다. 낮게 으르렁거리는 소리면 차라리 낫겠는데 찢어지는 소리로 악을 써대는 게 여간 거슬리지 않았다. 어느새 거칠어진 윤의 손놀림이 구멍을 막무가내로 헤집었다. 빌어먹을 문. 빌어먹을 비, 빌어먹을 개새끼. "됐어요." 여자가 지갑을 꺼냈다. "출장비만 드리면 되죠?" 문을 못 열어도 출장비는 받는 게 관례였다. "됐습니다." 윤은 공구를 챙겨 빗속으로 걸어 나갔다.

건너편 빌라는 그 주택가에서 드물게 주차장을 갖추고 있었다. 윤은 주차장에서 비를 긋기로 했다. 담배를 물고 지포라이터를 꺼냈다. 지포라이터의 경첩을 튕기듯 열자 칭 소리가 났다. 윤은 그 행동을 세 번 반복했다. 칭. 칭. 칭. 윤은 그 소리가 좋았다. 열쇠 기술자 자격증을 따던 날 윤은 자축의 의미로 스스로에게 지포라이터를 선물했다. 도금이 아닌 순은이었고 날개 무늬가 정교하게 양각되어 있었다.

처음부터 윤은 라이터의 날개가 거대한 맹금류의 것이라 생각했다. 세계에서 가장 큰 새인 콘도르에 관한 다큐멘터리를 보던 날은 그 날개가 콘도르의 것이라고 단정했다. 화면 속의 콘도르는 3미터가 넘는 날개를 펼치고 안데스산맥을 활공하고 있었다. 프로그램은 콘도르의 멸종 위기에 관해 보도했는데 윤은 그 새가 사라져가는 데 애잔함을 느끼면서도 참새나 비둘기처럼 흔한 종이 아니라는 것에 안도했다. 개업할 때 윤은 상호를 '콘도르 열쇠'라 지었다. '열쇠 백화점'이나 '지킴이 열쇠'와 같은 상호를 보면 괜스레 우쭐해졌다.

지포라이터는 오일이 떨어졌는지 잘 켜지지 않았다. "미치겠네." 하지만 윤은 미칠 것 같음의 원인을 알지 못했다. 확실한 건 담뱃불이 붙지 않는 따위의 사소한 이유가 아니라는 것이었다. 여자가 했던 말이 떠올랐다. "싼 건데." "됐어요." "출장비만 드리면 되죠?" 대수롭지 않은 말들이었다. 그런데도 여자의 표정과 어감, 미묘하게 달라지던 공기의 흐름과 그의 등을 타고 흐르던 땀줄기 같은 것이 떠오르자 미칠 것 같았다. "씨팔." 그 순간 지포라이터에 불이 켜졌다. 윤은 서둘러 필터를 빨았다.

담배를 피우며 미칠 것 같은 이 감정이 무엇일까 생각했다. 모멸감인가 수치심인가 열패감인가. 하지만 그런 감정이라면 과거에도 느낀 적 있을 것이다. 이 기분은 과거에 한 번도 느껴본 적 없는 것 그래서 처음 만난 사람이 알은체해왔을 때처럼 당혹스러운 것이었다. 무엇보다 이상한 건 자신이 왜 이렇게 동요하는가, 하는 것이었다. 문을 열지 못한 게 처음은 아니다. 문이 열리지 않는 일은 베테랑 기술자에게도 있을 수 있었다.

휴대전화가 울렸다. 낯선 번호인 걸로 보아 점포에 찾아온 손님인 듯했다. 윤은 혼자 일했기 때문에 출장을 나갈 때는 문을 닫을 수밖에 없었다. 전화를 받는 대신 담뱃불을 새 담배에 옮겨 붙였다. 왜 전화를 받기 싫은가. 일을 하고 싶지 않기 때문이다. 왜 일을 하고 싶지 않은가. 미칠 것처럼 기분이 나쁘기 때문이다. 왜 미칠 것처럼 기분이 나쁜가.

자문이 거기까지 이어지자 대답할 수 없었다.

다른 날도 작업을 성공적으로 마무리하지 못하면 찜찜했다. 하지만 일이 헛수고로 끝났다는 허탈함이나 출장 나온 사이 다른 일을 놓쳤을지 모른다는 조바심 정도였다. 왜 미칠 것처럼 기분이 나쁜가, 도대체 왜. 윤은 담배가 다 타기도 전에 그 물음을 지워버렸다. 깊이 생각하는 것은 그의 취미가 아니었다. 이제껏 단순한 생각만을 하며 살아왔고 앞으로도 그럴 것이다. 다시 휴대전화가 울렸다. 손님일 거라 생각했지만 전화는 미애에게서 온 것이었다. 윤은 잠시 망설이다 담배를 버린 뒤 전화를 받았다. 통화하는 내내 발로 꽁초를 난폭하게 짓이겼다. 주차장을 나서는데 웬 남자가 다가왔다. 공구가방을 든 남자는 윤을 지나쳐 여자의 빌라로 들어갔다.

한 시간 후 윤은 미애의 집 앞에 다다랐다. 소나기는 그쳤지만 옷은 비와 땀에 젖어 있었다. 벨을 누르는 대신 디지털 록의 비밀번호를 눌렀다. 얼마 전 손수 설치해준 신형 디지털 록이었다. 띠리리리. 기계음과 함께 문이 열렸다. 디지털 록보다 아날로그 자물쇠가 열릴 때 나는 소리가 더 듣기 좋다는 생각이 들었다. 철컥. 투박하지만 명료한 그 소리를 듣고 싶었다.

미애는 앉은 건지 누운 건지 모호한 자세로 침대에 몸을 묻은 채 햄버거를 먹으며 텔레비전을 보고 있었다. “일도 안 끝내고 오다니, 자기가 웬일이야?” 미애는 반색했지만 윤은 돈을 버느라 애인을 등한시해온 자신을 질책하는 말처럼 들려 언짢아졌다. 이런 시간에 그녀를 만나러 온 게 처음이기는 했다. 윤이 대답하지 않자 미애는 모니터로 고개를 돌렸다. 텔레비전은 온종일 오락 프로그램을 방영하는 케이블 채널에 맞춰져 있었다.

대형마트 캐셔 일을 그만둔 뒤 미애는 밤낮없이 침대에 퍼질러 개그맨들이 농지거리를 하는 프로그램을 봤다. 그녀의 우윳빛 피부는 햇볕을 쬐지 못해 나날이 새하얘졌다. 미애는 대부분의 끼니를 맥도날드 홈서비스로 해결했다. 기름진 음식은 그녀의 비대한 몸을 더욱 피둥피둥하게 살찌웠다. 미애의 외모에서 윤의 마음에 드는 건 피부뿐이었다. 하지만 요즘의 미애는 눈부시도록 흰 피부 때문에 더욱 거대해 보였다.

윤이 옷을 벗자 미애가 큰 소리로 웃었다. 벼락같은 웃음소리에 윤은 흠칫 몸을 떨었다. 돌아보니 그녀는 모니터를 가리키며 침대 위를 데굴데굴 구르고 있었다. "자기야, 저거 좀 봐." 미애는 한 손으로 배를 쥐고 다른 손으로 눈물을 훔치며 허공을 향해 다리를 짧고 빠르게 찼다. 윤은 욕실 문을 세게 닫았다. 벽이 울릴 만큼 큰 소리에 미애는 잠깐 웃음을 멈추었다.

윤이 샤워를 마치고 나왔을 때도 미애는 같은 자세로 텔레비전을 보며 자지러지게 웃고 있었다. 침대 아래에는 햄버거 포장지와 일회용 컵, 치킨 상자와 토마토케첩 따위가 널려 있었다. 윤은 용기를 물에 헹군 뒤 분리수거함에 넣었다. 바닥에 널브러져 있던 미애의 옷도 세탁바구니에 집어넣었다. 그래도 잡동사니가 많은 방은 깔끔해 보이지 않았다.

윤은 미애 옆에 누웠다. 그가 오기 전 샤워를 했는지 미애의 몸에서는 샤워젤 향기가 풍겼다. 하지만 이불에서는 퀴퀴한 냄새가 났다. 이불의 악취, 텔레비전 소리, 미애의 웃음, 그 모든 게 몹시 거슬렸다. 윤은 베개 아래에 있던 리모컨을 집어 텔레비전을 껐다. "왜?" 미애가 리모컨을 빼앗으려 했다. 그는 리모컨을 침대 아래로 던진 뒤 그녀의 가슴으로 파고들었다. "왜애." 아까와 달리 그것은 질문이라기보다 콧소리에 가까웠다.

홈드레스 속은 알몸이었다. 윤은 그녀가 속옷을 입지 않은 게 전날 밤부터인지 자신과 통화한 이후부터인지 궁금해졌다. 치마 속으로 기어 들어간 윤은 거대한 허벅지 사이에 얼굴을 묻었다. 오래전 봤던 흑백영화의 엔딩 장면이 떠올랐다. 손가락만큼 작아진 남자는 여자의 가슴과 배를 가로질러 다리 사이로 내려간 뒤 질 속으로 영영 사라졌다. 미애는 비대했고 윤은 왜소했다. 윤의 키는 대한민국 성인여성의 평균 신장에 불과했고 몸무게는 미애보다 30킬로그램이나 적었다. 윤은 자신이 한없이 작아져 미애의 질, 그 좁고 어두운 길을 영원히 헤매게 될 것 같은 예감이 들었다.

다음 순간 윤의 머릿속에 떠오른 것은 여자의 집 열쇠 구멍이었다. 끝끝내 열리지 않던 난공불락의 구멍. 윤은 쇠꼬챙이처럼 가늘어져 좁고 어두운 길을 헤맸다. 그곳은 미애의 질이 아니었다. 여자의 집 열쇠 구멍이었다. 윤은 페니스가 유연하게 움직인다고 느꼈다, 보이지 않는 길을 탐색하는 꺾쇠처럼. 그러나 그 느낌은 이내 깨져버렸는데 미애가 내는 과장된 신음 소리 때문이었다. 닥쳐! 윤은 마음속으로 외쳤다. 절정이 가까워지자 그녀의 신음은 짐승의 울부짖음처럼 괴이해졌다. 그러나 여자의 문, 그 완강한 자물쇠를 해지하는 카타르시스의 순간에 빠져 있던 윤의 귀에 그 소리는 들리지 않았다. 대신 그는 그토록 듣고 싶었던 소리를 들었다. 철컥. 몸을 뺄 사이도 없이 윤은 사정하고 말았다.

오르가슴이 지나가자 피곤해졌다. 커피가 마시고 싶다고 말하자 미애는 알몸으로 일어나 물을 끓였다. 윤은 커피를 타는 미애를 바라보았다. 엑스라지 팬티가 겨우 맞는 엉덩이, 무게를 이기지 못하고 처진 유방, 듬성듬성한 음모, 튼 살. 군살. 미애는 늘 부끄러움 없이 그것들을 윤의 눈앞에 드러냈다. 그것들 때문에 윤의 마음이 식어버릴 수 있다고 생각조차 않는 것이다. 그런 신뢰가 애인에 대한 친밀감에서 나온 건지 낙천적인 성격에서 비롯된 건지 윤은 짐작할 수 없었다.

미애는 커피 잔을 선풍기 앞에 가져다 놓았다. 윤은 뜨거운 음료를 잘 마시지 못했다. 늘 있는 일인데도 윤은 매번 감동했고 이 여자와 결혼해도 좋겠다고 생각했다. 그런데 그날 선풍기 앞에서 커피 잔에 손부채질을 하는 미애를 보면서 윤은 의구심을 느꼈다. 저것은 순수한 배려인가. 눈치 빠른 자의 습관이나 환심을 사고 싶은 자의 계산된 행동은 아닌가. 윤은 알고 있었다. 미애는 눈치가 빠르지도 계산적이지도 않았다. 그런데도 의문을 떨칠 수 없었다. 순수한 배려라는 게 가능한가. 배려는 그렇다 치더라도 '순수한' 배려라는 게 가능한가. 그 저변에 애정과 관계없는 것 이를테면 상냥한 사람으로 보이고 싶은 마음, 상대도 나를 사려 깊게 대하리라는 보상심리가 깔려 있지는 않은가.

윤은 한 번도 의심하지 않았던 것을 의심하는 스스로를 책망하며, 미애는 좋은 여자다, 라고 되뇌었다. 그러자 역시 한 번도 생각하지 않았던 것, 좋은 여자란 어떤 여자인가, 하는 질문이 머릿속을 어지럽혔고 미애가 아름답지 않다는 것, 지저분하고 게으르다는 것, 웃음소리가 너무 크다는 것, 과장된 행동을 한다는 것, 알몸으로 방을 돌아다닌다는 것 등에 생각이 미치자 우울해졌다.

미애가 아닌 여자와 있으면 주눅이 들었다. 아무렇지 않게 여겼던 취향이나 버릇 예를 들어 설탕과 크림을 과도하게 넣은 인스턴트커피를 좋아한다는 게 수치스럽게 여겨지는 것이다. 여자가 핸드드립커피를 권하거나 왜 커피를 식혀서 마시느냐고 나무라면 위축감은 더해졌다. 그럴 때면 또 다른 싸구려 취향이 드러날까봐 일상적인 말조차 건넬 수가 없었다. 게다가 180센티미터 이하가 '루저'로 지칭되는 사회에서 그는 '위너'가 되기에 20센티미터나 모자랐다. 열쇠 기술자라는 직업도 그랬다. 윤은 자신의 일에 긍지를 가지고 있었지만 모처럼 알게 된 여자가 "은행도 털 수 있어요?"라고 부박한 농담을 던질 때에는 분노를 삭이는 것 말고 도리가 없었다. 고객들로부터 잠재된 도둑놈 취급을 받을 때에도 마찬가지였다. 그는 신문이나 뉴스를 보지 않았고 정치와 사회에 무관심했지만 열쇠 기술을 악용한 절도범에 관한 이야기를 들으면 피가 거꾸로 솟았다.

미애는 커피 잔을 건넨 뒤 윤의 옆에 벌렁 드러누웠다. 윤이 커피 잔에 입을 대는데 갑자기 미애가 그를 와락 껴안았다. 커피 잔이 크게 흔들리고 쏟아진 커피가 윤의 가슴을 적셨다. 욕지거리가 튀어나올 뻔했지만 참았다. "미안해. 너무 좋아서……." 윤의 가슴에 쏟아진 커피를 두루마리 휴지로 닦으며 미애가 키득거렸다. "뭐가?" "아까 사랑할 때 말이야." 윤은 미애가 왜 그런 표현을 쓰는지 알 수 없었고 사랑을 한 게 아니라 섹스를 한 거라고 항변하고 싶었다. 미애는 사랑한다고 속삭인 뒤 자신을 사랑하느냐 물었다. 미애는 그와 수없이 관계를 가졌고 수없이 사랑한다고 말했으며 수없이 사랑하느냐 물었다. 윤은 사랑에 대해 생각해본 적 없었다. 사랑만이 아니었다. 말로 존재할 뿐 실체가 없는 단어들에 관해 그는 생각하지 않았다. 사랑 자유 희망 같은 것들. 윤이 믿는 것은 열쇠나 섹스처럼 물질이나 행위로 존재하는 어떤 것들이었다.

윤은 커피를 마시며 나중에 온 열쇠 기술자가 문을 열었을까 생각했다. 그도 못 열었다면 여자는 어떻게 되었을까. 사무실에 집 열쇠를 두고 왔다고 했던가. 사무실로 열쇠를 찾으러 가는 수고를 했을까 아니면 다른 열쇠 기술자를 불렀을까. "왜 대답이 없어?" 미애가 새치름한 표정을 지었다. "뭐?" "나, 사, 랑, 하 느, 냐, 고." 미애는 윤의 귀에 대고 음절을 떼어가며 소리를 질렀다. "미안. 뭘 좀 생각하느라." "뭘 생각했는데?" "그냥 일 생각." 미애가 입술을 배쭉거렸다. 윤은 미애가 하고 싶은 말이 무엇인지 알았다. 돈도 안 되는 그깟 일……. 미애는 마음속으로 그렇게 중얼거리고 있을 것이다.

열쇠 기술만으로 생활고를 벗어날 수 없다고 판단한 열쇠 기술자들은 발 빠르게 도장 제작이나 구두 수선을 겸했다. 인테리어나 철물점을 겸한 점포도 있었다. 그러나 '콘도르 열쇠'는 열쇠 외의 어떤 것도 취급하지 않았다. 간판에는 상호와 함께 '국가 공인 열쇠 기술자 업소'라는 글자가 고딕체로 적혀 있다. 내부는 넓지 않지만 놀랄 만큼 정리가 잘되어 있다. 윤은 나름의 기준을 가지고 장비를 진열했다. 잠금방식, 장치방식, 개폐기구에 따라 나누고 각각의 분류에서 몇 가지 원칙을 만들어 소분류했다. 고가의 장비도 많아 열쇠에 대해 아는 사람이라면 경탄할 만했다.

"일이 좋아 내가 좋아?" 미애가 다시 애교스러운 목소리를 냈다. 윤은 대답 없이 자리에서 일어나 커피 잔을 씻었다. 일이 좋아, 내가 좋아? 실린더 자물쇠 속에서 한 치의 흐트러짐 없이 정렬한 핀 텀블러처럼, 그의 작업은 명확했다. 윤은 그 명확함을 사랑했다. 수세미로 커피 잔을 문지르며 그는 사랑이라는 불명확한 단어를 쓸 수 있는 대상이 그것뿐이라는 것을 깨달았다.

다음 날 낮 평균기온은 37도였다. 연일 호우주의보였던 그해 여름으로서는 드물게 맑은 날이었지만 북태평양 고기압의 영향으로 일시적인 고온현상이 나타났다. 태양은 화형장의 불길처럼 이글거렸고 아스팔트는 녹아내릴 것처럼 흐늘거렸다. 사람들은 더위 먹은 떠돌이 개 같은 얼굴을 하고 휘늘어진 걸음으로 '콘도르 열쇠'를 지나쳤다. 정오가 지나자 행인은 눈에 띄게 줄었다. 윤은 유리문 너머로 오가는 사람들을 멍하니 바라보았다. 점심때가 되도록 마수도 못한 상태였다.

출장을 다녀오기는 했다. 전화를 받고 현장으로 갔더니, 검은 정장을 빼입은 남자가 뉴 에쿠스 범퍼에 기대 서 있었다. 남자는 윤을 위아래로 훑어보며 뜨악한 표정을 지었다. 왜소한 체구 때문에 첫 만남에서 얕잡아 보이는 경우가 드물지 않았으므로 윤은 그러려니 했다. 하지만 기껏해야 자기 또래로밖에 보이지 않는 녀석이 값비싼 차를 몰고 다니는 데는 심사가 뒤틀렸다.

"열쇠 부르셨죠?" "아이 씨, 재수가 없어서." 남자는 턱짓으로 자동차 바퀴를 가리켰다. 바퀴 옆으로 맨홀이 있었다. 그곳에 열쇠를 빠뜨린 듯했다. 윤은 구멍 속을 들여다보았다. 한눈에도 깊어 보였고 탁한 물이 고여 있었다. 열쇠 제작비를 알려주자 남자는 미간을 찌푸렸다. "더 싸게 안 되나?" 수천만 원짜리 승용차를 몰고 다니면서 열쇠 제작비를 에누리하려는 남자가 밉살스러웠지만 윤은 공손하게 대답했다. "더 싼 데가 있는지 알아보셔도 좋습니다만, 이 차량은 이모빌라이저가 장착돼 있거든요." "이모빌라?" "이모빌라이저요, 고객님." 윤의 말투는 여전히 공손했지만 그것도 모르냐는 표정만은 감추지 않았다. 남자의 하대에 대한 나름의 복수였다. "간단히 말씀드리자면 도난방지를 위한 보안장치입니다." "그래서 비싸다고?" 윤은 긍정도 부정도 하지 않았다. "이모빌라이저 차량은 열쇠에 트랜스폰더가 내장돼 있고요, 여기에 보안코드가 걸려 있거든요. 이모빌라이저 시스템은 시동을 걸 때 보안코드가 일치하는지 판독하죠." "아이 씨, 뭔 소리인지." 남자는 차 옆에 쭈그려 앉더니 노골적으로 맨홀 안을 들여다보았다. "문을 열어도 이모빌라이저 시스템을 해결하지 못하면 시동이 걸리지 않는다는 말입니다." 남자는 대답이 없었다. "자동차 회사에서는 부품을 구할 수 없을 거예요." 남자가 고개를 들었다. "이봐, 쇠꼬챙이 같은 거 없나? 열쇠 좀 건져보게." 윤은 생각이 바뀌면 연락하라고 말한 뒤 점포로 돌아왔다. 오전의 일이었고 남자에게서는 연락이 없었다.

오후가 되자 윤은 점포 문을 잠근 뒤 '출장 중' 팻말을 붙였다. 횡단보도에서 신호를 기다리는데 왜 그런지 공구가방을 가져가야겠다는 생각이 들었다. 점포로 돌아가 가방을 챙긴 뒤 횡단보도를 건너 오른쪽으로 난 오르막을 올라갔다. 공원으로 가는 길이었다. 공원 출입구는 네 개였다. 윤의 점포와 가까운 북문, 아파트단지로 연결되는 남문. 정문으로 쓰이는 동문. 주택가로 이어지는 서문. 아파트나 주택가로 출장 갈 때 공원을 가로지르면 시간을 단축할 수 있었다. 윤은 테니스 코트와 인공 연못을 지나쳐 서문으로 향했다. 전날도 윤은 같은 경로로 여자의 집에 갔다.

걸어가는 동안 인라인스케이트를 타는 아이들과 정자에서 낮잠을 자는 노인과 배드민턴을 치는 커플을 보았다. 연못과 나무 덕에 공원 안은 열기가 덜했다. 서문이 가까워지자 앉고 싶은 생각이 들었다. 빈 벤치는 근처에 나무가 없어 햇볕을 피할 수 없었다. 윤은 그늘이 드리워진 벤치가 없는지 둘러보았으나 다른 사람들이 차지해버린 뒤였다. 누군가 일어나기를 기대하며 햇볕으로 뜨끈해진 벤치에 앉았다. 담배를 물고 지포라이터의 뚜껑을 세 번 여닫은 뒤 네 번째에 라이터 돌을 당겼다. 불은 켜지지 않았다. 몇 번을 시도해도 마찬가지였다. 주머니를 뒤지니 안마시술소의 판촉 라이터가 나왔다.

정수리에 꽂히는 태양빛. 후텁지근한 바람. 타오르는 대기. 김이 나는 아스팔트. 매미 울음소리. 이마와 두피에 맺힌 땀. 땀에 찬 겨드랑이. 겨드랑이가 풍기는 악취. 현기증이 났다. 담배만 피우고 돌아가야겠다고 생각했다. 가는 길에 차가운 캔 맥주를 사자. 점포에 도착하면 맥주를 마시며 텔레비전을 보자. 그러고 두어 시간 후에도 손님이 없다면 일찍 퇴근하자. 윤은 그런 생각을 하느라 서문 안으로 들어오는 여자를 알아보지 못했다. 목줄을 하지 않은 강아지가 윤의 벤치 쪽으로 달려왔다. 토끼보다 작은 몸피, 흰 바탕에 갈색 얼룩이 있는 치와와였다. 여자가 소스라치듯 "라라야, 라라야." 부를 때에야 윤은 여자를 알아보았다. 강아지를 부르는 목소리에 전날의 말이 겹쳐 들렸다. "싼 건데." "됐어요." "출장비만 드리면 되죠?"

여자는 엉덩이가 꽉 끼는 트레이닝 핫팬츠에 가슴이 깊게 팬 민소매 티셔츠를 입고 있었다. 어깨 위에서 찰랑이던 머리카락은 정수리 가까이에 높이 묶었다. 금방 알아보지 못한 것도 무리는 아니었다. 강아지를 붙잡은 여자가 목줄을 채우기 위해 쪼그려 앉자 밑위가 짧은 반바지가 내려가면서 팬티가 보였다. 여자는 윤을 알아보지 못했다. 아예 보지 못한 것인지도 몰랐다. 여자와 강아지는 연못으로 향했다. 윤은 공구가방의 손잡이를 그러쥐었다.

윤은 계단을 오르며 여자가 돌아올 시간을 가늠해보았다. 서문으로 들어왔고 강아지에게 목줄을 채우기 전이었으니 막 산책을 나서는 참이었을 것이다. 그렇다 해도 시간이 얼마나 걸릴지는 알 수 없었다. 10분 뒤에 돌아올 수도 한 시간 뒤에 돌아올 수도 있었다. 현관문 앞에 선 윤은 전날처럼 손잡이를 흔들듯 당겨보았다. 역시 실린더 자물쇠만 잠겨 있었다. 윤활 스프레이와 결쇠 등을 가방에서 꺼내 일렬로 늘어놓았다. 그때와 다를 건 없었다. 윤은 자신 있었다. 비가 오지 않으면, 여자가 내려다보지 않으면, 강아지가 짖지 않으면, 닫힌 문을 열고 오르가슴의 순간에 귓전을 때리던 소리를 듣게 될 것이다.

눈을 감았다. 미세한 느낌도 놓치지 않으려 주의하며 구멍을 더듬었다. 결쇠 끝에 뭔가 걸리는 느낌이 들었다. "칩이 들었나." 하지만 이런 아날로그 자물쇠에 칩이 있을 리 없었다. 같은 위치에서 결쇠를 세심하게 움직여 보았다. 분명 무언가가 있었다. 정체를 알 수 없는 '그것'이 문제였다. 지난번에도 감지하지 못했을 뿐 '그것'이 일을 그르쳤던 것이다.

발소리가 들렸다. 윤은 손을 멈추었다. 아래층 어디쯤에서 발소리가 끝나고 문을 여닫는 소리가 들리기를 기다렸다. 하지만 발소리는 1층을 지나 2층으로 올라오고 있었다. 위험하다고 생각하면서도 윤은 그만두지 못했다. 몇 초만 더 주어져도 '그것'을 넘을 수 있을 것 같았다. 발소리의 주인은 3층 복도를 지나 4층으로 향하고 있었다. 윤은 재빨리 공구를 챙겼다. 주변을 둘러보다 옥상으로 이어지는 계단을 발견했다. 발소리를 죽이고 계단을 올라갔다. 옥상 문은 잠겨 있었다. 문에 몸을 바짝 붙였다. 난간 아래로 여자의 정수리가 나타났다. 여자의 품에 안긴 강아지가 윤을 올려다보며 짖었다. 철컥. 여자의 집 문이 열리고 다시 닫혔다.

다음 날은 일요일이었다. 윤은 일을 쉬었다. 낮 평균기온은 34도. 전날보다는 덜했지만 여전히 무더웠다. 미애에게 전화가 왔다. 보고 싶다고 했다. 그녀는 윤도 자기를 보고 싶어하는지 궁금해했다. 윤에 대한 감정을 말한 뒤 그도 똑같이 느끼는지 묻는 게 그녀의 말버릇이었다. 윤이 보고 싶다고 대답하자 미애는 집으로 오라고 했다. 그는 컨디션이 좋지 않다고 말했다. "내가 갈까?" 미애가 물었다. 윤의 침묵이 길어지자 이렇게 덧붙였다. "자기가 나를 보고 싶어한다면 갈 수도 있다는 말이야." 왜 이 여자는 자기가 오고 싶을 때도 내가 간청해서 온다는 태도를 취할까 윤은 생각했다. "내가 갔으면 좋겠어?" 미애가 재차 물었다. 윤은 혼자 있고 싶었지만 미애가 오는 것보다 토라지는 게 더 귀찮다는 생각이 들어 그러라고 했다. 미애는 점심을 먹었느냐고 물었다. 오후 두 시가 넘었지만 그는 공복이었다. 먹고 싶은 것을 사 가겠다고 하기에 알아서 사 오라고 말한 뒤 전화를 끊었다.

윤의 집에 들어선 미애는 챙이 넓은 모자를 쓰고 있었다. 미애는 화장을 하거나 다이어트를 하는 일에는 무관심했지만 피부가 그을리는 것은 끔찍하게 여겼다. 여름이면 챙 넓은 모자를 쓰고 자외선 차단제를 수시로 덧발랐다. 세안은 쌀뜨물로만 했고 자기 전에는 미백 효과가 있다는 감자나 오이를 얼굴에 발랐다.

미애는 맥도날드 봉투에서 햄버거를 꺼내며 지하철에서 본 싸움에 대해 재잘거리기 시작했다. 노약자석에 앉은 젊은 여자에게 노인이 욕을 했다는 것이었다. 여자는 배가 거의 나오지 않았고 노인은 여자가 진짜 임신부인지 의심하면서 무례한 말을 퍼부었다. 흔해 빠진 이야기라 윤은 지루해졌다. "아이, 그 할아버지 나빴어. 옛날에는 임신한 몸으로 밭도 매고 논도 맸다면서 요즘 사람들은 엄살이 심하다고 막 혼내는 거야." 미애의 입안으로 뭉개진 빵과 고기 패티가 보였다. 입술에는 케첩이 묻어 있었다. 윤은 콜라가 튄 식탁을 행주로 훔쳤다. 미애의 발치에서 굴러다니는 비닐봉지는 잘 묶어 싱크대 서랍에 넣었다. 그동안에도 그녀의 입은 수다를 떨고 햄버거를 씹느라 쉴 새 없이 움직였다. 미애는 윤이 대답을 하거나 고개를 끄덕이지 않는데도 게다가 싱크대에서 세찬 물소리를 내며 설거지를 시작했는데도 이야기를 그만두지 않았다. 그만두기는커녕 물소리에 지지 않으려는 듯 목소리를 높였다. 화제는 임신한 친구로 바뀌어 있었다. 윤은 그녀의 입을 막기 위해 텔레비전을 틀까 생각했다. 오락 프로그램을 틀어놓고 욕실에 들어간다. 윤이 샤워를 마치고 나올 때쯤 그녀는 임신한 친구 같은 것은 잊어버린 채 깔깔거리고 있으리라.

"너무 미안했어." 미애가 말했다. 윤은 그녀의 말을 듣고 있지 않았기 때문에 뭐가 미안하다는 건지 몰랐다. "뭐가?" "방금 말했잖아. 친구한테 임신 축하 선물을 못해줬다고." "그래서?" "그래서라니? 선물을 했어야 했다고." "애 낳은 뒤에 해주면 되잖아." "임신했을 때도 해주고 낳았을 때도 해줘야 해." "그럼 지금이라도 해주든가." 윤의 목소리에 짜증이 섞였다. "벌써 임신 6개월이라고. 임신했다는 말을 들었을 때 해줘야 했어." 미애가 울상을 지었다. "이해 못하겠어? 말은 안 했어도 그 친구 많이 서운했을 거야. 내 잘못이야. 안 그래?" 윤은 대화를 끝내고 싶어서 얼른 동의했다. "그래, 네 잘못이야." 미애의 얼굴이 일그러졌다.

윤은 어찌할 바를 몰랐다. 되는 대로 맞장구친 뒤 햄버거나 먹었어야 했다. 아니 집에 오겠다고 했을 때 거절했어야 했다. 아니 애초에 이 여자를 만나지 말았어야 했다. 미애는 양손으로 얼굴을 가린 채 흐느꼈다. 얼굴을 덮은 손은 하얗고 통통했다. 뼈는 살에 파묻혀 보이지 않았다. 손을 잡으면 뼈도 근육도 느껴지지 않고 갓 찐 빵을 만지는 것처럼 따뜻하고 말랑말랑할 것 같았다. 윤은 그녀의 손을 자신의 허리에 두르게 한 뒤 눈물로 얼룩진 얼굴을 닦아주고 사과하려 했다. 하지만 윤이 미애의 손을 끌어내렸을 때 손바닥 뒤에 감춰져 있던 얼굴에는 물기가 없었다. 윤은 손을 놓았다.

너는 좋은 사람이 아니라 좋은 사람으로 보이고 싶은 것이다. 너는 남을 배려하지만 애인의 커피를 식혀주거나 친구에게 주지 못한 선물을 걱정하는 착한 모습 뒤에는 버림받을지 모른다는 두려움과 남의 평가에 신경 쓰는 의존성 말고 아무것도 없다. 스스로를 탓하면서 너는 나의 의견을 묻지만 동의를 바라지는 않는다. 네가 바라는 건 너의 자책이 착함에서 비롯되었다는 것을 알아주는 것이다. 그러나 나는 네가 원하는 것을 해주지 않을 것이다.

윤은 그렇게 말하는 대신 미애에게 모자를 씌웠다. 포동포동한 손을 잡고 현관으로 갔다. 그녀의 등을 떠밀어 집 밖으로 내보낸 뒤 재빨리 문을 닫았다. 윤이 마지막으로 본 미애의 얼굴에는 당혹스러움과 어리벙벙함이 뒤섞여 있었다. 디지털 록은 자동으로 잠겼다. 미애는 문을 두드리고 벨을 눌렀다. 윤을 부르는 목소리에 울음이 섞여 있었다. 윤은 그 울음이 진짜라는 것을 알았지만 문을 열지는 않았다.

다음 날도 윤은 일을 나가지 않았다. 씻지도 먹지도 않았다. 창문도 현관문도 잠겨 있었다. 윈도 필름이 부착된 창문은 빛이 스며들지 않았다. 하루 종일 침대에 누워 있었다. 요의가 느껴지면 마지못해 일어나 용변을 본 뒤 곧바로 침대에 누웠다. 그리고 천장의 단조로운 무늬를 바라보며 생각했다. '그것'이 뭘까. 문이 열리지 않도록 훼방놓던 '그것', 완결을 그르친 '그것'.

그는 누운 채 손을 뻗어 열쇠 구멍을 더듬었다. 허공에는 구멍이 없고 그의 손에는 공구가 들려 있지 않았지만, 감각은 곤충의 더듬이처럼 예민하게 움직여 윤은 '그것'을 물리치고 환상 속의 문을 열었다. 등 뒤에서 하나의 문이 닫히면 눈앞에서 또 하나의 문이 열린다. 윤은 중얼거렸다. 방금 자신의 머릿속에서 생겨난 말인지, 예전에 누군가에게 들은 말인지 알 수 없었다. 윤은 말의 순서를 바꾸었다. 눈앞에서 하나의 문이 열리면 등 뒤에서 또 하나의 문이 닫힌다.

밤이 되자 윤은 지포라이터에 오일을 주입했다. 라이터 표면에 흐른 오일을 닦은 뒤 날개를 어루만졌다. 다큐멘터리의 내레이션이 떠올랐다. '잉카인들에게 콘도르는 자유의 상징이었습니다.' 윤은 비상을 위해 한껏 펼친 날개와 먹이의 사지를 찢는 무자비한 발톱과 피 칠갑된 갈고리 모양의 부리를 떠올렸다. 그리고 윤은, 자유에 관해 생각했다. 그러나 세 평 남짓한 점포와 다섯 평짜리 원룸만을 오가며 살아온 그에게 자유란 모호하고 종잡을 수 없는 낱말이었다.

집을 나섰다. 점포에 들러 공구가방을 챙긴 뒤 공원으로 향했다. 북문으로 들어간 윤은 공원을 한 바퀴 돌았다. 자정이 가까워 오고 있었지만 공원은 열대야에 지친 사람들로 북적였다. 출입구마다 상인들이 빙과와 음료를 팔고 있었다. 상인들의 얼굴이 환했다. 장사가 꽤 되는 모양이었다. 북문으로 돌아온 윤은 공원을 한 바퀴 더 돌기로 했다. 강아지를 데리고 나온 여자가 지나갈 때마다 그녀가 아닌지 살펴보았다.

호수 근처에서 흰 바탕에 갈색 얼룩이 있는 치와와를 보았다. 체구나 생김은 여자의 애완견과 흡사했지만 목줄을 쥔 사람은 남자였다. 남자는 호숫가의 벤치에 앉았다. 윤은 근처 벤치에 앉아 그를 유심히 바라보았다. 남자는 180센티미터가 훨씬 넘어 보였고 유명 스포츠웨어사의 로고가 새겨진 티셔츠와 트레이닝 반바지를 입은 차림이었다. 반팔 소매 아래로 보이는 팔뚝은 둘레가 윤의 허벅지만 했고 종아리 근육은 탄탄해 보였다. 건장한 놈이 쥐 새끼만 한 강아지를 안고 있는 모습이라니. 윤은 조소했다. 남자가 반바지 주머니에서 담배를 꺼내는 모습을 곁눈질하며 윤은 지포라이터로 담뱃불을 붙였다. 남자는 담배를 입에 문 뒤에도 한참 주머니를 뒤적거리더니 윤에게 다가왔다.

"불 좀 빌릴 수 있을까요?" 윤은 말없이 남자를 올려다보며 엄지를 튕겨 지포라이터의 뚜껑을 세 번 여닫았다. 그때마다 칭 칭 칭 소리가 났다. 윤의 그러한 태도에도 불구하고 남자는 미소를 지어 보였다. 그 미소는 오랜 시간에 걸쳐 몸엔 밴 버릇처럼 보였다. 저런 미소는 좋은 환경에서 성장한 사람, 타인에게 치명상을 입지 않은 사람, 존중받는 것에 익숙한 사람만이 지을 수 있는 것이라고 윤은 생각했다.

"헬스 트레이너이신가?" 윤이 물었다. "아니면 운동 선수라든지." "네?" 남자의 얼굴이 약간 일그러졌다. "직업 말이에요." "아, 아닙니다." "체격이 좋으셔서요." "아, 감사합니다. 운동을 좋아하긴 합니다." 원래의 미소를 되찾은 남자가 대답했다. 윤은 지포라이터로 불을 붙여 주었다. "좋은 라이터군요." 윤이 대답하지 않자 남자는 감사하다고 말한 뒤 자리로 돌아갔다. 두 남자는 담배를 피우며 말없이 호수를 바라보았다.

"덥네요." 남자가 담배를 끌 때 윤이 말을 걸었다. 남자는 자리에서 일어나려다 다시 앉았다. "아, 네. 정말 덥습니다." "강아지가 예쁘네요." 두 번째 담배에 불을 붙이며 윤은 남자의 벤치로 옮겨 앉았다. 강아지의 머리를 쓰다듬으려 하자 녀석이 날카로운 소리로 짖어댔다. 윤은 흠칫 놀라며 손을 거두었다. "조그만 게 사납네요." "아, 아닙니다.

사나운 게 아니라 겁이 많아서 그런 겁니다. 낯선 사람을 경계하는 거죠." "그게 그거죠." 남자는 잠깐 생각하더니 차분한 목소리로 반론했다. "사람도 방어적일 때 공격적이 되죠. 열등감이 심한 사람일수록 오만하다든가 나약한 사람일수록 자의식이 강하다든가, 전혀 다르다고 생각하는 것이 알고 보면 같은 모습일 수도 있다는 생각이 드는데요." "공격적인 게 사나운 거죠." "글쎄요. 제 생각에 방어적인 걸 사납다고 할 수는 없습니다." 남자는 꽁초를 가까운 쓰레기통에 버리더니 윤에게 만나서 반가웠다고 인사했다. 윤은 미소로 화답하려 했지만 오랫동안 미소를 짓지 않았던 탓에 얼굴 근육은 유연하게 움직여주지 않았다.

문을 두드렸다. 기척이 없었다. 벨을 눌렀다. 마찬가지였다. 손잡이를 당겨보았다. 실린더 자물쇠만 잠겨 있었다. 윤은 곁쇠를 꺼내 열쇠 구멍을 더듬었다. 열쇠 기술자 자격증 공부를 시작했을 때 윤은 실린더 자물쇠가 빗면의 원리라는 것을 알고 감탄했다. 열쇠의 톱니는 빗면의 원리를 응용한 쐐기와 같다. 단순하면서 정교하다. 처음 개폐 작업을 하던 날이 떠올랐다. 들쑥날쑥한 여섯 개의 핀 텀블러가 질서 정연한 세계로 진입하던 순간, 철컥 소리와 함께 실린더가 돌아가던 순간, 윤은 이 쾌감을 잊지 못할 것이라고 생각했다. 그러고도 많은 것들이 지나갔다. 열쇠 기술자 자격증을 따던 날. 열쇠 기술자로 살아온 시간. 윤이 잠그거나 열었던 수많은 문. 문. 문……. 어느 순간 상념은 사라졌다. 윤은 하나의 문을 마주하고 있었다. 세상에는 오로지 윤과 문만 존재했다.

철컥.

윤의 손이 멈추었다. 손잡이를 돌렸다. 돌아갔다. 문이 열렸다. 환한

빛이 쏟아졌다. 눈이 부셨다. 아무것도 보이지 않았다. 윤은 지하감옥에 갇혀 있다 햇빛 아래로 끌려 나온 사람처럼 눈을 가늘게 떴다. 샤워를 마치고 나온 나체의 여자가 비명을 질렀다. 하지만 윤은 비명 소리를 듣지 못했다. 대신 그의 귀를 울리는 것은 철컥, 철컥,

철컥.

등 뒤에서 또 하나의 문이 잠겼다. 윤은 좁고 어두운 방 안에 혼자 서 있었다. ■

역대 수상작가 최근작

이승우

이미, 어디

1959년 전남 장흥 출생. 서울신학대 졸업.
1981년 『한국문학』 등단.
소설집 『구평목씨의 바퀴벌레』 『일식에 대하여』 『미궁에 대한 추측』
『목련공원』 『사람들은 자기 집에 무엇이 있는지도 모른다』
『나는 아주 오래 살 것이다』 『심인광고』 『오래된 일기』 등.
장편소설 『에리직톤의 초상』 『내 안에 또 누가 있나』 『생의 이면』
『식물들의 사생활』 『그곳이 어디든』 『한낮의 시선』 등.
〈대산문학상〉 〈동서문학상〉 〈현대문학상〉 〈황순원문학상〉 수상.

이미, 어디

그는 무슨 일인가를 해야 하지만 무슨 일을 해야 할지 모르는 사람처럼 행동한다. 무슨 일인가를 해야 하지만 무슨 일을 해야 할지 모르기 때문에 어떤 행동도 하지 않는 사람처럼 행동한다. 무슨 일을 한다고 할 수도 없고 하지 않는다고 할 수도 없다. 아무 일도 하지 않는 것은 아니지만 어떤 일을 하는 것도 아니다. 어떤 일인가를 하지만 그가 하는 일은 아무 일도 하지 않는 사람이 하는 일이다. 그러니까 그는 아무 일도 하지 않는 일을 하고 있는 셈이다. 그렇지만 그것은 놀라운 일도 아니고 특이한 일도 아니다. 이곳에 있는 대부분의 사람이 무슨 일인가를 해야 하지만 무슨 일을 해야 할지 모르는 사람처럼 행동하거나 무슨 일인가를 해야 하지만 무슨 일을 해야 할지 모르기 때문에 어떤 행동도 하지 않는 사람처럼 행동하기 때문이다. 이곳에 있는 대부분의 사람들이 무슨 일을 한다고 할 수도 없고 하지 않는다고 할 수도 없는 일을 한다. 아무 일도 하지 않는 것은 아니지만 어떤 일을 하는 것도 아니다.

이를테면 그는 아주 천천히 걸어다닌다. 마을 뒤편 언덕에 있는 반경 500미터 정도의 잔디공원을 한 바퀴 도는 데 한나절이 걸린다. 지난겨울부터 공원 근처에 자주 나타나는, 어디서 왔는지 알 수 없는 검은 털을 가진 셰퍼드 종의 개가 가끔 미친 듯 울부짖으며 잔디밭을 가로질러 달릴 때가 있는데, 그 개가 이쪽 끝에서 저쪽 끝에 이르는 데 걸리는 시간이 5분이 채 안 되는 것을 생각하면 보통 느린 것이 아니다. 속도의 차이를 무시하고 말하면, 무슨 일인가를 해야 할지 모르는 것처럼 행동한다는 점에서 개는 그와 다르지 않다. 잔디밭을 달리는 개 역시 무슨 일을 한다고 할 수도 없고 하지 않는다고 할 수도 없다. 아무 일도 하지 않는 것은 아니지만 어떤 일을 하는 것도 아니다. 잔디공원을 달리지만 잔디공원을 달린다는 의식을 가지고 달린다고 말할 수 없다. 그렇다고 잔디공원을 달린다는 의식 없이 달린다고 말할 수도 없다. 의식이 발을 지배하는지 발이 의식을 지배하는지 말할 수 없다.

공원 곳곳에 나무가 심어져 있고, 나무 밑에는 의자가 놓여 있다. 나무는 키가 크거나 작고 의자는 짙은 녹색이거나 옅은 녹색이다. 어떤 것은 색이 바래서 거의 흰색처럼 보인다. 나무는 땅에 뿌리를 박고 있고, 의자는 땅에 다리가 박혀 있다. 나무는 땅에 뿌리가 박혀 움직이지 못하고 의자는 땅에 다리가 박혀 움직이지 못한다. 공원 한가운데에는 호수가 있다. 호수는 타원형인데 물가에는 자갈이 깔려 있고, 물가에서 가까운 쪽에는 수초가 우거져 있다. 비가 많이 와 물이 불어나면 자갈이 보이지 않고 비가 오지 않으면 자갈이 보인다. 때때로 호수에서 피어오른 안개가 잔디공원을 희뿌옇게 덮는다. 안개는 공원에 있는 모든 것을 자기 품에 품는 걸 좋아한다. 안개가 자욱할 때는 걸어가던 사람이 문득 눈앞에서 사라지기도 하고 그러다가 불쑥 눈앞으로 모습을 드러내기도 한다. 그는 공원을 아주 천천히 걸으며 시간을 보내기도 하고 의자에 앉아 시간을 보내기도 한다. 천천히 걸으며 시간을 보내는 것도 좋아하고 의자에 앉아 시간을 보내는 것도 좋아하는 것 같다. 걸을 때 그의 바짓단을 스치는 풀잎의 살랑거리는 느낌을 좋아하고 앉아 있을 때 그의 머리카락을 날리는 바람의 서늘한 기운도 좋아하는 것 같다. 가만히 앉아 시간을 보내는 것도 좋아하고 책을 보며 시간을 보내는 것도 좋아하는 것 같다. 어떨 때는 가만히 앉아 있기만 하고 어떨 때는 책 속에 코를 박고 해가 질 때까지 앉아 있기만 한다. 그렇지만 가만히 앉아 있기만 한 날도 가만히 앉아 있기만 하려고 온 것이 아니고, 책 속에 코를 박고 앉아 있기만 한 날도 책 속에 코를 박고 앉아 있기만 하려고 온 것이 아니다. 그의 호주머니에는 언제나 무슨 책인가가 들어 있다. 그의 겉옷에는 호주머니가 많은데 어떤 것은 크고 어떤 것은 작다. 어떤 것은 좁으면서 깊고 어떤 것은 넓으면서 얕다. 문고판 소설책을 넣기에 적당한 호주머니와 시집을 넣기에 적당한 호주머니와 주간지를 넣기에 적당한 호주머니와 길쭉한 지도책을 넣기에 적당한 호주머니가 그의 겉옷에 달려 있다. 호주머니에 문고판 소설과 시집과 주간지와 지도책이 들어 있을 때도 있고, 아무것도 들어 있지 않을 때도 있다. 문고판 소설은 대개 문고판 소설책을 넣기에 적당한 호주머니에 들어 있지만 항상 그런 것은 아니다. 주간지를 넣기에 적당한 호주머니에 들어 있기도 하고 지도책을 넣기에 적당한 호주머니에 들어 있을 때도 있다. 지도책 역시 지도책을 넣기에 적당한 호주머니에 들어 있기도 하지만 다른 호주머니에 들어 있기도 하고, 시집 역시 시집을 넣기에 적당한 호주머니에 들어 있기도 하지만 다른 호주머니에 들어 있기도 하다. 어떤 책이 어떤 호주머니에 들어 있는가는 사실 전혀 중요하지 않은데, 왜냐하면 그는 어떤 책이 어떤 호주머니에 들어 있든 도무지 상관하지 않기 때문이다. 예컨대 시집을 넣기에 적당한 호주머니에 시집이 들어 있는 경우도 그가 시집을 넣기에 적당한 호주머니에 시집을 넣으려고 해서 거기 들어 있는 것은 아니다. 대부분의 경우 그것은 우연한 일이다. 장담하건대 그는 그 호주머니가 시집을 넣기에 적당한지 적당하지 않은지 고려하지 않을 뿐 아니라 그 책이 시집인지 아닌지도 신경 쓰지 않는다. 그는 공원을 걷거나 의자에 앉거나 앉아서 가만히 있거나 책을 읽는다. 의자에 앉으면, 책을 읽지 않고 가만히 앉아 있을 때도 있지만 책을 읽을 때가 더 많다. 그렇다고 그가 책을 읽기 위해 의자에 앉거나 잔디공원에 찾아오는 것은 아니다. 그렇다고 그가 책을 읽지 않고 가만히 있기 위해 의자에 앉거나 잔디공원에 찾아오는 것도 아니다. 그가 책을 읽을 때도 가만히 있는 것 같고 가만히 있을 때도 책을 읽는 것 같다. 어떤 사람 눈에는 책을 읽는 모습이 가만히 있는 것 같고 가만히 있는 모습이 책을 읽는 것처럼 보일 수도 있다. 심지어 걸을 때도 앉아 있는 것 같고 앉아 있을 때도 걷는 것 같다. 어떤 사람 눈에는 걷는 모습이 앉아 있는 것 같고 앉아 있는 모습이 걷는 것처럼 보일 수도 있다.

이렇게 말하면 그가 정말로 책을 좋아하는지, 책을 읽기나 하는 것인지 의문을 가질 사람이 있을 것이고, 그 의문은 지극히 자연스럽다. 그 자연스러운 의문은, 모든 자연스러운 것들이 다 그런 건 아니지만, 간단히 대답하는 걸 허용하지 않는다. 그러나 그가 나에게 처음 꺼낸 말이 도서관이 어디 있느냐, 였다는 사실은 이 의문에 답하기 위한 참고자료로 꽤 쓸모 있을 것 같다. 이곳에 나타난 후 그와 처음으로 이야기를 나눈 사람이 나다. 그러니까 그가 나에게 처음 한 말은 이 마을에 와서 한 첫 번째 말이고, 그 첫 번째 말은 도서관이 어디 있느냐, 였다. 그는 두 개의 여행가방을 한 손에 하나씩 끌고 여관에 들어왔는데, 나중에 알려준 바에 의하면, 그 가방이 그에게 남겨진 모든 것이었다. 가방 가운데 하나는 크고 하나는 작았다. 작은 것은 큰 것의 반만 했다. 큰 것도 엄청나게 크지는 않았다. 그는 이곳에 오기 전에 이미에서의 삶을 정리했다. 이미에서 그가 산 45년 세월은 여행가방 두 개로 남았다. 45년 동안 아등바등 살았는데, 가방 두 개를 챙기고 나니까 더 볼 것이 없습디다, 하고 그는 말했다. 버린 물건이 1톤짜리 트럭으로 두 대나 되었어요, 하고 말할 때는 약간 부끄러워하는 것 같은 표정을 지었다. 1톤짜리 트럭 두 대분의 쓰레기, 그것이 이미에서의 내 삶이었던 거지요, 하는 말은 거의 기어들어가는 목소리로 말했기 때문에 알아듣기가 어려웠다. 그는 내가 어떤 반응인가 해주기를 바랐는지 모르지만 나는 그가 익숙한 과거와 단절하고 낯설고 새로운 구상을 실천에 옮기는, 혹은 낯설고 새로운 구상을 실천에 옮기기 위해 익숙한 과거와 단절한 사람 특유의 긴장과 열기에 지나치게 휩싸여 있는 것을 보았기 때문에 아무 대꾸도 하지 않았다.

그가 도서관에 대해 물은 것은, 내가 일하는 여관에 묵은 다음 날이었는데, 낯설고 새로운 구상을 실천에 옮기려는 사람 특유의 긴장과 열기가 표정과 목소리에 그대로 배어 있었다. 나는 왜 그런 눈으로 보느냐고 혹시 그가 묻는다면 그런 걸 물어본 사람은 아무도 없었기 때문이라고 대답해줄 생각을 하며 그를 바라보았다. 그러나 그는 왜 그런 눈으로 보느냐고 묻지 않았고, 따라서 나는 그런 걸 물어본 사람이 아무도 없었기 때문이라고 말하지 않아도 되었지만, 준비한 그 말 말고 다른 말이 떠오르지 않았기 때문에 그런 걸 물어본 사람이 아무도 없었다고 말해버렸다. 그는 도서관이 어디 있나요? 하고 다시 물었다. 나는 도서관이 어디 있는지 알지 못했다. 도서관이 어디 있는지 한 번도 생각해보지 않은 사람은 나였다. 도서관이 어디 있는지 한 번도 생각해보지 않았기 때문에 나는 도서관이 어디 있는지 생각하는 것이 힘들었다. 도서관이 어디 있는지 생각하는 것이 왜 힘든지를 한참 생각하다가 도서관이 어디 있는지를 한 번도 생각해보지 않았기 때문이라는 사실을 알아냈다. 잠시 후 꼭 그것 때문만은 아니라는 사실이 깨달아졌는데, 도서관이 어디 있는지를 생각하는 것이 어려운 것은 도서관이 있는지 없는지를 모르기 때문이었다. 있는지 없는지도 모르는 상태에서는 있는지 없는지부터 생각하는 것이 타당하다. 있는지 없는지도 모르면서 어디 있는지를 생각하는 것은 옳은 순서가 아니다. 그래서 순서에 따라 도서관이 있는지 없는지를 생각해보려고 했으나 그것도 쉽지가 않았다. 생각해보니 나는 도서관이 있는지 없는지를 모르고 있었다. 확실하지 않지만, 도서관을 본 적이 있는 것 같지 않았다. 기억을 신뢰할 수도 없거니와, 왜냐하면 보아놓고도 그 사실을 기억하지 못할 수 있으니까, 심지어 보지 않았으면서도 보았다고 주장할 수도 있는 것이 기억이니까, 도서관을 본 적이 없다는 이유를 내세워 도서관이 존재하지 않는다고 우겨서도 안 되는 일이다. 도서관을 본 적이 없을 때는 도서관이 없다고 말하는 것이 아니라 도서관을 본 적이 없다고 말하는 것이 마땅하다. 존재하지 않은 것을 볼 수는 없지만, 존재하는 것을 다 볼 수도 없다. 본 것은 있는 것이지만 있는 것이라고 다 보이는 것은 아니다. 나는 도서관이 어디 있느냐는 당신의 질문에 대답할 수 없는데, 그것은 내가 도서관이 있는지 없는지를 확신할 수 없기 때문이라는 취지의 말을 약간 더듬거리면서 했다. 그는 잘 이해하지 못하겠다는 표정으로 내 얼굴을 바라보다가 이빨로 손톱을 물어뜯었다. 자세히 보니 그의 손톱은 바투 잘라져서 더 물어뜯을 여지가 있을 것 같지 않았다. 손톱 아래 감춰져 있어야 할 말랑말랑한 맨살이 밖으로 드러나 있는 모습을 보면서 나는 그의 손톱 모양이 실은 손톱깎이와 같은 기구가 아니라 순전히 그의 이빨로 물어뜯어서 만들어진 것임을 알 수 있었다. 손톱깎이를 사용해서는 저렇게까지 짧게 자를 수 없다는 생각이 들었기 때문이다. 그의 손톱은 반 토막밖에 남아 있지 않은 것처럼 보였다. 나는 손톱을 물어뜯는 것은 아마도 그의 오래된 버릇인 것 같다는 추측을 했는데, 그 추측이 틀리지 않다는 걸 얼마 후에 확인할 수 있었다.

그는 걸을 때나 책을 읽을 때나 거의 항상 손톱을 물어뜯었다. 손톱을 물어뜯는 버릇이 있는 사람의 손톱은 자랄 수가 없다. 손톱을 물어뜯는 버릇이 있는 사람은 물어뜯을 손톱이 있는 한 언제나 물어뜯기 때문이다. 손톱을 물어뜯는 버릇이 있는 사람은 손톱을 물어뜯기 위해 태어난 사람처럼 손톱을 물어뜯는다. 손톱을 물어뜯는 버릇이 있는 사람은 물어뜯을 손톱이 남아 있으면 불안하기 때문에 손톱을 물어뜯는데, 물어뜯을 손톱이 없으면 더 불안하기 때문에 필사적으로 물어뜯을 손톱을 찾는다. 그의 불안을 해소하기 위해서는 물어뜯을 손톱이 없어져야 하고 또 있어야 한다. 그는 불안을 없애기 위해서 손톱을 물어뜯고 손톱을 물어뜯어 물어뜯을 손톱을 제거함으로써 다시 불안을 만들어낸다. 손톱을 물어뜯는 버릇이 있는 사람에게는 물어뜯을 손톱이 없으면 없어서 불안하고 있으면 있어서 불안하다. 손톱을 물어뜯는 사람은 불안하기 때문에 손톱을 물어뜯지만, 그가 손톱을 물어뜯는 모습을 보는 사람은 그가 손톱을 물어뜯기 때문에 불안해진다. 손톱을 물어뜯는 사람은 손톱을 물어뜯음으로써 자신의 불안을 만들고, 의도와는 상관없이 다른 사람의 불안도 만든다. 손톱을 물어뜯는 그를 불안하게 바라보다가 나는 그 자리를 피했다. 그의 질문을 만족시키지 못한 사실이 신경 쓰였지만 조금 더 붙어 있는다고 해서 그를 만족시킬 자신이 있는 것도 아니었다.

그렇지만 그를 다시 만나게 되었을 때 그가 묻기도 전에 내 쪽에서 먼저 도서관을 찾았느냐고 물은 것을 보면 어쨌거나 그의 질문에 대답하지 못한 사실이 신경 쓰였던 것 같긴 하다. 그는 외출을 하기 위해 여관을 나서는 참이었고 나는 아침 일찍 군청에 갔다가 여관으로 들어가는 참이었다. 군청은 필요하면 언제든 부른다. 한 달에 두세 번 부를 때도 있지만 1년이 다 가도록 부르지 않을 때도 있다. 부르지 않을 때는 1년에 한 번도 안 가도 되지만 부르면 하루에 몇 번이라도 가야 한다. 특별한 일이 없으면 몇 시간씩 기다려서 군청 직원이 내미는 서류에 서명을 하고 돌아온다. 그리고 대개 특별한 일이 없다. 특별한 일이 없는데도 군청은 사람을 부른다. 군청이 오라고 했는데도 가지 않으면 어떻게 되는지 모른다. 아는 사람이 있는지 모르겠으나 나는 모른다. 나는 한 번도 군청이 부를 때 응하지 않은 적이 없기 때문이다. 서명을 하는 데 걸리는 시간은 채 1분도 되지 않는다. 1분을 위해 몇 시간, 어떨 때는 한나절, 심할 때는 하루를 다 쓴다. 물론 군청 직원이 내미는 서류를 다 읽고 서명을 하려면 시간이 더 필요하다. 한두 장짜리 서류도 있지만 스무 장이 넘는 서류도 있다. 어떤 서류는 내용이 간단하지만 어떤 것은 복잡하다. 그러나 기다리느라 지친 대부분의 사람들은 서류의 내용을 확인하지 않고, 마지막 장의 서명란에 서명만 한다. 군청 직원이 타이핑하는 걸 바로 앞에 앉아서, 어떨 때는 꽤 긴 시간 동안, 지켜보고 있는 건 건물 밖에 줄을 서서 기다리는 것보다 훨씬 곤혹스럽다. 군청 직원도 서류의 내용을 파악하려고 하지 않는 사람들을 나무라지 않는다. 물론 처음부터 그랬던 것은 아니다. 처음에는 서명 전에 꼼꼼히 읽고 따지고 직원에게 묻기도 했다. 그러나 몇 차례 반복하다 보면 꼼꼼히 읽거나 따지거나 직원에게 묻고 서명하는 것이 꼼꼼히 읽지 않고 따지지 않고 직원에게 묻지 않고 서명하는 것과 별반 다르지 않다는 사실을 깨닫게 되고, 그러면 꼼꼼히 읽거나 따지거나 직원에게 묻는 일을 그만두게 된다. 한두 장이든 스무 장이 넘든, 간단하든 복잡하든 마찬가지다. 꼼꼼히 읽고 따지고 직원에게 꼬치꼬치 묻는 사람이 지금도 없지는 않다. 다 그런 것은 아니지만, 그런 사람들은 대부분 군청에 처음 왔거나 몇 번밖에 오지 않은 사람들이다.

여관 문을 밀고 들어가던 나는 여관 문을 밀고 나오는 그와 머리를 부딪칠 뻔했다. 그와 부딪치는 것을 피하기 위해 나는 몸을 왼쪽으로 돌렸는데, 그는 나와 부딪치는 것을 피하기 위해 몸을 오른쪽으로 돌렸기 때문에, 우리의 의도와는 달리 나의 왼쪽 어깨와 그의 오른쪽 어깨가 맞닿았다. 그는 이번에도 손톱을 물어뜯었는데, 나와 부딪치기 전부터 손톱을 물어뜯고 있었는지 나와 부딪치는 순간 손톱을 물어뜯으려고 손을 입으로 가져갔는지 분명하지 않다. 나는 몸을 틀어 그가 지나갈 수 있도록 자리를 내주면서 엉겁결에 도서관을 찾았느냐고 물었다. 그는 애매하게 고개를 저었다. 나는 그가 도서관을 찾지 못한 책임이 나에게 있는 것 같아 미안해져서 머리를 긁적거리며 당신이 도서관을 찾지 못한 것은 아마 도서관이 없기 때문일 거라고 말했다. 그는 무슨 말을 하는지 모르겠다는 얼굴로 나를 쳐다보았다. 도서관이 있든 없든 상관없는 정도가 아니라 무엇 때문인지 도서관이 어디 있는지 알고 싶어한 사실을 부정하려는 것처럼 보였다. 최소한 아주 절실하게 궁금해

한 건 아니라고 말하고 싶어하는 것처럼 보였다. 그가 도서관이 어디 있는지 물은 사람이 나라는 걸 모르는 것 같기도 했다. 도서관이 어디 있는지 알고 싶어한 사실을 잊었거나 나에게 도서관이 어디 있는지 물었다는 사실을 잊은 것처럼 보이기도 했다. 도서관은 아무래도 상관없다는 신호를 보내는 것 같긴 했지만 알 수 없는 책임감과 미안함에서 완전히 벗어나지 못한 나는 어떤 책을 찾는지 모르겠지만 혹시 내가 도와줄 수 있을지 모르겠으니 말해보라고, 많이 있는 것은 아니고, 또 무슨 책들인지 정확히 파악하지 못하고 있긴 하지만, 그저 읽을 것이 필요한 경우라면 내 방에 있는 읽을거리를 빌려줄 수 있다고 말했다. 그는 이빨로 손톱을 물어뜯느라 보기 흉하게 얼굴을 일그러뜨리고, 얼굴만 아니라 목소리까지 일그러뜨려서, 아무 일도 하지 않고 있으면 불안한데 여기에서는 딱히 할 일이 없다고, 딱히 할 일이 없는데도 무슨 일인가를 하지 않으면 불안하니까 무슨 일인가를 해야 하는데 무슨 일을 해야 할지 모르겠다고, 무슨 일인가를 해야 하는데 딱히 할 일이 없고 무슨 일을 해야 할지 모를 때 할 만한 일이 걷는 것과 책을 읽는 것이라고, 걷는 것과 책을 읽는 것은 무슨 일을 하는 것이기도 하고 무슨 일도 하지 않는 것이기도 하다고, 아무 일도 하지 않는 것이기도 하고 무슨 일인가를 하는 것이기도 하다고, 그러니까 아무 일도 하지 않으면서 무슨 일인가를 하는, 일종의 무의식적 행위가 걷는 것과 책을 읽는 것이라고, 자기가 걷고 책을 읽는 것은 순전히 무의식적 행위라고 말했다. 나는 그가 특정한 정보가 필요한 것이 아니라 단순히 읽을거리가 필요하다는 말을 한 것으로 받아들이고 내 방에 있는 책들을 그의 방으로 옮겼다. 문고판 소설과 시집과 길쭉한 지도책과 주간지 같은 것이 그의 방으로 옮겨졌다.

그것들은 누군가의 방에서 나의 방으로 옮겨진 것들이었다. 그 누군가는 여관에 3주일 묵었고 한 달 전에 사라졌다. 그의 방에는 여행용 가방이 두 개 있었다. 하나는 크고 하나는 작았다. 작은 것은 큰 것의 반만 했다. 큰 것도 엄청나게 크지는 않았다. 이 임시 거주지에서 금방 떠날 수 있을 거라고 생각한 듯 가방 속의 짐을 다 꺼내놓지도 않았다. 그렇지만 떠나기 전에 다 읽겠다고 작정한 듯 책들은 모두 꺼내져 있었다. 어떤 책은 방바닥에 뒹굴고 어떤 책은 그가 외출할 때마다 걸치고 다니던 겉옷의 호주머니에 들어가 있었다. 그는 거의 항상 걷거나 책을 읽었다. 걸으면서 책을 읽고 책을 읽으면서 걸어다녔다. 책을 읽기 위해서 걷는 것 같기도 하고 걷기 위해서 책을 읽는 것 같기도 했다. 우리는 잔디공원 한쪽에 작은 나무를 심고 그 아래 조그만 의자를 만들었다. 우리는 그의 이름을 알지 못했기 때문에 의자의 나무판에 무명씨를 기리며, 라고 썼다. 우리는 그의 태어난 날과 태어난 곳을 알지 못했기 때문에 알지 못한 날, 알지 못한 곳에서 출생했다고 썼다. 사라진 그의 방을 치워야 했으므로 우리는 그의 물건들을 나누어 가졌다. 사라진 사람의 물건을 나누어 가지는 것이 방을 치우는 방법이었다. 객실을 청소하는 여자와 요리를 하는 남자와 정원을 손질하는 노인과 프런트데스크를 지키는 아가씨와 몇 명의 투숙객들이 탐나는 물건을 하나씩 집어갔다. 탐나는 물건이 없는 사람은 아무거나 집어 갔다. 탐이 나서인지 특별히 탐나는 물건이 없어서인지 속옷을 집어 가는 사람도 있었다. 그러나 책을 집어 가는 사람은 없었다. 속옷을 집어 가는 사람도 있었지만 책을 집어 가는 사람은 없었기 때문에 책들만 남았고, 나는 남은 책들을 내 방으로 옮겼다. 그때부터 그 책들은 내 방에 있었다. 나는 가끔 책장을 넘겨보았지만 진지하게 독서를 하지는 않았다.

그의 방에 책들을 옮겨주면서 그 책들의 출처를 밝히지는 않았다. 출처를 밝히자면 그 책들의 주인이 어떻게 사라졌는지를 알려줘야 하는데 왜 그런지 그러면 안 될 것 같았다. 왜 그러면 안 될 것 같은 생각이 들었는지를 그 순간에는 이해하지 못했으나 그가 이곳에 온 사연을 제법 길게 이야기한 어느 날 희미하게나마 이해할 수 있게 되었다. 그날은 그가 여관에 들어온 지 일주일째 되는 날이었다. 그는 나에게 자기에게 연락 온 것이 없느냐고 물었고, 나는 내가 연락받은 것은 없다고 대답한 후 혹시 다른 사람이 연락받은 것이 있는지 확인해보았다. 프런트데스크를 지키는 아가씨는 고개를 절레절레 흔들었다. 혹시 하고 객실을 청소하는 여자와 요리를 하는 남자와 정원을 손질하는 노인에게 물어보았지만 그에게 온 메시지를 받은 사람은 없었다. 그는 실망한 얼굴로 객실을 향해 걸어가다 말고 몸을 돌려 혹시 자기에게 연락이 오면 언제든지, 밤이든 새벽이든 가리지 말고, 그 즉시 알려달라고 말했다. 나는 그러겠다고 하고 나서 누구의 연락을 기다리는지 물었다. 그는 손을 입으로 가져갔는데 물어뜯을 손톱을 찾지 못한 듯 입 모양이 비뚤어지고 표정이 일그러졌다. 나의 입 모양도 덩달아 비뚤어지려고 했다. 나는 그가 열 개의 손톱 가운데 물어뜯을 수 있는 손톱을 되도록 빨리 찾아내기를 바라며 그를 주시했다. 그가 물어뜯을 수 있는 손톱을 빨리 찾아내지 않으면 내 손톱을 물어뜯으라고 내밀어야 할지 모른다는 걱정이 들었다. 손톱 물어뜯는 버릇이 전염될 가능성이 없지 않다는 생각도 들었는데 그것은 정말로 내가 원하는 바가 아니었다. 다행히 그는 물어뜯을 한 손톱을 곧 찾아냈고, 나는 안도의 숨을 내쉬었다. 물어뜯을 손톱을 찾아냈기 때문인지 그의 표정이 한결 편안해졌다. 입 모양은 계속 일그러져 있었지만 표정은 편안해 보였다. 나는 이미에서는 이미 사라진 사람이에요, 하고 입을 열어 말할 때 입 모양 때문에 발음이 좀 일그러지게 나왔지만 표정은 편안해 보였다. 나는 저기로 가기 위해 이미를 버렸어요, 하고 말하면서 그는 창문을 향해 턱을 들어올렸다. 그의 턱이 가리키는 곳이 창문이 아니라 창문 너머 잔디공원 너머 언덕 너머 어디라는 것을 나는 알아차렸다. 이곳에 머물려고 이미를 버린 게 아니에요, 이곳에 온 것은 이곳에 머물기 위해서가 아니에요, 하고 그는 이어서 빠르게 말했다. 그는 갑자기 자기 이야기를 쏟아내기 시작했는데, 그것은 내가 예상한 바가 아니었다. 예상한 바가 아니었지만 나는 그가 무슨 말을 할지 궁금했다. 그는 마음먹고 이미에서의 자신의 삶을 정리한 사연을 이야기했다.

그는 모든 것을 정리하기로 하고 모든 것을 정리했다. 회사에 사표를 내고 퇴직금을 받고 가지고 있던 약간의 부동산과 주식과 보험을 처분해서 4등분한 다음 노모와 아내와 아들에게 4분의 1씩 나눠주고 4분의 1은 자기 몫으로 챙겼다. 노모와 아내와 아들에게 어디로 가겠다고 선언했을 때 충격을 받거나 반대를 한 사람은 없었다. 귀가 어두운 노모는 그가 한 말을 잘 알아듣지 못했고, 그래서 충격을 받지 않았고, 생각이 어두운 아들은 그가 한 말의 의미를 잘 알아듣지 못했고, 그래서 반대하지 않았고, 귀도 생각도 어둡지 않은 아내는 그가 한 말과 그가 한 말의 의미를 잘 알아들었지만, 혹은 잘 알아들었기 때문에 충격을 받거나 반대하지 않았다. 친구나 동료는 그가 하는 말에 귀를 기울이는 척하면서 듣지 않았고, 귀를 기울이지 않은 척하면서 들었다. 귀를 기울이는 척하면서 듣지 않고 다른 생각을 했기 때문에 그가 하는 말에 충격을 받지 않았고, 귀를 기울이지 않은 척하면서 은근히 신경을 모았기 때문에 반대하지 않았다. 그가 가장 정리하기 힘들어했던 대상은 열다섯 살 어린 그의 애인이었다. 이미를 정리하고 어디로 가려는 그의 애초의 계획은 계획보다 조금 미뤄졌는데 그것은 열다섯 살 어린 그의 애인 때문이었다. 만일 애초의 계획을 미루지 않았다면 그는 한 해 전에 이미를 떠났을 것이다. 하마터면 그는 이미를 떠날 계획을 포기할 뻔했는데, 그것은 물론 열다섯 살 어린 그의 애인 때문이었다. 열다섯 살 어린 그의 애인의 얼굴을 만지고 가슴에 키스할 때면 그의 안쪽에서 누군가가 굳이 떠날 필요가 있느냐고, 이미도 살 만하다고 속삭였다. 만일 그가 이미를 떠나지 않았다면 그것은 순전히 열다섯 살 어린 그의 애인 때문이었을 것이다. 그러나 물론 열다섯 살 어린 그의 애인이 그의 이주계획을 듣고 충격을 받거나 반대했다는 뜻은 아니다. 만일 열다섯 살 어린 그의 애인이 충격을 받고 반대했다면 그는 애인의 얼굴을 만지고 가슴에 키스하기 위해 애인의 얼굴을 만지고 가슴에 키스할 수 있는 이미를 떠나지 않았을지 모른다. 그러나 열다섯 살 어린 그의 애인은 충격을 받은 척했지만 반대하지는 않았다. 열다섯 살 많은 애인의 결정과 판단을 존중하는 척했지만 어떤 결정과 판단에도 무신경하다는 걸 알아챘으므로 미련 없이 정리할 수 있었다. 열다섯 살 어린 그의 애인을 정리할 수 있게 된 다음에는 어려운 것이 없었다. 그는 스스럼없이 각종 회원권과 신용카드와 의료보험을 취소하고 운전면허증을 반납했다. 이미에서 당신은 그렇게 불행했습니까? 하고 나는 물었다. 그는 손톱 물어뜯는 것을 멈추지 않은 채 (그런데 아직 물어뜯을 손톱이 남아 있는 것일까?) 그렇게 불만스러웠던 것은 아니라고 말했다. 그는 이미에서 그럭저럭 잘 살았다. 그는 제법 규모가 큰 의류회사의 직원이었고, 회사와 사회로부터 그런대로 유능하다는 평가를 받았다. 건강도 나쁘지 않았고 교우관계도 괜찮았다. 목숨까지 바칠 친구가 있는 건 아니었지만, 그가 원할 때는 퇴근 후 술자리에 언제든 낄 수 있었다. 자기 소유의 집이 있었고 부모로부터 물려받은 약간의 부동산과 주식도 있었다. 야망이 크지 않았으므로 마음의 번뇌도 없었다. 그만하면 만족하며 살 수 있었고, 그는 실제로 만족하며 살았다. 그런데, 그렇다면, 무엇이 이미에서의 시간들을 폐기하도록 만들었을까.

어느 날 아침에 세수를 하다가 그는 문득 거울에 비친 자신의 얼굴을 보며 이 끔찍한 것들, 하고 중얼거렸는데, 그 당장에는 자기 입에서 무슨 말이 빠져나왔는지 깨닫지 못했고, 자기 입에서 무슨 말이 빠져나왔는지 깨달은 다음에도 자기가 무엇을 지겹다고 한 건지 이해하지 못했다. 그러나 그의 입에서 빠져나온 한마디는 그의 머릿속으로 들어가 윙윙거렸고, 그는 어쩔 수 없이 자기가 발음한 끔찍한 것들에 사로잡혀 지냈다. 자기도 모르는 사이에 끔찍한 것들, 이라는 말이 빈번하게 입 밖으로 나왔다. 대개는 자기가 그것을 발음하고 있다는 걸 의식하지 못한 채 그는 끔찍한 것들, 을 발음했다. 그가 무엇인가를 끔찍해하고 있다는 건 분명했지만 그가 무엇을 끔찍해하는지는 분명하지 않았다. 그것은 그가 무엇을 끔찍해하는지 모르고 있거나 알고 싶어하지 않거나 알고 있지만 그것을 드러내고 싶어하지 않기 때문일 수 있었다. 그가 분명히 무엇인가를 끔찍해하고 있었지만, 그 무엇을 끔찍해하면 안 된다는, 혹은 끔찍하다고 표현하면 안 된다는 요구를 받고 있었다는 사실을 알게 된 것은 한 달쯤 후였다. 그 무렵 그는 중앙도서관에서 한 권의 책을 읽었다. 중앙도서관은 이미에서 가장 크고 장서가 가장 많은 도서관이며, 세상의 모든 지식이 모이는 곳이라고 알려져 있었다. 그곳에서 찾을 수 없는 세상의 정보는 없다고 그는 말했다. 그곳에서 찾을 수 없는 정보는 아직 오지 않은 미래에 만들어질 정보 말고는 없다고 그는 말했다. 아직 오지 않은 미래에 만들어질 정보는 없지만 아직 오지 않은 미래에 대한 정보는 있었다고 그는 말했다. 그가 읽은 책에 의하면, 시간은 이미를 거의 다 지나가고 있는 중이었다. 사람들은 눈치채지 못했지만 시간은 쉬지 않고 조금씩 흐르며 이미를 지나갔다. 사람들이 눈치채지 못한 것은 시간이 워낙 눈치채지 못하게 흐르기 때문이었다. 이미는 사라지지 않지만 희미해질 것이다. 이미는 여전히 존재하지만 그러나 지나간 시간으로 존재할 것이다. 시간은 나아갈 것이고 이미는 남겨질 것이다. 시간이 지나가므로 이미는 시간의 뒤에 머물 것이다. 그는 중앙도서관에서 이미를 지나간 시간이 어디로 가는지 읽었다. 이미를 지나간 시간은 어디에서 살기 시작할 것이다. 이제 이미는 시간의 뒤에서 살고 어디는 새로운 현재를 살 것이다. 그는 이미를 지나간 시간이 거주할 새로운 숙소인 어디에 대해 읽었다. 어디는 이미와 같지 않다고, 어디에서는 모든 것이 새로워질 거라고 그는 말했다. 무엇이 어떻게 새로워질지는 모르지만, 이미와는 모든 점에서 다를 거라고 그는 말했다. 다른 데를 지나 이미에 왔던 시간이 다른 데와 전혀 다른 새로운 삶을 펼쳐 보였던 것처럼 이미를 지나 어디에 온 시간도 이미와 전혀 다른 새로운 삶을 펼쳐 보일 거라고 그는 말했다. 그러나 다른 데를 지나 이미에 왔던 시간이 다른 데와 전혀 다른 새로운 삶을 펼쳐 보였지만 그 시간이 도래할 때까지 그 다른 새로움이 무엇인지 알지 못했던 것처럼 어디에서의 전혀 다른 새로움이 어떤 것인지도 그 시간이 도래할 때까지는 추측할 수 없다고 그는 말했다. 시간이 머물고 있는 동안 이미에는 너무 많은 것들이 들러붙었다. 들러붙은 자리에 무언가가 들러붙고 그 위에 또 무언가가 들러붙었다. 너무 많은 것들이 켜켜이 들러붙어 최초에 그 자리에 있었던 것이 무엇인지를 식별하기가 불가능해졌고, 무의미해졌고, 또 식별하려는 시도를 하는 사람도 없어졌다. 그곳에서 산다는 것은 다만 어딘가에 들러붙어 있는 것에 지나지 않는 것이 되었다. 들러붙어 있는 것들에 들러붙는 것, 그것에 지나지 않았다. 들러붙어 있는 것들에 들러붙어 있는 것들에 들러붙는 것…… 그것에 지나지 않았다. 생각이 거기에 이르렀을 때, 그는 얼마 전부터 자기 입에서 튀어나오던 그 무의식적인 '끔찍한 것들'이 무엇인지 알 것 같아졌다. 그는 자기가 들러붙어 있는 것과 자기에게 들러붙어 있는 것들을 생각했고, 관습과 체면, 습관, 그리고 내부의 시선 때문에 표현하기를 주저했던 그 끔찍한 것들의 실체를 마주 보았다. 그에게 들러붙어 그를 덮고 그를 가리고 그를 대신하고 그인 것처럼 행세하고 그 자신이라고 세뇌한, 그것은 가족이었다. 이미에서 가족은 신성한 형식이었다. 신성하기 때문에 보호받고 형식이기 때문에 견고한 가족. 털어내버리고 싶다고 그는 소리쳤지만, 너무나 견고하게 들러붙어서 털어내는 것이 불가능하며, 만일 제대로 털어내려면 그 자신을 떼어내지 않을 수 없다는 사실도 깨달았다. 가족은 그에게 무례했고 그를 무시했고 심지어 그가 아무것도 아닌 것처럼 대했다. 가족은 가족이라는 이유로 그에게 무례했고 그를 무시했고 심지어 그가 아무것도 아닌 것처럼 행동했다. 그의 가족이 특별히 무례하고 악하다고 할 수는 없었다. 모든 가족은 가족에게 무례하고 모든 가족은 가족을 무시하고 모든 가족은 가족이 아무것도 아닌 것처럼 대한다. 모든 가족은 가족이라는 이유로 가족에게 무례하고 가족을 무시하고 가족이 아무것도 아닌 것처럼 대하면서도 그 사실을 자각하지 못하거나 자각하지 않으려 한다. 불만을 갖게 되자 이미에서 사는 것이 힘들어졌다고 그는 말했다. 처음에는 그다지 간절하지 않았지만 달라붙은 것들을 털어내고, 스스로도 떨어져나와 새로운 형식에 맞춰 살고 싶은 갈망이 깊어졌다고 그는 말했다. 그러자 그의 속생각을 간파하기라도 한 듯 이미의 모든 것들이 그를 힘차게 밀어내는 것 같았다고 그는 말했다. 밀어내는 힘에 밀려 집을 정리하고 직장을 정리하고 사람들을 정리하고 가족을 정리하고 애인을 정리했다고, 자기가 정리한다고 생각했는데 실은 자기가 정리된 게 아닌지 모르겠다고, 자기는 이제 이미로 돌아갈 수 없는데, 그 이유는 그가 이미 이미에는 없는 사람이기 때문이라고, 그런데 자기를 어디로 데리고 갈 사람에게서 갑자기 연락이 끊어졌다고, 그래서 어디로 가지 못하고 있다고, 그렇지만 다른 도리가 없기 때문에 그의 연락을 기다리고 있는 중이라고 말하며 그는 이빨로 물어뜯은 자신의 손톱 토막을 뱉어냈다.

내가 전해준 책들의 주인에 대해 그에게 말하지 않으려고 했던 것은 어떤 예감 때문이었다. 나는 그가 한 말 가운데 어떤 부분을 이전에 이미 들은 것 같았다. 자기는 이제 이미로 들어갈 수 없는데, 그 이유는 그가 이미 이미에는 없는 사람이기 때문이라는 문장은 특히 선명했는데, 나는 한 달 전에 사라진 책 주인의 목소리를 듣고 있는 것 같은 착각에 빠져들었다. 그가 사라지기 며칠 전에 내게 해준 말에 의하면, 그는 어디로 가기 위해 이미에서의 모든 신분을 버렸으나 어디로 가는 길이 막혔기 때문에 어느 세계에도 속하지 않은 사람이 되어버렸다. 그는 어디에도 없는 사람이었다. 그는 그가 아는 모든 사람에게 이미를 떠난다고 공언했다. 몇 사람은 선물을 주었고, 몇 사람은 환송파티를 해주었다. 떠난다고 공언한 날이 지났는데도 떠나지 못한 것은 입국허가를 받지 못했기 때문이었다. 그는 필요한 모든 서류를 만들고 요구한 돈을 송금했다. 그러나 입국을 허가한다는 연락은 오지 않았다. 떠난다고 공언한 날이 지났는데도 떠나지 못한 그를 아무도 찾지 않았고 그 역시 아무도 찾아갈 수 없었다. 그를 찾던 수많은 서류와 우편물과 전화도 뚝 끊어졌다. 그러나 입국을 허가한다는 연락을 기다려야 하기 때문에 전화선을 끊을 수는 없었다. 가끔 잘못 걸린 전화가 걸려왔다. 한번은 술에 취한 회사 후배가 전화를 걸어서 입에 담기 힘든 욕을 해댔다. 술 취한 후배는 그가 이미 이미에서 사라진 줄 알았기 때문에 누가 받으리라고 생각하지 않고, 그가 받았는데도 받은 줄 모르고 분풀이를 하듯 회사 선배였던 그를 욕하고 조롱하고 비난했다. 그 후배의 고발에 의하면, 그는 아주 질 나쁜 상사이고 잘난 체하는 위선자이고 사기꾼이고 파렴치한이었다. 그는 그 후배의 고발의 내용을 수긍할 수 없었고, 그가 분풀이하듯 욕하고 조롱하고 비난하는 까닭을 알 수 없었지만 입술을 열어 말할 수 없었다. 입이 열리지 않은 이유는 그가 없는 사람이기 때문이었다고 그는 말했다. 한번은 길을 걷다가 평소에 알고 지내던 스포츠클럽 회원을 만났는데, 바로 옆으로 스치고 눈까지 마주쳤으면서도 아는 체를 하지 않더라고 했다. 그는 이미 그가 이미를 떠난 것으로 알고 있는 사람과 마주치는 게 불편했기 때문에 처음에는 그 사람이 아는 체하지 않고 지나가 주어서 다행이라고 생각했다. 그러나 곧 눈까지 마주쳤으면서도 아는 체를 하지 않은 것은 아는 체를 하지 않으려고 해서가 아니라 정말로 그를 알아보지 못했기 때문이라는 데 생각이 미쳤고, 그것은 그가 이미 이미에 없는 사람이라고 단정하고 있다는 증거이며, 어쩌면 실제로 그 사람 눈에 그가 보이지 않았을지 모른다고 생각하기에 이르렀다. 그는 어느 순간 투명인간과 같은 보이지 않는 사람, 없는 사람이 되어 있었다. 그가 여기로 올 수밖에 없는 사연이었다.

여관 창문 앞에 서 있으면 잔디공원이 한눈에 내려다보인다. 잔디공원은 둥글고 넓다. 공원 곳곳에 나무가 심어져 있고, 나무 밑에는 의자가 놓여 있다. 나무는 키가 크거나 작고 의자는 짙은 녹색이거나 옅은 녹색이다. 어떤 것은 색이 바래서 거의 흰색처럼 보인다. 나무는 땅에 뿌리를 박고 있고, 의자는 땅에 다리가 박혀 있다. 나무는 땅에 뿌리가 박혀 움직이지 못하고 의자는 땅에 다리가 박혀 움직이지 못한다. 공원 한가운데에는 호수가 있다. 호수는 타원형인데 물가에는 자갈이 깔려 있고, 물가에서 가까운 쪽에는 수초가 우거져 있다. 비가 많이 와 물이 불어나면 자갈이 보이지 않고 비가 오지 않으면 자갈이 보인다. 때때로 호수에서 피어오른 안개가 잔디공원을 희뿌옇게 덮는다. 안개는 공원에 있는 모든 것을 자기 품에 품는 걸 좋아한다. 안개가 자욱할 때는 걸어가던 사람이 문득 눈앞에서 사라지기도 하고 그러다가 불쑥 눈앞으로 모습을 드러내기도 한다. 그는 공원을 아주 천천히 걸으며 시간을 보내기도 하고 의자에 앉아 시간을 보내기도 한다. 천천히 걸으며 시간을 보내는 것도 좋아하고 의자에 앉아 시간을 보내는 것도 좋아하는 것 같다. 걸을 때 그의 바짓단을 스치는 풀잎의 살랑거리는 느낌을 좋아하고 앉아 있을 때 그의 머리카락을 날리는 바람의 서늘한 기운도 좋아하는 것 같다. 가만히 앉아 시간을 보내는 것도 좋아하고 책을 보며 시간을 보내는 것도 좋아하는 것 같다. 어떨 때는 가만히 앉아 있기만 하고 어떨 때는 책 속에 코를 박고 해가 질 때까지 앉아 있기만 한다. 그렇지만 가만히 앉아 있기만 한 날도 가만히 앉아 있기만 하려고 온 것이 아니고, 책 속에 코를 박고 앉아 있기만 한 날도 책 속에 코를 박고 앉아 있기만 하려고 온 것이 아니다. 그는 지금 호수 앞에 있는 의자에 앉아 있다. 책을 읽고 있는 것 같기도 하고 호수를 바라보고 있는 것 같기도 하다. 책을 읽고 있다고 할 수도 없고 호수를 바라보고 있다고 할 수도 없다. 그는 한 가지 일에 집중하는 사람이 아니다. 늘 한 가지 일에 집중하는 것처럼 보이지만, 실제로 한 가지 일에 집중하지는 않는다. 무슨 일을 한다고 할 수도 없고 하지 않는다고 할 수도 없다는 것은 그런 뜻이다. 그는 언제나 손톱을 물어뜯고 있는데, 그것 역시 무의식적인 행동에 다름 아니다. 그는 무의식적으로 걷고 무의식적으로 읽고 무의식적으로 물어뜯고 무의식적으로 앉고 무의식적으로 바라본다. 그가 앉아 있는 의자가 그가 읽고 있는 책의 주인을 기념하는 자리라는 걸 그는 알지 못한다. 그 의자에 그림자를 드리우고 있는 연녹색의 나무가 책 주인의 나무라는 걸 알지 못한다. 그는 산책을 하다가 앉을 때면 꼭 그 나무 밑 의자에 앉는데, 그 나무가 그 남자의 나무이며, 그 의자가 그 남자의 의자라는 걸 알지 못한 채 그렇게 한다. 그가 모르는 걸 나는 알고 있지만 내가 아는 걸 그에게 알게 할 필요가 있다고는 생각하지 않는다. 그렇기 때문에 나는 그냥 바라보기만 한다.

내가 바라보는 자리에서는 그의 등이 보인다. 그의 등은 작고 초라해 보인다. 어쩌면 추위를 타고 있는지 모른다고 나는 생각한다. 지난겨울부터 공원 근처에 자주 나타나는, 어디서 왔는지 알 수 없는 셰퍼드 종의 검은 개가 미친 듯 울부짖으며 잔디밭을 가로질러 달린다. 날카로운 눈과 검은 털을 가진 그 개가 미친 듯 울부짖으며 잔디밭을 가로질러 달리는 모습을 그는 물끄러미 바라보고, 혹은 바라보지 않고, 나는 그런 그의 모습을 물끄러미 바라본다. 날카로운 눈과 검은 털을 가진 개가 잔디공원을 한 바퀴 도는 데는 5분이 채 걸리지 않는다. 개는 한 바퀴만 도는 것이 아니고 가장자리를 따라서만 도는 것도 아니다. 여러 바퀴를 돌기도 하고 반 바퀴만 돌기도 한다. 지그재그로 뛰기도 하고 곡선을 그리며 춤을 추듯 달리기도 한다. 개에게 어떤 규칙이 있을 거라고 기대할 필요는 없다. 때때로 개는 공원 한복판의 호수를 향해 뛰어든다. 그가 호수에 뛰어드는 것은 호수에 떠 있는 나무토막 때문이다. 호수에 떠 있는 나무토막을 물고 물 밖으로 나온 개는 잔디밭을 춤추듯 뛰어다닌다. 누가 던졌는지, 어디서 떠내려왔는지 알 수 없는 물 위의 나무토막이 개에게 주인과 놀던 지난 시절의 기억을 불러내는 모양이라고 나는 생각한다. 해가 질 무렵 공원에서 개의 주인이 호수 속으로 나무토막을 던져 넣는 모습을 보는 일은 어렵지 않다. 주인이 던진 나무토막을 건지기 위해 충성스런 개는 재빨리 물속으로 뛰어들고 물이 깊으면 헤엄을 쳐서라도 기어이 나무토막을 물고 돌아온다. 그것은 개와 개 주인 사이의 놀이이다. 물 위에 떠 있는 나무토막을 보는 순간 기억의 지시를 받은 검은 털의 눈빛이 날카로운 개는 본능적으로 물속으로 뛰어들고 기어이 나무토막을 물고 밖으로 나온다. 그러나 불행하게도 그가 건져 온 나무토막을 받고 등을 쓰다듬으며 다시 새로운 과업을 부여해줄 주인은 존재하지 않는다. 개는 나무토막을 입에 문 채 날뛸 수밖에 없다. 주인과 잘 놀고 잘 지낸 개일수록 잘 길들여진다. 잘 길들여진 개일수록 주인과 놀던 일을 잊지 못하고 따라서 주인의 부재를 더욱 크게 느낀다. 공유하고 있는 기억이 많으면 헤어지기가 어렵고, 헤어진 다음에는 견디기가 어렵다. 공유하고 있는 기억이 많으면 과거에 집착하게 되고 과거에 했던 일을 떠올리게 되고 과거의 시간 속에 사는 것처럼 살게 되고, 과거의 시간 속에 사는 것 같은 착각을 가지고 현재를 살게 된다. 그는 지금 여기 있지만 지금 여기 있는 것이 아니다. 그는 지금 여기 있지만 지금 여기는 그를 간섭하지 못한다. 우리는 우리를 간섭하는 것들과 함께 산다. 혹은 우리를 간섭하는 것들이 우리를 살게 한다. 간섭하지 않는 것들은 우리와 같이 살지 않는 것들이고 우리를 살게 하지 않는 것들이다. 그를 간섭하는 것은 과거의 시간이다. 그는 지금 여기 없는 자이다. 그는 없는 자로 지금 여기를 산다. 나무토막을 입에 문 채 날뛸 수밖에 없는 것이 과거만 있고 지금은 없는 자로 사는 개의 삶이다. 새로운 현재를 기대하느라 자신을 없는 자로 만든 남자가 과거의 시간에 고착되어 자신을 없는 자로 만든 개의 날뛰는 모습을 보고 있다. 내 눈에는 그가 객석에 앉아 공연을 보고 있는 것처럼 보인다. 그러나 무대와 객석은 뚜렷하게 구분되지 않는다. 무대 위의 공연자가 무대를 객석까지 넓히면 객석은 무대가 된다. 무대 위의 공연자가 객석의 관객을 공연 속으로 끌어들이면 관객은 공연자가 된다. 나무토막을 입에 문 채 어쩔 줄 몰라 하며 잔디공원을 날뛰던 검은 털의 개는 그가 앉은 의자 앞에 무릎을 꿇고 얌전히 앉는다. 그를 향해 고개를 쳐들고 무언가 갈구하는 눈빛을 보내고 있는 개를 그는 한동안 내버려둔다. 입을 벌리지 못하고 끙끙거리는 개의 목소리가 내 귀에까지 들리는 듯하다. 나는 그가 개에게 호응하기를 바라는지 바라지 않는지 알 수 없다. 나는 그가 관객이 아니라 연기자가 되어 공연하기를 바라는지 바라지 않는지 알 수 없다. 나의 입장에서는 관객인 그는 이미 공연자이고 그가 앉아 있는 객석도 이미 무대이다. 이윽고 그가 나무토막을 개의 입에서 빼낼 때 나는 내가 이 공연을 계속 보고 싶어하는지 보고 싶어하지 않는지 알 수 없어진다. 공연은 너무 뻔해서 시시할 것 같기도 하고, 어떻게 전개될지 알 수 없어 흥미진진할 것 같기도 하다. 시시하든 흥미진진하든 공연은 이어질 것이고, 나는 시시한지 흥미진진한지 확인하기 위해서라도 공연을 지켜보아야 한다. 그가 나무토막을 호수를 향해 던진다. 눈빛이 날카롭고 털이 검은 개는 곧장 몸을 일으켜 연못으로 뛰어든다. 폴짝폴짝 뛰는 폼이 기쁨에 겨워 어쩔 줄 몰라 하는 것처럼 보인다. 개가 다리를 움직일 때마다 물살이 튀어오른다. 나무토막을 물고 돌아온 개는 주인 앞에서 하듯 그 앞에서 폴짝폴짝 제자리뛰기를 하는데, 그 모습이 흡사 춤을 추는 것 같다. 그는 개를 가진 주인이 자기 개에게 하듯 목덜미를 쓰다듬은 다음 나무토막을, 이번에는 몸을 일으켜서 힘껏 호수를 향해 던진다. 나무토막이 공중에 포물선을 그리며 날아간다. 개가 나무토막이 떨어진 지점을 향해 번개처럼 달려간다. 얼마나 빠른지 나무토막이 떨어지기 전에 낙하지점에 먼저 도착해서 기다리고 있는 것처럼 느껴진다. 개가 물어 오면 그가 받아서 다시 던진다. 그가 던진 나무토막을 개가 다시 물어 오고, 개가 물어 온 나무토막을 그가 또다시 던진다. 그는 자갈이 깔린 물가에 가까이 다가가서 더 멀리 나무토막을 던진다. 그의 신발이 물에 젖는다. 신발이 물에 젖어도 개의치 않는다. 나무토막이 더 멀리 날아가면 개도 더 멀리 뛰어 들어간다. 발이 닿지 않으면 헤엄을 친다. 헤엄을 쳐서라도 물 위에 떠 있는 나무토막을 물어 온다. 그 단순한 동작이 되풀이된다. 언제까지고 끝날 것 같지 않다. 연못에서 피어오른 안개가 가끔 호수 속으로 들어간 개의 모습을 감춘다. 개는 갑자기 사라졌다가 불쑥 모습을 드러낸다. 안개가 서서히 몸집을 불리며 잔디공원을 덮어가는 장면은 언제 봐도 장관이다. 나는 연못에서 기어나온 안개가 서서히 몸집을 불리며 사방으로 퍼져 나가는 장면을 놓치고 싶지 않기 때문에 창문 앞에서 꼼짝하지 않는다. 안개는 꿈틀거리며 몸을 틀고 잔뜩 웅크렸다가 팔을 벌리고 하늘로 솟구쳤다가 넝쿨식물처럼 뻗어 나간다. 느리지만 쉬지 않는다.

그와 개는 보였다가 보이지 않았다가 한다. 문득 사라졌다가 불쑥 나타났다가 한다. 그러나 이제 그들의 움직임은 내 관심을 끌지 못한다.

주인공이 무대에 등장하면 관객의 시선은 저절로 주인공에게로 쏠린다. 이제까지 관객의 눈길을 사로잡았던 이들은 아직 그대로 무대에 있지만, 적어도 이제까지와 같은 비중으로 관객의 눈길을 사로잡지는 못한다. 안개는 꿈틀거리면서 솟구치면서 뻗어 나간다. 소리는 들리지 않지만 흡사 음악에 맞추어 춤을 추는 것 같다. 잔디공원은 개와 그의 놀이터가 아니라 안개의 놀이터다. 잔디공원 안의 모든 것, 연못과 나무와 의자와 개와 그를 포함한 모든 것이 안개의 놀잇감이다. 안개는 잔디공원 안의 모든 것을 가지고 논다. 가끔 나무토막이 물 위에 떨어지는 소리가 들리고 개가 물속으로 들어가는 소리가 들리고 물속에서 나온 개가 쓰다듬어달라고 목덜미를 내밀며 끙끙거리는 소리가 들린다. 형체는 희미하게 가끔 보이거나 거의 보이지 않고 소리만 들린다. 소리는 동작을 떠올리게 하지만 소리가 떠올린 동작은 완전하지 않다. 소리조차 안개의 위용에 눌려 흐릿해지고 스러진다. 상상으로 불완전한 부분을 채워 완성해야 하지만 안개는 상상력의 활동도 막는다. 눈앞에 펼쳐진 장면이 압도적일 때는 모든 감각이 멈춘다. 감각의 지원을 받지 않으면 상상력은 전원이 연결되지 않은 전기제품처럼 쓸모없어진다. 관객은 눈앞에 펼쳐진 장면에만 몰두하도록 요청받는다. 모든 걸작들은 폭군과 같다. 관객들을 무기력하게 하고 주눅 들게 하고 복종하게 한다. 첨벙거리는 요란한 물소리가 한참 동안 들리는 듯하더니 어느 순간 더 이상 어떤 소리도 들리지 않는다. 안개가 두터운 막이 되어 소리를 잡아먹기 때문인지 두터운 막 안에서 아무 소리도 만들어지지 않기 때문인지 알 수 없다. 안개 속에 있는 것은 안개다. 그에게 그가 가지고 다니는 책의 주인이 어떻게 사라졌는지 이야기하지 않았다는 생각이, 그 와중에 문득 떠오르고, 말하려고 기회를 노린 적도 없지만 그에게 말하지 않기를 잘했다는 생각이 스쳐가고, 어차피 말할 필요가 없어졌다는 생각이, 그래서 다행이라든지 불행이라든지 하는 판단과 상관없이 든다. 나는 여관을 덮치기 위해 긴 팔을 쭉 뻗는 안개를 무엇에 붙들린 것처럼 홀린 눈으로 바라본다. ■

김인숙

해삼의 맛

1963년 서울 출생. 연세대 신방과 졸업.
1983년 『조선일보』 등단. 소설집 『함께 걷는 길』 『칼날과 사랑』 『유리 구두』
『브라스밴드를 기다리며』 『그 여자의 자서전』 『안녕, 엘레나』 등.
장편소설 『핏줄』 『불꽃』 『79-80 겨울에서 봄 사이』 『긴 밤, 짧게 다가온 아침』
『그래서 너를 안는다』 『시드니 그 푸른 바다에 서다』 『먼길』
『그늘, 깊은 곳』 『꽃의 기억』 『우연』 『봉지』 『소현』 등.
〈한국일보문학상〉 〈현대문학상〉 〈이상문학상〉 〈이수문학상〉 〈대산문학상〉 〈동인문학상〉 수상.

해삼의 맛

그가 술을 마시기 시작한 건 아내의 정신이 나가버린 뒤부터의 일이다. 그러니까 아내가 미쳐버린 후부터. 그 전까지 그는 술을 즐기는 사람이 아니었다. 즐기고 싶어도 즐길 수 없는 것이 선천적으로 술과는 맞지 않는 체질이었기 때문이다. 소주를 한 잔만 마셔도 얼굴이 붉어지는 것은 물론이거니와 눈알이 빨개졌고 두피와 심지어는 거웃 속의 사타구니까지도 빨개졌다. 붉어지는 얼굴이 부끄러움일 것은 없었다. 문제는 불면과 두통이었다. 알코올이 흡수되기가 무섭게 지끈거리기 시작하는 머리는 애당초 과음이라는 걸 불가능하게 만들었다. 그리고 어설프게 마신 술은 불면으로 이어졌다. 술잔을 입에 대는 날마다 어김없이 머리 꼭대기를 정으로 내리 쪼는 듯한 두통을 끌어안고 밤을 지새우지 않을 수 없었다. 이튿날 아침이면, 전날 코가 비뚤어지도록 술을 마시고 여전히 숙취에서 헤어나지 못하고 있는 동료들보다 그의 얼굴이 더 나빴다. 그런데도 피할 수 없는 술자리는 매일같이 있었고, 당연히 그는 매일같이 잠을 잘 수가 없었다. 그가 버스회사로 직장을 옮긴 이유 중의 하나는 잠 때문이기도 했다. 운전을 하는 사람들은 술을 덜 마실 수밖에 없으리라고 짐작했던 것이다. 그의 생각은 반은 맞고 반은 틀렸다. 운전은 365일 하는 것이 아니라 밤과 낮으로 나뉘어졌고, 또 당번과 비번으로 나뉘어졌다. 술자리도 그렇게 나뉘어 이어졌다. 술자리에 끼지 않을 때에는 운전을 해야 했고, 운전을 하지 않을 때에는 술자리에 끼어야 했으므로 잠을 잘 수 없는 것은 여전했다. 그렇다고 죽을 지경이었던 것은 아니다. 불면도 지속되다 보면 일종의 습관이 되는 것이고, 몸도 자신의 습관을 받아들였다.

아내는 버스회사 옆의 식당에서 일하던 여자였다. 주로 밥을 팔았지만 가끔은 술도 팔고 몸도 팔았다. 그에게 그렇다고 말한 적은 없었지만, 아마 그랬을 것이다. 아내가 그의 몸에 있는 화상의 흔적을 문제 삼지 않은 것처럼, 그 역시 아내의 과거를 문제 삼지 않았다. 식당에서 일할 때 아내는 그의 술잔에 술을 항상 조금씩만 채워주었다. 남모르게 대신 마셔주기도 했다. 그러다가 그와 눈이 마주치면 항상 조금씩만 웃어 보였다. 그는 그 여자와 살림을 차렸고, 혼인신고를 올렸고, 그리고 아이를 낳았다.

노모와 함께 사는 그의 집은 버스회사 바로 옆에 있었다. 군대에서 운전병을 했던 그에게 버스회사의 취직을 권유한 사람은 노모였다. 노모는 집 근처에 있는 버스회사의 사정을 잘 알았고, 그 근처의 어떤 식당이 밥만 파는지 술도 파는지도 알았다. 그러니까 술만 파는지 몸도 파는지도 알았다는 소리다. 그가 아내를 처음 집에 데려갔을 때 노모의 주름진 입매가 꽃꽃했다. 무릎 위에 올려놓은 주먹 쥔 손이 한 번도 펴지지 않았다. 그러나 반대는 하지 않았다. 그에게는 한쪽 팔과 등에 심한 화상 자국이 있었다. 노모의 잘못은 아니었다. 그가 어렸을 때 친구들과 함께 집 밖에서 벌였던 불장난이 원인이었다. 외진 곳의 폐가 한 채를 태우고, 그는 화상을 입었다. 그 후 그는 여름에도 짧은 소매의 옷은 입을 수가 없었다. 여자를 사귀기 쉽지 않았던 것은 물론이다. 결혼이 늦는다며 성화에 받치곤 하던 노모도 그 사정을 모르지는 않았을 것이다.

결혼생활은 무난했다. 그가 기대하고 짐작했던 대로의 시간들이 무난히 흘러갔다. 노모는 여전히 며느리를 마음에 들어 하지 않았지만, 그렇다고 심하게 구박을 하는 것 같지는 않았다. 가끔 그에게 며느리에 대한 불만과 욕설을 털어놓긴 했지만, 아내의 과거를 흠잡는 말은 없었다. 아내는 말수가 아주 적은 여자여서 노모의 불만은 오직 거기에만 있었다. 여우하고는 살아도 곰하고는 못 산다고 했다고, 노모가 입에 달고 살았던 말이다. 처음에는 그냥 곰이라고만 하더니 나중에는 미련퉁이라고 하고, 더 나중에는 복장이 터지게 답답한 년이라고도 했다. 노모의 욕설에 신경이 거슬리지는 않았다. 늙은 사람들은 누구나 욕을 하기 마련이었고 노모와 아내의 관계도 그저 그가 짐작했던 정도였기 때문이었다.

아이는 늦지도 빠르지도 않게 생겼다. 아내의 입덧이 유별나기는 했지만 걱정할 정도는 아니었다. 아내의 입덧이 심해지면서 노모의 욕설도 심해졌지만 그것도 그저 그러려니 했다. 어쨌든 열 달 내내 입덧을 하지는 않을 터이고, 어쨌든 뱃속에 든 아이는 나올 것이고, 그 아이를 가장 바라고 기다리는 사람이 또한 노모인 것을 알았기 때문이었다. 아이가 태어났다. 건강한 남자아이였다.

결혼식을 하지는 않았지만 살림을 차리고 혼인신고를 올리고 또 아이를 낳는 동안에도 그는 술을 마셨다. 사실 그는 남들이 술을 좋아하는 것만큼이나 그런 술자리들을 즐겼다. 그는 누구보다 많이 웃고 떠들고, 그리고 상스러운 농담도 잘했다. 여전히 술은 두통으로 이어졌지만, 아내가 생긴 후부터는 잠이 달았다. 그즈음의 어느 날 밤, 그는 아마 행복하다고 생각했을 것이다. 행복이란 게 뭐 별거겠는가.

그런데 아내가 미쳐버린 것이다. 아이가 돌을 맞이할 무렵의 일이었다. 그는 아직도 그날의 무더위를 잊을 수가 없다. 비번이었던 그날, 그는 늦은 아침을 먹고 노모가 썰어준 수박을 한 접시 다 비운 후, 배를 드러낸 채 마루에서 낮잠에 빠져 있었다. 잠이 들어 있는 동안에도 땀이 무지하게 흘러 대자리를 깐 바닥이 축축했다. 축축한 잠자리 때문에 그는 아마도 악몽에 시달렸을 것이다. 무엇인가 그를 짓눌러 숨이 막히는 듯했는데, 모르겠다, 그것이 나중에 생겨난 연상인지, 아니면 그날 진짜로 꿨던 꿈인지는. 노모는 방 안에서 잠든 아기에게 부채질을 해주다가 역시 깜빡깜빡 잠이 들어 나중에는 아예 드르렁드르렁 코 고는 소리를 내고 있었다. 그의 악몽 속에 스며들었던 그 코 고는 소리를 그는 역시 지금까지도 기억한다. 그때 아내는 부엌에서 그의 늦은 점심을 준비하고 있는 중이었다.

아이가 언제 깨어 일어나, 울음을 터뜨리지도 않고, 혼자 기어서 방과 부엌 사이의 문으로 갔는지는 모를 일이다. 삶은 국수를 물에 헹궈내던 아내가 문득 고개를 돌려 보았을 때, 문턱까지 기어 온 아이가 벽을 잡고 일어서는 것이 보였다. 아이가 걸음마를 시작하려고 하는 것이다. 아내의 입에서 환한 미소가 퍼져나왔다. 빛살 같은 미소였다. 아내가 두 팔을 활짝 벌리고 아이를 향해 다가갔다. 바로 그때 아이가 고꾸라졌다. 고꾸라진 아이는 부뚜막 위의 물솥으로 첨벙, 떨어졌다.

그 망할 놈의 집 구조가 그랬다. 방문은 마루를 통해 나 있었지만, 방 안의 또 하나의 문이 부엌과 통하게 되어 있었다. 드나드는 문이 아니라 음식을 들이고 내가는 정도의 문이었다. 집을 지을 때는 사람도 드나들게 만든 문이었겠지만, 나중에 온돌을 다시 놓으면서 문 바로 앞에 아궁이를 만들어야만 했다. 아궁이에는 부뚜막이 얹어졌고, 부뚜막에는 가마솥이 걸렸다.

아내의 비명 소리를 그는 꿈결에 들었다. 그 비명 소리가 어찌나 악착같았는지, 자리에서 벌떡 일어난 그는 정신을 차릴 사이도 없이 부엌으로 뛰어갔다. 그러는 동안에도 내내 꿈을 꾸고 있는 것만 같았다. 아내가 물솥에서 건져올린 아이를 끌어안지도 못한 채 마치 수박덩이를 들 듯이 두 손으로 들고 있었다. 한여름이었던 것이 천만다행이었다. 가마솥에는 물이 가득 있었지만, 그것은 따로 수도가 없는 부엌에서 쓰려고 마당에서 길어다 놓은 찬물이었다. 솥에 빠질 때 잠깐 숨이 멈췄던 아기는 곧 그 멈췄던 숨이 죽을 만큼 억울하기라도 한 것처럼 있는 힘을 다하여 울어젖혔다. 걱정할 만한 일은 아무것도 일어나지 않은 듯했다. 그랬음에도 그는 잔뜩 화가 치밀어 욕설을 내뱉지 않을 수 없었다. 어떻게 안 그럴 수가 있겠는가. 병신 같은 년이 왜 솥뚜껑은 열어놓고 있었더란 말인가. 그 욕설은, 부엌으로 통하는 문을 닫아놓지도 않은 채 홀딱 잠이 들어버린 노모를 향한 것이기도 했다. 그때 노모는 어찌나 놀랐던지 누운 자리에서 다 일어나지도 못한 채 두 팔만 허우적거리고 있었는데, 미쳐 보이기로는 노모가 더 그랬다.

그가 계속해서 욕설을 내뱉으며 아이를 받아 안기 위해 두 손을 내밀었다. 순간 그의 손이 멈칫했다. 아내가 그를 쳐다봤다. 그러나 그는 아무 말도 할 수가 없었다. 그러니까 물솥에 담갔다가 빼낸 아내의 팔이…… 빨갛게 부풀어올라 있었던 것이다. 화상이 분명했다. 그것도 아주 심하게 덴.

노모는 그것이 귀신의 장난이라고 했다. 워낙에도 굿을 좋아하는 양반이었다. 무당이며 점쟁이에게 갖다 바친 돈이 얼마인지도 알 수 없었다. 다른 때라면 그는 노모의 말을 귓등으로도 안 들었을 것이다. 그러나 이번 일만큼은 달랐다. 그는 놀랐던 마음을 진정시키지 못한 채 혼절한 듯 잠에 빠져든 아내를 내려다보며 두려운 마음을 금할 수가 없었다. 시간이 흐르면서 아내의 팔에서는 화기가 점점 사라졌다. 부풀어올랐던 흔적도 가라앉았다. 그렇더라도 아내가 찬물에 팔을 데었었다는 사실이 사라지는 것은 아니었다. 어미의 마음이 어디까지에 이르면 그런 일이 일어날 수 있는 것일까. 아이가 물솥에 빠지는 순간 아내는 아마 그때가 한여름이라는 것을 잊었을 것이다. 방금 전에 펄펄 끓여냈던 국수 삶는 물을 또한 떠올렸을 것이다. 상상만으로도 화상이 깊었을 것이다. 그렇더라도 찬물에 팔을 데이다니…….

귀신의 장난이라는 노모의 말은 옳았다. 죽은 듯이 몇 시간 동안이나 잠을 자던 아내가 깨어 일어났을 때, 그 눈이 전과 달랐다. 아이가 솥에 빠졌던 것을 기억하지도 못했다. 그는 또 터져나오려는 욕설을 참았다. 어미의 놀란 마음이 이해되었기 때문이었다. 그러나 그 이튿날도, 또 그 이튿날에도 아내의 눈은 정상으로 돌아오지 않았다. 뭔가가 빠져버린 듯했다. 그리고 아내는 다시는 아이를 안으려고 하지 않았다. 젖도 먹이려고 하지 않았고, 기저귀도 갈아주려고 하지 않았다. 그와 노모가 억지로 아이를 갖다대주면 비명을 질렀다. 그리고 울음을 터뜨리기 시작하는데, 그때마다 팔이 빨갛게 익었다.

노모는 굿을 했다. 무당이 빗자루같이 생긴 신대로 아내의 머리와 어깨를 마구 후려갈겼지만, 아내에게 붙은 귀신은 떨어져 나가지 않았다. 여기저기에 피멍만 생겼을 뿐이었다. 노모는 거침없이 아내에게 상욕을 해대기 시작했다. 미친년이, 밑구멍이나 팔아먹고 살던 년이, 집안 망해먹을 년이……. 그러나 그 어떤 욕설도 아내를 다시 제자리로 돌아오게 만들지는 못했다. 아내는 가만가만히 웃으며 시어머니의 욕설을 듣고, 가만가만히 청소를 하고, 가만가만히 빨래를 했다. 그와의 잠자리도 그렇게 했다. 아내의 몸속에다가 가진 것을 쏟아붓다가 문득 눈을 떠 아내를 내려다보면, 아내는 가만가만히 웃고 있었다. 소름이 확 끼쳤다.

아내가 자신이 해야 할 일 중에서 가장 중요한 일, 그러니까 아이를 돌보는 일을 하려고 하지 않았으므로 어쩔 수 없이 노모가 도맡아 아이를 챙겨야만 했다. 노모는 시장에다 좌판을 벌이던 일을 그만두지 않을 수 없었고, 그렇게 해서 집안의 수입 하나가 끊겼다. 때맞춰 군대에 갔던 동생이 제대를 하고 돌아와 먹어야 할 입이 하나 더 생겼다. 그가 엄청나게 술을 마셔대기 시작했으므로 술값도 늘었고, 숙취 때문에 툭하면 출근을 하지 못했으므로 그의 월급도 줄어들었다. 그 시절에 일어난 좋은 일이라고는 음주 후의 두통이 사라졌다는 것뿐이었다. 몸이 그의 습관을 다른 쪽으로 받아들이고 포기해버린 것이다. 불면도 마찬가지였다. 그는 늘 만취했으므로, 그가 잠들려고 노력하기도 전에 잠이 먼저 그를 뒤덮어버렸다.

어떤 불행에도 불구하고, 아니 불행한 일이 일어났을 때는 오히려 더 돈이 필요한 법이었다. 그는 동생의 방 한가운데를 판자로 막아 방을 두 개로 나누었다. 그렇잖아도 크지 않았던 방이 관짝 같은 크기로 나뉘어졌다. 그는 그 방에 월세를 놓았다. 세입자는 금방 들어오지 않았다. 겨울 무렵에야 세입자 하나가 들어왔는데, 어찌나 지독한 인간인지 겨우 내내 한 번도 방에 불을 때지 않았다. 동생이 안방의 연탄을 훔쳐다가 불을 땠다. 방을 두 개로 나누면서 아궁이는 두 개로 놓지 않았기 때문에, 어느 쪽이든 불을 때지 않으면 둘 다 얼어 죽어야 할 판이었던 것이다. 겨우 내내 남의 집 연탄을 공짜로 쓰고도 세입자는 고맙다는 말도 한마디 하지 않았다. 겨울이 지나자 기다렸다는 듯이 방을 나가버렸다.

또 다른 세입자가 들어올 때까지, 그가 그 방을 썼다. 술에 만취한 채 들어와서는 자기 방을 잘못 찾은 것처럼 그 방으로 들어가 맨바닥에 드러누웠다. 그리고 그는 판자 하나를 사이에 두고 동생과 얘기를 나누었다. 없는 돈에 대학까지 보내준 놈이었다. 그는 그놈이 앞으로 뭐가 되고 싶어하는지 알고 싶었다. 공대를 다니니 의사나 판사 같은 건 될 수 없으리라. 그렇더라도 자기처럼 운짱 노릇을 하는 일도 없으리라. 그는 동생을 사랑했다. 썩 잘하는 공부가 아니어서 썩 좋은 대학에는 못 들어갔지만 그래도 대학에 합격했을 때에는 세상 아무것도 부러울 것이 없는 것처럼 그의 마음이 흡족했었다. 동생은 잘 자라 좋은 여자와 결혼을 하고, 걷기도 전에 물솥에 빠지는 새끼 같은 거 말고, 진짜 근사한 새끼들을 낳아 기를 것이며, 무한히 행복하게 될 것이다. 동생의 앞날이 꿈속으로 들어와 그의 잠이 흐뭇했다. 당장 먹을 돈도 부족한 주제에 그는 판자 너머의 동생에게 땅땅 큰소리를 쳤다. 원하면 대학원에도 가라. 유학도 보내준다. 그러니 데모만 하지 마라. 버스운전수에게 데모하는 학생 놈들처럼 원수 같은 놈들은 없었다. 동생도 그걸 잘 알았다. 누구나 데모를 하는 시절이었지만, 동생은 하지 않았다. 그는 늘 동생에게 넉넉한 용돈을 주고 싶었다. 돈은 아니었지만, 넉넉한 토큰을 주었다. 버스승차권을 토큰이라고 부르던 시대였다. 직접 버스비를 받던 안내양이 사라진 후, 운전기사에게 삥땅의 기회가 많아졌다. 어느 날은 한 움큼씩, 어느 날은 한 주머니씩 그는 동생에게 토큰을 쥐어주었다. 나머지는 그의 어머니가 내다 팔았다.

몇 달 동안 비어 있던 방에 다시 세입자가 들어왔다. 여름이었으므로 연탄을 축낼 일은 없을 것이다. 겨울이라도 그렇게 할 사람처럼 보이지는 않았다. 얌전해 보이는 여학생이었고, 대학에 다닌다고 했다. 싼 방을 찾는 것 같았지만, 그보다는 조용한 방을 더 탐내는 것 같았다. 그 망할 놈의 집에는 문이 어찌나 많았는지, 세입자가 따로 드나들 수 있는 문도 있을 정도였다. 동생의 방을 두 개로 나눌 수 있었던 것도 그 코딱지만 한 방에 문이 두 개나 있었기 때문이었다. 아무튼 여학생은 그 정도의 헐값에 따로 드나드는 문을 가진 방을 마음에 들어 하는 것 같았다.

그는 다시 아내의 방으로 돌아와야만 했다. 미친 것은 분명했지만, 그렇다고 딱히 미친 티를 내지도 않는 아내는 그의 이부자리를 따로 펴고 그가 편안히 잠들 수 있도록 숨소리를 죽였다. 그는 등을 돌리고 잠을 잤다. 등을 돌리고 잠들었으나 때때로 깨어보면 아내의 몸에 붙어 누워 있었다. 어려서부터 그의 잠습관이 유별났다. 온 방 안을 다 헤매며 잔다고 했다. 그러나 벽이나 책상다리나 장롱서랍 따위가 그를 잠에서 깨어나게 하는 적은 없었다. 아내의 몸은 달랐다. 뭔가 거치적거리는 것이 있어 눈을 뜨면, 번번이 그것이 아내의 몸이었다. 정확히 말하자면 팔이었다. 아내는 정신이 나가버린 후에 그 틈을 메우려는 듯 무섭게 살이 쪘다. 그는 아내의 통통한 팔을 어둠 속에서 바라보았다. 그때마다 자신의 몸에 있는 화상의 자리들이 맹렬히 가려웠다.

그의 몸에 있는 화상의 흔적들은 끔찍했다. 저수지가 있는 마을에서 자랐음에도, 화상을 입은 후에는 수영 같은 건 엄두도 낼 수 없었다. 아무리 더워도 남들 보는 데에서는 등목도 할 수 없었다. 도시에 나온 후에는 목욕탕에도 가지 않았다. 그랬음에도 때때로 벗은 몸을 누구에겐가 보여주지 않을 수 없을 때가 있었다. 체육시간에 조용히 옷을 갈아입는 그를 친구들이 피했다. 입대하기 전에 처음으로 갔었던 창녀촌에서 창녀는 인상을 찌푸렸고, 그는 창녀의 뺨을 갈겼다. 창녀의 기둥서방이 달려왔다. 그날 그가 돈 내고 한 일이라고는, 그저 흠씬 얻어터진 것뿐이었다.

아내의 팔은 빨갛게 부풀어오를 때조차도 그의 화상의 흔적만큼 흉하지는 않았다. 그저 부풀어올랐다가 시간이 흐르면 언제 그랬냐 싶게 가라앉는 정도였다. 그런데도 그는 그 팔이 자신의 화상 자국보다도 더 끔찍하게 여겨졌다. 적어도 자신의 흔적은 그렇게 사라졌다 나타났다 하지는 않는 것이다.

아내가 미쳐버리지만 않았더라도, 그가 아내의 팔에 대해 그렇게 끔찍한 이물감을 느끼지는 않았을지 모른다. 아마도 그랬을 것이다. 사실은 그는 아내에 대한 분노를 참을 수가 없는 것이다. 아무리 놀랐더라도 그렇지, 새끼 때문에 놀란 어미의 마음이 어떻게 그토록 멀리 가버릴 수가 있는 것이란 말인가. 아내의 집안에 원래 미친병이 있었다는 무당의 말을 노모가 전해주었을 때, 그는 버럭 화를 내기는 했지만, 께름칙한 마음이 오래 남았다. 어쩌면 그랬을지도 모른다. 누가 알겠는가. 그는 아내가 조실부모했다는 것 이외에 아내의 집안에 대해 아는 것이 별로 없었다.

아내의 곁에서 잠드는 밤들, 그는 수시로 악몽에 시달렸다. 개들에게 쫓기는 꿈이었다. 전에는 그런 꿈을 꾼 적이 없었다. 그런데 난데없이 웬 개들이란 말인가. 송아지만 하게 큰 몸집의 시커먼 개들이 사나운 이빨을 드러내고 침을 철철 흘리며 그를 쫓아 달려왔다. 개에게 물린 그의 몸에서 살점이 뚝뚝 떨어져 나왔다. 선혈로 낭자한 자신의 몸을 내려다보며 그는 비명을 질렀고, 자신의 비명 소리에 놀라서 잠이 깼다. 늘 여전히 한밤중이었다. 대부분은 다시 잠들었지만, 때로는 그대로 새벽을 맞이해야 할 때도 있었다. 그는 피난을 가듯 동생의 방으로 건너갔다. 두 개로 나뉘어진 좁은 방, 겨우 이부자리 하나만을 펼칠 수 있는 방이었다. 그는 잠든 동생의 몸을 판자벽 쪽으로 밀어붙였다. 동생은 투덜거리지 않았다.

그 괴상한 소리를 들은 것이 바로 그날 밤의 일이었다. 동생 곁에 이르러서야 겨우 잠에 드는가 싶던 그가 자리에서 벌떡 일어나 앉으며 눈을 둥그렇게 떴다. 옆방에서 들려오는 소리였다. 자기도 아내처럼 미친 것이 아니라면, 옆방의 여학생이 한밤중에 뭔가를 두들겨 부수고 있는 게 틀림없었다. 설마 그럴 리야 없겠지만, 마치 착암기로 방바닥을 뚫어대는 듯했다. 그런 생각이 얼마나 미친 생각인지를 알고 있었으므로 그는 잠시 귀를 기울이고만 있었다. 동생은 깨어 있었다. 당연한 일이었다. 저런 소음 속에서 어떻게 잠을 잘 수가 있겠는가.

"저게 뭐냐? 옆방에서……."

그가 놀라 묻는데, 동생이 입에 손가락을 갖다 댔다. 조용히 하라는 뜻이었다. 동생이 입술만 움직여 소리 없이 말을 하는데, 어두워 잘 보이지는 않았으나, 역시 조용히 하라는 말로 보였다.

"왜?"

그도 입술만 움직여 물었다.

"다 들려. 조용히 해."

그러니까 그 방은 얇은 판자 하나로 가운데를 막아놓은 방이었던 것이다. 무슨 소리든 들리지 않는 소리가 없었을 것이다. 불행히도 여학생은 그 사실을 알지 못하고 있는 듯했다. 조용한 방을 찾아 들어온 여학생이었으니, 벽이 판자인지 무엇인지도 알지 못했을 것이다. 동생이란 놈이 뜻밖에 흉물스러운 놈이었다. 저는 다 들으면서도 저의 기척을 감쪽같이 숨기고 있었던 것이 틀림없었다. 아마도 동생은 판자 너머에서 여학생이 속옷을 갈아입는 소리까지 들었을 것이다. 속옷인지 무엇인지는 알 수 없었겠으나, 속옷이라고 상상했을 것이다. 그리고 아마도 숨을 죽여가며 수음을 했겠지……. 웃음이 나왔다. 건강하다는 증거일 뿐이었다. 야단을 쳐야 할 이유는 없었다. 그러는 동안에도 착암기로 방바닥을 뚫어대는 듯한 소리는 계속해서 이어졌다. 그 엄청난 소음 때문에 그들이 무슨 말을 한다고 하더라도 저쪽 방으로 건너갈 것 같지는 않았다. 그랬음에도 그는 목소리를 낮춰 물었다.

"저게 뭐냐? 저 기집애가 무슨 짓을 하는 거야?"

"밤새 저러는 건 아니고…… 그냥 가끔 그래."

동생의 말은 거짓말이었다. 그 소리는 끊겼다 이어지고, 다시 끊겼다 이어지면서 새벽녘까지 지속되었다. 소리가 마지막으로 멈춘 후, 기침소리가 들렸다. 그리고 짐작대로 이부자리를 펴는 소리와 옷을 갈아입는 듯한 소리가 들렸다. 어느새 문밖이 환했다.

노모는 여학생에게도 토큰을 팔았다. 드나드는 문은 따로 있었지만 화장실은 마당에 있는 것을 같이 써야 했기 때문에, 노모는 화장실 앞을 지키고 있다가 토큰을 내밀곤 했다. 수줍음이 많은 여학생이었다. 필요 없다는 말을 하지 못해 노모가 내미는 대로 사는데, 나중에는 여학생 스스로가 토큰을 팔러 다녀야 하는 게 아닐까 생각될 정도였다. 노모는 토큰만 파는 게 아니라 여학생을 붙들어놓고 하고 싶은 무슨 말이든 떠들어댔다. 그의 아내에 대한 욕설이 거의 전부였다. 미친년이, 밑구멍이나 팔아먹고 살던 년이, 집안 망해먹을 년이……. 그 참혹한 얘기를 다 듣고 난 후에, 노모가 내미는 토큰을 여학생이 거절할 수는 없었을 것이다. 토큰 떨어졌지? 싸게 줄 테니 친구들한테도 좀 팔아볼테야? 욕설을 마친 노모가 눈을 가늘게 뜨고 웃어 보이면, 여학생은 매번 그 토큰을 받아들고 지갑을 열었다.

여학생의 방에서 나던 소리가 무엇인지를 알아낸 것도 노모였다.

"무슨 글을 쓴다는데 그걸 기계로 친다네. 전동타자기라나 뭐라나……. 그게 소리가 그렇게 크게 나는데 대신 빨리 쳐진다네. 무슨 얘기가 공부는 안 하고 소설을 쓴다니……. 그런데 저 애기 똥구멍이 막힌 모양이야."

노모의 말은 늘 그렇게 종잡을 수가 없게 왔다 갔다 했다. 그가 분간을 해서 듣는 수밖에는 없었다.

"변소에 한번 들어가기만 했다 하면 한 시간을 있는지 두 시간을 있는지, 원……. 아무튼 이 집 안엔 안 막힌 게 없어. 오죽하면 남의 집 애기 똥구멍까지 막혀. 아무래도 큰 굿을 한 번 해야 할 텐데."

여학생이 화장실에 오래 있는 것은 사실이었다. 그도 억지로 참고 있어야 할 때가 많았던 것이다. 화장실에서 나오는 여학생의 얼굴이 늘 창백했다. 깡마르고 곱상하게 생긴 여자아이였다. 그런데 소설을 쓴다니……. 학생이 무슨 소설을 쓴단 말인가. 그는 전동타자기라는 걸 본 적이 없었다. 어쩌면 여학생은 거짓말을 하고 있는 것일지도 모른다. 데모하는 학생 놈들이 자취방에서 유인물을 타자기로 찍어낸다는 소리를 들은 것도 같았다. 간첩이란 생각은 하지 않았다. 그는 어린 애가 아니었다.

그즈음의 어느 날 저녁, 그는 동네의 포장마차에 앉아 있었다. 이른 저녁이었으나 그는 아침부터 마신 술에 취해 있었다. 그날 새벽 첫차를 몰고 나가다가 사고를 냈기 때문이었다. 주임이 있는 대로 그에게 욕설을 퍼부으며 그에게서 차열쇠를 빼앗아 갔다. 포장마차는 모래내의 천변에 세워져 있었다. 서울의 외곽을 낮게 흐르는 개천 이름은 근사하게 부른다고 사하라고도 했으나, 누구도 그런 이름으로는 부르지 않았다. 모래내든 사하든, 개천에 모래 같은 것은 보이지 않았다. 대신 여름날 저녁이면 모기가 엄청났다.

새벽녘의 사고는 큰 사고는 아니었다. 차부車部에서 나가던 길에 개 한 마리를 칠 뻔했을 뿐이었다. 그러나 사고지점이 바로 회사 앞이었기 때문에 회사 사람들이 모두 그 일을 알아버렸고, 당장에 달려왔던 주임은 그의 입에서 쏟아져 나오는 술 냄새를 놓치지 않았던 것이다. 개를 쳐 죽일 뻔한 그에게 주임이 '개 같은 놈'이라고 욕했다. 정신이 없어 새겨듣지는 못했지만 '개새끼'라고도 했을 것이다. 욕설이 기분 나쁠 것은 없었다. 누구나 욕을 했고, 그도 마찬가지였으니까.

기분이 나쁜 것은 사고였다. 그것이 인사사고가 아니라고 하더라도 마찬가지였다. 송아지만 한 몸집의 시커먼 개였다. 그 개가 어두운 길 한복판에 서서 그를 바라보고 있었다. 헤드라이트 불빛이 점점 가까워짐에도 개는 움직이지 않았다. 마침내 헤드라이트 불빛 속에 온몸이 환히 드러나게 되었을 때, 개가 사나운 이빨을 드러냈다. 누군가의 살점을 물어뜯어 피가 뚝뚝 떨어지는 이빨이었다. 그는 급브레이크를 밟았고, 차는 인도 턱을 들이받았다. 버스 안에는 새벽 출근을 하는 사람들이 두어 명 정도 타고 있었지만 다행히 누구도 다친 사람은 없었다.

주임이 자신을 술 취한 놈 취급하고, 또 자신이 지난밤에 만취를 했던 것이 사실이기도 했지만, 그러나 술 때문이 아니었다는 말을 그는 하고 싶었다. 물론 변명이 통할 리가 없었다. 술 때문이 아니라 개 때문이었다는 말도 할 수가 없었다. 미쳐버린 아내 때문이라는 말은 더군다나 할 수가 없었다. 그는 집으로 돌아가는 대신 회사 근처의 식당으로 들어갔다. 국밥 한 그릇과 소주 반병을 시켰다. 아내가 예전에 일하던 식당이었다. 그사이 식당 주인이 바뀌었고, 일하는 사람도 모두 달라졌다. 그는 자작으로 술을 마시며 오래전 아내가 항상 조금씩만 따라주던 술잔을 떠올렸다. 아내는 그와 눈이 마주칠 때마다 가만가만히 웃어 보였었다. 그때 아내의 웃는 모습이 참 예뻤었다. 어쩌다가 일찍 부모를 잃었냐고 그가 물어본 적이 있었을 것이다. 불이 났었다고 했다. 온 집안이 다 타, 부모도 죽고, 부모를 잃은 후에는 형제들도 다 뿔뿔이 흩어졌다고 했다. 혹시 당신도 화상을 입었느냐고 물었더니, 그렇진 않다고 했다. 불로 부모를 잃었는데 어쩌자고 남은 기억은 물이라는 말도 했다. 소방차가 달려와 물기둥을 뿜어내는데, 그 거센 물에 자신의 숨이 넘어갈 뻔했다고 했었다. 그 말을 하면서 아내가 숨을 잘 쉬지 못했다.

그날 밤에 그가 자신의 벗은 몸을 아내에게 보여주었다. 아내가 그를 끌어안고 갑자기, 격렬히 울기 시작했다. 얼마나 아팠을까……. 얼마나 뜨거웠을까……. 울면서, 아내가 했던 말이었다. 아내가 그의 몸을 덮었을 때, 그의 몸 화상 자리에서 화기가 사라졌다. 거센 물이 거침없이 흘러나와 기억마저 모두 씻어내리는 듯했다. 아내의 집을 태운 그 불을 누가 냈더냐고, 그는 묻지 않았다. 불이란 사람이 내는 것만은 아니니까. 누전도 있고 합선도 있고, 도깨비불도 있는 거니까.

그의 몸에 화상 자국을 남긴 불은 그가 낸 것이었다. 저수지에서 종일 얼음을 지치며 놀다가 폐가에 들어가 몸을 녹이려고 불을 지폈었다. 처음 있는 일이 아니었기 때문에 무서운 줄도 알지 못했었다. 불이 어쩌다가 그렇게 크게 번진 것인지도 그로서는 알 수 없는 일이었다. 불을 끄려고 시도하지 말았어야 했었다. 불이 번졌을 때 그냥 도망을 치기만 했더라도, 폐가 한 채만 태웠을 뿐 그가 그토록 심한 화상을 입고 하마터면 죽을 뻔하기까지 한 일은 일어나지 않았을 것이다.

그리고 개 한 마리…… 기껏해야 개 한 마리가 타 죽었겠지. 개는 목줄을 묶어놓아 밖으로 나오지 못했다. 불이 조금만 덜 성했다면 수고들이지 않고 개 한 마리를 먹었을 텐데, 그만 다 타버렸다고 어른들이 입맛을 다시며 말했다. 노모가 그의 화상 자리에 개털을 갖다 붙여주었다. 그리고는 싸리 빗자루로 쓸어주었다. 온갖 신령을 갖다 붙이는 노모의 비손 소리가 그의 통증과 함께 지속되었다. 간신히 잠이 들면, 그는 온몸에서 개털이 숭숭 돋아나는 꿈을 꾸었다.

아침술에 취해, 그는 식당에서 그냥 잠에 빠져들었다. 깨어 일어났더니 어느새 점심 무렵이었다. 그는 반주를 곁들여 이른 점심을 먹었다. 여전히 미친 아내가 있는 집으로는 돌아가고 싶지 않았다. 점심시간이 되자 동료들이 식당에 나타나기 시작했으므로, 더는 그 식당에 있을 수가 없었다. 그는 천변에 주저앉아 다시 낮잠에 빠져들었다. 그러다 저녁이 왔고, 포장마차가 나오기 시작했고, 배가 또 고프기 시작했다.

소설을 쓴다는 여학생을 그 포장마차에서 만났다. 아마 저녁을 사 먹으러 들어온 길인 듯 포장마차 안으로 들어오던 여학생이 그를 보고 멈칫했다. 그가 그 여학생을 자신의 테이블로 불렀다. 술에 취하면 누구라도 말벗이 필요하기 마련이었다. 여학생은 조금 망설이는 듯했지만 거절을 하지는 못했다. 거절하고 싶었겠지만 그럴 수 있는 말을 찾지 못했을 것이다. 여학생이 그의 앞자리에 와 앉았고, 속삭이는 듯한 목소리로 우동 한 그릇을 시켰다. 그는 안주로 해삼 한 접시를 더 달라고 했다.

"무슨 얘기를 쓰는 거예요?"

그가 물었다. 여학생이 젓가락을 만지작거리며 가만히 웃어 보이는데, 그 웃음이 아내 같았다.

"소설가가 되려는 거예요? 좋은 대학 다니는 거 같던데 소설은 왜 쓰요?"

술 때문에 혀가 꼬여 발음이 잘 나오지 않았다.

"그냥요……."

여학생이 또 웃었다. 소리 내지 않는 웃음이었다.

해삼 접시가 테이블 위에 놓였다. 그가 한 토막을 초고추장에 찍어 먹었다. 수줍게 웃고 수줍게 말할 줄밖에 모르는 줄 알았더니, 여학생도 해삼을 잘 먹었다. 딱딱, 해삼이 입안에서 씹혔다. 해삼은 우적우적 씹어 먹는 게 아니라 있는 힘을 다해 딱딱 씹어 먹어야 하는 것이다.

"이봐요, 아가씨."

호칭이 마구 헷갈렸다. 학생이랬다가, 아가씨랬다가……. 조심하지 않았다가는 너라고 부를지도 모른다. 그는 무례한 사람이 아니었다. 다만 술에 취했을 뿐이었다.

"소설은 그냥 쓰는 게 아니에요."

"……."

"소설은 말이지…… 내 인생이 소설책 열 권인데…… 개 같은 인생이 소설책 백 권도 더 되는데…… 그걸 그냥 쓰면 안 된다 이그요. 빌어먹을 기계로 우당탕탕 치는 것도 아니라 이그요. 소설이란 건 말이지,

이 해삼처럼, 있는 힘을 다해 딱딱 씹어 삼키는 거라 이그요. 이 해삼처럼……."

그때 왈칵 울음이 솟구칠 것 같았다. 새삼스러운 일은 아니었다. 술을 본격적으로 마시기 시작한 이후, 두통이 사라진 대신 그 자리에 울음이 들어왔다. 술만 마시면 그가 툭하면 울었기 때문에 동료들도 더는 그와 술자리를 하는 걸 좋아하지 않았다. 그렇더라도 쥐꼬리만 한 계집애 앞이었다. 이따위 계집애가 자신의 눈물을 이해할 리 없었다. 그런데 소설을 쓴다고? 좆같이…… 네가 인생을 알아? 소설책 백 권짜리 인생을 네가 알아?

그가 갑자기 팔을 뻗어 테이블 건너의 여학생 팔을 잡았다. 여학생이 화들짝 놀라는 것 같았다. 겁을 내는 기색이 역력했다.

"여기부터 여기까지…… 여기부터 여기까지 데었다 이그요."

여학생은 그가 하는 말이 무엇인지 몰랐다. 그는 너무 취해 있었다. 자신부터가 무슨 말을 하고 있는지 잘 알지 못했다. 그렇더라도 혀가 꼬인 발음만은 어떻게 해야만 했다. 그는 머리를 두어 번 세차게 저어 정신을 차리려고 노력한 후, 다시 말을 이었다.

"내 집사람…… 애기 엄마…… 그 미친년이 찬물에 팔을 여기부터 여기까지 데었다 이 말이에요. 접시 물에도 코가 빠져 죽고, 찬물에도 몸이 데어 화상을 입는 거, 그게 인생이에요. 집사람이 왜 아이를 못 안는지 내가 모를 줄 알아요? 싫다 이거지……. 지 새끼 인생도 저처럼 될까봐 겁난다 이거지……. 지 아비란 놈같이 될까봐 겁난다 이거지……. 지긋지긋하다 이거지……. 그런데 어쩌겠냐 이그요. 내가 뭘 어쩌겠냐 이그요. 술이나 마실밖에, 뭘 어쩌겠냐 이그요. 이게 바로 소설이라 이그요. 알겠냐 이그요?"

"……"

"그런데 딱 한 가지 확실한 건, 그 집의 불은…… 그러니까 우리 집 사람 집에 난 불은 내가 낸 게 아니라 이그요. 맹세할 수 있다 이그요. 하나님이 안다 이그요! 근데 그 미친년이 왜 날 원망하냐 이그요? 가난이 죄냐 이그요?"

발음이 또 꼬였다. 정신을 차리자.

"미안해요…… 내가 주정을…… 미안해요, 아가씨. 우리 엄마가 아가씨한테 토큰을 너무 많이 팔았어요. 정말 미안해요."

그때 여학생의 눈이 빨갰다. 울고 싶은 건 그였는데, 느닷없이 울기 시작한 건 여학생이었다. 그러나 모를 일이다. 그때, 누가 울고 있었는지는. 여학생은 그 얼마 뒤에 방을 뺐다. 주정을 하는 그가 무서워서였는지, 미친 집주인이 무서웠는지, 노모가 파는 토큰을 더는 살 수가 없어서였는지 그 이유는 알 수 없었다. 포장마차에서의 기억은 명료하지 않았다. 그가 술주정을 했다는 것만을 알 수 있을 뿐이었다.

여학생이 방을 빼고 나서 청소를 하는데, 쓰레기통 속에서 타이핑 된 종이들이 뭉텅이로 나왔다. 다른 쓰레기들과 뒤엉켜 지저분했지만 그는 그것을 반듯하게 펴서 보았다. 쓰다가 만, 혹은 치다가 만 소설은 재미없었다. 다 쓰거나 다 치더라도 재미있을 것 같지 않은 얘기였다. 그러나 그는 그 종이들을 다시 쓰레기통 속에 넣지는 않았다. 반듯하게 펴고, 지저분한 것들을 털어내니 아직도 꽤 쓸 만한 종이들이었기 때문이었다. 노모가 소라고둥을 삶아 팔아볼까 궁리 중이었다. 아이가 제법 커서 등에 업고 나가 행상을 할 만했기 때문이었다. 종이는 유용하게 쓰일 것이다.

미친 아내는 그날도 국수를 삶고 있었다. ■

박성원

닭똥과 요산

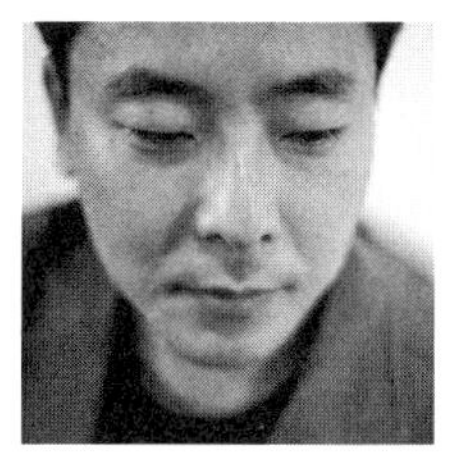

ⓒ 백다흠

1969년 대구 출생. 동국대 문창과 대학원 졸업.
1994년 『문학과사회』 등단.
소설집 『이상(異常) 이상(李箱) 이상(理想)』 『나를 훔쳐라』
『우리는 달려간다』 『도시는 무엇으로 이루어지는가』 등.
〈오늘의 젊은예술가상〉 〈현대문학상〉 수상.

닭똥과 요산

여자는 텅 빈 기차 레일을 바라보았다. 희붐하게 해가 떠오르고 있었고 아무런 소리도 들리지 않았다. 길게 뻗어 있는 기찻길은 마치 잠든 것처럼 보였다. 너무도 조용해 고요함이 물처럼 고이다 그대로 얼어버린 것 같았다.

여자는 기찻길을 따라 걸었다. 산새들의 소리도 들리지 않았다. 오직 들리는 소리는 여자의 발자국 소리뿐이었다. 코끝에 닿는 새벽의 공기는 차가웠다. 이른 봄이었지만 공기는 아직까지 단단한 얼음 같았다. 손가락으로 건드리면 유리처럼 깨질지도 몰라, 라고 여자는 생각했다.

낮게 엎드린 건물들이 하나둘씩 나타났고 그보다 약간 높게 엎드려 있는 기차역이 보였다. 건물들은 낡은 게 아니라 늙어 보였다. 역 앞에서 여자는 뒤를 돌아 자신이 떠나온 곳을 보려 했지만 찾을 수 없었다.

대합실은 열려 있었지만 역무실과 매표소는 닫혀 있었다. 가끔씩 불어오는 바람 때문에 창문이 덜컹거렸다. 난방이 되지 않아 창문마다 희뿌연 서리가 가득 피어 있었다. 삐걱대는 나무 의자에 여자는 깊숙이 몸을 밀어 넣었다. 여자는 의자에 앉아 매표소 위에 달려 있는 열차시간표를 올려다보았다. 숫자가 드문드문 박혀 있는 시간표는 마치 탁상달력 같았다.

역무실 문이 열렸고, 맨 위에 있는 단추를 채우며 역무원이 나왔다. 당직을 선 탓인지 역무원의 얼굴엔 아직까지 잠이 묻어 있었다.

첫 기차는 한 시간 반 후에 있어요.

역무원은 여자를 지나 자판기로 향했다. 자판기에서 커피를 뽑은 역무원은 여자를 곁눈질로 쳐다보다가 매표소 안으로 들어갔다. 대합실에 커피 냄새가 잠시 떠다녔다. 여자는 의자 옆에 있는 간이 책꽂이에서 철 지난 잡지 한 권을 꺼냈다. 표지는 심하게 구겨져 있었고 그 때문에 표지를 장식한 여인의 얼굴이 기이한 미소를 짓고 있었다.

여자는 건성으로 페이지를 넘겼다. 그러다가 공연을 소개하는 코너에서 손이 멈췄다. 사라 케인의 작품이 초연된다는 소식이었다. 여자는 조용하게 사라 케인이라는 이름을 읊어보았다. 낯선 이름이었지만 입 안에서 맴도는 느낌이 좋았다. 잡지에는 공연 소개와 함께 사진도 몇 장 실려 있었다. 발레복을 입은 무용수들이 꽃봉오리처럼 팔을 모으고 있는 사진이 있었고, 두 팔을 위로 한 채 점프를 하는 사진이 몇 장 있었다. 여자는 손가락으로 발레리나의 신체 곡선을 따라갔다. 낯선 외국인의 이름이 입 안에서 맴돌 때마다 달콤한 크림이 생각나며 침이 돌았다.

육중한 소리를 내며 화물열차가 지나갔다. 여자는 잡지를 덮고 화물열차를 잠시 쳐다보았다. 열차가 지나가자 들꽃과 흙냄새가 풍겨왔다.

햇빛은 어느새 밝았고, 길게 뻗은 레일이 칼자국처럼 빛났다. 여자가 레일을 보고 있을 때 교복을 입은 여학생 한 명이 대합실로 들어왔다. 여학생은 여자와 눈이 마주치자 잠시 뒤로 물러섰다. 그러다가 화장실로 들어갔다. 여자는 잡지 안의 사진을 다시 보았다. 발레리나들의 곱게 비튼 손목과 긴 목 그리고 레일처럼 곧게 뻗은 두 다리가 여자의 눈을 사로잡았다. 화장실에 들어갔던 여학생이 교복을 갈아입고 나왔다. 엉덩이 윤곽이 잘 드러나는 청바지에 가벼운 점퍼 차림이었다. 여학생은 배낭 하나만을 두고 나머지 가방을 코인 로커에 넣었다.

여자는 잡지를 들고 천천히 일어나 매표소로 갔다.

이거 살 수 있나요?

역무원이 고개를 내밀려 했지만 투명한 플라스틱 칸막이에 막혔다.

이 잡지 말이에요.

여자는 잡지를 들어 역무원에게 보여주었다. 표지를 장식한 여인의 얼굴은 여전히 구겨져 있었다.

파는 건 아닌데…….

역무원은 그렇게 말하고 더 이상 말하지 않았다. 여자와 역무원은 칸막이를 사이에 두고 말없이 서로를 보았다. 여자는 매표소 앞에 한동안 서 있다가 의자로 돌아가서 앉았다. 여학생이 웃으면서 여자를 보았다. 비웃음과 조롱이 섞인 웃음이었다. 여자는 얼굴이 붉어졌다. 여자는 여학생의 눈길을 피해 잡지를 제자리에 두었다.

첫 기차가 들어올 시간이 가까워지자 여자는 막연한 두려움을 느꼈다. 시장에 내놓을 채소를 수레에 가득 실은 할머니가 왔고, 중년부부 한 쌍과 신문을 손에 든 남자가 역사 안으로 들어왔다. 사람들이 많지 않았지만 대합실이 워낙 작아 사람들로 금세 붐볐다. 여자는 아는 사람을 만날까봐 두려웠다.

역무원이 말한 시간이 되자 기차가 들어왔다. 기차 창문에는 깊고 붉은 봄의 산이 반사되어 있었다. 여자는 고개를 숙인 채 기차에 올라탔다. 딸꾹질을 하는 것처럼 기차가 움찔거렸고, 이어 천천히 레일 위를 미끄러지기 시작했다. 기차가 움직이자 작고 늙은 건물들이 창문에 유령처럼 다가왔다가 뒤로 물러섰다. 여자는 역사가 멀어지는 것을 지켜보았다.

남자는 시장에서 지하철역까지 가는 데에 모두 여덟 갈래의 길이 있음을 알았다. 동사무소 앞길을 지나거나 우체국을 거쳐 가는 길. 약국과 떡집 앞을 지나치는 길. 상점과 미장원을 지나가는 길. 남자는 홀린 사람처럼 여덟 갈래의 길을 모두 걸어보았다. 2월에 내리는 눈치곤 양이 많은 날이었다. 그러다가 원룸 하나를 세놓는다는 광고문구를 보았다.

광고전단지는 매직으로 쓴 종이였고, 그 종이는 원룸이 있는 건물의 현관문 앞에 붙어 있었다. 남자는 전단지에 적혀 있는 번호로 전화를 걸었다. 원룸은 여덟 갈래의 길 중에 한가운데쯤에 있었다. 남자는 위치가 마음에 들었다. 남자가 전화를 하자 관리인이라는 사람이 전화를 받았다. 관리인은 목이 쉬었는지 아니면 천식이라도 앓고 있는지 거친 목소리였고 말을 할 때마다 먼지라도 나올 것 같았다.

남자가 본 원룸은 크지 않았다. 골목이 내려다보이는 이 층이었는데, 어디선가 비린 냄새가 풍겨오는 것 말고는 괜찮았다. 환기를 시키려 했지만 창틀에 진흙처럼 박힌 먼지들만 들썩일 뿐 창문은 움직이지 않았다.

창문은 고쳐줄 테고…….

관리인이 아주 힘들게 말을 내뱉었다.

화장실을 둘러보다가 남자는 천으로 덮어놓은 기이한 물건들을 발견했다. 시멘트 포대 같은 것들과 화학실험을 할 때나 사용할 것 같은 기구들이 천으로 덮여 있었다. 관리인은 그 물건들이 전에 살던 사람의 것인데, 월세를 주지 않아 월세 대신에 잡아놓은 것이라 했다. 이사를 하면 바로 치워주겠다는 말을 덧붙였다.

남자는 계약한 다음 날 이사를 했다. 남자의 이삿짐은 많지 않았다. 커다란 여행용 가방과 배낭이 다였다. 남자는 이삿짐을 바닥에 두고 휴대폰을 꺼내 전화를 했다. 창문을 열려고 했지만 창문은 여전히 열리지 않았다. 남자가 창문과 실랑이를 벌이는 사이 상대방이 전화를 받았다.

나야. 나, 원룸 얻었어. 한번 놀러와.

남자는 주먹으로 창문을 가볍게 쳤다. 창문에 매달려 있던 눈덩이 하나가 힘없이 떨어졌다. 남자가 말했지만 톤이 약간 높은 전화 속의 여자는 아무런 말이 없었다. 여자는 약간 뜸을 들인 다음 조용히 말했다.

나 결혼 해.

이번엔 남자가 잠시 말을 잃었다.

그렇군. 결혼을 할지도 모른다는 생각을 왜 못했을까? 그래그래. 너도 결혼할 나이가 지났지.

골목에서 고등학생으로 보이는 학생 서너 명이 담배를 피우고 있었다. 겁 없는 놈들이군.

결혼 전에……, 한 번 만나면 안 될까?

안 되겠어요.

그래그래. 보는 건 힘들겠지? 준비할 것도 많을 테고 말이야.

남자가 말했지만 여자는 아무런 대답을 하지 않았다. 남자는 담배를 피우고 있는 학생 중에 여학생 한 명이 있는 것을 보았다. 여학생은 짧은 교복치마를 입고 있었는데 장난을 치는지 곁에 있는 남학생에게 발길질을 여러 번 해댔다. 그 바람에 매끄러운 허벅지가 한 번씩 남자의 눈에 들어왔다. 남자는 바지 안으로 손을 집어넣어 성기를 만졌다. 창문이 깨끗하지 않아 흐릿하게 보이는 게 아쉬웠다.

한 번 타고 난 성냥불은 더 이상 타지 않아요.

응? 뭐라고? 미안해. 못 들었어. 마지막으로 한 번만 더 만나면 안 될까? 내가 줄 선물도 있고 말이야.

남자는 그렇게 말하면서 여자에게 어떤 선물을 주면 좋을까, 생각했다.

아무래도 힘들겠어요. 그만 전화 끊을게요. 일하는 중이어서.

남자는 여자의 건조한 말투에 짜증이 났다.

너 그거 알고 있니? 너 같은 여자애와 결혼할 남자도 참 재수 없는 놈이라는 걸 말이야. 그래, 일 열심히 해서 그놈과 달팽이요리도 먹고, 명품 가방이나 사라. 이 노동 중독아.

여자는 아무 대답도 하지 않았다.

돈 남으면 나라 빚도 좀 갚아주고.

남자는 그렇게 말하고는 서둘러서 통화를 끝냈다. 창문 아래를 내려다보니 학생들은 모두 어디론가 사라지고 눈 위엔 꽁초만 서너 개 남아 있었다.

그래그래. 잘 살아보라지.

남자는 화장실에서 소변을 보다가 물건들이 그대로 있는 것을 알았다.

기차가 흔들릴 때마다 여자는 어디선가 냄새가 난다고 느꼈다. 여자가 살던 집에선 늘 냄새가 났다. 소독약 냄새였다. 여자의 어미는 불안이 꽃피는 곳에 항상 소독약을 발랐다. 소독약은 언제나 아이 팔뚝만 한 갈색통 모양의 제품이었다. 다른 제품은 사용하지도 믿지도 않았다. 농약집이나 약국에서 다른 소독약을 줄 때면 여자의 어미는 소스라치게 놀랐다. 그, 왜 있잖아, 갈색통. 여자의 어미는 한결같았다. 감기가 돌아도 황사가 불어와도 문지방과 대문과 창문마다 소독약을 발랐다. 가까운 집에 누군가가 사고로 죽어도 여자의 어미는 소독약을 뿌려댔다. 오직 집 안에서만 소독약을 뿌렸다. 바깥은 어차피 병균투성이이니 집 안과 가족만이라도 소독을 해야 한다고 늘 말해왔었다.

여자를 태운 기차가 집에서부터 점점 멀어졌지만 여자는 오히려 소독약 냄새가 짙어지는 걸 느꼈다. 콧속으로 들어온 과산화수소의 냄새가 여자에게 약간의 현기증을 일으켰다.

넌 날 버리고 떠나려 했어.

여자의 어미는 여자가 허락받지 않은 외출을 하고 돌아올 때마다 그렇게 말했다. 여자가 몇 시간만 보이지 않아도 여자의 어미는 자신의 몸을 학대했다. 대못으로 팔뚝이나 종아리를 긋기도 했다. 여자의 가슴이 나오면서부터 여자는 학교도 가지 않았다. 병균은 언제나 네 오줌구멍을 노리고 있어. 어미는 여자가 어릴 때부터 그렇게 가르쳤다. 밖에 나가지 마라, 병균뿐이다. 여자는 언제나 소독약 냄새 나는 방 안에서 의사가 되는 꿈을, 고등학생이 되는 꿈을, 유학 떠나는 꿈을, 화가가 된 자신의 모습을 상상했다. 그럴수록 어미의 치료는 심해졌다. 이것아, 넌 의사도, 학생도, 화가도 아니다. 병균 때문에 병이 났을 뿐이야.

치료를 하자꾸나.

여자의 어미는 소독을 치료라고 말했다. 여자의 옷이 발가벗겨지고 여자는 빨래처럼 욕조에 담겨졌다. 어미는 물을 끓이면서 노래를 불렀다. 내 사랑아, 내 사랑아. 어미는 먼저 뜨거운 물을 여자에게 끼얹었다. 그런 다음 소독약으로 온몸을 닦았다. 소독약 냄새가 해일처럼 여자를 덮쳤다. 살갗이 벗겨질 때도 있었다.

내가 마음만 먹었으면 네가 어렸을 때 시장에다 너를 버리고 올 수도 있었어. 나 혼자 널 키운 게 얼마나 힘들었는지 아니? 그런데도 넌 날 버리려고만 해. 하지만 난 널 끝까지 버리지 않겠다. 그것이 어미다. 난 네 어미다.

여자의 머릿속에는 어미가 버리고 갔을지도 모르는 시장의 모습이 어지럽게 나타났다. 닭목을 잡고 흔들어대던 사람이 커다란 칼로 닭목을 치고 있었다. 굵은 소금과 얼음 사이로 단추 같은 눈을 가진 생선들이 입을 벌린 채 누워 있었다. 우리 안에 갇힌 동물들이 짖어대며 창살에 부딪치고 있었다. 온갖 나물들이 좌판 위에 시체처럼 누워 있었다. 피 묻은 돈이 오가고 사람들은 모두 침을 튀기며 떠들고 있었다. 행상 위에 펼쳐놓은 옷에선 먼지가 가득했다. 술에 취한 아저씨가 비틀거리다가 쓰러졌다. 과일에선 벌레들이 꼬물꼬물 기어다녔다. 화장을 진하게 한 여인의 사타구니에선 시궁창 냄새가 풍겼다. 질퍽한 시장 바닥엔 비린내가 떠다녔다. 어린 여자는 구토를 느꼈다. 병균과 세균뿐이었고 차라리 소독약 냄새가 그리웠다. 그때였다. 내 사랑아, 내 사랑아. 어디선가 노래가 들렸다. 젊은 어미가 손짓하며 어린 여자를 부르고 있었다. 어린 여자는 어미의 품으로 뛰었다. 어미의 품이 가까워지면 가까워질수록 그리운 냄새가 가득했다. 넌 내 몸에서 나왔어. 그러나 냄새는 이내 소독약 냄새로 바뀌었다. 여자의 가슴이 나올수록 여자는 벗어나고 싶어했고, 어미의 치료도 심해졌다. 그것은 끊임없이 미끄러지는 미끄럼틀에 탄 세월이었다. 병균들은 네 몸을 원해. 어미가 얼마나 심하게 당했는데. 병균은 처녀의 몸을 제일 좋아한단다. 어미는 어젯밤에도 여자를 치료하면서 중얼거렸다.

기차가 조금씩 흔들릴 때마다 여자는 불안을 느꼈다. 여자는 순간 멀미를 했다. 멀미는 재채기처럼 급작스럽게 찾아왔다. 여자는 자신도 모르게 입 밖으로 토해냈다.

이런, 이런.

여자의 옆에 앉아 있던 남자가 배우처럼 과장스럽게 두 팔을 벌리며 허우적거렸다.

기차를 처음 타시나.

남자가 읽고 있던 신문을 건네주었다. 비린 신물을 조금 더 게워내고 나서야 여자는 멀미를 멈출 수 있었다. 남자가 준 신문지는 온통 젖어 손에서도 뚝뚝 흘러내렸다.

전 발레를 했어요.

여자가 신문지로 입을 닦으며 말했다. 여자는 남자가 자신을 하찮게 여길까봐 두려웠다. 도망친 게 아니란 말이에요. 여자가 속으로 중얼거렸다.

사라 케인과 함께요.

남자가 일어나서 화장실에서 휴지를 가져다주었다.

누구요?

사라 케인 말이에요. 잡지에도 난 걸요.

여자는 휴지로 얼굴을 닦았다.

어쨌든 고마워요.

차창에서 빛이 들어와 여자의 손에 산의 모습을 그리고 있었다. 남자는 여자가 거짓말을 한다고 생각했다. 하지만 내버려두었다. 이 세상에 거짓말이 아닌 게 어디 있단 말인가.

멀미가 나려고 하면 숨을 크게 들이마셨다가 멈추세요.

남자가 장난으로 말했다. 그러나 여자는 남자가 시키는 대로 숨을 크게 들이마셨다. 여자의 볼이 팥빵처럼 부풀어올랐다. 얼마 지나지 않아 여자는 숨이 막히는지 얼굴이 빨개졌다.

숨이 막히면 내뱉어야죠.

아, 네.

남자가 말하자 그제야 여자는 참았던 숨을 내뱉으며 호흡을 골랐다. 바보군. 남자가 속으로 중얼거렸다.

남자는 고등학교를 마치고 애견센터에서 2년 남짓 일을 했다. 군에 가서는 군견훈련소에서 복무했다. 군대를 나와 다시 애견센터에서 2년을 일했고, 이후에는 동물병원에서 2년간 일을 했다. 그는 수의사를 도우면서 눈대중으로 의학용어와 질병이름과 치료방법 등을 익혔다. 남자는 작년에 무허가 동물병원을 열었다. 남자가 무허가 동물병원을 하는 동안 병원에선 백열여섯 마리의 개와 아흔아홉 마리의 고양이가 죽었고, 병원 밖에선 구제역과 조류독감이 다섯 번 유행했으며, 남자는 여섯 명의 여자와 헤어졌다. 케이크 먹이지 마세요. 남자가 동물병원을 운영하는 동안 유일하게 한 말은 '케이크 먹이지 마세요.' 라는 말뿐이었다.

세상은 형편없이 글러 먹었어. 남자는 동물병원을 운영하면서 단 한 번도 사기라는 생각을 하지 않았다. 남자가 보기에 이 세상에 사기 아닌 게 없었다. 사기가 아닌 직업을 단 하나라도 내게 댄다면 내 목을 잘라도 좋아. 남자는 그렇게 생각했다. 고등학교에 다닐 때까지 남자가 가장 많이 듣던 말은 '너는 지금 많은 것들을 놓치고 있다.'는 말이었다. 남자는 자신이 놓친 게 무엇인지 스스로에게 물어보았지만 알 수 없었다. 교육은 직업인이 되기 위한 훈련 이상 아무것도 아니었다. 끊임없이 상품을 만들고 그 상품을 사기 위해 노동이 아니면 죽음을 외치는 게 세상일 뿐이었다. 어차피 세상은 이제 글러 먹었어. 심지어 개도 발정에 따라 교미를 가질 수 없었다. 개의 교미마저 인간이 만든 세상의 법칙에 지배받는 세상이었다. 남자가 동물병원에서 가장 큰 수입을 올린 것은 거세수술이었다. 거세수술하고 소독약 발라주기. 그건 정말이지 짭짤했다. 성대제거수술은 하지 않았다. 그 정도까진 기술이 없었기 때문이었다. 개라고 짖지 못하란 법이 있어요? 남자는 성대제거수술 의뢰가 들어올 때마다 의사의 양심 때문에 못한다며 수술을 거절했다. 남자는 '자연과 환경을 사랑하는 수의사' 상 후보에 오르기까지 했다.

올 초 설 연휴를 보내고 출근하던 길이었다. 동물병원 앞에 양복을 입은 두어 명의 사내들이 서 있었다. 멀리서도 공무원 냄새가 물씬 풍겼다. 남자는 병원으로 가지 않고 병원 앞 버스정류장에서 그들을 지켜보았다. 버스를 기다리는 척하면서 사내들 앞에 서 있는 흰색 승용차를 눈여겨보았다. 차창에 보건복지부 출입 스티커가 붙어 있었다. 남자는 버스가 오자마자 무조건 버스에 올라탔다. 버스 안에서 사내들을 바라보며 이 짓도 더 이상 못해 먹겠다고 중얼거렸다. 남자는 그날 이후 도피생활에 들어갔다. 집도 버리고 가벼운 짐만 챙겨 멀리 떨어져 있는 도시의 작은 원룸으로 옮겼다. 가명과 거짓 주민등록번호를 사용해 동물병원을 열긴 했지만 얼굴이 알려져 있어 피하는 게 좋을 것 같았다.

남자는 여덟 방향으로 갈 수 있는 좋은 위치의 원룸을 얻었다. 남자가 기차에서 여자를 만난 날은 자신이 운영하던 동물병원에 다녀오던 길이었다. 남자는 마스크와 모자를 쓰고 한밤중에 들어가 고가의 약품들을 챙긴 다음 컴퓨터 하드를 꺼냈고 금고에 있던 현금을 가지고 나왔다. 현금은 얼마 되지 않았다. 남자는 신문을 샅샅이 살폈고, 관공서 앞에 있는 게시판에서 수배자들의 얼굴을 살폈으나 그 어디에서도 자신의 얼굴은 찾을 수 없었다. 하긴 개 몇 마리 죽었다고 몽타주까지 만들었겠어?

도피생활은 나름 남자에게 흥미를 불러일으켰다. 어디를 가던 항상 조심하게 되었고 누군가가 미행을 하지 않는지 촉각을 곤두세울 때마다 아랫도리가 저릿해졌다. 뭔가 중요한 사람이 된 것 같았고 중요한 비밀을 가진 특별한 사람이 된 것 같았다. 그러나 첫 기차를 타고 가면서 얼마 남지 않은 돈을 생각하자 막연한 비애가 느껴졌다. 남자는 앞으로 어디에 주사위를 던져야 할지 고민했다.

남자의 휴대폰이 울렸다. 남자는 전화를 받았다. 늑막염에 걸린 개에 대한 문의전화였다.

똥 색깔을 유심히 보시고, 소독약이나 발라주세요.

남자는 휴대폰부터 바꿔야겠다고 생각했다.

늑막염인데, 어디에다 소독약을 발라요?

갈비뼈에 바르던지 아님 먹이세요. 요즘 마트에 가면 갈색통 모양의 소독약 많습니다. 참, 케이크 먹이지 마세요.

남자는 귀찮아서 통화를 서둘러 끝냈다. 남자는 곧바로 휴대폰의 전원을 꺼버렸다. 휴대폰을 외투에 집어넣으려 할 때 여자가 자신을 바라보는 것을 알았다. 남자가 바라보자 여자는 흐느끼면서 울기 시작했다.

남자는 여자가 드디어 돌아버린 거라고 생각했다. 남자는 우는 여자를 남겨두고 부근의 다른 빈자리로 옮겨가 앉았다.

오전의 해는 길었다. 남자가 기차에서 내려 개찰구를 향해 가고 있을 때 여자는 남자의 뒤를 따라왔다. 남자가 빨리 걷자 여자도 빨리 걸었다. 계단 위에서 여자가 남자의 소매를 건드렸다.

제가 이 도시는 처음이어서요.

여자는 남자에게 싼 방을 구할 수 있는지 물었다. 남자는 여자가 제정신이 아니라고 생각했다.

잠깐 기다려요. 내가 알아보고 연락 줄 테니까.

남자는 여자에게 대합실 의자에 앉아 있으라고 말했다. 남자는 여자에게 손을 흔들어주고는 자신이 살고 있는 작은 원룸으로 갔다. 봄이 어디에 숨어 있는지 날은 여전히 추웠고 매연을 잔뜩 먹은 더러운 눈만 곳곳에 쌓여 있었다. 여자는 사라지는 남자를 바라보다 남자가 가리킨 의자에 앉았다. 어디선가 뻣뻣한 바람이 불어와 여자를 건드렸다. 발가락은 시린데도 등에서는 자꾸만 식은땀이 났다. 어미가 떠올려질 때마다 여자는 헛구역질을 했다. 도시에 있는 대합실이 무척 크게 느껴져 여자는 더 불안했다. 어릴 때부터 상상하던 시장에서 버려지던 모습이 떠나질 않았다. 복종의 끈이 풀렸지만 여자는 오히려 더 불안했다. 공기를 통해 온갖 병균들이 떠다니다 자신의 몸속으로 파고드는 것만 같았다. 여자는 남자가 사라진 방향에서 고개를 돌리지 않고 기다렸다. 남자가 돌아오지 않으면 어떻게 한다. 어미의 팔뚝에 빨랫줄처럼 길게 갈라진 상처가 보이자 여자는 눈을 감았다. 남자가 어서 와 자신을 깨우기만을 간절히 원했다.

남자는 소변을 보다가 아직까지 치우지 않은 물건들을 보았다. 남자는 그것들을 보면서 자신이 두고 간 병원장비를 보고 있을 낯선 사람들의 모습이 떠올랐다. 남자는 미처 챙겨 오지 못한 장비들을 생각했다. 그것들은 고가였다. 어쩌면 고가의 장비들을 빌려준 리스업체에서 의심을 품고 고발했는지도 모를 일이었다. 내팽겨진 채 있을 자신의 물건을 생각하며 남자는 보일러의 온도를 올린 다음 침낭에 누웠다. 전번에 살던 놈도 어지간히 급했던 모양이로군.

남자는 갑자기 생각났다는 듯이 침낭에서 일어나 창문 쪽으로 갔다. 남자는 창문을 열려 했다. 그러나 창문은 꿈쩍도 하지 않았다. 아, 욕이 다 나오네. 남자는 창문을 세게 친 다음 관리인이 뭐라 하던 화장실에 있는 물건들을 내버려야겠다고 생각했다. 남자는 화장실에 들어가 물건들을 꺼내기 시작했다. 그러다 포대 뒤편에 있는 노트 한 권을 발견했다. 노트에는 화학방정식과 알 수 없는 기호들이 빼곡하게 들어차 있었다. 노트를 대충 뒤적이다가 자신이 아는 약품목록 몇 가지를 발견했다. 동물들을 안락사시킬 때 사용하는 주사제와 고통을 없애주는 주사제들 목록이었다. 이것 봐라? 남자는 포대를 뜯어 내용물을 보았다. 큰 포대는 닭똥이었고 작은 포대는 요산尿酸이었다. 어디선가 이상하게 풍겨오던 비린 냄새는 포대에서 나는 것이었다. 플라스크에서는 백색의 결정들이 조금 남아 있었다. 남자는 언젠가 요산에서 추출해 환각제를 만들 수 있다는 소리를 들은 기억을 떠올렸다. 그리고 닭똥에는 요산성분이 많이 있다는 사실도. 남자는 자신의 눈앞으로 주사위가 데굴데굴 잘 굴러가고 있는 모습이 보였다.

남자는 기구와 노트를 어떻게 이용할지 생각해보았다. 남자는 현관 자물쇠에 붙어 있는 스티커에서 열쇠집 전화번호를 땄다. 전화를 걸어 열쇠 두어 개를 더 부탁했다. 자신이 집을 비운 사이 전번에 살던 사람이나 관리인이 문을 따고 들어와 가져갈지도 모른다는 생각에서였다. 남자는 준비할 게 또 무엇이 있을지 생각했다. 무엇보다도 다른 누군가가 필요했다. 자신이 전면에 나서는 것보다 믿을 만한 심부름꾼이 필요했다. 복종을 잘할 수 있는.

열쇠수리공은 치킨 배달용 오토바이를 타고 왔다. 남자는 열쇠를 다는 과정을 꼼꼼하게 지켜봤다. 열쇠 다는 작업이 끝났을 때는 여자와 헤어진 지 세 시간이 훨씬 지난 후였다. 다시 돌아가면 네 시간이 넘는 시간이었다. 오히려 잘됐지 뭐야. 남자는 생각했다. 네 시간이 넘을 때까지 기다리고 있다면 그야말로 충실할 것이라는 생각이 들었다. 남자는 돈을 지불한 다음 여덟 갈래의 길 중 두 번째 길을 통해 기차역으로 갔다.

남자는 기차역으로 올라가면서 이상한 함성 소리를 들었다. 그 소리들은 마치 동굴 안에서 울려 퍼지는 소리처럼 축축하고도 깊었다. 남자는 대합실로 천천히 올라갔다. 많은 사람들이 텔레비전 앞에 모여 국가대항 축구를 보고 있었다. 발재간에 무슨 국가의 운명이라도 걸려 있는 것처럼 아나운서는 떠들어대고 있었다. 남자는 사람들 사이를 비집고 들어갔다. 여자는 사람들의 틈바구니 속에 앉아 있었다. 눈을 꼭 감은 채.

여자는 누군가가 버리고 간 짐 같았다. 대합실 안의 무겁고 탁한 소음을 고스란히 안은 채 동상처럼 앉아 있었다. 남자는 저절로 웃음이 터져나왔다. 남자가 다가가서 여자의 어깨를 건드렸다. 눈을 뜬 여자는 금방이라도 울음이 터질 것만 같았다.

방을 알아보고 왔어. 열쇠도 세 개나 달려 있어. 어때? 안전하겠지?

남자가 묻자 여자는 고개를 끄덕였다.

돈은 얼마 있는데?

여자는 핸드백에서 통장을 꺼내 보여주었다.

어디 보자. 583만 원이라.

남자는 여자에게 통장을 돌려주었다.

서너 달은 버티겠네. 가지 뭐.

여자는 의자에서 잘 일어나지 못했다.

왜 그래? 그사이에 다리라도 다친 거야?

남자가 묻자 여자는 조용하게 화장실이라고 말했다. 골이 터진 모양이었다. 방송에서 이제 대한민국은 하나가 되었다고 떠들고 있었다.

배달되어 온 음식들을 차리고 맥주를 올려두자 꽤 근사한 식탁처럼 보였다.

우리끼리 조촐한 입주식이라도 올리자구.

여자는 가로등처럼 서 있었다. 남자는 여자를 앉혔다. 그러고는 여자에게 닭다리를 뜯어주었다. 잔에 맥주도 한 잔 가득 따라주었다. 여자는 조심스럽게 닭다리를 뜯었다.

어때? 맛있지? 여기 소스도 찍어봐.

남자는 여자에게 소스를 건네주었다. 남자가 맥주를 들이키는 사이 여자가 물었다.

이게……, 결혼인가요?

남자는 마시던 맥주를 코와 입으로 뿜어내고 말았다.

결혼은 교회나 예식장에서 하는 거지.

남자는 여자가 강아지들과 똑같다는 생각을 했다. 주인을 잘 따르지만 멍청하기 짝이 없는.

우린 함께 일을 할 거야.

남자는 휴지로 입과 턱을 닦으며 말했다.

무슨 일을요?

우린 약을 만들 거야.

남자는 맥주를 시원하게 들이켰다.

동물들이 왜 죽어나가는지 알아?

여자는 말없이 맥주만 바라보았다. 여자는 맥주를 처음 보았다. 낯선 거품에 입을 대자 알싸한 기운이 콧속으로 스며들었다. 분명 소독약 냄새와는 다른 냄새였다.

내가 의사라서 잘 아는데 말이야, 사실 도시에는 수많은 병균들이 득시글거리거든.

저도 의사가 되고 싶었어요.

그래, 그래. 내가 잘 알지. 발레도 잘하고 말이야. 어때? 맥주 시원하지?

여자가 고개를 끄덕였다.

사실 도시에 사는 많은 사람들이 이미 감염되었어.

여자는 남자의 말을 듣자 가슴이 뛰기 시작했다.

모두가 미쳐 있어. 사람들이 왜 일을 한다고 생각해? 멀쩡한 휴대폰을 버리고 신제품을 사기 위해서거든. 다른 한쪽에선 쌀과 배추를 파묻어 버리고 말이야. 내가 잘 아는 여자가 있었는데, 그 여자는 말이야…….

무슨 약을 만들 건가요?

한 모금밖에 마시지 않았지만 여자는 그네를 타는 기분을 느꼈다.

소독약. 일종의 치료제지.

여자는 자신의 몸이 그네에서 떨어져 땅으로 곤두박질치는 것 같았다.

아, 아. 무서워요.

뭐가 무서워?

소독약 무서워요.

남자는 한 번에 맥주를 마셨다. 남자는 여자를 보며 별 희한한 여자가 다 있다고 생각했다.

아니지. 무서운 게 아니지. 무서운 건 사람들을 마비시키는 도시의 병균이 무서운 거지.

결국……, 결국은…… 그런 건가요?

여자는 남자에게 어미에 대해 이야기를 들려주고 싶었지만 말을 꺼낼 수 없었다. 자꾸 어미의 피 흘리는 팔뚝이 보이는 것만 같았다. 여자는 어미의 모습을 떨쳐버리려 머리를 흔들었다.

결국엔 뭐?

아니에요.

여자가 한동안 고개를 숙이고 있다가 고개를 들어 남자에게 물었다.

전, 발레를 할 수 있는 건가요?

아. 발레. 발레라 발레.

남자는 여자에게 맥주를 권했다.

물론이지. 어때? 지금 나에게 발레를 보여줄 수 있겠어?

여자는 천천히 자리에서 일어섰다. 자리에서 일어난 여자는 양손을 들어 허공에 대고 천천히 움직였다. 두 손목이 살짝 부딪칠 때까지 꼬기도 했고, 나비처럼 나풀거리는 동작을 만들기도 했다. 그러자 어둔 뒤편 어딘가에서, 사진에서 보았던 발레리나들이 총총걸음으로 뛰어나와 금방이라도 자신을 안아 올릴 것만 같았다.

전, 아주 어려서부터 발레를 했어요. 눈처럼 새하얀 발레복을 입고서 말이에요.

그래, 그래.

남자는 맥주를 따라 마셨다. 여자는 눈을 감았다. 눈을 감자 어디선가 음악이 흘러나오는 것 같았다.

남자는 앞으로의 계획에 대해 생각해보았다. 화학공식부터 배워야겠군. 남자는 맥주를 마시며 발레를 하는 여자를 보았다. 여자의 발레는 형편없었지만 기분이 나쁘진 않았다. 흐느적거리는 여자의 몸이 왠지 모르게 깨끗할 것만 같았고 또 부드러울 것만 같았다. 미친 것만 빼면. 그러나 생각해보면 이 세상에 미치지 않은 사람은 없었다. 허리띠를 졸라매지 않거나 하나가 되지 않으면 모두 미쳤다고 생각하니까.

창밖에서 새들이 나는 소리가 들려 고개를 돌려보니 비가 내리고 있었다. 봄비구나, 남자는 생각했다. 여자의 옷 위로 창에서 비친 비가 흐르고 있었다. 남자는 맥주를 마시며 발레를 추는 여자를 보았다. 술기운 때문인지 여자의 옷 위로 비친 비 때문인지 여자의 발레가 매혹적으로 보였다. 도피생활이 그리 나쁘지만은 않다는 생각을 했다.

남자는 술잔을 내려놓고 침낭 위에 편하게 누워 여자가 춤추는 모습을 지켜봤다. 여자는 충분히 아름다워 보였다. ▪

| 예 심 |

소설은 간다

박혜경 · 김미현 · 심진경

| 본 심 |

'성장소설' 을 넘어—전경린의 소설 「강변마을」

오정희

낙원 체험의 감성과 언어

이남호

따뜻한 시선과 섬세한 묘사, 그리고 구도의 안정감

이승우

수상소감

길모퉁이를 돌면, 다시 대각선으로 밀려난 낯선 강변

전경린

소설은 간다

박혜경 · 김미현 · 심진경

한 편의 좋은 소설을 읽는다는 것은 지금까지와는 다른, 하나의 세계와 만나는 것을 의미한다. 때때로 그 세계는 너무 매혹적이어서 우리의 '진짜' 세계를 망각하거나 왜곡한다. 심지어 거부한다. 그러다가도 문득 지금, 여기에 있는 사람들, 사건들, 소리, 움직임 등을 환기시킨다. 그래서 소설 독자들에게 다른 '어떤' 세계는 언제나 경유지일 뿐, 도착지는 되지 못한다. 한 편의 좋은 소설이 그 자체로 완결된, 자족적 세계이면서도 결코 폐쇄적 세계가 아닌 것은 그 때문이다. 그러나 간혹 혹은 자주, 소설은 그 세계만의 논리에 갇혀 다른 것들, 즉 타자적 존재가 개입될 여지를 원천적으로 봉쇄한다. 그럴 때 소설(독자들)은 달콤한 나르시시즘적 체념에 빠지고 만다. 소설이 이 자기 동일적 폐쇄회로에 갇히고 말 때, 심지어 그러한 폐쇄를 자연화하고 운명화할 때, 우리가 마주하게 되는 세계는 단지 '나는 너가 아니다' 라고

밖에 말할 줄 모르는 자기 복제적이고 자기 반복적인, 끔찍한 '자기' 라는 감옥에 불과할지도 모른다. 그러니 한 편의 좋은 소설을 읽는다는 것은 자기 완결적인 '어떤' 세계와 만나 그 세계를 견디면서 동시에 그 세계에 저항하는 것이다. 결코 '자기'에 의해 길들여지지 않는 타자적 존재의 현현은 바로 그러한 순간에 가능할지도 모른다. 그리고 그럴 때라야 비로소 '윤리적으로' 소설 읽기는 가능할지도 모른다.

이번 〈현대문학상〉 소설부문 예심은 이러한 윤리적 소설 읽기의 가능성을 타진하는 시간이었다. 예심 과정은 다른 때와 다름없이 진행되었다. 우선 예심위원들은 2009년 12월부터 2010년 11월까지 각종 문예지에 발표된 중·단편소설을 검토한 뒤, 그중에서 열 편 내외의 소설을 각자 추천하고 그렇게 추천한 서른 편 정도의 소설 중에서 논의를 거쳐 열한 편 정도를 본심에 올렸다. 이번 예심의 특이성은 복수 추천작이 다섯 편에 불과했다는 점이다. 세 명의 예심위원이 동시에 추천한 작품은 겨우 한 편뿐이었다. 대략 두 가지 정도로 그 이유를 추측해볼 수 있겠다. 하나는 세 명의 예심위원들이 생각하는 좋은 소설의 기준이 너무 상이相異하다는 것이고, 다른 하나는 세 사람이 동시에 추천할 만큼 좋은 작품이 많지 않았다는 것이다. 우선 예심 과정을 돌이켜보면 때로 '문학성'에 대한 판단기준은 조금씩 달라 그에 관해서는 많은 논쟁을 했지만, 결과적으로 '무엇이 좋은 소설이며 무엇이 안 좋은 소설인가'에 대한 합의는 쉽게 이루어졌던 것 같다. 그렇다면 두 번째 이유 때문일까. 확언하기는 어렵지만, 분명 최근 2, 3년간 문학상 심사에서마다 많은 심사위원들이 매번 지적하는 문제는 좋은 단편소설을 찾기 어렵다는 것이다. 장편소설 쏠림현상 때문이라고도 하고, '2000년대 소설'을 주도하던 작가들의 부진 때문이라고도, 혹은 역량 있는 신인작가들의 부재 때문이라고도 한다. 이유가 무엇이건 분명한 점은 지금 단편소설이라는 장르가 위기를 겪고 있으며 시험받고 있다는 사실이다. 양식화된 장르의 속성상 단편소설 또한 경화硬化와 연화軟化의 과정을 반복하면서 나아가야 하는데, 문제는 지금의 단편소설이 양식에 대한 기계적 고집스러움, 자기애에 갇힌 빈곤한 자의식, 미니멀리즘을 가장한 앙상한 이야기에 갇혀 있다는 것이다.

그러나 언제나 그렇듯 소설에 대한 이 부정적 판단은 소설 전체를 향해 있는 것은 아니다. 부분적으로만 그러할 것이며, 이 또한 소설에 대한 열렬한 옹호와 간절한 기대 때문일 게다. 우리는 왜 소설을 읽는가. 이 빤한 질문은 언제나 다시 물어져야 한다는 것, 그리고 우리는 그러한 질문을 감당해야 한다는 것. 그것이야말로 이번 〈현대문학상〉 예심 과정에서 우리가 좋은 소설을 읽으면서(혹은 좋은 소설을 읽기를 기대하면서) 알게 모르게 떠맡게 된 소설적 책무다. 그 책임을 어떻게 감당할지는 각자 알아서 할 일이지만 분명한 것은 지금까지 누군가는 그것을 감당해왔으며 앞으로도 쭉 그럴 것이라는 점이다. 소설은 그렇게 계속 나아갈 것이다. ■

| 제56회 현대문학상 심사평 | 본심

'성장소설' 을 넘어—전경린의 소설 「강변마을」

오정희

열한 살배기 소녀가 치러낸 한여름의 시간들을 기술하고 있는 이 소설의 도입부는 익숙하게 보아온 성장소설로 읽힌다. 아이들이 미처 느끼지 못하는 사이 그들을 에워싸고 삼켜버리는 음험한 기운들이나 그들이 엿보는, 거짓과 타락과 정념과 누추한 비밀들로 가득 찬 어른들의 세계는 성장소설에서 낯설지 않은 장치들이다. 그러나 읽어가다 보면 차츰 이 작가 특유의 예민하고 섬세한 감수성으로 포착한, 전 생애의 발밑에 존재하는 바닥 모를 심연에 아득히 빨려 들어가며 '성장소설' 의 경계를 넘어서게 된다. 성장의 고독과 공포, 그리고 유년기와 결별하고 청소년기로 입사하는 시기, 혼돈과 상실감과 불안과 슬픔, 희열 등 생의 모든 감각들이 혼재되어 있는 시간과 공간을 이처럼 뛰어나게 형상화한 작품도 드물지 않나 싶다.

거센 물살을 거슬러 죽음의 공포를 맛보면서 강을 가로지르는 것은 고통스럽지만 인생의 피할 수 없는 매혹이자 황홀경이며 그것은 또한 따뜻하고 아늑하고 행복한 세계에서의 추방이라는 대가를 치러야만 얻어진다는 것과 함께 우리 모두가 지나왔음에도 잊고 잃어버린 시절을 환각과 몽환의 공간으로 치환함으로써 보이는 것과 보이지 않는 것, 감추어진 것과 드러나는 것, 낯섦과 친숙함 사이에 존재하는 불가해한 신비를 투명하고 정결한 문체로 서술하고 있다.

이 작가의, 시선에 포착되는 어떤 사소함도 절대감각이 되어버리고 아름답고 비상한 은유로 활용되는 독특한 언어능력의 마성적 매혹은 여전하다.

소설의 영원한 덕목일 '감동'에 대해 의문을 품거나 때로 곤혹스러움까지 느끼게 하는 이즈음의 문학풍토에서 「강변마을」은 아름답고 값진 성취라 할 수 있을 것이다. ■

낙원 체험의 감성과 언어

이남호

최근 우리 소설들을 읽으면서 나는 자주 혼란을 느낀다. 무슨 소리인지 알 수 없는 이야기, 개연성이 부족한 사건이나 인물, 너무나 주관적인 느낌의 강요를 수시로 만나기 때문이다. 심지어 이번 〈현대문학상〉 본심에 오른 작품들을 읽으면서도 그러한 혼란을 느꼈다. 숨은 질서에 의해 안정된 논리를 갖추고, 동감할 수 있으며, 현실을 보는 우리의 흐린 눈을 환하게 밝혀주는, 그런 가운데서 아름다움이 번지는 독서 체험은 드물었다. 참으로 씁쓸했을 뻔한 나의 〈현대문학상〉 심사는, 그러나 다행스럽게도 전경린의 「강변마을」이 있었기에 즐거이 마칠 수 있었다.

「강변마을」은 '시골의 외할머니 댁에 가서 외할머니의 사랑을 듬뿍 받으며 여름방학 한 철을 즐겁게 보낸 어린 소녀의 체험'을 그린 작품이다. '낙원에서 보낸 한 철'이라는 부제를 달아도 좋을 것이다. 도시의 아이가 시골 외할머니 댁에서 보내는 여름방학이라는 말 속에는 이미 많은 아름다움이 들어 있다. 귀여운 동물들과 강렬한 자연의 감각적 풍요, 외할머니의 너그러운 사랑, 학교나 숙제나 간섭으로부터의 해방 속에서 아이들의 영혼은 한껏 부푼다. 색깔과 냄새와 소리와 맛 그리고 느낌의 강한 자극 속에서 그것은 낙원 체험이라 할 만한 것이다. 「강변마을」을 읽는다는 것은 이 낙원 체험의 원형을 언어 속에서 다시 만나는 것이다. 다시 말해 「강변마을」에는 이 낙원 체험의 원형이 작가의 풍부한 감성과 아름다운 문체에 의해서 새롭게 창조되어 있다.

아이는 "신기루처럼 흰 불꽃이 일렁이는 햇볕 속을 부유하듯 걷고 또 걸어"서 외할머니 댁에 도착한다. 아이는 커다란 매미 소리와 거적 쳐진 변소를 먼저 만나서 더욱 위축된다. 그러나 할머니의 따뜻한 사랑으로 곧 낙원이 시작된다. "깨어났을 때는 가지런히 빗질 되어 햇살에 잘 마른 국수처럼 몸이 고요하고 보송보송했다. 몸 안에서 찔러대던 가시들이 모두 뽑혀 나간 것 같았다." "모든 것이 둥글고 얌전"한 할머니 댁과 친해지기 시작한 것이다. 밤이 되면 "별들은 서로 모여 꽃다발처럼 뭉쳐서 웃기도 했고 띄엄띄엄 떨어져 망망대해를 지나는 조각배처럼 까딱까딱 외롭고 불안한 신호를 보내기도 했다". 그리고 아침이 되면 "툇마루 아래에 희고 신선한 아침이 가득히 몰려와 있었다. 아침이 왕을 알현하는 사신처럼 그렇게도 낮게 이마를 낮추고 온다는 것을 나는 처음으로 알았다."—이런 식으로 아이는 할머니 댁의, 시골의 아름다움에 매혹되어간다. 그러나 낙원 체험의 절정은 강에서의 물놀이이다. 아이는 동네아이들과 외삼촌과 함께 강으로 간다. 강으로 가는 길에는 "깨진 짐승의 머리통같"은 버려진 수박도 있고, 모래밭을 지날 때는 "운동화 속으로 볶은 깨처럼 뜨거운 모래가 들어"온다. 마침내 아이는 외삼촌의 등을 타고 강물을 건넌다.

> 강물은 끝없이 길고 막막하게 넓고 물결은 무겁고 흐름은 빨랐다. (……) 머리 밑에 한기가 들며 등에 진저리가 지나갔다. 외삼촌은 아래로 흘러가며 헤엄을 쳐 강을 비스듬히 잘라 건넜다. 강을 건너 다른 편 강변에 앉았을 때 오빠도 나도 침묵에 빠졌다. 공포에 빠진 것인지 감동한 것인지 감사한 것인지, 슬픈 것인지 알 수 없었다. 몸 안에 강물이 가득 밀려 들어온 것만 같았고 뭔가를 까맣게 잊고 있는 것같이 허전하기도 했다.
>
> 다시 도강을 할 때는 몸을 미는 크고 높고 살찐 물살도 편안했다. 물살은 수없이 많은 부드러운 몸뚱이들처럼 나를 안았다가 팔을 풀고는 흘러 내려갔다. (……) 나는 두 팔로 외삼촌의 목을 꼭 안았다. 외삼촌의 가슴에서 산이 땀 흘릴 때 날 것 같은 냄새가 났다.

외삼촌의 등을 타고 강수영을 처음 해본 아이의 체험이 너무나 생생하게 그려져 있다. 이후 아이는 "물의 따스함과 서늘함과 물결에 부딪쳐 반사하는 햇볕과 물속의 깊은 그늘"을 기억하고, "낮잠이 들 때마다 강물 속에서 출렁거렸"으며, "두툼하게 살이 오른 물결이 몸을 밀기도 하고 몸을 감기도 하고 혹은 몸을 누르기도 했다". 아마도 이날 아이의 몸에 전해졌던 수많은 물살과 외삼촌의 체취는 아이의 감성에 멋진 색깔을 부여했을 것이다.

「강변마을」에는 이런 아름다운 감성이 실제 외할머니 댁보다 더 풍성하게 마련되어 있다. 이제 우리가 잃어버린 이 낙원의 원형을 전경린은 「강변마을」에서 다시 살려내었다. 백화점과 슈퍼마켓 혹은 인터넷 속에서의 가짜 풍요와 화려함과 다양함과 친절함에 익숙해져 있는 우리들에게 「강변마을」은 낙원의 진짜 풍요와 화려함과 다양함과 친절함을 만나게 해준다. 아이가 외할머니 댁에서 체험한 그 감각적 풍요와 편안함을 독자들에게도 나누어준다는 점만으로 「강변마을」은 좋은 작품이다.

그러나 작가는 이 아름다운 낙원 체험에 고통스런 현실의 액자를 끼움으로써 보다 두터운 소설적 의미를 마련한다. 아이의 집은 문방구를 한다. 외할머니는 없다. 그래서 외가도 없다. 할머니는 아이를 예뻐하지 않고, 어머니는 한결같이 피로와 짜증에 찌들어 있고, 아버지는 바람을 피운다. 동생들도 사고만 친다. 그런데 아이가 외할머니 댁에 갈 수 있었던 것은, 아버지의 젊은 여자가 아이를 낳기 위해 집으로 들어온 동안, 아이들은 시골에 있는 그 여자의 어머니집으로 보내졌기 때문이다. 즉 아이의 낙원은 집안의 우환을 담보로 잠시 주어졌던 아이러니였던 것이다. 소설의 마지막 부분에서 낙원을 다시 꿈꿀 때마다 아이는 어머니로부터 등짝을 맞으며 그것이 현실이 아니라는 것을 배운다. 이처럼 작가는 낙원의 아름다움을 보여주되 동시에 그 아름다움이 허락되지 않는 현실도 함께 보여주는 것이다.

「강변마을」은 오랜만에 만나는 아름답고 따뜻하고 슬프고 안정된 작품이다. 보기에 따라서는 '구식'인 작품일 수도 있을 것이다. 그러나 좋은 문학에 구식과 신식이 따로 있을까? 오히려 요즘 문학이 잃어버리고 있는 것을 좋은 모습으로 보여준다는 점에서 더욱 주목해야 하지는 않을까? 전경린 작가의 이런 탁월한 감각과 문체가 엉뚱한 곳에 낭비되지 않고, 앞으로 우리의 지치고 헐벗은 영혼을 아름답게 쓰다듬어줄 수 있는 작품들을 낳기를 기대하고 또 믿는다. 아마도 이번 〈현대문학상〉 수상이 그 계기가 될 것이다. ■

따뜻한 시선과 섬세한 묘사,
그리고 구도의 안정감

이승우

개성이 다른 네 편의 소설을 추려서 심사에 임했다. 그중 어느 한 편으로 마음을 정하지 못한 것은 네 편의 소설들이 제각각 확보하고 있는 두드러진 특성들을 무시할 수 없어서이기도 하고 그 특성들로 인해 생긴, 그 특성들의 다른 쪽 얼굴이라고 할 수 있는, 사소할 수도 있고 결정적일 수도 있는 아쉬움들이 같이 눈에 들어왔기 때문이기도 했다.

예컨대 환각을 보고 망상에 사로잡히고 꿈을 꾸고 물에 갇히는 한 남자의 비일상적인 하루를 통해 카프카와 프로이트, 잠언과 설화, 환상과 묵시가 한데 어우러진 장관을 보여주는 김태용의 심각한 소설 「물의 무덤」은, 소설을 돋보이게 하는 그와 같은 긍정적인 다양한 요소들의 범람으로 인해 도리어 소설이 산만해진 건 아닌가, 하는 인상을 주었고, 막차를 탄 노인의 길고 지루한 넋두리를 통해 사람이 마지막이라고 제시된 순간에 불가피하게 치르지 않을 수 없는 회한과 변명의 목소리를 들려주면서 사람의 본성과 사람으로서의 도리 사이의 간극에 대해 생각하게 하는 김숨의 「막차」는, 이런 소설의 낯익음, 이른바 기시감을 피하기 위해 작가가 동원한 듯한 '환하게 불을 밝히고 고속도로를 달리는 빈 버스'와 버스에 같이 탔는지 타지 않았는지 알 수 없게 그려진 '남편'의 존재로 인해 기왕에 확보한 익숙한 소설적 주제조차 희미해지고 있는 것 같아 아쉬웠다. 예컨대 환상 층위와 현실 층위 사이로 아슬아슬하게 길을 내며 달리는 이 버스(소설)에 대해 전적인 신뢰를 보낼 수 없어서 안타까웠다. 하재영의 「싱크로나이즈드」는 성실하고 자부심 강한 한 열쇠수리공을 주인공으로 내세워 어느 날 문득 맞닥뜨린 실존적인 위기를 다루고 있는데, 문을 열지 못하게 하는, 정체를 알 수 없는 '그것'에 몰두하면서 그동안의 정교하고 안정된 세계를 잃어가는 인물의 상태가 긴장감 넘치게 그려졌다. 문이 열리는 순간의 '철컥' 소리에 대한 기대만큼 강렬한 인상을 주지만, 성급하고 모호한 결말, 그리고 제목이 지시하는 동시성에 대한 암시를 찾기 어려운 점 때문에 망설여졌다. 어른들의 사정 때문에 강변마을에서 한 계절을 보낼 수밖에 없었던 열한 살짜리 소녀의 마음을 섬세하고 예민하게 그리고 있는 전경린의 소설 「강변마을」은 인물들을 긍정하는 따뜻한 시선과 감정을 사물에 투사하는 놀라울 정도로 섬세한 묘사, 그리고 단편소설에 맞춤한 미학적 구도의 안정감을 통해 읽는 이를 정화시킨다. 그렇지만 그동안 발휘된 이 작가의 개성이 꽤 절제되어 나타난 것처럼 보이는 이 잔잔한 소설의 감상적인 분위기에 대한 공감은, 취향 탓이 크겠지만, 얼른 생기지 않았다.

심사위원 가운데 누군가 적극적인 호감을 표현한다면 기꺼이 설득되겠다고 마음먹었다기보다 그렇게 될 것 같은 예감이었는데, 결국 그렇게 되었다. 한 분 심사위원의 적극적인 추천에 적극적으로 맞설 다른 작품을 가지고 있지 않았으므로, 그리고 요령부득에 오리무중인 소설들이 유행처럼 번져가는 요즘의 우리 소설판에 무리한 스타일의 추구가 아니라 튼튼한 소설문법을 구축하는 것이 우선이라는 사실을 환기시키는 것이 의미 있다고 생각했기 때문에 「강변마을」을 〈현대문학상〉 수상작으로 결정하는 데 동의했다. 축하를 보낸다. ■

길모퉁이를 돌면,
다시 대각선으로 밀려난 낯선 강변

전경린

어느 날 생각하니, 소설을 쓴다면서, 내내 소설과 싸우기만 한 것 같았습니다.

그냥, 소설을 사랑하고 싶다는 생각이 들었습니다. 그 후에 처음 쓴 소설인데, 상을 안게 되었습니다. 심사하신 선생님들과 현대문학에 감사드립니다.

오래전에 고향 근처를 돌다가, 우연히 강변마을을 지나간 적이 있습니다. 겨울이라 더 그렇기도 했지만 쇠락하여 잊힌 마을 같았고 주변 경관 역시 황량하기 그지없었습니다. 느린 속도로 먼지 덮인 가시나무 울타리들과 단층 초등학교와 문방구와 간판도 없는 중국집 앞을 지나다가, 차를 세우고, 강으로 가는 길을 한참 걸은 적이 있습니다. 바람이 몰아치던 그 겨울의 강은 추위에 웅크려 주전자로 부은 듯 야

위었습니다.

막상 '강변마을'이 소설로 떠오른 것은, 2007년 인도 여행 중에 인도 북부의 중심도시 쉼라 근처에 있는 따따쁘니라는 노천온천에 갔을 때였습니다. 불에 달군 금속 같은 정오의 햇볕 속에서 살이 데는 것 같은 모래에 발목이 푹푹 빠지며 걷다가, 이 소설을 생각했습니다. 돌아온 뒤에 제목을 붙여놓고 이따금 바라보았으나, 늘 장편소설 쓰는 일에 쫓겨 올 여름에야 쓰게 되었습니다. 처음엔 앞뒤에 인도 여행이 현재형으로 붙어 있는 액자형 소설이었으나 마지막에 잘라내고 수정했습니다. 평이한 형식이 되었지만 생략한 내용이 훤히 보일 정도로 간명해졌습니다.

소설을 쓰고 읽는 가장 기본적인 이유는, 삶이란 다른 무엇도 아니고, 일상이기 때문이 아닐까 생각합니다. 누구도 이 삶의 일상 전체를 한눈에 볼 수 없고, 저마다 개인적 시간 안에 갇혀 있으며, 여기 이곳에만 있고, 자기 몸으로만 살 수 있기 때문일 것입니다. 무엇보다 우리가 생각하고 인식하고 소통하는 것을 자기 내부의 문장으로 하는 존재이기 때문입니다. 늘 스쳐 가고 부딪치고 어긋나고 오해하는 외국과 같은 먼 타자들과, 자기 경계선 바깥의 일상세계를 소설을 통해 읽고, 동시에 자신을 읽는 것입니다.

이 소설을 끝냈을 때, 잔인할 만큼 불행한 일이 일어나는 한가운데서도, 반짝이는 결정체같이 지워지지 않는 기쁨을 주인공에게 선물해준 타자들의 '기본적 선의'를 생각했습니다. 아무도 예상치 못했고 또 누구도 의도하지도 않았던 의외의 기쁨, 순수한 행복이란 바로 그런 모습이 아닐까요?

어쩌면 이 소설은 내가 가장 처음에 발표했어야 할 작품이 아닐까, 하는 생각도 듭니다.

여기엔 나를 생의 가장 낮은 밑바닥으로 끌어내린 강이 흐르고 있으니까요.

그사이 나는 몇 번쯤 도강을 했는지…… 길모퉁이를 돌면, 그곳은 또다시 대각선으로 밀려난 낯선 강변이겠지요.

소설과 다투는 불편함을 버리고 그냥 좋은 소설을 쓰고 싶습니다.

소중한 격려 가슴에 새기며, 가족과 그동안 저를 챙겨준 고마운 분들, 그리고 제가 몸담고 있는 모교에도 감사 인사를 전합니다. ■

2011 現代文學賞 수상소설집

강변마을 외

지은이 | 전경린 외
펴낸이 | 양숙진

초판 1쇄 펴낸날 | 2010년 12월 6일

펴낸곳 | ㈜현대문학
등록번호 | 제1-452호
주소 | 137-905 서울시 서초구 잠원동 41-10
전화 516-3770
팩스 516-5433
홈페이지 | www.hdmh.co.kr

ISBN 978-89-7275-485-5 03810